KB126238

변학수 문학평론집

잘못보기

잘못보기

초판 인쇄: 2003년 3월 25일
초판 발행: 2003년 3월 31일

지은이: 변학수
펴낸이: 배정민
출판 디랙터: 오은정 eunjung@Bookeuro.com
편집 디자인: 수연 hadisla@Bookeuro.com
펴낸곳: 유로서적

출판등록일 : 2002년 8월 24일 제 10-2439호
주소 : 서울시 마포구 합정동 364-27번지 대주빌딩 202호
Tel · 02-3141-1411 FAX · 02-3142-5962
E-mail : Bookeuro@Bookeuro.com
ISBN : 89-953550-1-8 (03800)

변학수 문학평론집

잘못보기

잘/못/ 보/기

제1부 〈현장으로 가다〉에는 지난 1999년부터 2002년까지 〈현대시학〉, 〈시와 반시〉, 〈21세기문학〉, 〈포에지〉 등에 기고한 평론들을 모은 것이다. 그리고 제2부 〈설계도로 가다〉에는 계간문예지 〈다층〉에 2000년 봄호부터 2001년 여름호까지 여섯 번 기고한 시론을 모은 것이다.

나는 보다시피 특정한 시인들과 작가들을 좋아한다. 시간(屍姦)이나 마조히즘, 그로테스크, 반동, 정신분열 등과 같이 말못할 내면을 표현하려고 온갖 몸부림을 다하는 그런 시인들이 좋다. 그들에게 유년의 장작으로 불지핀 아궁이에 서양에서 갖고 온 솥을 걸어서, 보지 못한 밥을 지어 올린다. 나는 그들을 내가 아는 것보다 더 사랑하는 모양이다.

사람이란 무릇 기억의 동물, 내가 쓴 글을 남기고 싶지 않은 사람이 있겠는가. 글의 연재를 허락해주신 〈현대시학〉 주간 정진규 선생님, 〈다층〉의 윤석산 선생님, 〈시와 반시〉 주간 강현국 선생님께 감사드린다. 하지만 무엇보다도 이 책을 출판 해주신 유로서적의 배정민 사장님, 그리고 원고를 세심히 보아준 오은정 선생이 고맙다.

2003년 1월 변학수

차례

서평

제2부: 설계도로 가다 시론

서문을 대신해서
–잘못 보기로서의 문학과 그 해석

〈본다〉라는 말을 들으면 독일에서 아이들을 키울 때 자주 하던 놀이가 생각난다. 그 놀이는 〈네가 못 보는 것을 나는 본다〉 (Ich sehe was du nicht siehst) 라는 놀이이다. 술래가 주위를 둘러보고 대상을 정하고 이 말을 외치면 다른 아이들은 그 대상이 무엇인지를 맞추는 놀이이다. 남이 보는 것을 내가 찾아가는 이 놀이를 하면서 문학도 이런 것이 아닌가 하는 생각이 든다. 작가는 감추고 (또는 감추이고) 독자는 그가 감춘 것을 찾거나, 의외로 그가 의도하지 않았던 무의식적인 것까지도 찾아내는 그런 놀이가 아닐까. 하지만 이 놀이가 성립하기 위해서는 놀이가 너무 쉬워서도 안 되고, 그 놀이장면에서 벗어난 대상, 이를테면 혼자만 보는 추상적인 것을 정해서도 안 된다. 너무 쉬운 것은 누구나 다 알 수 있는 것이어서 유희적 긴장을 만들어내지 못하기 때문이며, 벗어난 것은 같이 즐길 수 있는 기회를 박탈하기 때문이다.

–보기와 잘못보기

인간의 인식과 경험으로서의 문학은 바로 이런 성격을 지니고 있는 듯하다. 그래서 문학은 다른 사람이 보지 못하는 것을 보는데도 불구하고 그것을 이해할 수 있으며, 또 어떤 사람이 분명히 본 것을 기술하는데도 그것이 다른 사람에게는 볼 수 없는 것일 수도 있다. 그리고 본다는 개념 또한 단순히 시각적으로 본다는 뜻에서부터 통찰한다는 뜻을 넘어, 듣는다는 것, 촉각으로 지각한다는 것까지 넓게 펴져 있다. 그러므로 〈본다〉라는 것은 단순히 본다는 것이 아니다.

줄리엣:벌써 가시려나요?
아직 날이 새지 않았는데
겁에 질린 그대가 들은 건
종달새가 아니라 나이팅게일이랍니다.
밤마다 석류나무 위에서 노래하죠
내말 믿어요, 로미오, 그건 진정 나이팅게일이랍니다
로미오:아니, 아침을 알리는 종달새라오
나이팅게일이 아니었소
동녘 하늘 구름을 수놓는
심술궂은 아침햇살!
밤의 등불도 꺼지고
아침이 안개 낀 산봉우리를 딛고 발돋움하고 있소
지금 떠나지 않으면 목숨을 잃을 것이오.
줄리엣:저기 저 빛은 햇살이 아닙니다.
저 빛은 태양이 뱉어 놓은 별똥으로
오늘밤 그대의 길의 횃불이 되어
만토바로 가시는 길을 비추리라

이들이 나이팅게일 소리와 종달새 소리를 구별하지 못할 만큼 어린아이였겠는가? 햇살과 별똥별의 빛도 구별하지 못할 만큼 어리석었겠는가? 순수한 과학주의자들의 눈에는 이런 대화가 멍청한 일로 보일 지도 모르는 일이다. 하지만 문학은 인간에 관해서 과학보다도 더 정확하다. 지금 이별하기 싫어하는 줄리엣의 마음과 한시라도 걸음을 재촉하지 않을 수 없는 로미오에게 같은 자연 현상은 다르게 들리고, 다르게 보일 수밖에 없다. 그렇기 때문에 문학적 잘못보기는 진리보다 더욱 진실한 어떤 것이다. 무엇이 진실인지는 모르지만 분명 한 사람은 잘못 보았을 터이요, 오인(誤認)한 것일 게다. 하지만 이런 잘못보기는 문학에 있어서 핵심적인 요소이다. 마치 앞에서 말한 게임에서 단번에 맞추는 것이 오히려 재미가 없는 것처럼 어쩌면 잘못보기의 소산이 문학일지도 모른다. 그렇기 때문에 문학은 잘못 본 것의 결과, 즉 오인의 결과이다.

인간의 인식은, 라캉에 따르면, 오인(méconnaissance)으로 구조되어 있다. 그것은 욕망이란 관점에서 완벽하고 절대적인 주체란 없다는 뜻이다. 절대적 주체가 현실원칙에 바탕하고 있고, 그것이 접속사로 연결되어 있다면, 꿈이나 욕망에서는 접속사가 없는 오인의 흔적만 남아 있는데 이것은 문학의 인식과 많은 부분에서 닮아 있다. 시인이나 작가가 신경증환자라면 결국 자아와 상황을 구별하지 못하는 거울단계의 아이와 같다고 볼 수 있다. 이들은 끊임없는 오인의 구조에서 어떤 삶의 본질, 인간의 본질 같은 것을 형상화해내고 있는 것이다. 이런 잘못보기의 문제를 이문열 만큼 치열하게 다룬 이도 드물 것이다.

듣기에는 좀 이상하겠지만 나는 살아있는 사람의 가슴속을 들여다 본 적이 있다. 내게 무슨 특별한 재간이 있어 사람의 속마

> 음을 읽어냈다거나 내과의로 흉부 절개 수술을 했다는 뜻이 아니라 말 그대로 살아있는 사람의 가슴속을 들여다 본 것이다. 다름 아닌 할머니의 가슴으로, 그때 할머니가 무슨 미닫이를 열 듯 누렇고 엷은 살가죽을 열어젖히자, 가장자리부터 푸르스럼해져 들어가 심장께서 온통 검푸르게 되어 있는 그 속이 들여다보였다.
>
> – (이문열 단편, 『타오르는 추억』첫 부분)

원래 사람의 눈이나 기억은 믿을 게 못된다. 그 이유는 사물을 있는 그대로 보는 것이 아니라 자기의 경험, 즉 자신이 알고 있는 것과 마음속에 들어 있는 것에 비추어 보기 때문이다. 특히 어떤 문학이나 대상이 쉬이 들어오지 않는다면 그것은 마음 속에 경험의 상이 존재하지 않기 때문이다. 이문열은 이 소설의 화자가 결국 이런 잘못보기 때문에 (잘못 본 것을 보았다고 우기다가) 현실에서 많은 박해(?)를 받는 것을 그려놓고 있다. 〈할머니〉가 한 말을 진실로 믿게 되는 이 아이는 환상이 큰 아이였을 것이다. 그리고 어떤 종류의 억압에 의해 자기방어가 큰 아이였을 것이다. 그러므로 소설의 중반부에서부터 이런 징후가 하나의 사건으로 전개되어 나갈 만큼 아이의 〈잘못보기〉는 인간학적 위상을 얻게 된다. 아이들을 잘 관찰해보면 유아기에 아무렇게나 그림을 그리고 아무렇게나 말한다. 그 이유는 아이들이 보는 것을 말하거나 그리는 것이 아니라 그들이 아는 것을 말하거나 그리기 때문이다. 특히 난화기(難畫期)의 아이들은 동그라미를 그려놓고 얼굴이라 하고, 작대기를 그려놓고 팔과 다리라고 말한다. 고등어를 먹으면 배속에 그 물고기가 들어 있는 것이 훤히 들여다보이는 그림을 그린다. 얼굴을 그린 동그라미에서는 직접 작대기 같은 손과 발이 솟아나온다. 어디 그것뿐인가? 화가 나면 아빠를 죽이고 엄마를 아내로 차지(?)하는 경우도 허다하고, 동생을 쥐라고 비꼬는가 하면 자기는 원숭이가 되고 엄마는 기린이 된다.

이런 의미에서 독일의 자연주의 문학가 홀츠(Holz)는 〈아이들의 그림을 알아볼 수 없는 것은 자연과 다른 무엇인가가 개입되어 있기〉때문이라며, 고로 〈예술 = 자연 - X〉라는 자연주의 강령을 제시하기도 했다. 그러나 이것은 아이들의 서술능력이나 소묘 능력이 부족한 탓이 아니라 아이들의 지식이 부족한 관계로 인해 나온 결과일 것이다. 같은 대상을 보는데도 다르게 인식을 한다든가, 어떤 장면들은 놓친다든가, 지나가는 사람을 못 알아본다든가 하는 이유가 모두 이런 무의식이나 세계관, 이데올로기, 경험, 외상 등이 조정하는 방해작용에서 발생한다. 이런 의미에서 시각은 단순히 '본다'는 것 이상인 듯 하다. 독일 말의 anschauen(직접 보다, 경험하다의 뜻)에 Anschauung(직관: intuition)이란 말이 나온 것, 영어에서는 이해했다, 알아들었다는 말을 I see라고 표현하는 것도 마찬가지다. 우리말도 〈먹어**봐**〉, 〈맛을 **봐**〉, 〈해**봐**〉에서처럼 보지 않아도 될 것을 보라고 하는 것은 시각이 단순한 인지가 아니라 인식에까지 이르는 중요한 통로임을 알 수 있다. 그러므로 〈보다〉는 말은 지각을 넘어 판단, 인식, 앎, 직관, 이해 등의 뜻이 들어있다고 말할 수 있다.

칸트는 잘못 보지 않기 위해서 매일 눈을 씻었다고 한다. 물론 상징적 의미가 있기도 하지만 그가 잘못보기를 피하려고 노력했다는 증거이다. 신생아는 시력이 거의 제로 상태에서 그의 인생을 시작한다고 한다. 그러나 이 아이가 보는 것을 배우며 점차 시력도 좋아진다. 맹인인 사람이 각막 이식수술을 받아 눈을 가지게 되어도 보통 사람이 보는 것처럼 되기 위해서는 몇 개월, 또는 몇 년이 걸린다고 한다. 처음에는 명도밖에 확인할 수 없다가 점차 색을 식별하게 되고, 점차 사물의 관계를 떠올리며 시각이 고정된다. 이 때가 되면 사물을 배경으로부터 구별해내고 그림과 실제를 구별할 수 있는 〈눈〉을 가지게 된다. 알로이스 리글은 원시인이 사진과 실제의 인물을 동일시할 수 없는 현상을 발견했다. 이것은 눈이 있어도 보지 못한다는 말과 같다. 그 이유는 망막이 보고 있지만 시신경과 뇌신경 사이에 연락이 이루어지지 않기 때문일 것이다. 눈으로 본다는 것은 시야라는 의식이 생겨나게 하는 지성의 작용이 있어야 하며 그 시각정보를 처리할 수 있는 능력이 있어야 〈보이는〉 것이다. 한 마디로, 보는 법을 배우지 못하면 시각은 존재하지 않는다. 그런데 이런 사고의 작용을 단순히 지성작용의 결과로만 볼 수 없다. 왜냐하면 무의식이 그 사고와 감정작용에 개입하여 영향을 미치기 때문이다.

─想像力으로서의 보기

지금까지는 주로 〈보기〉와 〈잘못보기〉의 현상과 문학과의 관계에 대해 살펴보았다. 그러면 그런 〈잘못보기〉는 어떻게 생기는 것인가 하는 것이 궁금하지 않을 수 없다. 데이비드 흄에 따르면 문학으로 형상화된 이런 기억이나 상상력은 여러 가지 표상들을 결합 또는 분리시킴으로써 허구를 만들어내는데, 일정한 관념에 그릇된 인상을 결부시키거나 반대로 그릇된 인상에 어떤 특정한 관념을 만들어내기도 한다는 것이다. 그렇다면 이문열의 경우에서 본 기억오류도 현존하는 관념을 허구적인 인상에 귀착시킨 데서 연유한 것이다. 왜냐하면 오류를 일으킨 관념군, 즉 내가 본 〈할머니의 가슴 속〉은 이미 나의 기억에서 소멸된 뒤이기 때문이다. 하지만 이 같은 오류는 경험에 의하여 시정될 수 있다. 하지만 베이컨이 말한 〈종족의 우상〉(idola tribus) 같은 것은 누구나 저지를 수 있는 오류이다. 후자는 뒤에 항목을 정해 설명하기로 하고 우선 전자의 경우부터 예를 들어 살펴보자.

1
호루라기는, 가끔
나의 걸음을 정지시킨다.
호루라기는, 가끔
권력이 되어
나의 걸음을 정지시키는
어쩔 수 없는 폭군이 된다.

2
호루라기가 들린다.
찔끔 발걸음이 굳어져, 나는
되돌아보았지만
이번에는 그 권력이 없었다.
다만 예닐곱 살의 동심이
뛰놀고 있을 뿐이었다.

속는 일이 이렇게 통쾌하기는
처음 되는 일이다.

– 박남수 「호루라기」 전문

화자가 어떤 〈호루라기〉의 폭력에 포획되어 있음을 간결한 이미지와 약간의 암시만으로 분명하게 그려놓고 있는 시이다. 그야말로 강박노이로제를 일으키는 〈호루라기〉 소리는 사실은 분명한 허구이자 오류였다. 분명 〈예닐곱 살의 동심이〉 부는 〈호루라기〉는 어떤 권력이 부는 호루라기가 아니었을 것이다. 권력의 상징이 된 호루라기에 대한 억압은 고착이 되어 순수한 동심의 호루라기마저도 〈권력〉의 호루라기로 보이게/들리게 한다. 이런 착각, 즉 속는 일은 오히려 경험적으로 부정됨으로 인해 안도감, 즉 통쾌함으로 바뀌지는 것이다. 이것이 문학이 가지는 배변의 쾌감이다. 잘못 봄(méconnaissance)이 다시 제대로 봄(reconnaissance)으로 변하면서 문학은 그 카타르시스적 아름다움을 갖는다. 그러면 이런 실체의 표상으로서의 이런 보기/잘못보기는 어디에서 오는 것일까? 버클리는 감각적인 인상에서 오는 것이라 설명하는데 흄 또한 이에 동의를 한다. 하지만 그는 이것이 이런 외적 지각이 아닌 내적 지각, 즉 오성의 자기 반성적 행위에 의해 주어지는 것이라 설명했다.

그러면 외적 지각이 없는 상태의 내적 지각, 즉 상상력은 무엇인가? 우리는 그런 상상력을 괴테의 시 「숭고한 동경」에서 찾아볼 수 있다.

> 이국이 너를 어렵게 하지는 않으리라,
> 날아가라 그리고 도망가라,
> 그러면 너는 결국 불빛을 그리는
> 나방처럼 타버리리라
>
> 이것도 되지 않거든
> 오직 하나: 죽어라 그리고 될지라!
>
> –괴테 「숭고한 동경」 부분

괴테는 서동시집에서 알지 못하는 미지의 세계, 오리엔트와 페르시아를 동경의 목소리로 그리고 있다. 하피스와 술라이카를 찬양한 것은 곧 그가 일흔살이 넘어 사랑하게 된 마리안네에게 바친 사랑이었을 것이다. 그러므로 우리에게 동경은 어떤 인상 없이 주어진 순수한 보기라 할 수 있다. 이 시에서 〈죽어라 그리고 될지라!〉는 백지상태(tabula rasa)의 내적 지각에서 어떻게 상상력의 그림이 만들어지는지를 보여주고 있다. 〈죽는 것〉은 어떻게든 볼 수 있는 일이지만 〈되는 것〉은 무엇이 되는지를 볼 수 없다. 그럼에도 상상력은 나래를 펴고 독자들마다 나름대로 상상의 그림을 얻어내는 것이다. 이런 상황을 두고 보르헤스는 〈심미 자체〉라 명명한 적이 있다. 그는 이것을 〈이루어지지 않을 계시가 눈앞에 보이는 것〉이라고 명명하고 있다. 막이 올라가기 전 감독이 나와 〈여러분, 이제 여러분은 스펙터클한 장면을 보게 될 것입니다〉고 예고하였지만 정녕 막은 올라가지 않는다. 그러면 관객의 머리 속에는 텅 빈 소리만 나지는 않을 것이다. 그것이 상상력으로서의 보기이다.

–외적 지각과 내적 지각

6.25 전쟁 때 군수품이 미국에서 쏟아져 들어왔는데 그 때 여성의 브래지어가 함께 들어왔다고 한다. 그런데 사람들은 이 브래지어가 무엇을 하는 데 사용하는지를 몰랐다. 그래서 어떤 사람은 그것을 반으로 나누어 입마개(마스크)로도 사용하고, 그냥 귀마개로도 사용했다고 한다. 끈이 있고 움푹 패인 곳이 두 곳이 있다는 사실은 당시의 미

국인이나 한국인이 공유하고 있었던 사실일 게다. 하지만 이런 미국인이 보는 '브래지어성' 은 한국인의 '귀마개성' 이라는 주형(鑄型)에 맞추어지는 것이다. 그래서 그것이 귀마개라고 생각하였을 것이다. 그러나 설령 그것이 브래지어라는 것을 알았더라도 잘못된 브래지어성적 측면에서의 내적 지각만큼이나 어떤 다른 매개에 의한 주형에 맞추어졌을 것이다. 이를테면 가슴마개라고 생각을 했을 것이고 그것을 끼면 답답하리라 생각했을 것이다. 다시 말해서 문학적 보기에 결정적으로 영향을 미치는 것은 여기서는 어떤 문화적 상징이란 틀이다. 개인간의 인식의 차이도 바로 이런 오성의 자기 반성적 행위에 의해 좌우된다. 다시 말해서 어떤 형태(Gestalt)를 의식하는 것과 그것을 상징적 매개에 의해 파악하는 것 사이에는 차이가 있다. 퍼시 Percy의 이야기를 들어보자.

> 방을 둘러볼 때 나는 힘을 안들이고 일련의 대비(對比)를 하고 있음을 알고 있다. 즉, 대상을 보고 그것이 무엇인지를 아는 것이다. 만약 내가 눈에 익지 않은 그 무엇인가를 보게 되면 나는 즉각적으로 대비(對比)의 한 쪽이 없다는 것을 알게 된다.

여기에서 빠져 있는 대비의 한 쪽이 바로 상징모델이다. 우리가 어떤 알지 못할 사물을 바라보면 우리는 다른 어떤 사물들로 생각한다. 그리고 가까이 다가감에 따라 그 사물에 적합한 기준이 하나 둘씩 탈락하고 차츰 그 사물은 확실히 파악되는 것이다. 그 기준이 다 탈락하고 없으면 그땐 내가 상정한 사물이 아니다. 그래서 그것은 〈눈에 익지 않은 그 무엇〉이다. 만약 들판에 빛에 반사되는 물체가 나는 토끼라 본다고 치자. 이것은 단순히 그것이 토끼일지 모른다는 추측의 영역을 넘어 그렇게 보는 것이다. 이를테면 '토끼성'의 주형(鑄型)에 맞추어지는 것이다. 그래서 그것이 토끼라고 확신할 수도 있었다. 그러나 가까이 가면서 토끼의 주형이 부정된다. 이제 토끼의 토끼다움이 사라지고 나는 또 다른 주형을 만들게 된다. 이제 그 빛에 반사되는 물체는 종이봉지 혹은 다른 무엇이 된다. 그러나 설령 그것이 토끼가 맞다 해도 잘못된 인식만큼이나 어떤 매개라는 주형에 맞추어 생각한 것이다. 그러므로 인간이 무엇을 본다는 것은 결국 예지적 행위가 결부된 내적 지각, 즉 마음의 눈(mind's eye) 또는 내면의 영상으로 볼 수 있을 때를 의미한다.

–무엇이 문학을 잘못 보게 하는가?

앞에서 언급하겠노라고 예고했던 베이컨의 우상들, 그 중에서도 〈종족의 우상〉은 인간의 잘못 보기에 결정적인 영향을 미치는 것이다. 이런 우상이 문학의 실체인 〈잘못보기〉에 영향을 미친다. 그리고 이런 사유는 곧 문학의 이론과 매우 밀접한 관련이 있다. 그 우상을 우리는 이데올로기라 할 수 있다. 우리는 속된 말로 〈내가 하면 사랑, 당신이 하면 연애, 그 사람이 하면 바람〉이란 말을 한다. 그것은 학문적 인식에서도 매 한가지다. 〈내가 하면 사회철학, 당신이 하면 정치적 견해, 그가 하면 이데올로기〉란 우의적 표현에서 우리는 문학적 인식이 이데올로기에 의해 얼마나 왜곡될 수 있는 것인지 알 수 있다. 심지어 종교(라는 이데올로기조차)도 문화를 떠나면 다른 종교가 되어버린다. 그것은 문화자체가 이미 어떤 특정한 이데올로기를 대변함으로써 그 종교의 인식에 지대한 영향을 미치고 있기 때문이다. 그러므로 우리가 이 이데올로기 문제를 해결하면 하려 할수록 모순에 깊이 빠져든다. 이데올로기를 극복하려던 칼 마르크스 스스로 〈많은 독자들은 나의 입장 그 자체가 이데올로기라고 주장할지 모른다〉라는 말을 하였을 정도이다. 이처럼 〈잘못보기〉를 유발할 수 있는 것이 바로 이데올로기나 문화체계가 될 수 있다. 조정래의 『태백산맥』과 최인훈의 『광장』은 그 대표적인 경우가 될 것이다.

하지만 이 이데올로기를 결정하는 요인이 〈이익〉의 문제만이 아니라 〈긴장해소〉의 문제이기도 하다. 심리해소의 방편, 즉 무의식의 반란으로서의 이데올로기는 20세기 이후에 문학적 잘못 보기의 원인자로 지목되어 많이 거론되어 왔다. 프로이트와 융을 비롯하여 라캉에 이르기까지 이들은 문학적 잘못보기/실수가 무의식적인 것의 발현이라고 주장한다. 그렇기 때문에 텍스트는 그저 무의식적인 것의 대리물일 뿐이고, 그 잠재내용을 찾기 위해서는 텍스트 너머의 다른 기호를 찾아야 한다는 것이 〈긴장해소〉의 측면에서 본 문학적 〈잘못보기〉의 실체이다. 그러므로 타자의 문학을 볼 때 주의할 것은 이런 (문화적) 이데올로기의 이질성을 고려해야 하며, 거꾸로 서양의 담론으로 우리의 문학을 볼 때도 유의해야 할 점이다.

–문학은 〈잘못보기〉다

문학은 〈잘못보기〉를 보여주면서 사실은 경험세계의 〈보기〉를 거부하고 그런 의미에서 〈다시 보기〉를 요구한다. 쉰베르크는 〈우리는 어떤 이미지를 그릴뿐이지 그 이미지가 나타내는 것을 그리지는 않는다〉 (Man malt ein Bild, nicht, was es darstellt)는 명쾌한 명제를 말한 적이 있다. 예술작품이 경험세계와는 단절되고 경험세계를 부정하고 있다는 생각을 잘 표현하고 있다. 쇤베르크의 말대로 문학은 그 잘못보기를 그대로 보여주었지 그 내용을 설명하지는 않는다. 그것은 아마 문학을 이해하고 문학을 설명할 문학자나 독자의 일일 것이다. 또한 작가는 작품을 양가적, 중의적, 다의적으로 처리하여 다중시점을 만들어 낼 수 있고, 독자는 작가와 다르게 작품을 수용할 수도 있다.

나의 이 평론집도 어쩔 수 없이 〈문학에 있어서의 보기〉에 대해서 쓰는 이상, 장님 코끼리 더듬기 식 글이라는 느낌을 떨칠 수가 없다. 그것은 결국 〈잘못보기〉요, 잘못보기의 교정을 요구하는 작가/시인들의 요구를 다시 왜곡하는 이데올로기 체계이다. 다시 말해 문학적으로 본다는 것은 어떤 권력 체계를 보고 이데올로기 체계를 보는 것이며, 그것이 나의 욕망에 만들어졌다는 사실이다. 그렇기 때문에 우리는 항상 그 체계를 부정하면서 문학에 고유한 미완의 기획을 수행하고 있는 것이다.

제1부: 현장으로 가다

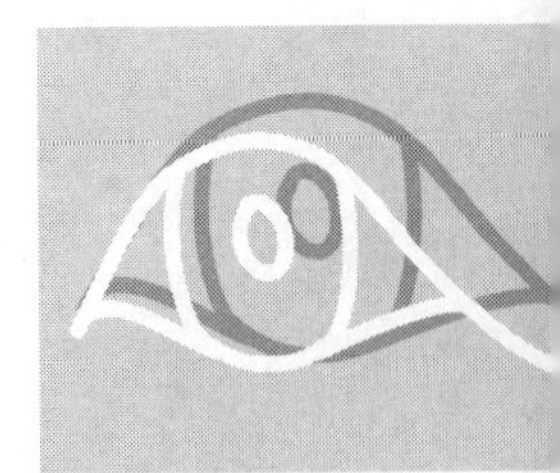

평론

시평

1. 醜의 미학과 緊張의 미학 또는 김언희의 시

우리가 잘 아는 오페라 『피가로의 결혼』은 알마비바 백작의 하인인 피가로와 백작 부인의 시녀인 수잔나, 그리고 백작 사이에서 일어난 사건을 중심으로 전개되고 있다. 그런데 이 작품은 오페라史에서 큰 의미를 띠고 있다. 서민(서민이라면 사회학적 카테고리로서의 시민 citizen, Bürger의 개념인데 우리는 庶民이라고 하자)이 주인공으로 나온 최초의 오페라이기 때문이다. 전통적인 오페라에서 귀족이거나 숭고한 사람이 주인공이었다면 이 오페라에서는 庶民이 주인공이다. 그런 만큼 배역 또한 테너가 아니라 바리톤이 주역을 맡고 있는 것은 당연한 일이다. 왜냐하면 숭고하고 고상한 배역에는 테너가 어울리기 때문이다. 이런 것은 『카르멘』에서도 마찬가지다. 카르멘의 출신성분으로 볼 때 고상한 소프라노보다는 메조소프라노가 더 적당하다. 말하자면 귀족 딸은 음색 또한 고운 꾀꼬리 같을 것이라고 상상할 것이고, 잡부인 카르멘은 굵은 음색으로 상상하는 것이 더 적당하기 때문이다. 만약에 피가로를 테너로, 카르멘을 소프라노로 하면 어떻게 될까? 그것은 아마 라트라비아타의 주인공 비올레타를 뚱뚱하고 튼튼한 여성으로 삼는 것이나 진배없을 것이다 (이런 이유 때문에 실지로 이 오페라의 初演이 실패하였다고 한다). 우리는 여기서 예술의 형식과 질료에 관한 문제를 제기해야 한다. 많은 평자들이 이 문제는 서양은 이원론, 동양은 일원론이라고 치부하면서 비껴가든지 아니면 무시하고 지나가는 경우가 많았기 때문에 소재에 관한 논쟁이 끊이지 않고 있다. 만약 어떤 사람이 성적인 것을 노골적으로 묘사한다든지, 추하고 엽기적인 것을 소재로 삼는다면 우리는 과연 어떤 생각을 할까? 이것은 당시에 뚱뚱한 비올레타나 서민 신분의 피가로를 상상했던 것만큼이나 심각한 도전임에 틀림없다. 이런 의미에서 우리는 김언희의 시를 추의 카테고리로서 변호할 공감을 가지며, 긴장관계의 창출이라는 정신분석학적 카테고리로서 정당화할 필요가 있다.

사회의 변화와 추의 미학

오페라 『피가로』와 같이 시대가 바뀌면 예술은 그 형식만 남고 내용은 가치 없는 것으로 전락하고 만다. 왜냐하면 예술은 사회변화를 전제하고 있기 때문이다. 이런 예술의 카테고리 변화는 추의 미학에도 그대로 적용된다. 전술한 〈피가로〉 역시 절대적으로 아름다운 사람이 아니다. 과거의 주인공은 영웅이었던 데 반해 시민사회에서는 영웅적이지 않은 사람이 주인공이다. 그러므로 예술은 질료에서 추한 것이 형식에서 아름다움의 대상이 될 수 있는 것이다. 이야기가 추상적으로 흐르지 않도록 김언희의 시를 읽으면서 이야기를 나누자.

> 너는 나를 뿌려진 나를 밟고 간다 즈려밟는 네 발이 내 몸 속에 푹푹 빠진다 오오 진달래 꽃빛으로 뭉그러진 살이 네 발에 엉겨 붙는다 황황히 너는 발을 뽑는다 한쪽 발이 더 깊이 박힌다 뿌려진 눈 뿌려진 귀 뿌려진 코 뿌려진 입으로 밟힌 꽃의 내장이 비그러져 나온다
>
> 오오 나, 보기 역겨워
>
> 역겨운 역겨운 역겨운 노래를 부른다 눈구멍 콧구멍 귓구멍으로 내장을 물고
>
> 오오, 영변 약산
>
> 얼굴이 있어야 할 자리에
> 구두 한 짝이 박혀 있다
>
> 염통이 있어야 할 자리에
> 구두 한 짝이 박혀 있다
>
> —「역겨운, 역겨운, 역겨운 노래」, 전문

이 시는 잘 알다시피 소월의 시를 패러디한 작품이다. 패러디는 단순히 작품의 전체 의미를 패러디할 뿐만 아니라 시의 제재 역시도 패러디한다. 이런 패러디를 통한 추의 형상화는 — 아도르노의 말을 빌리면 — 반봉건적인 의미를 지닌다. 누가 오늘날 연인을 "나보기가 역겨워 가실 때에는 말없이 고이보내드리"울까? 소프라노의 고운 음성으

로, 테너의 고상한 음성으로 노래한 〈영변 약산〉은 이제 어디에 존재할까? 80년대가 지난 후 — 이 시는 95년에 출간된 시집에 실려 있다 — 억압과 해방이 우리의 시야에서 일견 사라진 것 같지만 김언희가 구상하는 시는 바로 이런 사회적 카테고리로 구성되어 있다. 말하자면 전복을 꾀하려는 억압받는 계층은 추한 현실 속에서도 아름다운 삶을 추구하려는 규범에 따르면 조야한 것임에 틀림없다. 그리고 그들의 모습은 분노와 원한으로 일그러져 있다. 이는 빵을 얻기 위한 辛苦, 육체적 노동과 결부되어 있기 때문이다. 이들은 문화라는 것을 향유하는 자들의 하얀 웃음 속에서, 그들의 지배 이데올로기에 대항할 수 있는 유일한 방법이 추의 기억을 이미지로 보관하는 일일뿐이라는 것을 잘 알고 있다. 이런 해묵은 마르크스적 유물론의 관점이 아니더라도 현대 시민사회의 개인은 누구나 다 이 양자의 기본적 특성을 이형동체(Symbiose)로 간직하고 있다. 그러므로 결국 이런 사회학적 카테고리에서의 지배-피지배는 심리학적 카테고리에서 가해-피해의 메커니즘과 동일한 어떤 것이라 말할 수 있다. 예술은 〈실천을 유보함으로써 사회적 실천이 된다〉는 명제는 곧 시/꿈과 같은 무의식으로 해소될 때 비로소 실천된다는 뜻이다.

그렇다면 소월의 시에서 〈사뿐히 즈려밟고〉가 김언희의 시에서 〈즈려밟는 네 발이 내 몸 속에 푹푹 빠진다〉로, 〈코스모스 꽃잎〉은 〈질겨빠진 고무질의 음순〉(「비디오 가을」)으로 추악하게 표현한 것이 무엇을 의미하는가? 있지도 않는 〈쇠가죽처럼 질겨빠진 아버지의 처녀막〉을 만들고 〈屍姦〉과 〈근친상간〉, 〈까마귀〉와 〈아버지의 좆대가리〉, 〈구멍구멍 붉은 지렁이가 기어 나오는 각자의 유골〉과 같은 극단적이고도 추악하며 잔인하고도 불경스러운 것을 시에 가져온 이유는 무엇인가?

무엇 때문에 시인은 반드시 올 도덕적 비난을 무릅쓰고 이런 표현을 쓰는 것일까? 정신분석학적으로 볼 때 — 이 점에 대해서는 뒤에 다시 언급하겠지만 — 이런 패러디나 유머, 새타이어는 고통스런 존재, 불안한 대상과의 화해를 위한 제스처로 이해할 수 있다. 그리고 사회적 측면으로 볼 때 이는 예술이/시가 모방하고 재생산하는 세계를 이런 추를 수단으로 하여 비판/탄핵하기 위해서이다. 하지만 기존의 질서와 미학을 고수하는 자들은 이미 현실이 충분히 추하므로 이런 추를 다시 거론할 필요가 있느냐고 반문한다. 경우에 따라서는, 페미니즘적 시각에서 아주 불경한 것으로 판단되기도 한다.

이런 사회변화는 프랑스의 랭보나 독일의 벤의 시에서 보듯이 새로운 의미를 지닌 추의 흔적을 가능하게 했다. 이런 시에서는 역겨운 해부학적 소재와 주제들로 인해 형식법칙 자체가 무력해진다. 하지만 추한 대상이라고 하여 모두가 현대 예술의 대상이 되지는 않는다. 오히려 추한 대상조차도 그것이 작품 중에서 차지하는 가치 때문에 실용적인 문제에서 벗어남으로써 추한 성격을 벗어나는 경우도 있다. 추의 카테고리는 역동적이며 상대적이다. 태고시의 추한 모습, 사천왕상처럼 우악하고 무서운 대상, 주술적인 복장이나 굿 같은 데서 보여주는 신화적인 두려움이 그 힘을 잃게 되면서 타부의 형식으로만 남게 되었다. 그러므로 추도 한때는 미였었다. 〈좋은 것들도 한때는 모두 나쁜 것들이었다〉(Alle guten Dinge sind einmal arge Dinge gewesen)는 니체의 명제는 거꾸로 나쁜 것들도 한때는 모두 좋은 것들이었다고 번역할 수 있을 것이다. 그렇다면 미와 추의 고유한 영역이란 본시 존재하지 않았을 것이다. 김언희가 편집증적으로 작업을 해내는 오브제들은 바로 이런 타부의 한 형식으로 이해할 수 있다. 환언하면, 질료로서의 피가로(바리톤)와 형식으로서의 피가로(주인공/테너)가 다른 것과 마찬가지로 인간의 〈성기〉 또한 두 가지 의미를 지니고 있다. 그것은 한때 두려움의 대상이 되었던 것이며 소원충족의 대상이었던 것이다. 김언희가 시에서 자주 그려내는 – 원시시대에조차도 타부로 금기시 된 – 이런 모순적 관계는 오늘날도 그대로 남아 있다.

> 이리 온 내 딸아
> 네 두 눈이 어여쁘구나
> 먹음직스럽구나

이 구절에서 나이브한 독자들은 반드시 시비를 걸 것이다. 왜냐하면 딸의 눈을 보고 〈먹음직스럽구나〉하고 음험한 시선을 보내는 아버지가 (일견) 반도덕적으로 보이기 때문이다. 그러나 어떤 경우에도 인간의 원시적 욕동은 살아남아 있겠고, 근친상간을 금하는 법이 존재하는 한 인간은 좋은 것이 그저 〈먹음직스럽구나〉하는 생각이 들 것이다. 성기는 과거에 신성한 것으로, 때로는 금기시되는 것으로 여겨졌다. 어떤 아프리카 원시문화에서는 아버지가 딸을 정면으로 쳐다보지 못하게 되어 있다. 그만큼 가장 유혹이 큰 대상이 아버지고 딸이며 어머니고 아들이기 때문일 것이다. 우리가 만약에 사람의 마음까지를 다 털어놓는다면 도덕적으로 가장 타락한 양상으로 비칠 것이 근친상간 부분일 것이다. 하지만 오늘날 문화산업에서 성은 가장 인기 있는 상품이 되지 않았는가. 한때는 성병과 같은 재앙을 불러오는 것으로 본 (여)성, 한 때는 성직자가 유혹 당할 수 있다는 무서움 때문에 마녀사냥의 표적이 되었던 (여)성, 성관계를 하기 위해서 신성한 곳에서 몸을 씻고 기도를 올린 후에 취하였던 (여)성, 종교적 경건함을 위협한

*그림설명

뉴기니에서 나온 儀式용 가면. 오늘날의 예쁜 화장은 이 무시무시한 가면에서 출발하였다. 이 가면은 더 무서운 형상으로 귀신을 쫓아낸다는 뜻도 있고, 이 가면을 쓴 자가 권력을 가지고 있다는 뜻도 있다. 오늘날 여성이 화장을 한다는 것은 여성이 권력을 갖고 있다는 뜻일 게다.

(여)성이 인간의 자연지배 이후에 자의적이고 쾌락적인 도구로 변하고 그 조작 또한 현란하게 되었다는 것을 김언희는 그의 시를 통해 고발하고 있는 것이다. 그녀의 편집은 육체 전반을 침노하고 있다.

이 가죽 트렁크

이렇게 질겨빠진, 이렇게 텅텅 불은, 이렇게 무거운

지퍼를 열면
몸뚱어리 전체가 아가리가 되어 벌어지는

수취거부로
반송되어져 온

토막난 추억이 비닐에 싸인 채 쑤셔 박혀 있는, 이렇게

코를 찌르는, 이렇게
엽기적인

—「트렁크」, 전문

헤겔은 미는 어떤 긴장의 결과로 나타난 평형상태만이 아니라 그러한 결과를 유발하는 긴장관계와 분리될 수 없다고 주장한다. 전통미학이 추구하는 조화의 미는 사실상 이런 긴장이 멈추게 된 경우를 말한다. 소월의 시에서도 〈말없이 고이 보내 드리우리다〉로 긴장이 승화되어 정지하여 있다. 말하자면 종교적 영역으로 들어가 서정자아는 안도의 숨을 쉬는 것이다. 하지만 「트렁크」에서 보이는 김언희 미학의 출발점은 긴장의 미학으로서 전통미학적 관점에서 보면 거짓된 것, 〈엽기적

인〉것, 불협화음적인 것, 아름다운 감정을 방해하는 것 (“이렇게 질겨 빠진, 이렇게 팅팅 불은, 이렇게 무거운”) 일 뿐이다. 그러므로 그의 추의 미학은 한때 두렵게 여겨지던 것을 거부하는 과정에서 생겨난 것이다. 〈팅팅 불은〉〈몸뚱어리〉, 남근의 위협, 이별의 위협, 죽음의 위협, 이런 것들을 전통미학에서는 승화라는 수단으로 피해버렸지만, 김언희의 시에서는 기억으로(이미지로) 저장된 그것을 반추하는 과정에서 태어나게 하는 것이다. 그렇기 때문에 이때 생겨나는 美는 헤겔식으로 말하자면 긴장관계에서 발생되는 美이며, 그의 이론에 근거하여 발전시킨 아도르노의 정의에 따르면 〈파문에 대한 파문〉(Schönheit ist der Bann über den Bann)이라고 말할 수 있다. 말이 어려울 수 있기 때문에 다시 해석을 하자면, 전통미학에서 추한 것을 파문한 것을 다시 파문하면서 생기는 긴장이 곧 아름다움으로 남아 있다는 것이다. 나는 이 상태가 우리말에도 고스란히 남아 있다고 생각한다. 아름다움이 곧 〈알음다움〉(可知)에서 나왔다는 사실은 이를 반증해 주고 있다. 羊+大가 만들어낸 美를 전통미학에 비유한다면, 〈알음다움〉으로서의 〈아름다움〉은 이런 사회의 변화를 안다는 뜻으로 이해할 수 있어 추의 미학을 정당화해 준다. 이런 사회변화에 대한 알음다움은 곧 심리적이고 내적인 축인 긴장관계에 대한 앎, 즉 카타르시스의 원리와도 일치하는 것이다.

카타르시스와 긴장의 미학

평론가들에 의해 〈끔찍주의〉(남진우), 〈시의 이름으로 자행되는 강간〉

(김정란), 〈욕망하는 기계〉(이승훈), 〈바타이유적 인식-앙띠 오이디푸스〉(한영옥), 〈여성의 도구화〉(노혜경) 등으로 이름 붙여지는 그의 시는 어떤 기의를 갖고 있는가 하는 문제에 관심을 가지지 않을 수 없다. 그는 문제작가/시인인가? 아니면 어떤 시인이 말한 대로 〈욕망을 풀어낼 만한 화법을 가지지 못했〉는가? 위에서 사회적 카테고리로서 판단할 때 요구되었던 〈매개〉의 문제는 원활히 해결하고 있는가. 즉, 시속에 문명에 대한 탄핵의 포자가 있는가 하는 문제를 살펴보아야 할 것이다. 대표적인 시를 하나 분석한다.

> 이리 와요 아버지 내 음부를 하나 나눠드릴게 아니면 하나 만들어드릴까 아버지 정교한 수제품으로 아버지 웃으세요 아버지 아버지의 첫날밤 침대 맡에는 일곱 어머니의 내장으로 짠 화환이 붉디 푸르게 걸려 있잖아요 벗으세요 아버지 밀봉된 아버지 쇠가죽처럼 질겨빠진 아버지의 처녀막을 찢어드릴게 손잡이 달린 나의 성기로 아버지 아주 죽여드릴게 몇 번이고 아버지 깊숙이 손잡이까지 깊숙이 아버지 심장이 갈래갈래 터져버리는 황홀경을 아버지 절정을 아버지 비명의 레이스 비명의 프릴 비명의 란제리로 밤 단장한 아버지 처녀 척 하는 아버지 그래봤자 아버진 갈보예요 사지를 버르적거리며 경련하는 아버지 좋으세요 아버지 아버지로부터 아버지를 뿌리째 파내드릴게
>
> -「가족극장, 이리 와요 아버지」, 전문

우선 인용한 시가 可讀性이 있는지, 아니면 무엇이 이 시의 가독성을 침해하는지를 먼저 체크해 보아야 할 것이다. 경우에 따라 여러 가지 반응을 보일 수 있다. 우선 〈끔찍주의〉일 경우, 〈내장으로 짠 화환〉같은 경우가 될 것이다. 그러면 다시 〈피가로〉는 주인공이 될 수 없다.

왜냐하면 〈내장으로 짠 화환〉이 현실에서는 어떤 것도 직접 지시할 수 없기 때문이다. 말하자면 이 기표는 욕망에 관한 텅 빈 기표이며 사회에 지시대상이 있는 것은 아니다. 그러므로 그의 시는 기표로서의 〈끔찍주의〉가 아니다. 아마도 정신분석학적 카테고리에서 알레고리 정도로 추정할 수 있는 재귀적 의미만 띨 뿐이다. 이것은 〈시의 이름으로 자행되는 강간〉이란 억측의 경우, 또는 〈사도-마조키즘적 에로티시즘〉 같은 것을 언급하는 경우에도 똑같이 해당되는 일이다. 浮動하는 알레고리적 동기가 이 시의 매체이므로 시의 구체적 지시는 시 앞에서 끝났거나 시의 뒤에서 시작할 수 있는 것이다. 그렇기 때문에 이 작품을 해석하는 데는 일반적인 접근이 불가한 듯하다. 또한 모두들 이 작품을 읽으라고 권유할 일도 못되며, 그렇다고 예술작품을 이데올로기적으로 비난하는 것도 문제가 아닐 수 없다. 왜냐하면 이런 아방가르드적 예술작품은 자율성을 그 생명으로 하고 있기 때문이다. 이것을 반증이라도 하듯 시인은 시집의 自序에서 다음과 같이 밝히고 있다.

> 임산부나 노약자는 읽을 수 없습니다. 심장이 약한 사람, 과민체질, 알레르기가 있는 사람도 읽을 수 없습니다. 이 시는 구토, 오한, 발열, 흥분의 부작용을 일으킬 수 있습니다. 드물게 경련과 발작을 일으킬 수도 있습니다. 무엇보다 이 시는 똥 핥는 개처럼 당신을
>
> 싹 핥아 치워버릴 수도 있습니다.
>
> — 2000년 봄 김언희

결국 약은 약인데 심한 부작용을 일으킬 수 있는 약이라는 것이다. 이 말은 정신분석학적 비평에서 빠뜨릴 수 없는 매우 중요한 말이다. 요

즈음 비아그라만큼 인기 있는 약도 없을 것이다. 남근적 욕망을 규범적으로 억제 당한 사람들에게 이 약은 보약 이상의 것이다. 그러나 이 약이 부작용 또한 심하기 때문에 정상적인 사람이 복용하였을 경우 오히려 반대의 효과도 낼 수도 있다 한다. 이 시 또한 마찬가지다. 잘못 읽으면 구토와 열을 동반할 수 있고 자위행위를 하고 죄의식에 사로잡히는 사춘기 때의 감정을 가질 수도 있다. 하지만 어린아이는 똥을 주무르면서도 전혀 구역질을 하지 않는다. 획일적 전통에 속해있는 자들에게 구토를 유발하는 것은 〈어떤 예술적 형상화도 분명한 가치를 가지지 못하는 시대〉(아도르노)에 즐거움이 될 것이다. 그것은 우리로 하여금 이 작품을 정신분석학적 보상의 원리로 읽을 타당성을 부여한다.

이 시는 외설적 용어를 사용하지만 어떤 다른 기호체계로 인하여 그것이 외설 그 자체로 사용되고 있지 않다는 것을 알 수 있다. 시인이 어떤 동기에 의해서 외설적 용어를 사용하는지 알 수 없지만, 그것은 시인의 개인적인 인격과는 직접적 관련이 없을 것이다. 관련이 있다 하더라도 그런 개인사는 훌륭한 것이든, 보잘것없는 것이든, 그것이 단지 도덕체계/이데올로기체계일 뿐이므로 작품이 관심을 가지지 않는다. 그러므로 우리는 텍스트를 보편적 인격체로 보는 연구방법을 택할 수밖에 없다. 우선 이 텍스트는 꿈과 유사한 형상을 취하고 있음을 부정할 길이 없다. 외설적이고 추잡한 것은 의식된 세계에서 정신병자가 아닌 이상 등장하는 일이 없기 때문이다. 이 시를 꿈의 형상이라고 하는 이유는 그 왜곡된 형상 때문이다. 처음에 가학의 기호로 등장한 〈아버지〉와 피학의 〈딸〉의 구도는 시가 진행하면서 〈아버지〉가 〈딸〉이 되고 〈딸〉이 〈아버지〉가 되는 顚倒된 형국으로 발전한다. 이것은 전형적인 꿈의 검열이며 그 검열로 인한 왜곡이다. 그러므로 우리는 이 시를 현실적인 언어로서 비판할 수 없다.

프로이트에 의하면 꿈의 검열은 보통 세 가지 양상이 있다. 첫째는 심한 검열이 있어서 앞뒤로 문맥연결이 불가한 경우이다. 이것은 마치 新軍部에 의해 저질러진 신문검열 같이 군데군데 검열의 공백으로 나타난다. 신경학적으로 그것이 무엇에 의해 저질러지는 지는 신문검열처럼 명확하게 나타나지 않지만 타부나 억압에 의해 저질러지는 것은 분명하다. 두 번째는 어느 정도의 검열이 있고 나머지는 다른 약화된 형태로 치환된 경우이다. 이것을 우리는 보통 환유 내지는 환유적이라고 말한다. 성행위를 하는 대신에 〈허리를 감싸안았다〉라고 표현되거나, 〈계단을 올라갔다〉라고 표현하는 경우가 이를 말해준다. 그리고 마지막으로 꿈 해석에서 가장 어려운 세 번째는 아예 알 수 없는 알레고리로 말해 버린다는 것이다. 꿈은 명확하게 꾸는데 그 내용은 꿈을 꾼 사람조차 알 수 없을 정도이다.

이 시는 이런 꿈의 예 중 세 번째의 경우로 볼 수 있다. 왜냐하면 꿈은 분명한데 그것이 하나의 다른 사건을 환유하기 때문이다. 물론 이 시의 환유 내용은 욕망의 은유이다. 그럼에도 그 환유를 통해 욕망의 은유로 가는 길은 그리 순탄치는 않다. 왜냐하면 수많은 환유의 덫을 통해 욕망의 충족을 성취하는 것을 방해하고 있기 때문이다. 우선 시의 기표가 추구하는 성행위부터 욕망의 단순한 충족에 그치질 않는다. 환각적 체험으로 억눌린 리비도는 체위를 바꿈으로 가능할 수도 있다는 무의식을 불러옴으로써 현실에서 충족되지 않은 욕망을 꿈의 작업을 통해 해소해내고 있다. 아버지로 대변되는 〈쇠가죽처럼 질겨빠진 처녀막〉은 이미 위에서 지적했다시피 사회의 문맥에서 무엇을 탄핵하기 위해 이런 상징을 갖고 오는지 더 말할 필요가 없다. 여성억압, 거세위협, 가부장적 질서, 지배체제의 공고화, 이 모두는 텍스트 인격체로 하여금 심한 억압을 받게 하고 스스로 억제하게 만든다. 그러므로 오히려 현실적으로는 훌륭하거나 고상하고, 도덕적이거나 아름다운 인격일수록 추잡한 꿈의 내용을 가질 수 있다는 것은 분명한 일이다. 무의식은 억압과 같은 심한 자극이 있을 때 발생하는 기제이기 때문이다.

플라톤이 〈선인이란 악인들이 현실에서 실제로 하고 있는 것을 꿈속에서 해보는 것으로 만족하는 사람〉이라고 말한 것은 바로 이런 꿈이나 예술이 탈선과 비행을 정당화시켜 주는 면죄부에 해당할 것이다. 깨지지 않는 가부장적 전통이란 바로 강박이다. 그것은 숫처녀의 〈처녀막〉처럼 질긴 것일진대 억압이 거두어들인 전리품으로서 〈일곱 어머니의 창자로 짠 화환〉과 다를 게 없다. 〈일곱〉은 완전함의 상징, 〈창자〉는 속썩임의 상징으로서 〈붉디 푸르게〉가 가지는 당착어법적 구조만큼이나 미와 추의 극치가 만난 정신 세계가 될 것이다. 꿈에서는 모순된 것이 나란히 존재할 수 있다. 마찬가지로 정신생활에는 대립된 경향들이 함께 기거할 방이 있다. 그곳에서 그들은 근친상간을 하며 전도된 세계를 경험하며 쾌락원칙을 추구한다. 꿈이 무의식의 소산이라면 시 또한 무의식의 소산이어야 한다. 다만 거기에는 사고의 작용이 더 많을 수 있다는 차이가 있을 뿐이다. 그러므로 시/문학에서는 조작이 가능하며, 이때 조작은 욕망의 완전한 충족을 지연시켜 쾌락을 유지하기 위한 동작으로 환유를 통해 의미를 지연시킨다. 그리고 미끄러진 의미를 파악하는 동안 삶의 고통을 잊게 한다. 〈비명의 레이스〉, 〈비명의 프릴〉, 〈비명의 란제리〉, 이런 패티시즘의 대표명사들은 사실은 사막 위의 신기루에 불과하다. 그것은 사람도 아닐뿐더러 우리에게 욕망을 충족시킬 수 있는 대상도 아니다. 그저 오아시스라고 추측하는 것의 신기루일 뿐이다. 욕망이 충족되는 순간 죽음의 본능이 도사리고 있는 것이다. 아래의 시는 바로 그 죽음을 통해 삶의 비밀을 누설하고 있다.

> 그 여자의 몸 속에는 그 남자의 屍身이 매장되어 있었다 그 남자의 몸 속에는 그 여자의 屍身이 매장되어 있었다 서로의 알몸을 더듬을 때마다 살가죽 아래 분주한 벌레들의 움직임을 손끝으로 느꼈다
>
> – 그라베, 부분

원시인들은 이렇게 억압의 대명사인 아버지를 살해하고 거기에다가 토템을 세웠다. 이처럼 시인 또한 억압의 구조를 파괴하고 시라는 토템을 세웠다. 그 토템은 불유쾌한 것이다. 〈그 여자의 몸 속에는 그 남자의 屍身이 매장되어〉있고, 〈살가죽 아래 분주한 벌레들이 움직〉인다. 그러나 그 불유쾌함으로 인해 우리는 쾌감을 얻을 수 있다. 만져보라, 벌레가 득실거리게 될 우리의 매끈한 육체를. 만약에 정신 세계에서도 산토끼가 포수를 총으로 쏠 수 없다면, 인간은 절대 인간으로 살아남지 못한다. 이런 긴장, 그 긴장의 해소에서 우리는 더욱 큰 카타르시스를 얻을 수 있다. 〈아버지〉를 강간함으로써 〈아버지〉에서 해방될 수 있으며, 〈아버지의 처녀막〉을 찢음으로써 내 처녀막이 온전히 보관될 수 있다. 그렇게 하지 않을 수 없는 현실을 우리는 목도하고 있지 않는가. 지하실에서 고문을 심하게 받은 사람은 취조실의 천장이 더욱 튼튼히 지탱되고 있다는 것을 절감할 것이다.

2. 혼자 노는 법 또는 독자와의 게임 – 이수명 론

우리는 오락을 할 때가 많다. 그런데 오락의 제일 가는 특성은 〈묻지마〉라는 점이다. 가끔씩 나는 시인들의 모임에 참석한 적이 있었는데, 일차보다는 이차가, 이차보다는 삼차가 더 재미있어지는 경우를 보았다. 그것은 아마도 시간이 갈수록 〈묻지마〉의 성격이 짙어지기 때문일 것이다. 그런데 나는 가끔씩 그런 오락을 지나고 난 뒤에 왕왕, 노는 것이 교수답지 않다든지 너무 달랑댄다든지 하는 이야기를 듣는 경우가 있다. 고백하지만 내가 그런 모임에서 지저분하게 노는 것은 사실이다. 하지만 나의 이 놀이에 대한 〈물음〉은 놀이의 최선의 불문율인 〈묻지마〉에 대한 위반이라 생각한다. 동시에 이것은 놀이의 본질에 대한 왜곡이다. 놀이는 꼭 터너 같은 이들의 말을 빌지 않더라도 가면무도적이고 반 구조적이기 때문에 놀이를 하는 최대의 목적은 — 이수명이 어느 시에서 표현하듯이 — 〈놀이를 하는〉, 즉 노는 것이다. 그런데 우리는 놀이를 하지 못하는 이들의 시를 대할 때가 있다. 이런 시를 보면서 나는 이수명의 시가 더욱 놀이와 관련이 있다는 것, 정신분석학적으로 말하자면 사고의 결과물이 아니라 환각적 체험으로 만들어져 있다는 것을 느끼곤 한다. 그는 분명 시를 쓸 때 놀이를 한다. 그러므로 그의 시어에 대해, 또는 그의 시에 대해 어떤 관습적 잣대를 갖다 댄다는 것은 무익한 일이다.

혼자 노는 법과 유비추리

이런 잣대로 보면 오히려 이수명의 시에는 위반이 많으며 그 위반이 독자를 난감하게 만든다. 독자가 난감해지는 주된 이유는 의미론적 위반 때문이며, 그 위반에는 우선 인과관계의 위반이 제일 우선하는 듯 하다. 우선 문학사상 2000년 7월호에 게재한 「밧줄」이란 시를 보자.

> 어느 날 그 건물 아래로 밧줄이 드리워지고 사람들이 하나씩 건물을 빠져나갔다. 밧줄은 아주 오래 매달려 있었다. 가느다란 외줄이 부르르 떨고 있는 것을 멀리서도 볼 수 있었다. 그 후 그 건물이 완전히 철거되었을 때 밧줄은 사라졌다. 더 이상 밧줄을 타고 내려갔던 사람들도 보이지 않았다.
> 하지만 나는 누군가 그 밧줄에 매달려 있는 것을 날마다 보았다. 움직이지도 않고 딱정벌레처럼 등을 웅크린 채 그는 허공에서 이리저리 흔들리고 있었다. 나는 이 건물, 저 건물에 그 밧줄을 번갈아 걸었다. 밧줄은 시간이 흐르면서 점점 짧아졌다.
>
> 어느 날 새로 불켜진 창에서 한 사람이 떨어졌다.
>
> – 이수명 「밧줄」

이 시는 〈죽으면 어떡하나〉하는 생각을 가지고 〈한 사람이 죽고 있다〉라는 놀이를 하는 것과 같다. 그리고 이 놀이는 시인 자신만의 놀이를 넘어 독자와의 게임이기도 하다. 건물을 본다. 그리고 거기에다가 밧줄을 걸어본다. 마치 스파이더맨처럼. 그리고 밧줄을 연상하면 틀림없이 〈한 사람이 떨어질〉것이다. 왜냐하면 환각적 체험이라는 것은 꼭 사건 때문에 생기는 것이 아니라 어떤 상황에서 계시되는 것이기 때문이다. 그렇게 보면 〈인간의 아날로지(類比推理) 특성을 이용한 것이 예술이다〉하고 말할 수 있을 것 같다. 이런 그의 시적 특성은 콤바인 페인팅 같은 것들과 매우 유사하다. 피카소나 다다이스트들도 추상적 오브제나 색깔의 조합에서 공간의 가상을 만들 수 있었다. 그런데 이들은 어떤 상징과 메시지로 사람을 유도하는데 반하여 그의 이 시는 무작위적인 오브제를 합성하여 독자가 마음대로 작품의 의미나 관계를 만들어내도록 한다.

어떤 사람이 〈밧줄〉을 이용해서 유리창 청소를 하다가, 아니면 이삿짐을 나르다가 떨어졌다고 가정해볼 수 있고, 밧줄을 이용해 애인의 집을 남몰래 빠져나가는 로미오를 연상할 수도 있다. 思潮史적으로 보아도 이런 문제를 해결하기가 그리 어려운 일은 아니다. 옛날에는 — 이수명 시인이 어느 대화에서 이야기했듯이 — 〈벌레〉, 〈트럼펫〉, 〈장미〉, 〈못〉 그러면 일정한 관습과 관성을 만들어냈다. 하지만 이런 오브제들은 근대/현대에 와서 공적 상징을 잃어버리게 되었고, 단지 어떤 사물과의 관계에서만 가치나 의미를 부여받게 되었다. 아래 시가 그것을 체현하고 있다.

> 못이 박히지 않는다. 망치에 맞아 불꽃을 터뜨릴 뿐 벽 속으로 들어가지 않는다. 벽 속에서 무수히 많은 못이 일어서고 있기 때문이다.
>
> [...]
>
> 둥근 못, 바닥에는 휘어진 못들이 즐비하다. 나는 등이 굽은 생선들을 쓸어 담는다. 상해버린 생선들이 비닐 봉지를 찌르고 있다.

〈휘어진 못들〉과 〈등이 굽은 생선들〉은 문장 상에서는 같은 것이다. 하지만 두 오브제의 관계라는 측면에서는 2^x(숫자 2는 오브제의 숫자, X는 오브제가 가지는 스테레오타이프적 의미)만큼이나 그 가능성이 커지는 것이다. 거기다가 이런 치환을 통한 자기의미의 생성은 말할 것도 없다(이 부분은 뒤에서 언급한다). 어떤 건물을 보자 〈밧줄〉이 상상되고 또 사람이 거기 〈매달려 있〉다가 〈흔들리〉다가 떨어질지도 모른다는 것을 상상한다. 우리는 〈이미지를 그리는 것이지 이미지가 지시하는 대상을 그리지는 않는다〉는 쇤베르크의 말처럼, 이 시에는 아무런 所與가 없다. 〈어느 날〉, 〈그 건물〉, 〈밧줄〉, 〈한 사람〉등에서는 지시할 명사(reference)도, 〈빠져나가다〉, 〈매달려 있다〉, 〈떨고 있다〉, 〈사라지다〉, 〈흔들리고 있다〉, 〈떨어지다〉등에서는 술어(meaning)도, 어느 것 하나 구체적으로 이루어지지 않고 있다. 전통 시라면 적어도 냄새가 있는 몸에다가 옷이 있고 또 맛이 있을 것이다. 그리고 그것이 시공의 소산인 만큼 특정한 기호를 갖고 있다. 하지만 이수명의 시는 이런 것을 짐작할만한 아무런 흔적을 남기고 있지 않아, 의미는 관계에서만 생겨날 수밖에 없다. 이런 식으로 이수명은 노는 방법을 고안하지, 놀지 않는다. 마치 아이들에게 노는 방법을 가르쳐 주면 코끼리를 아빠라 하고 사슴을 엄마라고 하면서 노는 것과 같다.

인과관계를 만들면 시간과 장소, 정체성을 부여한다는 것이다. 그러면 독자들은 해주는 밥처럼 편안하게 의미를 즐기게 될 것이다. 의미란 시간의 문제, 즉 과거와 현재의 정합성 문제에서 발생하기 때문이다. 하지만 이수명의 시에서는 외형상 〈어느 날 그 건물 아래로 밧줄이 드리워진〉것과 〈사람들이 하나씩 건물을 빠져나간 것〉사이에 아무런 관련이 없다. 〈생선을 쓸어 담다〉가 〈못박는 것〉을 연상했는지 아니면 거꾸로인지 아무런 대답이 없다. 이럴 때 우리는 아이들에게 그게 왜 코끼리야 하고 묻고 싶은 마음이 든다. 경우에 따라서는 시간적으로 나중에 일어난 사건이 선행하는 경우도 허다하다. 그렇기 때문에 그의 시들은 통사적 구조에서나 문장과 문장 사이에서 아무런 인과관계도 성립되지 않고, (전통적 시학의 관점에서) 아무런 의미도 생산하지 않는다. 그의 시들은 그저 〈왜가리가 《왜가리》 놀이를〉하듯, 대상이 다른 대상과 관계를 맺으면서 어떤 차연을 만들어내고 있다. 그는 이렇게 노는 방법을 발설하기를 완강히 거부한다. 이것이 그가 만들어내는 독자와의 게임, 〈묻지마〉이다

독자와의 게임과 인과의 원칙

그의 놀이 방법을 받아들이면 그는 푼수처럼 이 말 저 말을 뱉아 놓는다. 그걸 따라가려면 우선 사흘은 걸린다. 하지만 사흘째는 기존의 선형적 인과관계를 포기하고 말 것이다. 그 후에 우리는 — 시인은 시론은 쓸 수 있는 것이 아니라 집으로 가져가는 것이라 말한 적이 있다 — 마법적 인과관계로 가야 한다는 것을 터득한다. 마법적 인과관계는 꿈의 해석이라 해도 좋고, 무의식 속의 심적 활동이라 해도 좋다. 하지만 고착된 시적 질서에 대한 우려가 우선 점토(粘土)의 상태로 환원되어야 할 것만큼은 분명하다. 문자나 인과관계에 현혹되어 마음을 읽지 못한다면 그의 시의 질서를 찾을 수 없다. 시인은 이런 의미에서 당당한 위반을 하며 독자와의 게임을 하고 있다.

자신을 찍으려는 도끼가 왔을 때
나무는 도끼를 삼켰다.
도끼로부터 도망가다가 도끼를 삼켰다.

– 이수명 「나무는 도끼를 삼켰다」 부분

이 시에서 보듯이 그의 시에는 顚倒의 양상이 많이 구체화된다. 이수명의 시가 환각적 체험으로 되어있다는 나의 생각은 그의 문법이 가지는 感覺像들 때문이다. 우리가 의미라고 생각하는 것은 어쨌든 사고의 결과로 생겨난 것이다. 우리는 審美(das Asthetische)란 말을 좋고 나쁜 단순한 감정이 아니라, 그 감정이 사고와 충돌해서 빚은 결과로 이해한다. 그것이 곧 정서이기도 하다. 그러나 이수명의 시들은 대개 무의식에 남아있는 감각적 인상의 記憶像, 즉 의미, 가치, 목적 등의 思想이 결부되기 이전의 것이거나 아니면 그 너머의 것이다. 그의 시가 지향하는 것은 존재나 존재론적 정황이 아니라, 무의식적 주체를 전면에 부상시키는 것이다. 그러므로 시적 장치로서의 이런 전도는 무의식에서는 실제로(!) 일어나는 심적 활동이다. 나무가 〈도끼〉를 맞을 때 〈삼키는〉 일 외에 적절한 일은 없다. 꿈에서는 종종 산토끼가 사냥꾼을 총으로 쏘는 경우가 있다. 즉, 사건의 배열이 반대로 되어 있기도 하고 선행해야 할 사건이 결과적인 사건 뒤에 놓이기도 한다. 이런 것은 꼭 꿈이 아니라도 우리 현실에서 얼마든지 찾아볼 수 있는 일이다. 강박이나 억압 등은 그렇게 심적 활동을 강화시키도록 몰고 간다. 그러므로 이수명이 〈언어 관습에서 멀어있다〉는 혐의는 마치 폭설에 뒤덮인 마을이 없다하는 것과 마찬가지다. 시의 구성에 있어서도 본말이 전도되어 있는 경우는 허다한데 이로 인해 사물은 본래의 기능을 회복하고, 인간의 존재 자체는 그 원형(arche)으로 환원된다. 그것은 억압적 사회구조 (동시에 시적 질서)에 강요당하는 인간의 모습을 적시하거나, 그로부터의 탈출이다. 그의 시에서는 주어진 소재들, 이를테면 〈밧줄〉과 〈사람들이 빠져나감〉, 〈못〉과 〈생선〉, 〈왜가리〉와 〈줄넘기〉 등이 외견상 아무런 인과관계에 있지 않다. 그런데도 독자들은 이 소재들 사이에 인과관계가 있고 그래서 의미가 있을 거라고 생각한다. 이것이 이수명이 독자에게 거는 게임이다.

신화적 의미와 우연의 발견

오브제나 事象을 대하면서 보통은 지나쳐 버리곤 하는 사소한 것에 특별한 의미를 부여하는 것을 우리는 보통 미신이라고 한다. 이렇게 보면 시는 미신이며 진화되지 않은 논리의 典型이라고 할 수 있다. 기원전 7세기 호메로스는 진리였지만 17세기에 신화(허구)였다. 합리적인 사람들이 동기 없이 일어나는 우연한 것들이 존재한다고 생각하는 반면에, (전통적) 시인들은 어떤 우연함도 허용치 않는다. 이런 의미에서 〈이름을 붙여주었을 때 너는 나에게 꽃이 되었다〉 하는 식은 전근대적 祭儀가 隔世遺傳으로 전해진 잔재에 불과한 것이다. 그렇기 때문에 전통적 시인들은 〈이 모든 것에는 의미가 들어 있다〉라는 생각을 가지고 있다. 그래서 점성술, 점, 미신 등은 바로 이런 古儀的 세계의 망령이 살아난 결과이다. 그것을 우리는 마법화(Bezauberung)라고 말한다. 외적 현실과는 무관한 인간의 소원이나 두려움들은 이런 우연에 대한 믿음을 통하여 응답을 얻게 되고 가상적이나마 필연성을 획득하는 것이다. 지배적인 문화에 대한 불만은 모든 사상을 이런 낭만적 동경(미신)을 통하여 의미 있게 관찰하는 권리를 부여한 것이다. 그리고 이런 전통적인 시들은 율격이나, 가지런한 이미지, 결속력 있는 내적 구조를 통하여 조화로운 세계라는 인상을 가지게 한다. 거짓이 이런 설득력의 옷을 입으므로 이 거짓은 마치 옳은 것처럼 보인다. 그리고 독자들은 우리가 일상에서 체험하는 낯선 것을 익숙한 자신의 심리적 언어로 옮긴다. 맑은 것에서 추억을, 별빛에서는 희망을, 달에게서는 연민을, 꽃에서는 사랑을 찾으면서 자기가 속한 세계의 공적인 상징으로 옮긴다.

이수명의 시는 바로 이런 움직임을 보이는 우리 시대의 독자들에게 일종의 게임을 하자고 제의하고 있는 것이다. 그런 은유와 알레고리, 상징을 새로운 질서로 재편하자는 제의를 한다. 이를테면 〈밧줄〉하면 생명을 연상하고 그리고 그 다음에는… 하는 식의 생각은 그의 시에서 유보되거나 거부되거나 끝내 부정된다. 이때 독자들은 답답해진다. 전통의 시인들은 나누어서 떨어지는 자연수만을 생각한다. 언제나 나누어서 떨어지는 여인, 소수점 이하는 반올림이 가능한 언어, 이런 이들에게는 질서와 윤리가 우선이지 놀이는 뒷전이다. 하지만 이수명의 시에서는 이런 것들이 다른 질서에 의해 배열되거나 소수점 이하로 처리되는 것이다. 그러므로 추억이나 고통, 분노나 외로움으로 딱 떨어지기를 바라는 독자들에게 누가 더 타당한가를 내기 걸고 있다. 그의 시에 나오는 〈나〉는 서정적 〈나〉이거나 현실원칙의 〈나〉가 아니다. 그것은 유희 상태의 〈나〉이거나 〈나〉를 관찰하는 〈나〉, 그리고 한 걸음 더 나아가 아무것도 아닌 〈나〉, 즉 게임을 하기 위한 하나의 수단인 〈나〉일수도 있다. 그리고 그 수단 또한 신화만큼이나 아기자기한 동화적 요소를 가져와 친근한 장난을 걸어온다.

텅 빈 기표의 기호인가 새로운 상징인가

그렇다면 이수명의 시에 등장하는 소재나 구도가 자의적으로 아무렇게나 처리될 수 있고 해석될 수 있다고 말할 수 있는가? 내가 보기에는 그의 시를 읽으면서 시작법이나 태도, 구성원리가 가지는 공소한 기표에만 관심을 가져서는 안 될 것 같다. 그런 의미에서라도 그의 시를 좀더 현실적 영역으로 끌고 나와 그 구체성을 담보해줄 상징의미를 찾아보는 것이 좋을 듯하다.

> 계속, 물만 마셨다. 컵 속에 얼굴을 떨어뜨렸다. 컵 속에서 얼굴은 눈 코 입이 지워졌다. 소리도 빛깔도 냄새도 지워졌다. 나는 컵을 내려놓았다. 검은 우산을 쓴 무리들이 일제히 창 밖을 지나갔다. 우산에 가려 그들의 얼굴은 보이지 않았다.
>
> —「얼굴」전문

말하자면 〈얼굴〉이라는 말 자체가 재귀적으로 지니고 있는 의미는 〈밧줄〉이나 〈나무〉처럼 사고의 결과가 아니라 환각적 체험이다. 우리가 시를 쓰거나 평하는 것은 어떤 의미에서든 논리적 작용을 말한다. 하지만 꿈의 기능 중에서 가장 중요한 기능은 심적 부담을 해소하는 기능이다. 그 해소는 환각적 체험으로 이루어진다. 내 얼굴을 〈컵 속에 떨어뜨리〉지 않고는 우리가 계속 그 얼굴이나 물에 빠진 얼굴에 신경을 쓸 것이다. 마치 시험을 치르고 발표를 기다리는 사람의 꿈에 시험 발표가 나고 떨어지는 꿈이 나오듯이 이 시를 위시한 이수명의 시는 그런 환각 체험(연상작용 같은 환각을 말하지 않는다)을 통한 심적 부담을 해소하고 있다고 볼 수 있다. 그렇기 때문에 여기에는 리비도적 願望을 배제할 수 없는 어떤 상징체계(외적 상징과는 다른 심리적 차원의 상징)가 있다. 이 시에서는 단순하게 부분적 상징을, 즉 顯在를 해석해서는 곤란하다. 마치 나르시스가 물에 비친 자기를 잃었듯이 〈나〉는 〈컵 속〉에서 나를 잃는다고 함으로써 나르시시즘을 패러디화 하고, 〈접시 물에 빠져죽는다〉는 우리의 속담을 환각으로 체현하고 있다. 후반부는 역시 얼굴을 잃은 〈나〉가 무리들로 전위·· 왜곡됨으로써 무의식적 〈나〉는 신이 되어 검열하는 〈나〉로 변신하고 있다. 얼굴 없는 시대, 정체성을 상실한 시대, 관찰하는 시대, 감시하는 시대를 이보다 더 환각적으로 보여줄 수 있을까 하는 생각이 드는 수작이다.
이렇게 보면 「밧줄」에서의 〈오르락내리락〉은 바로 리비도의 충족에 관한 상징이다. 그의 시 전체에는 그런 욕망을 거세라는 지우개로 지우고 그 지운 자리에 하나의 기념탑을 세워두었다. 말하자면 원시인들이 殺父를 하고 그 자리에 타부라는 탑을 세운 것과 같은 구도이다. 그렇기 때문에 이런 욕망의 뒤에는 종종 죽음의 충동이라는 근원적인 체험이 감지되기도 한다. 이런 욕망의 메커니즘에 대한 숨겨진 상징 구조는 그의 시에서 다양하게 전개된다.

> 그가 야구 방망이를 휘두른다. 그는 달린다. 야구 방망이가 달린다. 높이 떠오른 그의 얼굴이 달린다. 사람들의 함성이 운동장을 달린다.
>
> –「야구선수 K」 부분

페니스의 상징과 권력의 상징이라 볼 수 있는 〈야구 방망이〉 또한 〈텅 빈 기표의 연쇄〉로만 읽을 수는 없을 것이다. 야구장에서 충분히 일어나는, 일어날 수 있는 상징을 생각해 볼 수 있다. 야구 선수가 〈방망이질〉을 하고 야구선수가 달리는가, 아니면 관중이 달리는가? 방망이질을 하면 공이 달리는가, 야구 방망이가 달리는가? 야구선수가 달리는가? 아니면 〈그의 얼굴〉이 달리는가? 급기야는 〈사람들의 함성〉이 달릴 것이다. 길가에서 누가 오줌을 누는 것을 보면 그 사람이 창피한가, 내가 창피한가? 시인은 욕망을 은유하고, 그것도 모자라 남근의 상징이랄 수 있는 〈방망이〉, 〈함성〉으로 치환하여 거대한 문명, 거대한 문화산업을 적시하고 있다. 응축(은유)과 치환(환유)을 통한 이런 그의 무의식적 왜곡은 작품 도처에 깔려 있다. 위에서 읽은 시 「못」에서는 〈박히지 않은 못〉을 연상하는 사이에 〈쓸어 담는 생선〉으로 도망치는 거세의 모습을 그리는데 웃음을 자아내게까지 한다. 검열이 되기 전에 스스로 검열하는 그의 모습은 우리의 모습을 어떻게 그렇게 쏙 빼닮았는가.

에필로그

내가 처음 평론이란 붓을 잡은 것이 1999년 『시와반시』 봄호였다. 그때 제일 먼저 다룬 시인이 이수명이었으니 그의 시를 안 것이 2년 남짓하다. 그 후 나는 그의 시를 『현대시학』에서 또 한 번 찾은 적이 있다. 그의 시는 깔끔한 그의 성격만큼이나 완벽하고 깨끗하다. 나는 우선 그의 시만큼이나 그가 무슨 일을 하되 투명할 것이란 생각을 한다. 또한 그는 분명한 언어로 왜곡된 것을 그리기 때문에 그의 시와 그의 삶은 일치 않는 것 같다. 하지만 그에게서 풍기는 분위기는 아무것도 물을 수가 없다. 그래서 그와 대화를 나눈 것도 시에 대한 이야기밖에는 없다. 그런 대화 속에서 그가 나에게 남긴 한 마디는 매우 의미심장하다. 그것은 어떤 글이든 〈첫줄을 읽어보고 맘에 들지 않으면 덮어버린다〉는 것이다. 이것이 이수명의 시작의 본질이 아닌가 하는 생각이 든다. 내가 무슨 의미인지를 자꾸 캐는 것과 그의 시는 매우 대조적이다. 그를 〈해석〉하기 위해서 〈묻지마〉라는 원칙을 지키지 못한 나는 이미 그와의 게임에서 진 것이다. 그의 시는 체험하고 쉬는 것이지 의미하지 않기 때문이다. 하지만 해석을 하고 설명을 해야한다는 迷信에서 탈출하는 길을 나는 아직 발견하지 못하였다.

- 2001년 제2회 박인환 문학상 수상작품집 밧줄, 작품론 -

3. 시, 말할 수도 볼 수도 없는 – 유홍준 론

화가인 드가(Degas)가 말라르메를 만나 자기에게 소네트를 쓸 좋은 생각이 있다고 말하자 말라르메는 "시는 **말(언어)**로 쓰는 것이지 **생각**으로 쓰는 게 아닙니다"라고 대꾸했다는 일화가 있다. 그렇다. 이것이 시를 다른 문학 또는 다른 예술 장르와 구별되게 하는 점일 것이다. 시에는 언어의 품격과 독특한 정서, 그리고 시적 리듬이 있다. 이런 의미에서 시의 표현은 곧 세계이고 우주이며, 말라르메의 말은 옳았고 드가의 생각은 몽매한 듯 했다. 그러나 차츰 시의 세계는 표현으로서의 언어보다는 행위(Akt)로서의 언어에 더 관심을 보이기 시작했다. 그 이유는 은유와 비유, 영탄과 수사의 세계가 더 이상 진실을 보여주는 逼眞의 세계가 아니라 그것만으로 유지되는 권력의 세계처럼 보였기 때문이다('은유는 폭력이다,' 데리다). 이 권력은 감정의 촉수와 존재의 모순을 노래할 도구를 얻는 데만 진력한 나머지 시가 지향하는 본래적 의미를 퇴색시켜 버렸다. 시를 위한 시, 표현을 위한 표현, 이것들은 이제 영혼이 떠난 시신이 될지도 모른다. 이제 시는 정향점을 잃어버렸다.

사랑하는 사람과 있으면서 딴 생각하기 [1)]

유홍준의 시편들에는 이런 시의 정향성 상실에 대한 고민이 스며들어

1) 롤랑 바르트의 말이다.

있다. 그는 부단히 음각을 통해 양각을 만들어 내는데 진력하지만 그 조각도가 무딤을 한탄하고 있다. 詩語의 제한성이란 이미 우리 모두가 절감하고 있는 터 다시 더 무엇을 상술하랴. 아무리 아름다운 글귀를 보여주어도 감동하지 않고, 아무리 재미있는 散文을 늘어놓아도 웃지 않는 시대를 우리는 어떻게 살까? 더욱이 이 시대에 우리는 어떤 시를 쓸 것인가? 유홍준의 시편들은 이 문제를 천착하고 있는 듯하다.

> 걸개 그림을 뗀다 그림을 걸었던 자리, 하얗다 하얗다 썬텐한 여자의 브래지어 속처럼. 어루만지면 딱딱해지는 벽이 유두를 돋우어 낸다 나는 외투를 벗어 유두 위에다 건다 얼굴도 내장도 없는 거죽이 유두를 물고 빤다 내 거죽은 서서 유두를 물고 내 거죽은 서서 둔부를 들썩거린다 유두를 물고 빠는 입을 떼는 순간, 거죽은 방구석에 쭈그러진다 거죽은 곤한 잠에 빠져든다 거죽만이 매달릴 수 있는 절벽, 절벽, 아무 일 없었다는 듯 거죽이 거죽을 입고 私娼을 빠져나간다
>
> —「31일」

그의 시가 삶의 구체에 대해 말하는 것을 포기한 것은 그의 시가 가지고 있는 秘儀이다. 시란 〈썬텐한 여자의 브래지어 속처럼〉하얀 것을 보여주고 그 灼熱하는 태양의 밑을 보게 하는 것이다. 그런 의미에서 이 시는 직관의 기호로 그저 간결하게 어떤 〈私娼〉의 일상을 묘사하고 있는 것 같다. 시인이 — 아니 소시민의 일상이 — 삶의 비좁음을 관념으로 대치했던 현장은 어쩌면 시가 겪고 있는 自慰行爲에 대한 알레고리일 것이다. 사창이든 공창이든 그것은 프로스티투션(앞에다 갖다 댄다, 즉 그냥 대준다는 뜻)의 말뜻에 해당하는 바, 물질적 부족과 그것을 보상하려는 심리적, 육체적 운동은 〈31일〉이 지난 후 더욱 뚜렷

이 기억에 남는 것이다. 그냥 갖다 댄다. 시가 낙원을 상실하기 이전에는 교성이 있었고 그 교성이 꾀꼬리의 雌雄相依하는 모습에 견주었겠지만 이제 산문은 (현실은!) 그것을 아쉬워하고 그리워 할 밖에 도리가 없는 것이다. 〈딱딱해지는 벽이 유두를 돋우어 내고〉 암브로시아와 넥타를 쏟아내는 순간을 〈거죽〉은 그저 상상할 뿐이다. 자연에 대해 시를 쓰려는 좋은 마음을 먹고 자연에 가보면 베어 넘어진 나무밖에 없다(Erich Fried). 유홍준의 시는 바로 베어 넘어진 나무에서 출발하고 있다. 그렇지만 그 베어 넘어진 나무는 다른 나무가 아니라

> 「...」지겨운 초록빛이다
> 그 나무는 너를 물들여 죽이려 한다
> 그 나무는 네 눈알을 후벼팔 까마귀를 깃들인다
> 그 나무는 네가 목매달아야 할 가지가 자란다
> 그 나무는 네가 입어야 할 관을 키운다
> 그 나무는 네 아버지의 주검 위에 자란다
>
> —「그 나무는,」 부분

詩話에서 직접 말하고 있듯이 시인은 〈산문 속에서〉 시를 찾고 있는 듯하다. 초등학교 때 크레용이나 파스텔을 열면 길이가 유난히도 짧았던 초록도 이제는 "지겨운" 초록빛이 되고 말았고, 그 물감에 잠겨 동경의 동심원을 그렸던 어린 생각은 죽음의 공포를 맛보아야 한다. 〈까마귀〉와 사형틀(〈목매 달아야 할 가지〉), 〈관〉과 〈주검〉은 우리가 일상에서 대하는 산문의 현실이면서 '시의 죽음'에 대한 메타포이기도 하다. 우리는 눈을 뜨되 보이지 않는 세상에 살고 있다. 이런 의미에서 유홍준이 택하는 시어들은 陰畵이며 추와 그로테스크의 상징물

이다. 그러나 진정한 자연의(또는 본성의) 아름다움은 이런 추에서 나올 수밖에 없다. 그것은 근대적 계몽이 만들어 놓은 모순중의 하나이다. 계몽적 합리로 우리는 많은 것을 잊어 버렸다. 〈머리결〉을 보며 〈면발〉을 생각하는 誤認의 구조는 그의 시 곳곳에서 보인다. 그렇기 때문에 이런 類의 정서는 시인이 과거에 가졌던 어두운 충동, 궁핍한 자세에 대한 시적 동경에서 비롯된 것이리라. 그의 시 전편에 라이트 모티프처럼 흐르는 추의 〈거죽〉들은 진실로 우리에게 무엇이 아름다운지를 보여주고 있다. 빵과 쥐, 흉터와 새, 질질 끌고 다니는 자루, 머리카락과 자장면, 안개와 장례, 빨간 고기, 낡은 면도날 등의 표현은 이러한 미와 추의 존재론적 이율배반이나 오인의 구조를 상호보족적 역학관계에서 그려내고 있다.

다른 이야기 또는 소리의 유혹

나는 그를 만난 기억이 있다. 그가 시와 반시의 신인상으로 데뷔하던 날 술자리에서 일어난 일이다. 정진규 선생과 이승훈 선생께서 그에게 당선시편을 낭송할 것을 요구했고, 시 또한 「우리 집에 와서 다 죽었다」라는 시가 좋으니 그걸 낭송하라는 요구였다. 정말이지 데뷔하는 사람의 시로서는 (아니 데뷔할 때의 시가 가장 훌륭하지 않는가!) 너무 가슴에 와 닿는 시였다. 어쩌면 서정적 표현 없이 시가 이렇게 서정적일 수 있는가 하는 생각을 들게 했다. 또 한가지는 그 시가 무엇을 구체적으로 말하는지 알 수 없는데도 마음에 와 닿는 그런 시였다. 그런데 이게 웬 말. 시인이 시를 낭송하는 순간 모두들 실망의 빛이 역력

했다. 그가 억센 진주의 사투리로 〈...바람또 태양또 푸른 박테리아 또 희망또 절망또...〉하고 읽어갔을 때 분위기는 깨졌고 취한 좌중은 그게 시냐 하며 그를 면박주기 시작했다. 확실히 그는 말에 투박하고 어눌했다. 그 이후의 이야기는 사적이라 말하지 않겠다. 다만 그 때 나는 시란 누룩처럼 발효를 해야하는구나, 밀 알처럼 썩어야 하는구나 하는 것을 실감했다. 그리고 진정한 시의 소리는 부정된 산문 때문이구나, 그의 시는 그가 시를 쓰려다 실패한 것이구나 하는 것을 느꼈다. 그의 시는 분명 말못하고 보지도 못하고 손발을 끊긴 상태에서 귀에 들린 소리인 것 같다. 그가 산문의 문을 감지만 시의 귀를 막을 수는 없다.

슈베르트가 작곡한 빌헬름 뮐러의 『겨울 나그네』(Winterreise)에는「보리수」라는 시가 있다. 그중 한 구절에 그 나그네가 〈캄캄한데도 눈을 감았다〉라는 표현이 있다. 〈가지에 새겨진 사랑의 말〉은 있으나 그 언약은 깨졌고 그 사랑의 사람도 보이지 않는 상황에서 그는 이제 보는 것을 포기해야 한다. 그러나 그가 억지로 눈은 감았지만 의미의 계시를 피할 수가 없다. 그것은 그가 새겨진 사랑의 말을 보지 않으려고 해도 귀에 들리는 소리는 막을 수 없기 때문이다. "이리오라 친구여, 여기 와서 쉬어라"하는 소리를. 청각은 외부에서 들어오는 소리를 선별할 수 없다. 시각이나 미각, 촉각은 지각할 대상을 선별할 수 있지만 청각은 그렇지 못하다. 우리는 어떤 사물을 보지 않을 수 있다. 그러나 소리는 선택할 수 없는 만큼 절대적인 성격을 띤다. 나는 유홍준의 시편들을 읽으면서 그가 내적 욕망의 소리를 얼마나 탐닉하는 지를 보았다. 보는 것을 포기함으로써 얻는 상상의 공간은 그의 욕망의 소리를 듣는 디딤돌이다. 욕망의 소리는 곧 산문적 세계에 拮抗하는 그의 시적 세계이다.

미장원에 다녀온 그녀의 머리카락은 갓나온 자장면 면발이다
가위로 잘라 담으면 한 접시, 전화코드다 풀 수 없는 실뭉치다
실뭉치가 냄비처럼 끓는다 그릇 속에 빠져 있는 머리카락을 손
끝으로 집어낸다 그녀의 머리결에 물결이 출렁거린다 물결치
는 그녀의 머리카락을 쳐내면 밤송이 가시가 돋는다 가시를 쓰
다듬는다 가시같은 음모가 있다 음모에 찔려 죽은 사내가 있다
나는 자장면 그릇에 젓가락을 찔러 넣는다 딱, 그녀가 젓가락
을 부러뜨린다

—「머리카락으로 만든 자장면」

이 시를 상징으로 읽든, 성적 행위의 과정을 묘사하는 알레고리로 읽든 어떤 경우에라도 밤송이 같이 거부된 현실의 도전을 부정할 수 없다. 자장면 면발이 주는 부드러움은 이제 더 이상 머리결의 부드러움으로 치환될 수 없다. 음모에 찔려죽은 사내는 결국 소리의 세계를 믿고 있는 화자가 산문의 세계에서 소외됨을 표현하는 것이다. 아 얼마나 그리운가? 주린 배를 움켜잡고 읍내에서 본 자장면 면발이 속삭이는 소리는. 그러나 미장원에서 반질반질하게 손질한 머리카락이라는 생활세계의 투망에 포획되어 있는 우리는 그 소리를 들을 뿐이다. 이곳에는 〈젓가락을 부러뜨〉리는 〈그녀〉나 〈너덜너덜한 자루〉, 〈빨간 고기〉만이 있기 때문이다. 시인은 이런 시각적 경험을 소리로 전이하면서 젊은 날의 경험을 기억에 생생하게 건져내고 있다.

중요하지 않은 이야기

시인이 산문의 와중에서도 시를 추구하는 것은 온갖 도덕과 질서, 말

과 가상의 통제에서 해방되고자 함일 것이다. 또한 말로 표현할 수 없는 삶의 비밀을 침묵으로 듣고자 했음이다. 그러나 이런 시인의 의도는 그가 신인으로 시를 쓸 때 보여 주었던 투명함과 응축에 비하면 다소 느슨해진 것 같다. 프로피로서의 중압감 때문일까, 아니면 현실을 제압하고자 하는 보상의 심리가 약해진 때문일까? 「빵 속에 쥐가,」라는 시를 보면 관념의 작위가 눈에 거슬린다. 쥐와 아이의 구도가 다른 강한 이미지인 쥐와 여자의 구도로 인해 초점 흐린 사진과 같이 되었다. 〈낡은 면도날처럼 세월이 텁수룩한 그를 뜯어먹는다〉 (「개가 물고 사라진,」)에서 〈낡은 면도날처럼〉은 〈낡은 면도날 같은〉으로 바꿔야 통사적으로 의미 전달이 될 듯하다. 「고무 슬리퍼」에서는 〈슬리퍼〉가 왜, 어떻게 〈회〉로 연상/은유/환유 될 수 있는지가 분명치 않다. 「자루 이야기」는 재미있게 읽었다. 의미면에서도 자루의 기능과 끌려가는 모습을 시각화하였다는 점에서 매우 돋보이는 시이다. 다만 그러자면 음악에 리듬이 있듯이 (리듬은 박자가 아니다!) 시의 의미/무의미와 시의 형식이 긴장을 이루었으면 하고 욕심을 부려본다. 이미지의 나열은 곧 박자의 나열로 연결되고 그런 시는 우리가 이미 식상하도록 읽지 않았는가. 「머리카락으로 만든 자장면」의 마지막 구절 "딱, 그녀가 젓가락을 부러뜨린다"는 표현은 설명 이전의 사고의 직접성을 방해하는 불순분자이다.

시인이여 입을 가려도 안되거들랑 막으라. 가린 입으로 말이 새어 나온다. 눈을 막아도 안되거들랑 아예 빼버려라. 빛이 새어 들어 온다. 〈귀와 좆〉같은 관념에 기대지 마라. 뼈만 만져 봐도 이게 누구의 시인가 당신의 '스승'이 알 때까지. 시가 언어에 천착하지 않는다면 생명을 잃는 것이다. 다시 돌아간다. 말라르메는 옳다. 그의 말은 관념을 절약하고 그저 있는 그대로 보여주라는 뜻이다.

4. 실망과 상상력의 접점 – 박상순의 시

상상의 역동적 에너지는 임의적으로 생기는 것이
아니다. 말하자면 그것은 도구가 아니라 원천이다.
- D. G. Janes, Scepticism on Poetry

의사 K의 옷장에서 놀이공원 지도를
발견했습니다.
의사 K는 나의 오랜 친구이지만
놀이공원에는 가지 않습니다.

의사 K는 지금 내가 알지 못하는
어떤 긴급한 전화를 받고
잠시 자리를 비웠습니다.

그가 서둘러 옷을 입고 나간 뒤
나는 의사 K의 열린 옷장을
무심히 바라보다가

K의 옷장에서 놀이공원 지도를
발견했습니다.
내 오랜 친구인 의사 K는
놀이공원에는 가지 않습니다.

전에도 의사 K는
어떤 긴급한 전화를 받고

오늘처럼 밖으로 나갔습니다.
K는 훌륭한 의사입니다.

그때도 나는 K의 옷장에서
놀이 공원 지도를 보았습니다.
롤러 코스터, 휴게소, 작은 광장, 매표소,
분수, 징검다리, 유령의 집, 전망대

지도에는 정확한 위치
조목조목 일러주는 설명문이 있었고
심지어는 이곳에서
그곳으로 가는 길

잘못 들면 빠져나와
다시 쉽게 가는 길도 적혀있었습니다.
그렇지만 의사 K는 물론
나 역시
놀이공원에는 절대 가지 않습니다.

그런데 오늘 또
의사 K의 옷장에서
새로 바뀐 놀이공원 지도를
발견했습니다.

의사 K는 나의 오랜 친구입니다.
내가 그를 찾아가면 꼭
긴급한 전화가 옵니다.
의사 K는 참 바쁜 의사입니다.

그가 나가면
옷장 문이 또 이렇게
열려있게 됩니다.
놀이공원 지도 속엔 걷는 사람, 뛰는 사람
쉬는 사람, 누운 사람, 의사 K와 같은 사람
하나 없지만
나는 또 할 수 없이
이런 저런 사람들을 생각하며
지도를 보며
의사 K를 기다립니다.

K를 기다리며 나는 옷장에서 떨어진
놀이공원 지도를 보고있지만
의사 K는 놀이공원에는 가지 않습니다.
나 또한 가지 않습니다.
의사 K는 지금 내가 알지 못하는
어떤 긴급한 전화를 받고
밖으로 나갔습니다.

나는 지도를 보며 K를 기다립니다.
의사 K는 나의 오랜 친구입니다.
놀이공원에는 절대로 가지 않을 겁니다.

– 박상순, 「의사 K와 함께」

박상순의 시는 씹으면 씹을수록 고소한 올리브 같다. 사실 올리브는 우리 입맛에는 별로다. 우선 짜서 먹을 수가 없다. 그러나 올리브의 짠 맛에 실망한 사람은 올리브가 가진 맛의 아우라를 볼 수 있다. 올리브

만큼이나 박상순의 시는 우리 독자들에게는 낯설지도 모른다. 첫째, 그가 즐겨 다루는 주제가 자연이나 이별, 슬픔, 허기짐 등과 같은 식상한 주제가 아니라는 점에서 그렇다. 둘째, 전통적인 시가 주는 위안이나 교양, 아포리즘, 심지어 도덕하고는 거리가 멀어도 한참 멀다는 점에서 그렇다. 셋째, 이미지를 전개함에 있어, 산문적으로 말하자면 스토리에 있어서 크게 긴장감을 유발하지 않는다. 그리고 표현도 유장하다거나, 나긋나긋하다거나 그렇다고 당돌하거나 뭔가 우리의 가슴(!)을 움켜쥘 만한 것이 없다. 넷째, 시 쓰는 자체가 그의 세계라 해도 전통적인 시만큼 분명한 담론(discours)을 보이지 않는다. 넷째, 통사적 문체에 있어서 유장하거나 흔히 감정의 촉수라고 표현하는 흐름이 없다. 오히려 그의 표현은 흐름을 차단하는 모순어법이나 문장파괴(Anakoluth), 반복어법이 허다하다. 이런 점을 종합해서 형식 논리학자들이 하는 대로 말해보자. 〈고로 그의 시는 시가 아니다〉. 남들이 모두 가지고 있는 것은 다 가지고 있어야 시인구실을 하는 우리나라에서 아들이 없어봐라. 그것 하나 갖고 목숨을 버리는 사람이 있다. 시인이나 평론가인데 교수이어 봐라. 그게 하늘을 찌르는 나라가 우리나라다. 라캉 식으로 말하자면 존재를 부정하고 주체를 찾으려고 몸부림친 사람이 주체는 얻었지만 존재에 의해 주체는 상처를 입고 결국은 주체도 없는 것이나 마찬가지가 되는 세상에서 이런 시가 읽혀지는 것은 기대하기 어렵다.

마법적 인과관계

그러면 뭐가 나로 하여금 그의 시를 읽게 만드는가. 그것은 바로 〈실망〉이라고 생각한다. 그것은 두 가지로 해석할 수 있다. 우선은 내가 그의 시를 따라다니다 보면 그 시가 나의 기대지평을 벗어나 엉뚱한 곳으로 간다는 점에서 그렇고, 화자의 존재도 주체를 따라가다 끝까지 가지도 못해서 엉뚱한 곳으로 빠지는 주체에게 엄청난 실망을 하고 있다는 점에서 그렇다. 시에서 〈나〉는 〈의사 K〉를 잘 안다고 생각하고 있다. 〈의사 K는 나의 오랜 친구〉란 말을 세 번이나 반복을 함으로써 통념적으로 그를 잘 안다는 기호를 생산한다. 〈의사 K는 놀이공원에는 가지 않는다〉, 〈K는 훌륭한 의사입니다〉, 〈K는 참 바쁜 의사입니다〉, 〈의사 K와 같은 사람〉는 경험적 판단으로 K가 자기 해석의 그물망에 포획되어 있음을 시사하고 있다. 이런 의사 K는 그에게 비친 가변적 존재일 뿐 K의 주체는 (동시에 화자의 주체는) 아니다. 우리는 많은 것을 모르고 있다. 특히 〈친구〉에 대해서는. 그가 잘 알고 있다는 K는 이미 우리의 이해지평을 이탈하고 있다. 그것은 바로 〈놀이공원 지도〉로 체현되는 바, 이 놀이공원 지도가 〈의사 K는 놀이공원에는 가지 않음으로〉 해서 무용한 것이 되고 만다. 주체와 존재 사이에는 이렇게 실망과 위반이 반복된다. 어쩌면 그런 실망과 위반 때문에 시가 탄생되었을 게다. 박상순의 시에서는 이런 위반이 시인의 시적 전략으로 자리 잡고 있다. 그렇게 되면 우리는 왜 〈내가 그를 찾아가면 꼭 긴급한 전화가 오〉는지 알 수 있을 듯하다. 그리고 우리는 작금의 현실을 비추어볼 때 의사 K가 왜 〈훌륭한 의사〉인지 알 듯 하다. 그리고 K가 훌륭한 의사가 되기 위해서 시인에게 필요한 레퍼토리(Repertoire)는 많지 않아도 될 듯 하다. 〈놀이공원 지도〉한 장과 〈긴급한 전화〉 한 통, 〈열려있는 옷장 문〉하나면 충분하다. 그리고 이것을 영화장면을 찍듯 환유로 연결해 놓았다. 그러나 여기에 시인의 마법이 그 물레를 잣는다. 시인은 친구를 잃어버림으로 인해 부재한 친구와 계속 같이 있을 수 있는 것이다. 만약 그 〈훌륭한 의사〉가 화자와 〈함께〉있었다면 〈훌륭한 의사〉도 되지 않았을 뿐 아니라 그의 세계도 존재하지 않았을 것이다. 그러므로 이런 수사적 모순(contradictio in adjecto)은 선형적 인과관계가 아니라 마법적 인과관계에서 그 경험적 소여(所與)를 펼칠 수밖에 없다.

상상력 또는 捨敎立禪의 영역

나는 피카소를 의심했다. 그러나 그가 17세쯤 해서 그린 그림을 보고 난 이후 난 그를 믿었다. 이미 더 이상의 사실과 입체는 그에게 짐밖에 되질 않았다. 어차피 그림이 평면이라면, 우리가 가진 언어가 제한적이라면 우리는 더 이상 보이는 것에 의지할 필요가 없다. 그보다는 보는 것을 표현해야 할 것이 아닌가? 나는 이 시를 읽으면서 문득 일타스님의 일대기에서 〈사교입선〉(捨敎立禪), 즉 〈문자를 버리고 참선을 하라〉란 말을 떠올린다. 나는 시가 〈만들어진 것〉이라는 주장보다는 시가 〈신들림〉의 소산이라고 믿는 편이다. 시를 읽으면서까지 나는 무엇을 배우고 싶지 않다. 배우는 것이라면 이것말고도 지겹도록 많다. 그보다 나는 시의 세상을 믿고 싶고, 시인으로 인해 자유롭고 싶다. 그렇다면 이 시에서 무엇이 그토록 나를 자유롭게 해준단 말인가? 그것은 우선 통사적 구문에서 시작한다. 문장은 (물론 패러디겠지만) 기도문을 닮아 있다. 자기를 사실 업신여기는 〈의사 K〉를 고발하지도, 나무라지도, 비난하지도 않는 순수한 (아니 어쩌면 무관심한 듯한) 톤으로 오히려 나의 죄를 고백하게 만든다. 나 같으면 더러워서도 이런 친구를 찾아가지 않는다. 그러나 시인은 소박하고 단순하고 우직한 믿음의 언어로 나의 친구 의사를 보게 한다. 의사가 놀이공원에 있다. 의사가 폐업을 하고 있다. 의사가 진료권 보장을 요구하고 있다. 의사의 귀에서 피가 흐른다. 이쯤 되면 우리는 지금 의사 K가 어디 있는지 알 수 있을 듯하다. 분명 〈걷는〉의사, 〈뛰는〉의사, 〈쉬는〉의사, 〈누운〉의사, 그 중에 있지는 아니하다. 의사 K가 무엇을 하든지 그의 믿음은 변함이 없다. 이것은 바로 시인이 敎(그래서 곧 巧)의 영역이 아니라 禪(그래서 곧 善)의 영역을 그리고 있다는 증거이다. 이것이 나를 자유롭게 해 준다.

시의 세계는 신의 세계와 유사하다. 신은 전능하고 전지하고… 등등의 술어로 아무리 설명을 해도 그 실체를 다 헤아릴 수 없다. 시도 마찬가지다. 세계 또한 슬프고, 우울하고 화나고 비틀리고… 아무리 해봐야 그 실체를 다 설명할 수 없다. 그렇기 때문에 우리는 다시 敎를 포기해야 한다. 박상순은 이런 의미에서 자신을 비워나간 시를 쓰는 것이다. 그것이 곧 〈상상하게 두다〉라는 立禪의 영역인 듯 하다. 위에서 이미 말했다시피 그의 시에는 상상하는 공간을 유추할 수 있는 모티브(위에서는 레페르트와란 표현을 썼다)가 많지 않다. 의사 K는 자신의 삶에 대해 아무런 언급을 하고 있지 않다. 어쩌면 이것이 세상에 대한 메타포일 것이다. 자연에 대한 시라도 마찬가지다. 자연에 비친 내 마음을 쓰는 것이지 자연 스스로는 말하지 않기 때문이다. 세상이나 자연은 의도를 가지고 있지 않다. 구체시인 곰링어(Eugen Gomringer)가 언젠가 말했듯이 〈자연에는 접속사가 없다〉. 이를테면 그런 접속사는 인간이 만든 것이다. 결국 의사 K가 말했다손 치더라도 믿을 수 없기는 마찬가지였을 터, 의사 K의 진술은 피카소에게 있어서 형이하학적 공간만큼이나 부담이 되었을 것이다. 그러므로 그는 그런 세계를 그리는 대신 독자들에게 상상할 수 있는 자리만 펴주고 달아난 것이다. 그래서 시가 억지로 얻으려 하지 않고 자연스런 포즈를 취하고 있다.

존재와 주체의 자리바꿈

그러니 이 시에서 중요한 것은 〈의사 K〉에 대한 진술이 아니라, 〈의사 K〉와 〈나〉의 관계일 것이다. 그러므로 시인이 겨냥한 것은 한국 문화 속에서 삶을 영위하는, 즉 바쁘고, 파업하고, 머리에 띠를 동여맬 수 있는 어떤 의사가 아니라 그로부터 소외된 〈나〉자신이라고 볼 수 있다. 〈나〉는 곧 그와의 관계를 바탕으로 한 존재에서 주체를 확인했는데 그 존재를 (부분적으로) 잃어버림으로 인해 주체가 상처를 입고 소외된 것이다. 이런 관계를 구체화하기 위해 이 시는 문장의 반복기법을 많이 사용하고 있다. 반복은 일상언어의 특징을 그대로 지니고 있다. 이것은 화자가 어떤 事象을 말로 잘 표현할 수 없거나 그 事象이나 현상들을 잘 인식하지 못한다는 것을 보여주기 위해 사용된 듯 하다. 꼭 설명을 하자면 〈나〉는 〈의사 K〉의 세계와 그에서 파생된 자기의 감정을 언어로 잘 표현해낼 수 없다는 뜻이다. 그래서 시인은 문장을 단순히 반복할 뿐이다. 그리하여 그저 진부하고 단순한 말의 껍질들만이 시의 형식을 채우게 된다. 그와 상응하는 내용 또한 진실한 생각이나 상념이 아니라 〈나〉가 가지고 있는 친구로서의 〈의사 K〉에 대한 이데올로기일 뿐이다. 그렇기 때문에 〈나〉의 주체는 존재라는 이데올로기에 의해 소외된 원시적 욕동을 시오니즘적 〈기다림〉, 즉 지연으로 표출하고 있다. 기다림은 고통이며 고통스러울 때 우리는 가장 진실해진다.

이렇게 되면 우리의 이해는 좀더 시에 가까워진다. 〈나〉가 하는 일이 무엇인가? 도대체 나는 누구인가? 우선 무엇 때문에 의사인 친구를 찾아갔을까? 그리고 나의 오랜 친구라고 강조하는 이유는 무엇인가. 우리는 때때로 다른 존재를 나의 존재로 착각하고 살아간다. 아들 낳은 일 때문에 엄마의 존재 이유가 있고, 의사 친구 때문에 실업자일 것 같은 나의 존재가 유지되는 현실이라면, 이는 우리의 삶이 주체 밖의 존재에 의해 조종되고 있다고 말할 수밖에 없다. 친구는 나가고 없고 〈나〉는 놀이 공원 지도를 만지고 있다. 놀이공원에 가지 못하는 현실인데도 놀이공원에는 〈가지 않는다〉고 표현한다. 이런 허위의식은 그것이 잘못되었다는 계몽보다는 오히려 억압적 사회구조에 대해 분노를 느끼게 하는 믿음으로 다가온다. 진정 우리가 이 시를 읽는 (또는 믿는) 미덕이 있다면 소박한 삶의 절대성에 대한 믿음일 것이다. 주체가 존재에 의해 자리바꿈 당한다 해도 우리의 주체는 비록 상상이긴 하지만 〈의사 K〉와 항상 함께 하고 있으며, 놀이 공원에서 놀이도 하며, 경우에 따라서는 길을 잘못 들어도 〈다시 쉽게 가는 길〉까지 찾을 수도 있다.

실망의 저너머

나는 실망이 즐겁다. 그런데 그 실망은 내 상상력의 원천이기도 하다.

내가 처음 독일에 갔을 때 독일 사람들과 함께 트리어(Trier)라는 로마 유적 도시로 여행을 한 적이 있다. 그곳에서 말을 잘못 알아들었던지 분명 따라 오라는 소리를 듣고는 그룹 중 한 사람이 가는 길을 따라갔더니 화장실로 가는 것이 아닌가! 꼭 언어적 미숙함이 아니더라도 내가 이해했던 주형, 나의 세계 그것은 나를 실망시키기에 충분했다. 지금 〈의사 K〉는 매우 분주하다. 어떤 긴급한 전화를 받고 잠시 자리를 비웠다. 그러나 나는 그가 지금 어디에 있는지 잘 모른다. 그리고 그가 언제 돌아올지 잘 모른다. 다만 그가 남기고 간 놀이공원 지도 한 장만을 나는 무심히 바라보고 있을 뿐이다. 〈우리〉는 한 번도 놀이공원을 간 적이 없다. 그러나 이번에는 왠지 느낌이 다르다. 그가 〈유령의 집〉에 있을 것 같기도 하다. 그 심장 서늘한 〈롤러 코스터〉를 타고 있는 것 같기도 하다. 세상이 혁명의 소용돌이에 접어들었다. 아이의 울음소리가 들리기 시작하고 어머니의 통곡소리가 들리기 시작한다. 의사 K는 나를 만나기에는 너무나 바쁘다. 나는 놀이공원 지도를 보고 의사 K와 그를 불러냈을지도 모를 사람들을 생각해본다. 정부는 준비되지 않은 채 강행한 의약분업으로 국민들께 불편을 끼치고, 약화사고를 일으킨 점을 국민 앞에 사과하라! – 국민의 건강을 볼모로 한 의료계의 전면파업을 즉각 중단하라! 이것은 분명 그와 나와의 문제이지 그들과 그와의 문제가 아니었던 듯 하다. 시를 읽으면서 나는 실망의 저너머에 버려진 왜소한 내가 느껴진다. 그러나 시인은 이런 통제에 대항하기 위해 다시 피켓을 들지는 않으므로 나를 무관심, 단순함, 어리석음이라는 捨教立禪의 종교로 개종케 한다.

5. 위반과 부정 그리고 장난 —강현국의 시

자동응답기를 꺼버렸다

이제 나는
캄캄하게 죽었다

한갖 남루는
행랑(行廊)끝 돌아서는 바람의 것이고……

젖은 구두는
칭얼대는 구름에게 던져주었다

자동응답기를 꺼버렸다

이승에서 잠시 우리가 만난 눈부신
푸른 푸른 날들의 사타구니를

연어떼 탕, 탕,
들이받다 가겠지

캄캄하게 죽은
나를 뜯어먹다 가겠지

주머니가 텅, 비어버린
어떤 개인 날

자동응답기를 꺼버렸다

— 강현국, 「어떤 개인 날」

유희란 말은 너무 무겁다. 너무 공식적이고 현학적이다. 너무 많이 사용해서 이젠 진부하다. 장난이란 표현이 좋다. 장난이란 말은 가벼워서 좋다. 그러나 강현국의 시 어디를 보아도 장난의 모습은 찾을 수 없다. 그의 시는 베토벤의 얼굴이 생각날 만큼 진지하다. 그런 만큼 그의 시적 관습이 어느 카테고리에 속할 것인가는 이미 결정된 듯 하다. 그러나 〈연어떼 탕, 탕, / 들이받다 가겠지〉라는 표현이 들어 있는 이 시에서는 그런 시적 관습, 이를테면 전통과 추억과 사랑의 연가곡을 연상할 아무런 근거를 찾아볼 수 없다. 반란이다. 주류(主流)에 대한 역모(逆謀)이며 자신의 시적 습관에 대한 위반(違反)이다. 이렇게 함으로써 그는 장난, 장난의 힘, 패러디의 세계를 얻는 데 성공하고 있다.

위반

현실이 직설법이라면 시는 가정법이다. 시라는 가정법이 없이는 현실의 재편을 기대할 수 없다. 왜냐하면 코스모스는 카오스에서 태어나기 때문이다. 만약 시인이 현실을 자기의 세계로 재편하려 든다면 그것은 곧 그가 가정법을 쓴다는 말이다. 그러므로 시의 지향성은 바로 직설법1→가정법→직설법2와 같은 도식으로 표현할 수 있을 것이다. 편의상 직설법2라고 표현한 것은 현실일 수도, 가상일 수도 있는, 그러나 직설법1과는 다른 세계를 말하기 위함이다. 그러나 시인은 그 가상과 현실에 개의치 않는다. 그렇다면 이 시는 어떤 가정법과 어떤 직설법2를 요구하고 있는가? 그것은 바로 〈자동응답기를 꺼버리〉고 난 후 얻게 될 새로운 세계일 것이다. 〈자동응답기를 꺼버〉린다는 것은 자동응답기의 구체적 기능에 대한 환유라기보다는 자동화된, 즉 사랑하고, 기도하고, 일하는 일상에 제동을 건다는 事象에 대한 메타포일 듯하다. 자동응답기는 사랑스런 현대인의 도구다. 서로를 구속하지 않고 서로에게 종속되기를 원하는 애인과 같은 도구다. 그러나 우리는 습관처럼 이 사랑의 대상에 종속되어 온지 오래다. 오지도 않는 전자메일을 매일 뒤져보거나, 별 도움도 되지 않는 잡지의 가십을 읽는 것도 바로 그 자동화된 습관의 힘 때문이다. 우리가 자동 응답기 같은 습관에 매이는 것은 오로지 〈확인에 대한 갈구〉 때문이다. 확정에 대한 갈구, 안정에 대한 갈구, 이것은 결국 시적 변화를 막고 시의 가정법을 막는다.

다행스럽게도 이런 〈자동응답기〉에 대응하는 자동 제어장치가 있으니 그것은 바로 무질서와 위반이라는 것이다. 위반이 시적 질서의 시초가 되는 것은 여분의 정력을 배출하기 위한 동작일 수도 있고, 그런 무질서를 통해서 새로운 즐거움을 얻으려는 흥미일 수도 있다. 이제 내가 〈캄캄하게 죽〉는다면 무슨 일이 벌어질까. 온갖 소유는 〈바람〉에게 주고 〈구름〉에게 주어버린다면 무슨 일이 벌어질까. 〈나는〉모른다. 시인은 그것을 계상(計相)하지 않는다. 그러나 한 가지, 분명 재미있는 일이 벌어질 것이다.

부정

그러나 이런 위반은 누구나 다 할 수 있는 일이다. 다만 이런 위반을 했을 경우에 얻는 고통과 어두움을 어떻게 감수할 수 있느냐는 것은 해결되지 않는다. 〈캄캄하게 죽고〉난 이후의 나는 〈한갖 남루는 / 행랑(行廊)끝 돌아서는 바람의 것이고……〉라고 노래하면서 온갖 추억의 아름다움을 희생할 각오를 해야 한다. 〈젖은 구두는〉 추억과 감동의 상징이다. 오히려 시인의 무의식은 〈칭얼대는 구름에게 던져주었다〉라는 화두로 글을 쓰고 싶었을 것이다. 그러면 그의 시적 〈행랑〉과 〈구름〉은 어떠했던가.

그는 누구인가,
땅을 버리고 쇠를 택한 이 공업도시의
우체국 뒷마당에
닳아서 버린 자동차 바퀴에 저녁 노을에
그의 영혼을 문지르는 사람,
인명사전에도 없고 비망록에도 지워진
오오, 감자꽃 빛깔의 쓸쓸한 프로필!
그는 누구인가,

– 강현국 「그는 누구인가」 부분

〈그는〉 바로 〈기억된 미래〉를 계시하는 〈어떤 개인 날〉의 시인 자신이었을 터, 이미 분열의 씨앗을 간직하고 있다는 것은 놀라운 일이 아닌가. 하지만 이제 시인은 분열을 맞아 어떤 제의(祭儀)를 준비해야 한다. 그의 의식적인 자아는 이제 〈원형적인 어머니로 간주되는 무의식과 모자 상간을 위한 결혼을 한다〉(칼 구스타브 융). 이것이 첫 두 〈자동 응답기를 꺼버렸다〉 표현 사이에 들어있는 몽타주 장면들과 이 표현 사이의 긴장관계를 설명해준다. 즉, 그의 시는 — 〈감자꽃 빛깔〉과 〈젖은 구두〉로 재현되어 있는 — 주체의 〈나〉와 — 〈쇠〉와 〈자동응답기〉로 재현되어 있는 — 존재의 〈나〉를 결혼시키려는 몸짓으로 읽을 수 있다.

시적 관습을 버린다는 것은 어렵고 괴로운 일이다. 과거를 부정할 수 없기 때문이다. 부정하면 할수록 그것은 더 생생하게 계시된다. 해 아래 새것이 없기 때문에 우리는 이 부정하는 힘 자체를 새로운 것이라 한다. 나의 우둔함으로 시인의 상상의 세계를 온전히 추체험할 수는 없겠으나, 시인은 적어도 그 〈어머니〉를 그저 파편화된 생각의 편린으로밖에 건질 수밖에 없는 듯 보인다. 그의 〈어머니〉 제사상은 이미 이 시대의 양주와 오렌지에 밀려 저 구석에 대추 몇 알로 꾸며질 수밖에 없다. 위반의 대가인 부정은 고혹하다. 키에르케고르의 말로 옮기면 벌은 지은 죄만큼 받게 마련이다. 지은 죄만큼.

장난

유희는 제의(祭儀)의 손자이다. 그리고 그 아들은 의식(儀式) 쯤 될 것이다. 시인은 이제 과거부정이라는 제의와 〈자동응답기를 꺼버〉리는 위반의 의식을 통해서 장난에 도달하게 된다. 아니 그 장난 자체가 직설법2에 도달하기 위한 반구조적 가면일 것이다. 새로운 양태의 제의일 것이다. 터너(Victor Turner)는 이런 시적 현상을 — 리미널(liminal)한 현상에 반해 — 리미노이드(liminoid)한 현상으로 파악하고 모든 예술적 형식을 이에 포함시켰다. 전자가 공적 양식이라면 후자는 개인적 양식이다. 복잡하게 이야기할 것도 없다. 규범적 구속으로부터 벗어나는 인간의 인지, 감동, 의지, 창조성의 양식이 바로 리미노이드한 현상이라면, 시는 구조에 대한 반구조의 얼굴을 가지고 있다고 할 수 있다. 그렇기 때문에 어떤 형식이든 시/문학에서 놀이와 장난은 필수적이다. 그러나 그 양태는 현대로 옴에 따라 진지하고 심각하기보다는 좀더 유쾌한 쪽으로, 아이러니나 숭고함보다는 패러디와 그로테스크 쪽으로 가는 경향성을 지니고 있는 것 같다.

시인은 이제 유희의 공간에서 장난을 한다. 〈이승에서 잠시 우리가 만난 눈부신 / 푸른 푸른 날들의 사타구니를〉. 물고기는 물이 많기 때문에 물을 보지 못한다. 사람은 공기가 많기 때문에 공기를 느끼지 못한다. 아마도 우리가 〈잠시〉 만났기 때문에 사타구니는 〈푸른〉 날들의 추억이 될지 모를 일이다. 〈캄캄하게 죽었〉기 때문에 〈개인〉 날이 존재하는지도 모르는 일이다. 이런 위반을 통해 얻은 위안은 곧, 자연의 위협을 이겨 얻는 원시인의 안도를 대신해 줄만한 현대인의 세속과 정화의 과정을 암시하고 있다. 여기서 우리가 주목해야 할 것은 시인이 여기에서 암시적으로뿐 아니라 통사적으로 어떤 재미있는 게임을 만들고 있다는 점이다.

> 자동응답기를 꺼버렸다
>
> 이승에서 잠시 우리가 만난 눈부신
> 푸른 푸른 날들의 사타구니를
>
> 연어떼 탕, 탕,
> 들이받다 가겠지

앞에서 순차적으로 — 자연스런 독서과정으로 — 읽으면 〈자동응답기〉자리에 자연스럽게〈사타구니〉가 치환된다. 그러면 〈자동응답기〉는 욕망과 결여의 상징인 〈사타구니〉의 은유로 읽을 수 있을 것이다. 이 상징에 우리는 얼마나 많은 희망을 걸었던가? 우리는 자동응답기에 얼마나 헛된 욕망의 귀를 기울였던가? 그러므로 이 시의 장난기는 바로 자동화된 욕망의 고리를 고의적으로 위반함으로써 얻어지는 어떤 것이다. 또 그 〈사타구니를〉 〈연어떼 탕, 탕, / 들이받다 가겠지〉로 읽을 수 있다. 연어는 유려하다. 육질도 좋아 주로 고급호텔에만 있다. 그놈들이 사는 방식만 보아도 재미있다. 줄기찬 역류로 욕망의 임무를 완수한다. 그리고 그 산란을 위한 방사(放射)를 하면 처참한 몰골로 타나토스 본능으로 죽어간다. 〈푸른 날들〉은 그저 한 때뿐 흰머리 나고 힘이 없고 병이 들면 연어떼처럼 죽는다. 내가 바로 〈캄캄하게 죽은〉 그를 〈뜯어먹은〉 그 연어가 아닐까. 어쨌든 이제 〈자동응답기〉를 꺼버린 시점에서 늘씬한 허리선이나 핸섬한 근육질은 그저 허사이며 장난이다.

재미없는 이야기

현재는 인간에게 항상 불편하다. 가장 불편한 것 중 하나는 관성의 법칙이다. 어떤 흐름에 같이 흐를 수가 없는 결이 있으니 그것이 서로 충돌하게 되고 그곳에서는 소용돌이가 생긴다. 시를 마음의 소용돌이라 보는 이유는 바로 이런 흐름의 충돌 때문이다. 나는 강현국 시인을 조금 안다. 그를 외부적으로 조금 안다는 뜻이다. 내가 〈시와반시〉의 편집위원으로 있을 때이다. 우리는 공식적 회합이 잦았고 끝나면 꼭 이차는 노래방을 향했다. 노래방에서 그는 항상 시간을 가진다. 먼저 나서질 않는 편이다. 그러나 그가 한번 〈신내림〉을 받으면 꼭 가곡을 부른다. 수준 높은 연주와 같다. 그가 만약 성악을 전공했다면 그 분야에서도 성공했을 것이다. 그러나 그는 솜씨를 자랑하기 위해 노래를 부르는 것 같지는 않다. 오히려 그런 노래를 부르는 것 자체가 그의 메시지인 것 같았다. 그가 가곡을 부를라치면 연장자가 있든, 그곳이 공적 자리든, 사적 자리든 막무가내다. 그런데 그가 이런 노래를 할 때 그는 두 번 위반을 하고 두 번 부정된다. 뽕짝을 부르는 어른 세대에 가곡은 정서적으로 맞지 않기 때문에 그는 어떤 위반을 하고, 동시에 그는 부정된다. 그리고 랩이나 테크노 힙합을 부르는 신세대들에게 가곡은 너무 축축하고 리듬이 느리기 때문에 위반을 하고, 그는 또 한번 부정을 맛보아야 한다. 나는 이런 장면을 대할 때마다 인간으로서의 그가 참 측은하다는 생각을 하곤 하였다. 그러나 시인으로서의 그를 볼 때면, 그리고 시가 부정의 체현이라고 한다면, 내 생각에 그의 시는 이런 그의 모습을 그린 사생화(寫生畵)가 아니라 이런 그의 마음을 그린 사심화(寫心畵)인 것 같다. 그의 시는 바로 이런 삶의 부정이라는 경로를 통해 심미적 긍정에 이르는 것 같다.

어떤 개인 날

일반적으로 시의 텍스트는 통용되는 사회적, 문화적 규범에 의해 제약되지만, 오히려 그 제약 속에서 파악될 수 없는 무엇인가를 불러일으켜(évocation) 그 문화적, 사회적 상황에 대한 대답을 한다. 말이, 어렵다. 쉽게 하자. 시는 물질화 · 파편화 된 현실을 재귀적으로 표현해 내고 있다. 그러므로 시간의 산물이다. 그러나 시는 그런 제한된 현실에서 볼 수 없는 그 어떤 아우라를 계시하고 있다. 그것은 다름 아닌 현실이라는 억압기제를 넘어설 감정의 배설이거나 유토피아적 사유일 것이다. 그렇기 때문에 시는 문화적인 허무에 대항하는 호소문일 수밖에 없다. 인간의 고착된 사회 질서가(또는 시적 관습이) 이 같은 점토(粘土)의 상태로 환원되지 않는다 하면 인간은 새로운 체험을 만날 수 없다. 문자에 현혹되어 마음을 읽지 못한다면 그것은 곧 시의 질서를 읽은 것이지 시의 마음을 읽은 것은 아니다. 시인은 당당하게 위반을 했다. 그러나 이 위반 이후에 과연 시인이 어떤 시적 행보를 할 것인가 독자들은 기대할 것이다. 〈주머니가 텅, 비어 있는〉 날은 좋은 날 이다. 이 날 그가 새로운 시의 마음을 전해주길 기대한다.

6. 無用之木 또는 치유로서의 시 — 우대식의 시

詩를 쓰다가
밤을 걷는 사내를 욕하다가
거울들어 업을 탓하다가
윗목에 놓인 고구마 푸대를 보다가
누군가 걸어오는 소리 듣다가
창호문 열어본다
눈 내린다
오래된 발자국 소리가
꽃신같은 날 선 소리가 되어
저기 명치끝에서 걸어나오고 있다
빈들 가득히
걸어나오고 있다

– 우대식, 「밤길」

이 시대의 특징을 하나 말하라면 그 중의 하나는 틀림없이 우리가 밤길을 빼앗겼다는 사실이 될 것이다. 짚으로 엮은 정어리 들고 삼십 리 굽이굽이 밤길을 걸어보지 않은 사람이 어찌 밤길의 의미를 짐작이라도 하랴! 그 대신 우리가 얻은 것은 가로등, 쇼윈도우, 자동차의 불빛과 같은 것이다. 어디 밤길은 불빛의 유무로만 존재했던가? 눈으로 볼 수만 없었지 거기에는 때론 찌르레기 풀 냄새를 볼 수 있었고, 코스모스 가을 냄새, 때로는 겨울의 귓전을 모질게도 에우는 바람까지, 또 봄의 정녕들이 땅을 가르는 아우성을 볼 수 있었다. 그러나 이젠 하늘을 보아도 구원이 없는 것 같고 별빛과 성좌가 지키던 고향에 대한 믿음조차도 다 시들해져 버렸다. 그것은 소위 말하는 속도와 가치가 인간의 본향을 빼앗아 가버렸기 때문이다. 어제오늘의 일이 아니지만 우리는 이런 사회에 적응할 材木이 되고자 얼마나 많은 노력을 경주하였던가?

〈거울들어 업을 탓하〉는 우리들은 이제 성형수술쯤으로 材木이 되고 싶고, 〈밤을 걷는 사내를 욕하는〉 우리들은 〈詩를 쓰〉거나 노심초사 〈창호문 열어〉볼 것이다. 나를 메이크업 해줄 일이 없을까 궁금하고 궁금하다. 생활인의 원죄를 가진 자로서 〈윗목에 놓인 고구마 푸대〉가 우리 有爲함의 목적인 듯하니, 도회의 좌우로 쏟아지는 聲色情境이야 말해서 무엇하겠는가. 나는 우대식의 시를 읽으면서 〈시는 쓸모 없는 나무여서 오래 산다〉는 《莊子》〈山木〉에 나오는 삽화를 기억하게 되었다. 왜냐하면 그의 시는 바로 그 쓸모 있는 것들, 유용한 것들과의 절연과 隔離를 과감히 단행하고서 비로소 시가 되었기 때문이다. 시를 쓰려고 했는데, 아니 시를 써야 하는데 詩想은 떠오르지 않고 잡념만 떠오른다. 그러면 독자들이여 무엇을 하겠는가? 잠은 자야 하는데 잠이 오지 않으면 어떻게 해야 하는가. 현대의 우리는 바로 이런 문제에 직면해 있다. 그래서 시인은 그것을 시로 재현했고 그가 찾은 길은 〈창호문〉을 여는 것이었을 듯하다.

方言과 無用之木

이 시에는 컴퓨터라는 유용의 세계에는 맞지 않는 어법이 나온다. 한글 워드 프로세서 97로 이 글을 불러와 보라. 그러면 붉은 줄이 쳐진

네 개의 말을 찾을 수 있다. 〈거울들어〉, 〈푸대를〉, 〈창호문〉, 〈꽃신같은〉 단어 밑에 붉은 줄이 쳐져 시인이 우리 (컴퓨터) 사회의 범법자가 되어 있음을 알려준다. 〈거울들어〉를 〈거울 들어〉라고 쓰고, 〈푸대를〉을 〈부대를〉로, 〈창호문〉을 〈창호 문〉, 〈꽃신같은〉을 〈꽃신 같은〉이라고 쓰면 빨간 밑줄이 금새 없어진다. 그런데 왜 시인은 굳이 어법에 맞지 않는 말을 사용했을까. 고쳐 쓰면 시인은 유용한 세계, 문법의 세계에서 세련과 인정을 얻을 수 있을 텐데 말이다. 이렇게 볼 때 우대식의 언어는 방언이다. 어쩌면 이 방언은 컴퓨터로 대변되는 유용한 사회의 표준말에 대한 방언일 수 있다. 또한 그것은 이 땅 한반도에서 서울 사람이 쓰지 않는 〈밤길〉같은 말을 쓰는 어느 시골의 방언일 수도 있다. 그러나 내가 여기서 궁극적으로 찾은 그의 방언성은 그가 찾는 궁극적 고향에서 쓰는 방언이다.

> 홀애비 삼촌이 부모잃은
> 조카 딸년 시집을 보낸다
> [...]
> 홀애비 삼촌은 장화를 신은 것처럼
> 어정쩡하게 서서 하객들에게 마른 장작같은
> 손을 내민다
>
> – 우대식 「請牒」 부분

그의 고향에서 그는 구두를 〈장화〉처럼 신고 있고, 〈어정쩡하게 서서〉 〈마른 장작 같은 손을 내민다〉. 이런 그의 고향을 우리 도회에서는 찾을 수 없다. 어쩌면 시골에서도 찾을 수 없는 그의 기억 속에 있는 고향일지도 모른다. 그렇기 때문에 시인이 이 땅의 이야기를 하는 순간

만큼 이 땅과 더 멀리 있을 수도 없을 것 같다. 그 대신 시인은 스스로 無用之木이 되고, 무용한 세계의 형상들 속에서 방언의 땅을 연다. 가장 가까운 대상들 속에서 그 땅의 얼굴이 갖고 있는 자연스러움을 찾아낸다. 그것이 시를 풍성하게 한다.

눈의 언어와 귀의 언어

우리는 시에 대한 이해가 역사적으로 바뀌어져 온 것을 알 수 있다. 그것을 두고 어떤 이는 인류의 진화라고 말하고 어떤 이는 세속화과정이나 자연지배의 과정으로 설명하기도 한다. 그러나 여기서 우리가 주목해야 할 것은 그런 과정에 따라 시도 다르게 수용된다는 점이다. 우선 고대로부터 시를 이해한 과정은 신앙(진리)–역사–이야기–작품–텍스트–하이퍼텍스트로 변천해 왔다고 할 수 있을 것이다. 물론 아직 우리 주위에 시인을 예언자로 보는 사람도 있고 시인을 글쟁이 정도로 생각하는 사람도 있다. 시를 진정한 역사로 보는 사람도 있고 시를 이야기라고 보는 사람도 있다. 그렇기 때문에 시 자체가, 또는 시인 자체가 어떻다고 말하는 것은 매우 고루한 일이다. 나는 시보다는 그 시를 보고, 내 안의 그 무엇이 욕망하고 그 무엇이 진실해지고 싶어하는가, 그 무엇이 알 수 없는 그 무엇이고, 그 무엇이 필연적인 힘으로 다가오는 그 무엇인가, 그것에 귀 기울이는 편이다. 그렇게 볼 때 이 시의 전반부는 거의 하이퍼텍스트의 기능을 하고 있지 않나 하는 생각을 해 보았다. 〈...다가〉라는 연결 어미가 마치 일관된 텍스트를 말하는 것 같지만 실지로는 시를 쓰려는 순간 막연히 떠오르는 상념의 편린을 모아놓은 것에 불과하다. 그런 생각이 들자 거꾸로 써도 무방할 것 같았다.

> 詩를 쓰다가
> 누군가 걸어오는 소리 듣다가
> 윗목에 놓인 고구마 푸대를 보다가
> 거울들어 업을 탓하다가
> 밤을 걷는 사내를 욕하다가
> 창호문 열어본다

이렇게 뒤집어 놓고 보니 의미가 완전히 달라졌다. 제2행의 문장은 제3행에, 제3행은 그 다음 행에 의미를 전염시키니 원래의 시와는 딴판이 되어버렸다. 그러니 나의 기대는 무너진 것이다. 이 시가 하이퍼텍스트나 텍스트로 읽을 수 없는 것은 〈누군가 걸어오는 소리 듣다가〉와 〈오래된 발자국 소리가〉 사이의 지시적 긴장이 너무 길어 구체적 의미가 퇴색했기 때문이다. 그리고 〈보다가〉,〈탓하다가〉,〈욕하다가〉라는 능동동사(agens)에 비해 〈듣다가〉는 수동동사(patiens)에서 시를 선형적 진행으로 읽을 수밖에 없었기 때문이다. 그러니 이 시의 해석은 시를 쓰다가 내적 욕동에 의해 다른 상념에 사로잡혔는데 외부의 막을 수 없는 소리를 동기로 내면의 소리를 기억해냈다로 보면 될 듯하다. 눈의 언어는 차갑지만 귀의 언어는 뜨겁다. 지금 보이는 것은 이방의 언어지만(〈…보다가〉), 귀에 들리는 것은 고향의 따뜻한 언어(〈…소리 듣다가〉)이다. 그러므로 시의 그림은 한계가 있고 상대적이지만, 시의 소리는 절대적이고 무한하다. 그리고 그림의 언어는 방언의 개체성을 무시하고 이상적 유형을 기록하지만, 소리의 언어는 늘 개체적 소리에 의한 파생 derivation으로 형성되어 있다. 시인은 바로 시를 쓰면서

이 그림이라는 억압의 문화에서(《거울들어 업을 탓하다가》) 소리라는 자유를(《걸어오는 소리》) 추구하는 지도 모른다. 그렇게 본다면 이 시 또한 낭만주의의 범주에서 벗어날 수가 없다. 다만 문장이나 시 전체에서 무언인가를 느끼고 성찰하는 대신, 생각의 가지치기나 다른 생각을 환기한다는 점에서 이 시는 하이퍼(텍스트)적 성격을 가지고 있다고 할 수 있다.

〈밤길〉과 치유

어떤 사람들은 다른 예술 매체(미술, 음악)에 비해 시가 문자로 말을 하기 때문에 그 문자의 의미가 지닌 구속을 전제하지 않을 수 없다고 한다. 그러나 꼭 그런 것만은 아니다. 음악이나 미술이 마치 뭐라고 명명하여 구속하지 않은 만큼 문학 또한 말을 쓰되 그 말로서 직접 의미를 생산하지는 않는다. 음악이나 미술만이 음의 조율과 화성, 또는 형상과 색조로 말하는 것이 아니다. 시 또한 시의 매재인 언어의 의미로만 말하지 않는다. 쓰는 사람이 염두에 두든 두지 않든 그 언어가 매개하는 여백과 계시를 말하고 있다. 그러니 의미시네, 무의미시네(김춘수) 할 필요가 없는 것이다. 이런 맥락에서 음악가 쇤베르크(Arnold Schönberg)는 "우리는 어떤 이미지를 그릴뿐이지 그 이미지가 나타내는 것을 그리지는 않는다"고 말했다. 이것은 이 시의 제목을 보아도 알 수 있다. 〈밤길〉이라는 제목은 이 시에서 어떤 소재가 되어 있지 않다. 形似가 아닌 만큼 心似라고 밖에 볼 수 없다. 하이데거는 이것을 존재와 시간 §17에서 Verweisung(지시)라 명명하고 있다. 그런 만큼 이 시가 겨냥하는 것은 사건이나 환유가 아니라 존재론적 정황이나 메타포로 볼 수밖에 없다. 그렇다면 이 시는 어떤 존재론적 정황을 말하는가? 밤길에는 아무 데서나 오줌을 눌 수 있어서 좋다. 남의 시선이나 남녀의 도덕적 문제 그런 것을 안 가려서 좋다. 밤길에는 아무 말이든 심중에 있는 말을 해도 좋다. 밤길이 주는 가면 때문이다. 가면을 쓴 인간은 〈밤을 걷는 사내를 욕해〉도 좋다. 어차피 주체는 보이지 않을 터이니 〈거울〉을 들지 않아도 된다. 인간은 물에 자기의 얼굴을 비춰 본 순간 불행해 진 것이다. 이런 밤에는 시인이 말을 할 필요가 없는 것이다. 그는 새로운 페르소나를 얻은 만큼 다른 페르소나를 벗고 말을 할 수 있다. 그 때부터는 마치 〈돌들이 말을 하리라〉는 예언대로 시의 언어가 스스로 말을 할 것이다. 의도가 중지되고 불신이 중지되고 자기의 참 마음이 마음대로 보여줄 수 있다. 가면무도회에서처럼.

에필로그

병이 드는 것은 아무도 그의 말에 귀를 기울여 주지 않기 때문이다. 병을 고치려면 우리는 그의 말을 들어주어야 한다. 곧 〈명치끝에서 걸어나오는〉 그/나의 소리를 들어주어야 한다. 〈빈들 가득히 걸어나오는〉 그/나의 내면의 소리를 들어주어야 한다. 내가 불혹이 넘도록 비우지 못하는 것을 시인은 벌써 비울 채비를 하고 있다. 그것이 시의 소리를 듣는 시인과 산문의 세상을 보는 나의 차이인 듯 하다. 그는 속도와 가치를 포기함으로써 좁은 생의 캅셀을 벗어나 〈빈들〉 가득한 여유를 부린다. 마음의 창호문을 열고, 마음에 〈눈을 내리게〉 하는 마술을 부리고 있다. 그러므로 장자가 말한 無用之木은 다름 아닌 〈오래된 발자국 소리〉다. 이 소리를 들을 때 우리는 왜곡된 우리의 삶을 바로 볼 것이며, 우리가 바로 그 무용지목이 되고 난 뒤에야 〈꽃신같은 날선 소리〉가 〈오래된 발자국 소리〉로 들릴 것이다.

7. 응축(凝縮)으로 재현된 자기와의 화해 — 정진규의 시

> 온몸 가득 담았다 아득하게 풀어놓으신 걸 언감생심 나도 몸에 가득 담아보고자 하였을 뿐이다 이번엔 엄두라도 내 모았으니 조금 자위가 돌았다 할 수 있을까
>
> 수평선은 팽팽했다 끌어잡아 당기다 당기다가 기진했다 그동안 파도로 왔다가 그것도 그대로 되돌아간 것이 아니란 걸 나는 미처 몰랐다 결이 있는 무늬를 보았다
>
> – 정진규의 「다시 의상대에서」 현대시학 2000년 11월호

당신은 욕심이 채워지지 않는 경우에 어떻게 하는가? 나는 이런 질문을 받을 때 가장 당혹스럽다. 왜냐하면 그 경우 내 속에는 모반과 반란이 꿈틀거리거나 심지어 그것이 강박으로까지 나타나기 때문이다. 그리고 나는 그럴 때마다 프로이트의 말을 떠올린다. 〈善人이란 惡人이 현실에서 하는 일을 꿈에서 보고 만족하는 인간이다.〉 시가 꿈이라면 다른 말로 시를 쓰는 이는 악인이 현실에서 하는 일을 詩에서 하는 사람이다. 시의 본질은 여기에 있다. 철학과 학문이 인식의 武裝을 추구한다면, 시는 채워지지 않는 願望과 고통을 표현한다. 이런 원망과 고통은 체계가 될 수도 없고, 드러낼 수도 없는 존재론적 모순을 안고 있기 때문에 종종 〈애매함〉이나 모순으로 응축된다. 그것이 삶과 시의 모습이다. 이런 의미에서 정진규의 시는 존재가 끊임없이 묻기만 한 물음 속에서 스스로 답을 찾아야 하는 애매함과 모순을 응축으로 재

현해내고 있다. 말하자면 우리의 존재는 〈언감생심〉과 〈끌어잡아 당기다 당기다가 기진했〉던 모습들로 겹쳐진 응축의 산물이다. 기실 존재란 〈몸에 가득 담아보고자 하〉지만 일순간 사라지는 泡沫에 지나지 않는다. 여기가 곧 시인이 시를 쓰는 이유가 생기는 發源인 것이다.

응축(凝縮)

시를 보면 두 연으로 되어 있지만 그 두 연 사이에 외관상 아무런 관련이 없는 듯 하다. 제 1연에서는 의상대에 간 이유를 기술하고 있고, 제 2연에서는 내면적 세계를 기술하기 때문이다. 화자가 〈다시 의상대〉에 간 이유는 아마도 〈의상〉이 〈온몸 가득 담았다 아득하게 풀어놓으신 걸 언감생심 [...] 몸에 가득 담아 보고자〉함이었을 것이다. 그러나 그가 본 것은 〈팽팽했다 [...] 당기다 [...] 기진했다〉하는 수평선뿐이었다. 이런 내용상의 相違는 형식적인 연 구분을 통해서, 또는 문장과 문장 사이의 결속력 없는(incoherent)연결관계를 통해 구체화되고 있다. 구두점이 없는 문장은 더욱 문장을 애매하게 만들고 불분명하게 만든다. 그러면 — 많은 현대시가 이런 경향성을 지니고 있지만 — 이런 것은 어떤 의미를 지니고 있을까? 그것은 프로이트가 제시한 꿈의 작업과 매우 흡사하다. 어떤 진술이 현실적 정황으로 연결이 되지 않거나 의미가 통하지 않을 때는, 그것이 정신병자의 진술이 아닌 이상 꿈의 언어일 것이기 때문이다. 꿈의 언어가 갖는 특질 중의 하나가 응축(凝縮)이다. 우리는 꿈에서 어떤 이성과 성적인 접촉을 하다가 갑자기 얼토당토않은 사람의 얼굴이 보이는 경우를 허다하게 본다. 이렇게 꿈이 혼성되는 것이 꿈의 응축작용인데 이는 시에서도 찾아볼 수 있다. 마치 현상한 두 개의 사진을 겹쳐 놓은 듯한 그림이 동시에 존재하고 있다. 시나 꿈이나 어떤 관념을 재료로 사용하는데 그 관념이 이 시에서는 〈언감생심〉, 즉 '감히 어찌 그런 마음을 품을 수 있으랴' 로 체현되어 있다. 보다시피 여기에는 두 가지 관념이 중첩되어 있지만, 그 하나의 관념은 싫고, 인정하기도 싫은 어떤 것이다. 응축이란 실은 통사적 번역이나 일반번역에서는 단지 드러난 것에서 구별하려는 작업이지만, 꿈의 작용에서는 이와는 전혀 반대로 두 개의 관념을 전혀 구별하려 하지 않고 〈애매한〉 말을 찾아내어 이 두 개의 관념을 응축시킨다.

그렇다면 시에서 나타나는 응축을 직접 살펴볼 일이다. 우선 의상 대사의 좌선처인 의상대의 의미는 무엇인가? 왜 의상대사는 심산유곡이 아닌 그곳에서 坐禪을 한 것일까? 나는 역사학자도 국문학자도 아니기 때문에 잘 모르겠지만 – 아니 시를 읽는데 그런 일이 필요라도 한 일인가 – 의미상으로는 불가해하나 특별한 의미를 주고 있다. 그 의미란 이곳이 파도가 일렁거리는 바다를 정면으로 바라보는 곳이기 때문이다. 바다는 무엇을 상징하는가? 바다는 물로서 〈낳거나 태어난다〉는 꿈의 상징자료이다. 태아가 양수 속에서 자란다는 사실만으로 물의 상징적 의미는 충분하다. 이 시 화자의 주체는 아마도 그런 의미에서 〈언감생심〉했을 것이다. 여기에만도 응축은 충분하다. 그러나 이 정도는 얼마든지 통사적으로, 문법적으로 번역할 수 있는 응축이다. 그러나 2연 자체는 도대체 왜 이런 이미지가 갑자기 전개되는지 모를 정도로 당혹스럽다.

수평선은 팽팽했다 끌어잡아 당기다 당기다가 기진했다

이 부분은 표현으로서의 아름다움을 넘어선다. 그것은 표현이 주는 관능성이 리비도적 願望으로 읽혀지기 때문이다. 수평선은 하늘과 바다 사이에 있는 존재하지 않는 선이다. 수평선이 아름다운 것은 이것이 하늘과 바다 어디에도 속하지 않기 때문이다. 하늘 남성과 바다 여성이 기진할 때까지 펼치는 팽팽한 성적 유희는 그 자체로 求道의 과정에 대한 메타포이기도 하지만 求道에 拮抗하는 俗物에 대한 메타포이기도 하다. 그렇기 때문에 여기서 의미심장한 것은 求道와 관능이 함께 응축되어 있다는 점이다. 심산유곡 좌선도, 면벽 좌선도 아닌 바다 앞 좌선이란 것에 주의를 기울여야 하지만 이런 逐語的 번역으로는 해석이 도저히 불가하다. 그렇기 때문에 이 부분은 응축으로 설명할 수밖에 없다. 위에서 말한 얼토당토않은 사람의 얼굴이 나타나는 경우와 매우 흡사하다. 좌선과 욕망! 이것은 너무도 먼 것 같지만 너무도 잘 어울리는 것이다. 몽마르트르나 상 파울리, 명동성당 할 것 없이 성과 속은 극단적으로 만나고 어울리는 것이다. 예수에게 막달라 마리아가 있고, 순교자의 산에 창녀들이 살고, 성 바울 교회 주위로 사창가가 형성되는 것은 아무 이상할 일이 아니다. 원시 제전에서는 성 관계를 하기 전에 신성한 제례행위를 했다니, 어쩌면 원효, 의상대사 모두 겪었을 법한 일이다. 그러니 시인의 〈애매한〉 응축 또한 놀랄 일이 아니다.

재현

그러나 이런 심리적 응축은 단순하지 않다. 그 이유는 그것이 상징으로 재현되어 있기 때문이다. 시에 심리적인 어떤 고무가 있었다 하더라도 시의 전체를 설명하지는 못하기 때문이다. 우리가 정진규의 시를 읽기 위해서는 서정이라는 그의 재현 방식을 주의해야 한다. 서정이라는 테마를 들고 나오면 독자들은 식상할 것이다. 그러나 우리가 그 서정이란 형식을 어떤 추억이나 슬픔, 외로움 같은 일차적 감정과 혼동하고 있지나 않는지를 살펴보아야 한다. 인간이 존재하고 또 마음이 있다면 그것으로 정녕 동물이나 기계와는 구분될 것이고, 그 구분 점은 바로 서정성의 실체일 것이다. 만약 그런 서정을 forma formans로 보지 않고 forma formata로 보고 있다면 심각한 편견이다. 후자는 어떤 특정한 서정을 말하지만 전자는 만들어지는 서정을 말한다. 정진규의 시가 후자의 의미에서 어떤 정서를 추구했다는 것은 이미 알려진 터, 그런 서정에 대해 더 말할 것이 없을 것이다.

하루는
조그만 房 속에서
누구도 벗기지 못하는 女子의 마지막
內衣 한 벌로 지키는,
한밤내 지키는
달아오른 친구의
貴重한 追求를 잘라 놓고
무너져 뒹구는
語彙들의 피를 보았다.
音樂을 잘랐다.

–「敵」 부분

어떻게 관념적 이미지를 이보다 더 간결하게 표현할 수 있겠는가. 시인에 대한 평가는 일련의 작품들을 통해서 이루어지고 그 결과 시인의 개인사 내에서 무엇이 변모된 것인가를 되짚어 보기 마련이다. 그러나 내가 보기에 정진규가 초기 시에서 추구했던 동기는 후기의 산문이나 다른 재현 방식에 의해 전혀 바뀌지 않았다. 그의 시 세계는 관념과 몸의 변증법이다. 이렇게 볼 때 그의 초기 시가 문장 내에서의 변증법이라면 지금의 시는 관념과 몸이 이루는 재현의 변증법이다. 그의 시에 몸이 있지만 그것은 관념의 몸일 뿐 실제의 몸이 아니다. 그런만큼 시인에게서 실제적 '몸'에 대한 부채는 크다. 그 관념이 행동을 하라는 욕구를 자아낸다. 시「敵」에 보이는 〈어휘들의 피〉와 「다시 의 상대에서」에 보이는 〈결이 있는 무늬〉는 모습이 다르지만 그의 서정세계를 心似해내는 동질적인 관념일 것이다. 정진규의 시적 에너지는 여기에서 나온다.

> 그동안 파도로 왔다가 그것도 그대로 되돌아 간 것이 아니라는
> 걸 나는 미처 몰랐다

시인은 침묵 속의 언어를 찾아내고 있다. 이런 득도의 길은 위에서 언급한대로 반대급부의 리비도적 에너지에 의해 — 혹자는 이것을 정진규의 에로티시즘이라고도 한다 — 비로소 가능한 형용모순(contradictio in adjecto)의 모습을 취하고 있다. 파도가 그냥 무의미하게 지나간 것이 아니라는 것은 괴테가 『서동시집』에서 노래한 것과도 유사하다. 〈욕망의 파도는 허사로다. / 말없는 땅에 밤낮으로 곤두박질하니 — / 그래도 해안으로 던지는 시의 진주는 / 삶의 열매가 아니던가〉. 욕망의 파도 사이로 던져진 진주는 시에 대한 메타포로서 정진규가 노래한

바로 그 〈결이 있는 무늬〉일 것이다. 그러면 그가 〈다시 의상대에〉 선 이유와 존재의 초월을 얻으려 했던 심사를 읽을 수 있을 법하다.

자기와의 화해

나는 시인 정진규가 매우 궁금하다. 왜냐하면 사람들이 그를 매우 좋아하는 만큼 나는 함부로 범접하기 힘들다는 느낌을 받았기 때문이다. 나는 그를 몇 번 만난 일이 있다. 물론 글로 관계되는 일에서이다. 그는 마치 參禪을 하는 사람 같기도 하고, 사람들과 격절하여 사는 단아한 선비 같기도 하다. 그의 주위에는 많은 사람들이 있는 듯한데 그들의 행동은 정작 그에 대한 무슨 비밀이라도 지키려는 듯하였다. 그의 눈길은 부드러운 듯 하면서도 비수를 꼽는 듯한 視線을 갖고 있다. 그래서 나는 항상 그가 무슨 생각을 하는지 궁금하다. 사람들은 그를 숭배하는 것 같기도 하고 이미 그의 문학사를 쓰며, 심지어 어떤 이는 그를 추모하는 이도 있다. 그러나 정작 그의 시는 외롭다. 그의 시는 바위 틈새에 자라며 자기에 대해 발설하지 않는 고고한 난초 같기도 하지만 잠을 이루지 못하는 어린 아이 같이 보이기도 한다. 이런 그의 동체이형의 모습은 그의 내면이 가지고 있는 潛在의 응축 때문일 것이다. 만약 시인이 시라는 탈출구가 없다면 영원한 아남네지스(기억병)에 시달릴 것이다. 잠이 현실과의 관계를 끊는 것이며, 꿈을 꾸는 것은 현실이 다 충족되지 않았기 때문이라면 꿈의 작업은 이 願望을 충족하는 기능을 한다. 목이 마른 사람이 잠을 이루기 위해서는 물먹는 꿈으로 달래져야 한다. 그렇지 않으면 그는 잠에서 깰 수밖에 없다. 이것은 시의 경우에도 마찬가지다. 시인 정진규의 願望은 그의 외모에서도 텍스트에서도 구체적으로 읽을 수 없다. 그러나 그가 가지고 있는 욕구는 〈결이 있는 무늬를 봄으로써〉 달래진 셈이다. 우리는 시를 씀으로써, 시를 읽음으로써 도저히 참을 수 없는 존재의 무거움을 견디고 자기와의 화해라는 잠을 청할 수 있다.

다시 의상대에서

프로이트의 꿈의 해석 이론으로 그를 읽어보았다. 그러나 시가 가진 무게 때문인지 쓸 말이 적은 것 같다. 오히려 혼란만 초래했을까 두렵다. 〈다시 의상대에서〉란 뜻은 의상대사의 일대기에 대한 알레고리일 수 있고, 구도의 길을 가는 시인 자신에 대한 메타포일 수도 있다. 善妙라는 처녀의 유혹 없이 의상의 佛事가 이루어질 수 없었던 것을 생각한 시인은 〈언감생심〉이 무위였다는 것을 깨닫는 것이다. 시인이 〈다시 의상대에서〉 얻은 것은 자기를 지우는 일이었다. 採根譚은 말하지 않았던가. 〈意淨則心淸不了意而求明心如索鏡增塵〉(뜻이 정하면 마음이 맑아지나니 뜻을 마치지 아니하고 밝은 마음을 보고자 함은 거울을 닦아 먼지를 더하는 것과 같다). 욕망과 자기 포장이 난무하는 시기에 시인의 이런 태도는 낯설게 보일 수 있다. 그러나 시의 목적이 무엇인가 하는 점에서 시인은 우리에게 〈다시〉라는 말이 갖는 진정한 의미를 일깨워준다. 그러나 정작 시인이 〈다시 의상대에서〉 보아야할 것은 이 시 도처에 깔려 있는 설법하는 듯한 언어다. 시의 언어가 가지고 있는 유장함으로 인해 스스로 해방되고 카타르시스 되어야 할 언어가 다시 억압이 되어 버릴 공산이 크다. 지난날 가졌던 명예로운 훈장이 시인에게 무슨 소용이 있단 말인가. 〈언감생심〉, 〈할 수 있을까〉, 〈미처 몰랐다〉 등에서 보이는 강박적 방어기제는 마치 어린아이가 손을 굳게 쥐고 그 손안에 있는 것을 보이지 않으려 할 때와 같은 느낌을 갖게 한다. 그 아이는 반드시 가져서는 안 되는 어떤 것을 가지고 있을 것이기 때문이다.

8. 아남네지아 또는 기억과의 순수한 간통 — 송종규의 시

그는 고조선과 보부상 그리고 몇 개의 왕조를 거쳐 왔다
새로운 세기의 어떤 언어로도 나는 그를 명명할 수 없다
그는 너무 먼길을 걸어 내게로 왔고
나는 퉁퉁 부어오른 그의 다리를 높게 받쳐들고 뜨거운 타월로 감싸 주었다
우리에겐 서로, 삶의 가려운 등을 긁어주거나 머리를
빗겨주는 따위의 행위들은
없다, 다만 묵묵히 마주 앉아 있어 주는 일
깨꽃처럼 붉고 뜨거운 말도
고드름처럼 싸늘한 인사도 그러므로 우리에겐 필요하지 않다
간교한 말들이 삭제된 아주 순수한 간통을
꿈꿔왔을 뿐이다 한 세월
용광로처럼 펄펄 끓어오르다가 이제는 굳어버린
저 담담한 세월의 얼굴
그의 심장에서 아직도 크고 싱싱한 펌프질 소리가 나고 있음을
안 것은 그리 오래지 않았다
그 펌프질 소리를 따라 들어가 몇 개의 왕조와 보부상
그리고 고조선까지 오르내릴 수 있는 방법을 나는 아주 조금 알 수 있을 것 같다
소리의 고저장단 사이사이에 간혹
비비새의 깃털과 어린 상수리나무의 잎맥이 푸르고 붉게
얼비친다 그의 곁을
참 많은 것들이, 거리의 불빛처럼 스쳐갔으리
그는 어쩌면 청동의 거울이거나 수만 개의 씨방을 통해 혈통을 이어온
모래지치 작은 꽃잎 한 장일 것이다

그러나 더 이상 그의 삶에 관해 추측하지 않겠다

다만, 그는 내가 신발을 신고 벗을 때마다 어디론가
출렁이며 나를 떠밀고 간다
시간은 얼마나 날렵한 무기인가

– 송종규의 「모래지치꽃」

송종규의 시는 불확정적 우울함을 역사라는 매개항을 통하여 변주한 遁走曲(Fuga) 같은 것이다. 이것을 우리는 흔히 역사적 상상력이라 표현하는데, 시인은 이것을 사사로운 심상에 의존함이 없이 인간의 본능에 환원시킴으로써 자신의 독특한 시적 행보를 구축하고 있다. 시작품의 호소력은 사회와 개인의 관계를 얼마나 진실하게 (진리가 아니라 진실이다) 구현해내느냐 하는 점일 것이다. 그러나 이 시에서 이런 관계는 표현의 직접성으로 다가오지는 않는다. 일견 〈모래지치꽃〉에 의해서 동기가 되었을 역사적 기억은 시인이 젊은 날 추구하였던 願望의 소산일 것이라는 추측이다. 그러나 무엇이 〈용광로처럼〉 펄펄 끓는 젊은 날의 욕동을 자극했는지에 대해서 시인은 입을 다물고 있다. 다만 그는 기억과의 화해를 말할 뿐이며, 그 직절함이 오히려 이 시에 상상력과 긴장감을 더해 준다.

우리에겐 서로, 삶의 가려운 등을 긁어주거나 머리를
빗겨주는 따위의 행위들은
없다, 다만 묵묵히 마주 앉아 있어 주는 일
깨꽃처럼 붉고 뜨거운 말도
고드름처럼 싸늘한 인사도 그러므로 우리에겐 필요하지 않다
간교한 말들이 삭제된 아주 순수한 간통을
꿈꿔왔을 뿐이다 한 세월

> 용광로처럼 펄펄 끓어오르다가 이제는 굳어버린
> 저 담담한 세월의 얼굴

분명 먼 젊음의 여정을 통과해왔을 화자가 본 자신의 모습은 〈이제는 굳어버린〉 〈세월의 얼굴〉에 지나지 않는다. 시인은 이제 그것이 바로 자신임을 낯설게 확인하고 있는 것이다. 그러니 과거의 〈깨꽃처럼 붉고 뜨거운 말〉이나 〈고드름처럼 싸늘한 인사〉는 이제 큰 문제가 되지 않는다. 오히려 우리가 주목할 것은 낯설음을 유발하는 크게 티내지 않는 침묵의 상상 공간이다. 리비도적 충동이 가미된 〈간교한 말들이 삭제된 아주 순수한 간통〉이라는 표현은 결코 다른 어법을 용납하지 않을 단단한 밀도를 지니고 있다. 이제 과거의 기억이 지워지고 그 자리에 현재의 기억이 자리 잡는 순간이다. 물론 역사적 부정을 통하여 심미적 긍정이 성취되는 이 순간의 세목은 분명치 않다. 그러나 그가 회상해내는 것이 단조로운 일상을 넘어선 과거에 대한 동경임은 추측할 수 있는 일이다. 분명한 것은 그때는 〈삶의 가려운 등을 긁어주거나 머리를 빗겨주는 따위의 행위들〉을 했을 시적 화자가 이제는 순수한 화석의 얼굴로 변해버렸다는 점이다.

記憶과 回想

인간의 종족보전과 섭생을 위한 투쟁, 전승을 위한 노력은 눈물과 감동에 가까운 지대한 일이다. 인간은 어디서 왔으며 인간은 무엇을 위해 과연 노력하는가 하는 것을 우리는 어디에서 얻을 수 있는가. 인간은 기억을 위해 역사를 서술해 왔다. 그러나 인간이 기록한 것은 힘있는 자들의 역사이고, 진실보다는 사실에 더 가까운 기실 기억할 필요가 없는 기억들일 수도 있다. 그런 와중에서 우리는 그런 〈왕조〉와 지배자에의 기억보다는 〈소리의 고저장단 사이사이에 간혹〉 이름도 없이, 빛도 없이 그저 〈거리의 불빛처럼〉, 〈모래지치꽃〉 같은 존재로 흩어졌을지도 모르는 자신의 존재를 기억할 수 있어야 한다. 그래서 시인은 史家들의 역사서술 방식에 대해 반기를 들고 시인 자신의 방식으로 역사를 기술하는데 이것이 바로 그에게는 시로 체현된다. 史家가 사료나 역사적 의식으로 기억을 한다면 시인은 자신의 몸에 남아있는 회상의 힘으로 시를 쓴다.

무릇 사람들이 남의 필을 빌려서 자기의 역사를 묘비명에 남기려고 무던히 애를 쓰고, 사화를 일으키면서까지 자기의 과거를 지우려고 광신적인 투쟁을 하는 것을 보면 기억은 매우 중요한 어떤 것임에 틀림없다. 그러나 시인은 그런 외부적인 권력의 장치나 특별한 기억의 저장소로 기억하지 않는다. 비록 그간의 역사가 이 史家들의 기억방식에 손을 들어준 것은 사실이나 그렇다고 역사에 남은 것이 무조건 기억할만한 것이라고 단언할 수는 없을 것이다. 시인은 그의 시에서 이런 점에 주목하고 있다. 시인은 바로 시적 상기(recollection)라는 방법을 택해서 〈고조선까지 오르내릴 수 있는 방법을〉아는데 그러면 시인이 史家들의 기억을 빌리지 않고 어떻게 그 기억을 상기할 수 있단 말인가? 시인은 〈꿈을 꾸면서〉 그리고 〈신발을 신고 벗을 때마다〉 그 숨결을 감지하는 원시적 기억 방식을 가지고 있다. 역사적 기억이 무엇을 집적하는 것이라면 시인의 이런 詩的 想起는 그 기억의 모형을 만들어낸다. 역사적 기억은 〈뜨거운 말〉이나 〈싸늘한 인사〉로 되어 있지만, 시적 상기는 〈순수한 간통〉이라는 감정의 재생이다. 그런 의미에서 시인은 일상의 권태와 단조로움을 결국 역사의 권태와 단조로움에 대입시키고, 그것 대신에 순수한 심미적 욕동의 기억을 지향하고 있다. 〈왕조〉와 〈보부상〉, 〈비비새의 깃털〉과 〈어린 상수리나무의 잎맥〉은 사료와 시적 상기의 마주침이다.

역사적 사건은 시간이 지나가면 다시 복원될 수 없다. 인간이 죽으면 생명을 버린 드라이플라워가 되듯 역사 역시 원초적 경험이 지나가면 미라처럼 말라붙는 것이다. 그러므로 시의 기억 또한 원래의 경험을 재생할 수는 없다. 없는 만큼 시란 원래 기억의 대용품이지 그것 자체가 아니다. 그것은 신이 만든 자연이 복원될 수 있고 재해가 와도 다시 복구가 되지만 인간의 문화는 소실되면 다시 재생될 수 없는 것과 마찬가지다. 인간의 문화가 이런 속성을 지니고 있는 만큼 기억 또한 원래의 기억일 수 없다는 데서 다시 기억의 존재를 찾을 수 있다. 〈고조선〉과 〈몇 개의 왕조〉는 어쩌면 과거의 기억이었을 터, 〈깃털〉이나 〈씨방〉에 비견할 수 있는 기억이 아니었다. 그러나 영웅이 사라진 시대의 영웅은 한낱 작은 〈깃털〉이나 〈씨방〉,〈모래지치꽃〉이 될 수 있다. 그러면 그런 수많은 역사와 빅뱅, 화석과 공룡, 트로야의 목마 사이에서 나온 수많은 이야기는 어디에서 온 것이란 말인가? 그리고〈그의 심장에서〉 들리는 〈아직도 크고 싱싱한 펌프질 소리〉는 어디에서 찾은 것일까? 그것은 아마 꿈속에서 얻은 힌트일 것이다. 시인은 꿈을 꾸면서 기억할 수 없는 일들을 몸으로 기억해낸 것이다. 시인이 기억해낸 유년이나 소아기는 인간개체의 태고시대에 상응하는 시기이므로 사실상 인류발달의 전 단계를 축소된 형태로 반복하고 있다. 시인이 역사를 만나는 것은 시인의 유년에 잊혀진 비밀을 찾는 것이다.

아남네지아

그러므로 이 작품의 主調는 기억에 대한 앰비벌런스라고 말할 수 있다. 기억은 잊혀져야 비로소 가능한 것이며, 인지 또한 잊혀진 기억 위에서 가능한 것이다. 이런 심정을 시인은 우의적으로 토로하고 있다. 그런데 상기는 회상(recollection) 외에 또 다른 하나가 있다. 그것은 상처 개념에서 나오는 감수성 같은 것이다. 워즈워스의 말대로 옛 경험의 회상은 마치 현재의 경험인양 시인을 감동시킨다. 이렇게 보면 시인은 역사의 무상함에 대해 바로 자신의 기억의 덧없음을 노래하고 있다. 기억의 상기를 통해 인간은 상처를 경감시킬 수는 있어도 완전히 치유할 수는 없다. 이런 상처에 대한 기억을 치료할 수 있는 유일한 힘은 아남네지아에서 온다. 아남네지아란 상기나 회상의 한 형식이긴 하지만 그것과 동일한 것은 아니다. 아남네지아란 부정적이고 여성적이며 신비적인 모습을 갖추고 있는 어떤 기억이다. 회상이 태양과 같다면 아남네지아는 여성적인 것이다. 시드니 경이 〈달이여 그대의 얼굴이 왜 그렇게 창백한가? 그대도 실연을 했는가?〉라고 했다면 이것은 바로 아남네지아를 두고 하는 말인 것이다. 을씨년스럽고 우울하고 궁핍한 과거가 이유도 없이 다가올 때 그것이 바로 아남네지아인 것이다. 이런 기억의 형식으로 인하여 시인은 史家들과 다른 기억을 하게 되는 것이다. 〈우리에겐 서로, 삶의 가려운 등을 긁어주거나 머리를 / 빗겨주는 따위의 행위들은 / 없다, 다만 묵묵히 마주 앉아 있어 주는 일〉은 바로 아남네지아적 기억을 보여주고 있다.

이런 의미에서 역사적 기억이라는 외양으로 포장된 이 시의 기의는 사실상은 시인의 자기상처를 고백하는 기의로 읽을 수밖에 없다. 시인의 몸은 시인 자신에 대한 기억이다. 그의 몸에는 그가 의식하지 못하는 과거의 기억이 배어있다. 이렇게 볼 때, 이 시는 몸 전체를 섬세한 감수성의 계기로 바꾸어 놓은 기억을 보여주고 있다. 〈순수한 간통〉이란 직접적 심상은 언급할 것도 없거니와 시의 여러 부분에서 욕망의 언어가 많이 등장하고 있다. 〈나는 퉁퉁 부어오른 그의 다리를 높게 받쳐들고 뜨거운 타월로 감싸주었다〉, 〈긁어주다〉, 〈붉고 뜨거운 말〉, 〈용광로〉, 〈싱싱한 펌프질 소리〉, 〈오르내릴 수 있는〉, 〈수만 개의 씨방을 통해〉 등의 언어에 나타난 욕망의 언어는 정신분석학적으로 볼 때 경험으로서의 기억을 말하지는 않는다. 그것보다는 거세 콤플렉스를 보여주고 있다. 이 시는 남성이 되고 싶다는 원망이 거세 콤플렉스를 통해 위장되어 있다. 꿈의 언어로서의 시는 보통 이런 페니스(또는 거세 콤플렉스)를 가지고 인간 전체를 비행청소년으로 만들어 버린다. 이 시의 거세는 우선 자연적인 여성으로서의 거세다. 이 경우에 〈그의 다리를 높게 받쳐들고 뜨거운 타월로 감싸주었다〉라는 심상은 원망충족의 상징으로 읽을 수 있다. 그러나 이것은 願望일 뿐 시인의 기억은 그렇지가 못했다. 그것보다는 오히려 식물도감이나 찾아야 나올 법한 〈모래지치꽃〉같은 존재로 거세된 자기 모습만이 있을 뿐이다. 그리고 〈말들이 삭제된 아주 순순한 간통〉만이 인정된 자기 과거에 대한 불만을 식상하지 않게 터뜨리고 있는 것이다. 송종규의 시에는 이런 리비도적 충동에 대한 언어가 정제된 형식으로 많이 감춰져 있다. 프로이트가 시인을 신경증 환자로 본 이유는 바로 여기에 있다. 그가 성취되지 않은 강력한 본능의 에너지가 시인의 예술세계 속에 투영된 것이라 본다면, 이 시도 그런 틀을 크게 벗어나지 않을 것이다. 이것이 허두에서 말한 송종규의 불확정적 우울함이요, 곧 아남네지아 이다.

기억과의 순수한 간통

지금 이 시대는 문화적 우울증 시대이다. 그것은 내 가슴에도 대통령의 얼굴에도 씌어있다. 그러나 누가 이 시대적 우울증을 기억할 것인가? 우리는 무엇인가를 기억하기 위해서 반드시 무엇을 잊어버려야 한다. 시인은 자신의 아남네지아를 사회적으로 문맥화하는데 성공하고 있다. 그러므로 그의 시는 이 아남네지아의 시적 변전이라 말할 수 있다. 시가 자기망각이 아니고서야 이런 사회적 거세의 위협을 어떻게 망각할 수 있으며, 시인을 포함한 우리는 어떻게 고통의 시대를 영위할 것인가. 그래서 시인은 〈모래지치꽃〉이라는 작은 기념비를 통해 願望의 위령탑을 건립해 놓고 그의 기억을 머리에서 비워내고 있다. 아직도 거세의 위협은 많은 데 도사리고 있다. 하지만 〈날렵한 무기〉로서의 시간은 시적 상상력이 되어 순수한 간통의 약속을 보장해 준다. 〈어디론가 출렁이며〉 나를 새로운 기억으로 인도한다.
나는 이 시인을 볼 때마다 그가 만약 시를 쓰지 않았다면 이 기억병, 아남네지아에 걸렸으리라 생각한다. 그는 명민하고 예민하다. 그의 시는 그의 이런 쓰라린 (또는 충족되지 않은) 기억들을 시로 승화시키고 독자들에게 자신을 잊는 잠을 청할 수 있게 해줄만한 예기를 품고 있다. 그러나 이 작품은 구체적 심상에서 출발하지 않고 추상적 관념에서 출발하여 우의적으로 표현하려는 경향을 띠고 있다. 잊혀진 것에 대한 그리움과 기억의 빛나감이란 주제는 기억에서 소외된 인간의 모습을 그려내는 데 필요한 좋은 구도이기는 하나 그것을 되풀이 내세우는 것 또한 경직성의 한 형식일 것이다. 중요한 것은 시가 감정으로 이루어진 것이 아니라 바로 기억의 오류에서 연유한다는 사실을 시인이 진지하게 체득하지 않는 한, 시에 대한 독자들의 기여를 기대하기란 어려운 일이다. 이 시대 나를 포함한 독자가 탐하는 것은 불확정적 기억의 확정성이다. 그에 대한 시인의 명민한 대안을 기다린다.

9. 의미 지우기 또는 부정의 명백한 표현 — 이수명의 시

나는 계단을 오른다.
부서진 계단

내가 한 걸음 디딜 때마다
계단들은 사라진다.

두 사람이 싸우고 있다.
서로 계단을 던지며

모든 사람이 싸우고 있다.

한 사람이 다른 사람의 팔을 꺾어
멀리 던져 버린다.
멀리 날아간 팔이
되돌아와
계단을 오른다.
나에게로 자꾸
나는 굴러 떨어진다.

계단을 오르지만
계단은 보이지 않는다.

단두대에 앉았지만
나는 이미 머리가 없다.

– 이수명, 「부서진 계단」

이수명의 시는 시를 읽는 자로 하여금 〈황홀감〉을 맛보게 한다. 이런 황홀감은 그의 시가 어떤 언어적, 존재론적 차원에서 이루어지는 것이 아니라 원시적 욕동의 영역, 한 마디로 무의식의 영역에서 나온 것이기 때문이다. 그리고 이런 의미에서 그의 시는 독자들이 원하는 특정한 의미론적 磁場이나 문맥, 감정의 촉수를 지니고 있지 않다. 그 대신 그의 시에는 진실만이 있다. 꾸밈과 의도, 의미의 흔적을 지우고 인간 본래의 모습을 그려 놓기 때문에 그의 시는 벌거벗음의 외침이라 할 수 있다. 그의 시가 웬 벌거벗음? 혹자는 이렇게 물을 수 있을지도 모른다. 옷을 벗은 것을 벗은 것이라 이해한다면 우리는 어차피 그와는 이런 시에 대해 이야기를 할 수 없을 터, 추상의 세계로 기호화된 精髓의 적시를 두고 벗음이라 명명하는 것이다.

근래 이수명의 시는 차츰 접속사가 줄어들고 분명한 의미 지우기를 시도하고 있는 듯 하다. 접속사가 줄어든다는 것은 단순히 밑그림을 지운다는 뜻이 아니다. 等身佛이 되기 위해서는 끝까지 목숨을 부지해야 몸이 썩지 않고 미라가 된다. 꽃의 향기를 적출하기 위해서는 꽃을 올리브유에 적신 헝겊으로 꽃을 감싸 놓음으로써 꽃을 달래, 차츰 차츰 죽음을 맞이하도록 해야 한다. 시도 마찬가지다. 시도 유기체인 만큼 시에서 사람을 분리하고, 맥락을 분리하는 가운데 우선 그를 달래주어야 하고 그의 삶을 달래주어야 한다. 그렇지 않으면 시는 자신의 영혼을 쉽게 내놓지 않을 것이다. 말하지 못했던 것은 설명할 수 없다. 기억의 처녀성으로 간직한 말을 표현하기 위해서는, 그리고 기억의 잠재 속에서 실루엣과 분위기로 존재하고 있던 에센스를 추출하기 위해서는 침착한 관조가 필요하다. 이수명은 관조의 대가답게 이런 영상들을 어떤 언어적 구조물이 아닌 비언어적 영상으로 기억해내기 위해 내러티브적 구조나 의미의 진술을 하나 하나씩 지워나가고 있다. 이것이 그의 시를 읽는 독자들에게 어려움을 만들어 내는 듯하다. 그러나 새로운 맛과 새로운 향기에 대한 우리의 감각을 살리기 위해서는 우선 맑은 물로 입을 가시고, 깨끗한 공기로 후각을 씻어내고, 기존의 시 읽기 습관부터 지워야 할 것이다. 그러면 우리는 언어 이전의 언어, 실루엣 같은 것들이 입을 열어 말을 하는 것을 보게 될 것이다.

의미 지우기

이수명의 시는 해석이 필요 없든지 아니면 시를 재구성해야 해석이 된다. 여느 시의 비평과는 달리 그의 시에 대한 비평은 그의 말 어느 구절도 인용할 수 없다는 것을 독자들은 알아차렸을 것이다. 그 이유는 아마 그의 시가 원시인의 언어로 씌어졌기 때문일 것이다. 만약에 시가 현실적으로 사용가능한 말이라면 시보다는 산문이 더 좋은 장르일 것이다. 시가 지향할 것은 어렴풋한 영상이나 기억 같은 것들이다. 베를렌은 〈내 흥얼거림으로 감지하노니, / 옛 음성의 미묘한 윤곽을…〉이라고 노래하지 않았던가. 그 윤곽은 이렇다.

> 나는 계단을 오른다.
> 부서진 계단
>
> 내가 한 걸음 디딜 때마다
> 계단들은 사라진다.

이 시가 논리적으로 모순이라든가 그렇게 해서 이해가 되기 힘들다고 한다면 그 불투명한 윤곽 때문에 일어났을 터, 논리적으로 검증해볼 일이다. 우선 이 시어를 함수 관계로 나타내면 f(a, b)로 표시할 수 있다. 함수의 기능을 나타내는 f는 그 사물(또는 事象)들, a와 b의 관계를 매개한다. 그런데 〈계단을 오른다〉의 〈계단〉과 〈부서진 계단〉의 〈계단〉, 한 걸음 디디는 〈계단〉과 〈사라지는〉 〈계단〉의 관계를 매개하는 f(functor), 즉 〈오른다〉나 〈사라진다〉는 함수기호가 기능적으로 잘 매개해 줄 수 없다는 데 문제가 있다. 이것이 가능해야 독자에게 의미를 만들어줄 최소한의 소통구조가 이루어진다. 그런데 여기서부터 시인은 철저하게 다른 입장을 보이고 있다. 시인은 이런 대립의 함수기능이 같은 것이라고 보는데 나도 그것이 가능하다고 본다. 왜냐하면 이 시는 꿈속에서 종종 발생하는 顚倒의 양상과 매우 흡사하기 때문이다. 우리의 생각과 의도, 권력과 행위는 모두 그 전 단계에 가치 기준이 아닌 의미 기준으로서의 感覺像이었다. 좀 더 정확히 말하자면 감각적 인상의 記憶像에 의미, 가치, 목적 등의 언어가 결부가 되고 나중에 思想이 결부된 것이다. 원초적 욕동이 〈나는 계단을 오른다〉에서 보는 목적이나 가치들을 수행할 수 없다면, 〈부서진 계단〉으로 역행해서 퇴행적 처리를 하는 것은 자연스런 일이다. 그러면 존재는 물러나고 무의식적 주체가 전면에 부상하면서 시는 황홀감을 만들어내는 것이다. 이런 혐의는 근래의 또 다른 시에서도 찾아볼 수 있다.

> 자신을 찍으려는 도끼가 왔을 때
> 나무는 도끼를 삼켰다.
> 도끼로부터 도망가다가 도끼를 삼켰다.
>
> – 이수명 「나무는 도끼를 삼켰다」 부분

꿈속에서는 흔히 의미가 전도되는 경우도 있고 인과가 전도되는 경우도 있다. 그러므로 시적 장치로서의 전도는 매우 흥미 있는 일이 아닐 수 없다. 이 시에서 〈도끼〉가 올 때 〈도끼〉를 삼키는 일 말고 무슨 일을 할 수 있겠는가? 꿈에서는 종종 산토끼가 사냥꾼을 총으로 쏘는 경우도 있는데, 이처럼 〈도망가다가〉 〈나무〉는 〈도끼〉를 삼키는 것이다. 즉, 사건의 배열이 반대로 되어 있기도 하고 선행해야 할 사건이 결과적인 사건 뒤에 놓이기도 한다. 이런 것은 꼭 꿈이 아니라도 우리 현실에서 얼마든지 찾아볼 수 있는 일이다. 재주는 곰이 부리고 돈은 떼놈이 받는다고, 부조리한 현실에서 누가 원인이고 누가 결과냐 하는 것은 누구나 손쉽게 알 수 있는 일이다. 그러므로 이수명이 〈언어 관습에서 멀어있다〉는 혐의는 불가한 것이다. 시를 쓰는 데도 본말이 전도되어 있는 경우는 허다하다. 이수명이 황홀한 것은 바로 이 점이다. 그는 사물들로 하여금 본래의 기능을 회복하게 하고, 인간의 존재 자체를 그 원형(arche)에 환원시킨다. 그러나 억압적 사회구조에 조종을 당하는 인간의 모습을 고발하거나, 목적론에 의해 얽어매어 있는 권력의 구조를 훈계하지 않는다. 시인이 이런 시적 장치를 역겹게 생각하는 이유는 폭력을 막으려는 어떤 폭력도 성공할 수 없다는 것을 알고 있기 때문이다. 시인은 그저 말할 뿐이다.

부정의 명백한 표현

우리 모두 이런 기괴한 논리로 설득 당하려면 좀더 인간의 언어와 문화에서 확증 잡아둘 만한 무엇이 필요할 듯하다. 古儀的 언어에서는 강하다-약하다, 밝다-어둡다, 크다-작다와 같은 대립은 같은 어근을 갖고 있다는 점이 언어학자들에 의해 밝혀졌다. 예를 들어 이집트어의 ken은 〈강하다〉와 〈약하다〉의 두 가지 뜻을 모두 갖고 있었다고 한다. 대화 중에 이런 말을 사용할 시에는 억양과 몸짓을 덧붙이고, 문서에서는 이른바 결정사(determinative)라 하여 그 자체는 발음하지 않는 그림을 그려 넣었다 한다. 말하자면 〈ken-강함〉에는 똑바로 서있는 남자를, 〈ken-약함〉에는 구부정한 남자를 그려 넣었다. 후일이 되어서야 이 말에서 약하다는 뜻의 kan이 나온 것이라 한다. 〈오르는〉계단, 〈부서진〉 계단은 같은 계단이다. 또한〈한 사람이 다른 사람의 팔을 꺾어 / 멀리 던져 버린다. // 멀리 날아간 팔이 /되돌아와...〉에 나타난 대립은 같은 뜻의 다른 매개항일 뿐이다. 〈계단을 오른다〉와 〈굴러 떨어진다〉에서 확대된 이미지의 전개가

단두대에 앉았지만
나는 이미 머리가 없다.

에 와서는 절정에 달한다. 이것은 마치 서투른 유랑극단의 무대에서 주인공이 쓰러지고 난 뒤에야 무대 뒤에서 그 주인공을 쏘는 총성이 들리는 것과 매 한가지다. 이수명 시에서 보는 이런 언어적 현상은 비단 이집트어에만 있는 것이 아니다. 우리말에도 죽다-죽이다는 한 현상을 말했을 것인즉, 죽다라는 말에 한 사람만 오면 함수 f가 〈죽다〉로 기능을 하지만, 두 사람이 오면 〈죽이다〉로 기능을 할 것이다. 터키 말도 이와 유사하게 구조되어 있다. Hassan öldi(핫산은 죽는다), Hassan

Hafis(i) öl-dür-di(핫산은 하피스를 죽인다), 독일말의 Topf(독어의 pf는 영어의 p로 바뀜)를 거꾸로 하면 영어의 pot가 되어 같은 뜻이고, 라틴어 altus는 높다-낮다의 뜻이 다 있다. 만약 그렇지 못하다면 〈I am 12 years old〉란 말은 이해가 가지 않을 것이다. 왜냐하면 〈*I am 12 years young〉이 더 옳은 표현일 것이기 때문이다. 예는 무수히 많다. 시혹이 혹시로, 애오라지는 아야로지, 버석버석은 서벅서벅 등으로 전도된 것이 인간 언어의 속성이기 때문이다. 아이들이 〈여보〉를 〈보여〉, 〈가방〉을 〈방가〉라 하는 것도 예외가 아니다. 내가 이런 사례들을 일일이 나열하는 것은 이수명의 시가 〈문화〉의 왜곡을 적시하는 데 있어 유별하지 않다는 것을 보여주기 위함이다. 즉, 그의 시는 이런 식으로 부정을 명백히 표현해내고 있지만 명백하지 못한 것은 시나 꿈의 언어가 현실언어와 같다는 고정관념 때문에 생긴 것이다. 그렇다면 그의 〈명백하지 않은 부정〉이 무슨 명백함을 담고 있는지, 그 패러독스에 관심을 가지지 않을 수 없다.

부서진 계단

칠십 년대만 해도 〈머리가 나쁘다/좋다〉는 소리를 많이 들었는데 이제는 이런 소리를 듣는 일이 없다. 머리가 계산의 기능이나 암기의 기능으로부터 자유로워지면서 이제 그런 말은 필요치 않게 되었다. 그런만큼 이제 시인을 위한 형이상학도, 시인에 의한 형이상학도 존재하지 않는다. 그보다는 정작 시인이 겨냥한 진실에 대한 문제가 더욱 절실하다. 진실이라면 개인적, 사회적 차원의 진실 모두를 말함이다. 우선 이수명의 시는 개인적 차원에서의 진실을 품고 있다. 계단은 사다리와 마찬가지로 오르고 내리는 〈남근적 욕망〉, 즉 권력을 상징한다. 그렇다면 이 시는 〈머리 좋은〉 것을 추구하는 어떤 형이상학에 대한 도전일 것이다. 살아있는 존재는 모두 이 에로스 원칙, 즉 욕망의 사슬하에서 살아가는 것이다. 하지만 욕망은 필연적으로 그 이면에 죽음을 지니고 있다. 제1연을 낮의 언어로 번역하자면 〈나는 계단을 오른다. 그러나 계단은 부서져 있다〉, 이렇게 번역해야 할 것이다. 그러나 男根과 거세는 동시에 일어나기 때문에 〈나는 계단을 오른다. 부서진 계단〉처럼 접속사가 없는 응축으로 표현되고, 욕망의 〈부서짐〉은 언어의 〈부서짐〉으로 체현되어 있다.

이렇게 시의 언어는 응축되어 있고 그림은 치환되어 있다. 〈팔〉 또한 남근의 상징이며 거세의 위협과 그에 대한 저항은 그 〈팔〉이라는 상징물에 나타난다. 그러나 이 시가 전적으로 밤의 언어는 아니며, 〈모든 사람이 싸우고 있다〉, 〈계단을 오르지만 / 계단은 보이지 않는다〉에서처럼 낮의 언어로도 풀이될 수 있다. 낮의 언어란 곧 시인과 같은 우리 생활인이 군집 동물의 원칙을 지키며 겪는 현실을 말함이다. 세상은 실로 팔을 꺾고 계단을 부서뜨리고 머리를 자르겠다는 위협으로 가득하다. 그러므로 이수명의 언어는 〈실제의〉 언어는 아니라 하더라도 〈실제적〉 언어로 채워져 있으며 사회적 진실을 말하고 있다. 그러면 왜 시의 주체는 이미 머리가 끊기고 난 후에 단두대에 앉았을까? 여기에 꿈의 작업의 실체가 놓여 있다. 만약 시, 꿈이라는 사전 자기검열을 통해 〈머리〉(男根)를 자르지 않을 경우, 주체는 억압에 의해 두 번 〈단두〉 당할 수 있다. 그렇게 되면 인간의 최소 생계비인 잠까지도 못 이룰 것이며, 글로 위로 받을 기회도 없게 된다. 전도된 세상에서 정신병자가 되지 않고 살 수 있는 방법은 미리 정신병자가 되는 것이다. 산토끼가 포수를 쏘고, 내가 미리 머리를 자르면 된다. 그래서 이수명의 시는 황홀하다.

10. 기억, 레테의 강 너머에 있는 — 문인수, 이규리, 김기택의 시

근자에 들어 나는 부쩍 기억이란 무엇인가 라는 생각을 많이 하게 된다. 불혹이 지났나 보다. 기억과 시를 연관짓는 일이 독자들에게는 생소할 수도 있지만, 무릇 시의 의미가 기억의 오류로 인해 생긴 것이라 볼 때 전혀 생경한 일은 아니다. 기억이란, 무엇인가를 마음에 또는 머리에 저장하는 것이다. 또 이것은 사고나 상처, 전쟁 때문에 이루어진 외상, 마음의 상처로 인한 흔적까지도 포함한다. 어디 그것뿐이랴, 잊어버리고 살던 세월이 사소한 대상으로 인해 불현듯 머리에 스치는 회상 또한 이 범주에 속한다. 우리들 중의 많은 이들은 이것 때문에 싸우고 이것 때문에 우울하고 이것을 가지고 싶어 하고 이것을 증오한다. 무릇 역사가 다 이 문제로 아귀다툼을 벌이는 것이다. 네 기억이 옳으냐 내 기억이 옳으냐, 옳다면 어떤 근거로 옳으며, 어떤 정당함으로 옳은지 그것이 인간의 역사라는 것이고 문화라는 것이다.
하지만 인간의 감정이나 삶은 금방 사라지는 덧없는 일이다. 사랑과 미움, 아름다움과 추함, 이 모든 것이 시간이 흘러가고 나면 소실되거나 다른 의미를 지니게 된다. 확실히 진리는 시간의 딸(veritas filia temporis)인 듯하다. 시도 사실은 이러한 인간의 역사에서 벗어나지는 못한다. 다만 역사와는 다른 것을 기억하고, 또 다르게 기록하는 것만이 독특할 뿐이다. 아, 지나간 기억이란 노릇노릇하게 구운 밀서리보다 구수하지 않는가! 모락모락 솟아오르는 증기 속에 풍기는 이스트

냄새의 찐빵이란! 하지만 우리는 이런 것을 역사책에서 본 일이 없다. 우리는 이미 역사 철저주의자가 되어 있다. 합리와 이성이라는 명목하에 기억할 수 있는 것은 다 기억하고 있다고 생각한다. 그렇지만 가련하고도 가련한 것이 기억이다. 정말 그때 죽고 살기로 손가락 걸고 맹세했던 것이 당신의 기억에 그대로 보존되어 있는가? 말로 우리의 경험을 재현한다는 것은 얼마나 가련한 일이며, 그것을 문학사에 편입시키기 위해 진력하는 일 또한 얼마나 허무맹랑한 일인가. 이런 의미에서 본다면 무릇 역사가 다 쓸모 없는 쓰레기일 터, 시는 본시 이런 짓들과는 상관없는 불손한 일이다. 시는 역사에 편입되지 못하고 문학사에 편입되지 못한 레테의 강 너머에 있는 기억들을 건지고 있음에 틀림없다.

기억의 상실 또는 꽉 다문 입

길이 보이지 않을 때가 있다. 그때 우리는 입을 꽉 다문다. 아니 이런 표현은 어울리지 않는다. 꽉 다물어진다, 그 표현이 옳을 듯하다. 그런 기억을 문인수는 시 「꽉 다문 입, 휴가」(포에지 2001년 봄호)에서 보여주고 있다. 그는 이런 기억을 수사와 표현의 힘을 빌지 않고 너무도 자연스레 보여주고 있다. 그냥 보여주고 있다.

> 옛집 뒤란 돌아들어가는 데서 살짝 바다의 한 쪽 끝이 내다보인다. 물항라 고운 치맛자락, 치맛자락, 같다. 마을 앞 긴 둑길이 그걸 붙잡는 내 마음이다. 갯바위 있는 데까지 따라 나갔다가 또

수평선 보고 온다. 아 배 넘어간 곳,

나도 자라면서 말 수가 줄었다. 이제 또 묵묵히 짐을 챙긴다. 어머니, 윗채에 올라가 아직 기도 중이다. 또 올라가 홀로 오래 기도할 것이다. 많은 파도 소리가 따라왔다가 집 뒤 대숲에서 논다, 무수히 운다. 대숲 흔들리는 거, 두 팔 산자락이 마을 안아들이는 거 자꾸 돌아보인다. 아 배 넘어간 곳, 꽉 다문 입.

저 一劃, 一掃의 힘이 나의 가계다. 그러나
그 바다의 꼬리가 또 이, 前上書의 새파란 붓질 같다.

언제나 지적되지만 시를 읽을 때의 난맥은 그 사람과 그 사람이 속한 사회의 문맥이나 그 사람의 개인사일 것이다. 이것을 어떻게 읽어낼 것인가에 따라 많은 이들이 논설과 침정(沈靜)으로 겨루어 왔다. 그렇지만 어느 시인도 틀 바깥의 기억들을 말하지는 않는다. 제한된 지면과 제한된 어휘! 그것이 전부다. 그렇다면 독자 또한 시인들의 이런 태도에 대해 긍정하고 인정하는 미덕을 가져야 할 것이다. 그럼에도 불구하고 이 시의 생소한 언어는 상실한 그의 언어를 붓질하듯 명징하게 그려냄으로 그 너머의 기억들을 읽어내고 있다.

〈물항라 고운 치맛자락〉이란 이미지는 그가 어느 시대에 포획되어 있는지 간결하고 분명한 눈짓을 한다. 더욱이 〈치맛자락〉을 반복하면서 그의 정신세계가 〈그걸 붙잡는 내 마음〉을 지향하고 있다는 점 또한 간과할 수 없게 한다. 그의 시는 바로 잃어버린 기억을 찾아서 길을 나서고 있는 셈이다. 하지만 언제나 거절되는 현실은 〈수평선 보고 온다. 아 배 넘어간 곳〉이라 느꼈을 때 벌써 상흔이 있었음을 고백하고 있다. 이런 거부된 리비도 에너지를 확정 잡게 해주는 환유가 있다. 그것은 어머니의 기도이다. 흡사 라이너 마리아 릴케의 분위기를 자아내는 〈홀로 오래 기도할 것이다〉라는 표현은 표현을 넘어 시인의 존재론적 불안을 감추고 있다. 성서의 많은 인물들이 기도하기 위해 제단에 오르듯, 여기 〈어머니〉 또한 아들을 위해 기도하지만 〈가계〉로 환유된 그의 현실은 〈무수히 운다〉. 이 점 때문에 이 시는 감동적이다. 부정을 통해 시의 경지에 이름이란 결국 그의 〈一劃〉의 전부가 〈一掃〉에 의해 생겼다는 확연한 느낌을 갖게 한다. 그러므로 〈一劃〉과 〈一掃〉 사이에 있는 콤마는 곧 드페이즈망의 본질을 그려놓듯 강렬한 이미지로 그의 부정된 경험공간을 계시하고 있다.

일획의 수평선에서 만물은 만나지만 그곳에 만물은 헤어진다. 〈꽉 다문 입〉이라는 거세된 무의식의 힘은 바로 끊임없는 상실(수평선 보고 온다)에서 기인된 것인즉, 현재의 〈가계〉 또한 별로 입을 벌리게 할 일은 되지 못할 듯 하다. 시적 경험은 바로 이런 절대적 실망에서 이루어진다. 시 구석구석에 설치해 놓은 이미지의 복병들은 그 다양함에서 우리를 놀라게 한다. 〈갯바위〉의 남근적 상징성과 〈치맛자락〉과 〈바다〉가 보이는 모성은 시인의 의식과 무의식을 뚜렷이 갈라놓는다. 시인이 일상처럼 지니고 있는 미정의 의무감은 곧 태도의 당혹감에서 유래된 것인 즉, 〈묵묵히 짐을 챙기〉면서도 〈자꾸 돌아보이는〉 모순의 상태로 드러난다. 〈자꾸 돌아보이는〉 것은 충족되지 못한 것에 대한 기억이 살아있어 시인을 끝없이 그리워하게 하는 강박적 반복충동을 말한다. 먹지도 못하고 닫아버린 입은 이제는 아예 꽉 다문 입이 되어버렸다. 정말이지 석양을 보면 우리는 前上書의 새파란 붓질로 얼마나 생의 거짓말을 해왔는지 고백할 수밖에 없다. 아버지, 저는 고시를 패스해서 금의환향하겠습니다. 어머니, 저는 훌륭한 정치가가 되어 어머니를 편안하게 모시겠습니다. 하지만 오늘도 어머니는 이 미완의 기획을 위해 기도할 것이고 우리는 너무도 뻔뻔스러운 편지를 계속 쓸 것이다. 꽉 다문 입은 그런 기억에 대한 메타포일 것이다.

사막의 기억 또는 불쾌한 주이상스

현대시의 긴장은 역시 문장론이나 의미론에 있는 것은 아닌 것 같다. 그보다는 오히려 기호론에 가까운 것이 아닐까? 문인수가 몸 안의 기억을 다루었다면 이규리는 「사막편지 1」(시와사상 2001년 여름호)에서 몸 밖의 기억을 다루고 있다. 그는 풍부한 상징기호를 갖고 있는 사막을 소재로 묻혀있는 기억을 다룬다. 적어도 아프리카의 사하라나 몽고 또는 캘리포니아 정도에만 있을 법한 사막을 우리의 일상에서 찾고 있다.

다시 사막에 와서
누가 버린 날개 잘 마르고 있다
그걸 지켜보는 오후 2시는 다시 없겠지만
흔적조차 없다는 말은 사막이 가로챈 것

꽉 막힌 길
이 길 막으며
내가 숨으며

전생이 침묵이었을 황토색 난바다
매운 국물 먹고 바라보는
속 아픈 회오리, 저 시간들을 감아 올리고

내가 사막을 베껴 옆으로 누우면
몇 개의 능선이 생겨난다
참 길었던 몸 이야기들,

기억에서 빠져나간 슬픔들이
다 모인 난지도
누가 누구를 버린걸까

〈다시 사막에 와서〉는 정녕 시적 화자의 전의식이 현재의 의식에 전이되어 착각하고 있는 현실을 다루고 있다. 그렇다면 사막의 기호는 곧 현실, 아마도 시인이 살고 있는 생활공간을 지칭할 것이며 우리의 일상, 도회의 문명이 곧 사막임을 암시할 것이다. 사실 아파트가 모래로 이루어진 것을 보면 도시를 사막이라 해도 좋을 듯하다. 우리는 그 사막에 많은 자취를 남긴다. 젊은 날의 〈황토색 난바다〉, 〈매운 국물〉, 〈속 아픈 회오리〉, 하지만 어느 것 하나 기억에 남는 것은 없다. 바람이 불면 그 모든 자취는 흔적 없이 사라지며 기억 또한 희미해진다. 다만 시인의 영감만이 그 기억을 되살릴 수 있으며 그의 몸의 상흔만이 그 기억을 회상할 수 있다. 사막을 보면, 시인에게는 그 사막의 기억을 베낀 〈몇 개의 능선〉이 생긴다. 미끈한 여체의 곡선을 따라 퇴적된 기억의 층이 생겨난다. 시의 화자는 살아있는 몸으로서 퇴적된 자신을 관찰하는 것이다. 이런 퇴적층은 시의 통사에서도 찾아볼 수 있다. 1행에서 3행까지의 통사적 기호는 각기 죽음을 바라보는 나, 주검인 나, 그것을 관찰하는 미래의 나가 중첩되면서 서로 욕망의 재귀적 구조를 표현하고 있다. 욕망의 재귀적 구조란 욕망이 없어야 욕망이 있고, 욕망이 있어야 욕망이 없다는 뜻이다. 그렇기 때문에 이 시 전체는 배고픈 사람이 맛있는 밥을 먹는데 마치 돌을 씹는 심정으로 구조되어 있다. 멀어지면 다가오고, 다가가면 멀어지는 상보적 구도로 시가 만들어져 있기 때문에 독자들에게는 찝찝한 아름다움 같은 것이 만져진다. 아름다우나 순결치 않은 여자. 에너제틱 하나 매너 없는 남자. 뭔가 폐제(foreclosure)를 통하여 성립되는 아름다움이 이 시가 구현하려는 기억의 전략적 구조이다.

한 축에서는 〈사막〉과 〈난바다〉와 〈난지도〉가, 다른 한 축에서는 〈흔적〉과 〈날개〉와 〈몸 이야기들〉이 포물선으로 만났다 헤어지면서 심미적 쾌감을 만들어내고 있다. 그것은 돌아보면 에우리뒤케를 잃고, 그냥 가면 나를 잃는 모순된 세상에 내뱉는 시인의 절규일 것이다. 하지만 시인은 소리내지 않는다. 왜냐하면 그는 기억으로 비로소 정당성을 얻는 존재이기 때문이다. 이 시가 기억과 현재라는 이중구조로 되어 있다는 것은 〈오후 2시〉에 어떤 기억을 감춰놓고 있다는 데서 찾을 수 있다. 3연에 〈전생〉으로 체현되어 있는, 원래는 어느 시간이었을지 모르는 시간이 〈오후 2시〉로 기억되는가 하는 것은 이런 막연함 속에 심적 억압이 재현되고 있음을 보여주기 때문이다. 이렇게 보면 전생은 바다, 이 생은 난바다(사막), 기억은 슬프다고 하지만 아름답고 현재는 황량하다. 그는 〈오후 2시〉라는 기념비를 만들어놓고 그 〈오후 2시〉를 잊어버릴 수 있다. 육체의 능선을 만들고 사막의 기억을 지울 수 있다.

시의 난제이자 또 하나의 문제성이 있다면 그것은 사회적 문맥화라고 볼 수 있는데, 이 문제만큼은 시 한 편으로 충분치 못하다. 시 한편으로 충분치 못하다는 것은 곧 시의 평이 사실은 개인사적 맥락이나 문화, 역사적 맥락에 크게 의존하지 않는다는 역설로 들릴 수도 있다. 그러나 이 시에서 등장하는 이미지인 슬픔이 건조된 슬픔인 만큼 이미 근대성과 낭만성이 시들어버린 현실을 반영하고 있음이 확연하다. 시는 말하는 것보다 더 많이 안다. 그렇다면 정녕 이 시 또한 기호로 읽고 언어낙관주의의 공소함으로 읽지 못할 터이다. 우선 2연, 〈꽉 막힌 길/이 길 막으며/내가 숨으며〉는 얼른 읽으면 〈숨막힌 이 길〉로 읽힌다. 이것은 사막으로 보이는 도회가 과거의 몸의 기억을 담을 수 없음을 보여주고 있다. 그것은 필경 형식과 실질이 모순되는 아름다움으로, 〈몸 이야기〉와 〈난지도〉로 각기 환유되고 있는 것이다. 하지만 이런 환유들은 그저 잠 오지 않는 밤을 넘기기 위한 수단일 뿐 그 무엇이란 말인가. 사막에서의 편지는 사막에 대한 편지이며 사막으로 보내는 편지로서 당혹스런 시대에 살아남기 위한 천일야화이다.

망각의 기억 또는 환상의 창

이런 기억과의 전쟁을 우리는 친근하게 김기택의 시, 「어린 시절이 기억나지 않는다」(2001년 5월 현대문학)에서 찾아볼 수 있다. 이 시에서 그는 오르페우스가 되어 망각의 강을 넘는데 그가 찾을 수 있는 흔적은 오로지 〈전철의 창문은 왜 아파트로 되어 있을까?〉하는 물음이다.

> 창문이 모두 아파트로 되어 있는 전철을 타고
> 오늘도 상계동을 지나간다.
> 이것은 32평, 저것은 24평, 저것은 48평,
> 일하지 않는 시간엔 무엇을 해야 할지 몰라
> 나는 또 창문에 있는 아파트 크기를 재본다.

전철을 타고 가는 사이
내 어릴 적 모습이 기억나지 않는다.
어렸을 때 나는 어떤 아이였을까?
어떤 모습이었을까? 무엇을 하며 놀았을까?
나를 어른으로 만든 건 시간이 아니라 망각이다.
아직 이 세상에 한 번도 오지 않은 미래처럼
나는 내 어린 시절을 상상해야 한다.
지금의 내 얼굴과 행동과 습관을 보고
내 어린 모습을 만들어내야만 한다.
그러나 저 노약자석에 앉아 있는 노인들의
어릴 적 얼굴이 어떤 모습인지 알지 못하듯이
기억은 끝내 내 어린 시절을 보여주지 못한다.
지독한 망각은 내게 이렇게 귀띔해준다,
너는 태어났을 때부터 이 얼굴이었을 거라고.

전철이 지하로 들어가자
아파트로 된 창문들이 일제히 깜깜해지더니
또 다른 아파트 창문 같은 얼굴들이 대신 나타난다.
내 얼굴도 어김없이 그 사이에 끼어 있다.
어릴 적 얼굴이 기억나지 않는다.

세조실록에서 우리는 세조를 찾을 수 없다. 온통 까맣게 덮인 권력의 아귀다툼뿐일 것이다. 그것을 역사라고 한다면 그런 역사는 별로 기억할만한 일이 아닐 듯하다. 우리는 왜 이런 역사를 배워야 하는가. 〈나〉의 일상도 마찬가지다. 뭔가에 의해 조종되는 〈나〉 또한 온전한 유년의 기억을 회상할 수 없다. 〈나〉는 그저 허상의 그물에 포획된 채, 늘 〈이것은 32평, 저것은 24평, 저것은 48평〉이라는 미정의 부담감을 채우도록 자동화되어있다. 하지만 그것은 〈나〉의 어린 시절에 대한 흔적을 제공할지도 모른다. 그 이유는 기억의 심층으로 들어가자(〈전철이 지하로 들어가자〉) 〈나〉의 기억은 〈아파트 창문 같은 얼굴들〉로 나타나기 때문이다. 그 무의식에서는 〈내 얼굴〉이 가면을 벗고 〈아파트 창문〉이 된다.

우리는 무엇인가를 기억하기 위해서 반드시 무엇인가를 망각해야 한다. 이것은 기억의 저장장소라는 측면에서도, 기억의 기능 측면에서도 그렇다. 그렇다면 나의 어린 시절을 〈기억나지 않게〉한 것은 무엇인가. 그것은 이 시에서 보듯이 〈아파트〉로 상징되는 억압일 것이다. 그 〈아파트〉에 대한 기억은 결국 나의 모든 어린 시절을 망각하게 만들었다. 수많은 반복의 파일들이 차지할 공간은 다른 기억을 몰아 내버렸고, 그러면서 기능적으로는 억압의 내용은 다 망각하게 하고 억압한 사실만 기억하게 했다. 이렇게 보면 〈나〉의 기억을 주축으로 하는 이 시의 의미는 재귀적 구조 자체임이 명료해진다. 빈민촌에서 살면서 늘 아파트를 꿈만 꾸었고 그 꿈 또한 마음대로 꾸지 못하게 제어당했을 어떤 상황이 그려진다면 지나친 축소일까?

이 시는 기억의 층위처럼 구조되어 있다. 어지간한 자극이 와서는 별로 새기지 않을 두터운 각피질이 있고, 그 안에는 민감하게 반응하는 왁스 같은 고정 (Stabilisator)가 있다(프로이트의 '요술공책'). 〈내 어릴 적 모습이 기억나지 않는다〉는 사실은 이 왁스 위에 새로운 기억으로 덮어쓰기가 이루어져 옛날의 기억은 그저 흔적만 남기고 있기 때문이다. 그런 의미에서 〈32평〉, 〈24평〉, 〈48평〉은 언어이전의 욕망의 희미한 흔적들이다. 나는 하루에도 열 번씩 아파트와 자동차를 상상한다. 한번도 채워지지 않은 욕망이므로 〈나〉도 차츰 얼굴이 32평형의 아파트로 바뀌었다가 너무 과분할 것 같아 24평으로 소박하게 줄였다가,

어차피 전철의 창이 환상의 창일 바에는 (자크 라캉) 〈48평〉이면 어떨까 하고 상상을 해본다. 이 시는 현실의 모습을 가지런히 보여주고 있다. 〈나〉가 일하지 않는 시간이 있다는 것은 일을 해야 한다는 태도의 당혹감으로 몰고 가 그는 지금 나를 일하도록 한다. 이것을 두고 프로이트는 꿈의 작업(Traumarbeit)이라고 말하지 않았던가. 아, 혼자 있을 때 콧구멍을 후비는 일은 얼마나 시원한 일인가. 내가 만약 죽어버린다면, 주택복권이라도 당첨이 되어 저 〈48평〉 아파트를 가지게 된다면, 그런 상상은 쾌감을 준다. 이렇게 보면 500원짜리 〈상계동〉 지하철 티켓은 너무 싼 셈이며 거의 공짜로 읽을 수 있는 시 또한 너무 싸다. 우리는 꿈꿀 수 있기 때문에 행복하다. 하지만 세상은 그 소원을 들어줄 만한 여유도, 시간도 없다. 전철은 너무도 빨리 달린다. 숨쉴 틈도 없이 지하로 들어가 버린다.

그런데 거기에는 또 하나의 순수한 기억 공간이 있다. 하지만 유년의 은유인, 〈지하〉에서 보는 것조차 아파트라면 불안은 끝없이 〈나〉의 유년을 억압하여 망각케 한 그림자인 것이다. 그러므로 〈나를 어른으로 만든 건 시간이 아니라 망각이다〉. 어린 시절을 기억하는 한 우리는 꿈꾸는 어린아이로 살 수 있다. 어른이 된다는 것은 그 꿈을 빼앗긴다는 것이다. 서민 아파트를 많이 짓는다고 한다. 그리고 3년이 지난 후에 그 아파트에 살 수 있다고 한다. 하지만 어디에도 그 아파트를 공짜로 준다고 하는 것은 보지 못했다. 그렇게 〈나〉와 우리 독자들은 30년, 40년을 살아왔다. 할 일 없는 시인이 전철을 타면 공상하는 일 말고 무슨 일이 더 행복할까? 그런데 돈이 없어도 아파트 입주권이 없어도 누구보다 행복한 시인의 여유가 싫지 않은 이유는 무엇일까? 곳곳에

숨어 있는 〈…해야한다〉는 강박이 우리 어린 시절의 기억을 고스란히 남기고 있기 때문이다. 어쩌면 〈나〉는 전철 속에서도 뭔가를 실천해야 한다는 강박에 얽매이는 지도 모른다.

시인은 기억하고 우리는 망각한다

세상이 불안해진다. 그것이 우리의 입을 꽉 다물게 하고, 그것이 온 세상을 사막으로 덮어버리며 그것이 종일 전철 속에서 공상하게 만든다. 시인들은 거시담론이 퇴조한 시기에 미시적 삶의 모습을 모두 필치 있게 그려내고 있다. 하지만 유장하거나 그로테스크하지 않으면서 이들 모두 더 이상 서정적이 아닌 일상을 매우 서정적(!)으로 노래하고 있다. 이것은 마치 노래를 잘 하는 사람이 오늘, 이 순간 목이 쉬어 노래경연에서 실력을 보여줄 수 없는 상황과 같다. 우리는 쉰 목소리와 가수의 고통스런 흔적에서 그의 화려했던 목소리와 잊어버린 낭만의 아우라를 재구성할 수밖에 없는 절박한 상황에 있다. 추한 목소리에서 아름다운 목소리를 상상하게 하는 힘, 흔적에서 역사를 만들어내는 힘이 이들 시에 등장하는 현대성이다. 우리는 그런 힘을 이 시대에 요구한다. 유려한 리듬으로, 의식의 표피와 같은 서정적 이미지로 우리는 더 이상 시대를 기억할 수도 없고 독자를 감동시킬 수도 없다. 기억이 우리를 배반하는 만큼 우리도 시의 관습을 배반한다. 우리는 그런 배반의 상황을 〈꽉 다문 입〉과 같은 수평선에서, 〈황토색 난바다〉인 사막에서, 아파트 크기인 〈전철 창문〉에서 찾아본다. 모든 아름다운 것들은 레테의 강에 씻겨 내려간 지 이미 오래이며 남은 것은 추한 것들뿐이다. 그것은 역사책에서 찾을 수도, 박물관에서 볼 수도 없는 일이다. 그것을 우리는 시인들이 고안한 환상의 창에서 찾을 수 있고, 순간 가계의 고통과 삶의 費心을 망각할 수 있다. 시인들은 기억하고 우리는 망각한다.

-계간 포에지 2001년 가을-

11. 쾌감의 지속 또는 반복충동 — 조말선의 시

빨간 입은 분노였네 노란 입은 빈혈이었네 파란 잎은 두려움이었네 분노를 빈혈을 피워야하는 파란 잎은 세차게 멍들었네 아버지가 비닐 하우스로 들어오셨네 이런, 신발이 작구나 얘야 걱정스런 아버지는 신발을 벗기고 내 발가락을 잘랐네 발가락이 잘릴 때마다 나는 열매를 맺었네 나는 미혼모였네 아버지는 매일매일 미혼모를 재배했네 아버지 제발 제 신발을 돌려주세요 한번도 신지 못한 새 신발들이 쓰레기통에 버려졌네 빨간 입은 분노였네 노란 입은 빈혈이었네 파란 잎은 두려움이었네 분노를 빈혈을 말해놓고 파란 잎은 시들어갔네 아버지가 비닐하우스로 들어오셨네 이런, 모자가 작구나 얘야 자상한 아버지는 모자를 벗기고 내 목을 잘랐네

그리움이 없는 시는 죽은 시이다. 그러면 그리움이 없는 시가 있다는 말인가? 그렇다 어떤 방식이든 시는 그 그리움과 유혹함이 있을 것이다. 그러나 내가 최근 접한 시는 부쩍 이런 그리움을 다른 각도에서 성취하고 있다는 것이 눈에 띈다. 이를테면 과거에는 아이스테시스, 미메시스에 중점을 둔 시들이 우리를 유혹했다면 이런 시들은 카타르시스로서 승부를 한다. 물론 이런 세 가지 요소들이 배타적으로 이루어진다고 생각하지는 않는다. 그러나 분명 이런 시들은 카타르시스를 겨냥하고 있음이 눈에 띈다. 그런 만큼 카타르시스의 문법을 체득하지 않은 독자에게 이런 시들이 낯설게 나타남은 당연한 일일 것이다. 시는 알다시피 환상의 소산이다. 환상의 소산이란 말은 곧 시가 꿈이라는 얘기고, 그 꿈은 인간의 무의식을 드러낸다는 점에서 신경증과

유사한 것이다. 이렇게 보면 시는 꿈과 매우 유사한 기능을 하고 있고, 시인은 신경증환자와 실질적으로 동일한 범주에 속하는 것이다. 이런 전제가 억측이 아님을 이 시 〈화분들〉이 보여주고 있다.

실수행위로서의 문학

프로이트는 방해하려는 의도와 방해 받지 않으려는 의도가 서로 충돌해 하나의 응축된 표상을 만들어 낸다고 한다. 이 시를 언뜻 읽으면 〈빨간 입〉, 〈노란 입〉 때문에 〈파란 입〉이라고 읽을 수 있다. 그러나 실상은 〈파란 잎〉이라고 표현하고 있다. 이것은 시인의 무의식의 침투를 적나라하게 보여주는 무의도적 의도라 할 수 있다. 그것은 앞의 〈입〉이 무의식의 상상계인데 반하여 뒤의 〈잎〉은 현실계이기 때문에 가능하다. 결국은 빨갛고 노랗게 말하려는 의도는 〈파란〉 현실에 의해 제약을 받는다는 표상으로 나타나게 된 것이다. 아나운서 이계진씨가 〈미국은 전두환 장군을 적극 지지할 것이라고〉를 〈적극 저지할 것이라고〉로 잘못 읽은 것이 이 경우와 흡사하다. 그렇다. 현실은 무의식을 검열한다. 이런 맥락에서 시인은 그것이 의식적이든, 무의식적이든 여러 군데 이런 실수의 장치를 해두고 있다. 〈아버지가 비닐하우스로 들어오셨네 이런,…〉은 〈이런, 신발이 작구나…〉의 맥락으로 읽을 수도 있다. 전자는 화자나 서정적 자아가 한 말로, 후자는 그 〈아버지〉가 한 말로 들을 수 있는 것이다. 이렇게 이 시는 무의식과 의식의, 또는 상상계와 상징계의 충돌을 자연스럽게 보여주는 여유가 있다.

실수는 곧 라캉이 말하는 상상계인 誤認의 구조를 말한다. 이미 상상계라는 것은 정신분석학적 비평에서는 잘 알려진 개념일 터 상술이 필요치 않으리라. 다만 이 시는 이런 실수, 즉 오인 투성이인데도 잘 읽혀진다는 것을 알아야 한다. 발가락이 잘리는데 열매를 맺고 미혼모가 된다는 것이 모순이듯이 나는 아무도 없이 임신을 하는 것이다. 평상시에는 정열이나 사랑으로 보아야 할 빨간색이 분노로 보이는 것, 〈빈혈〉로 보이는 〈노란 입〉, 두려움의 〈파란 잎〉이 모두 방해하는 의향, 무의식이 방해받는 의향에 채색하여 생긴 응축의 결과인 것이다. 이런 면모로 인해 이 시는 어떻게 보면 비닐하우스 농사재배에서 누구나 손쉽게 취할 수 있는 소재인것 같지만 특별한 시적 성취를 얻어내는 것이다.

쾌감의 지속 또는 반복충동

문학이 인간의 즉각적인 쾌감을 지연시키며 현실을 지탱해가는 인간의 모습을 모방하는 것이라 한다면 바로 이 시를 두고 하는 말이다. 왜냐하면 이 시에서는 그런 강박적 반복 충동이 감지되고 있기 때문이다. 프로이트는 엄마를 상실한 어떤 아이가 실꾸리를 집어 던졌다(fort: 독일어로 '갔네' 란 뜻) 다시 당겨오고(da: 독일어로 '왔네' 란 뜻) 하면서 그 고통의 현실을 참는다는 것을 설명하고 있다. 쾌감원칙의 마지막은 죽음원칙이다. 그리고 그것은 새로운 쾌감원칙의 시작이다. 그렇기 때문에 이 쾌감을 지속시키는 원리란 반복을 통해 완전한 성취를 지연시키는 것이다. 이것을 우리는 현실원칙이라고 한다. 이 현실원칙이 예술의 동인이 됨을 다시 말해 무엇하랴. 다시 시로 돌아가자.

이 시 또한 반복을 통해 그런 쾌감을 지연시키고 많은 환유를 통해 풍성하게 한다. 그러면서 현실이라는 고통을 잊게도 하지만 동시에 쾌감원칙을 극대화하고 있다. 〈아버지는 신발을 벗기고 내 발가락을 잘랐네 발가락이 잘릴 때마다 나는 열매를 맺었네 나는 미혼모였네〉 사드적 욕구의 제한은 곧 새로운 쾌감을 만들어 낸다. 〈발가락을 잘랐네〉로 은유되는 욕망은 〈열매를 맺는〉 기이한 환유를 창출한다. 어떻게 보면 고통의 산물로 연장되는 쾌감이라는 카타르시스를 마련해주고 있는 것이다. 이때 〈잘린다〉는 하나의 거세 위협에 시달리는 텍스트적 심리를 잘 형상화해 내고 있다. 시인이 의도 없이 작업 했을 〈아버지 제발 제 신발을 돌려주세요〉의 〈제발〉 또한 이런 구도에서 하나의 〈미끄러짐〉인 제 발, 즉 저의 발로 읽혀진다. 이렇게 되면 욕망의 기억은 전이를 통해 원래의 기억과는 멀어지고 하나의 텍스트, 하나의 환유적 욕망의 텍스트가 발생하는 것이다. 기억이란 현재의 충동으로 덮어 씌워진 기억일 뿐이고, 근원이란 이미 반복된 것일 뿐이다. 이 반복이라는 기표를 통해 이 시가 말하려는 기의보다는 기표자체의 기의를 더욱 선호하게 만든다. 계속 〈자르는〉 아버지, 〈매일매일〉 생산되는 미혼모, 어쩌면 한 인간의 강박적 노이로제일 수 있는 환유가 사회적 문맥으로도 잘 읽힐 수 있는 것은 바로 우리가 처해 있는 사회가 바로 이런 환유의 구조로 되어 있기 때문이리라. 〈비닐하우스〉로 들어오시는 하느님 아버지(나의 과장임, 특정 종교와 관련이 없음)가 나의 비닐하우스로 들어와 〈미혼모〉를 만들어낸다는 환유가 강박적 반복충동으로 표현되면서 우리는 거세의 위협에 저항할 수 있을 것이다. 두려움이 많은 개는 짓는 법이다. 두려움이 많은 사람은 말을 더듬거나, 반복하거나, 말을 잃어버린다. 짓는다는 것, 말을 더듬는다는 것 모두 자기징벌행위인 것이다. 이 시는 이런 자기 징벌행위를 통해 우리를 카타르시스하는 것이다. 매일 세번씩 반성을 하는가? 그렇지 못하다면 매일 세번씩만 이 시를 읽을 것이다. 〈모자가 작다〉면 그 모자를 벗기고 〈내 목을 잘리〉게 할 것이다.

12. 금제(禁制)의 아이러니 – 신달자의 시

勤愼!
두껍게 몸을 가린
검은 침묵의 단추를
꾹꾹 눌러 잠그다.
검은 팬티 검은 브레지어
눈도 입도 가슴도
성감대까지
문 없는 골방에 처넣었다

아 그러나
따뜻한 목소리 하나
검은 콘크리트 벽을 두드리는 순간
철사 줄도 툭툭 끊고
장미 송이 송이가 불거져 나왔다
상복으로 둘러 쓴 영혼까지
살을 찢으며 와와 가슴 밖으로
얼굴을 내밀었다

상중에도 내 피는
알싸하게 붉었는거라

– 신달자의 「미망일기 3 –상복」

현대시학 2001년 6월호 신작 소시집에는 신달자 시인의 시편들이 「미망일기」라는 이름으로, 발라드라는 형식으로 아홉 편 실려있다. 이 시편들을 발라드라 붙인 것은 사건들이 있고 시적 내용이 있어 어떤 사건이 선행하고 있음을 말해주기 때문이다. 그러나 이 시편들이 에세이나 산문이 아닌 것은 그런 선행 사건에 대한 단순한 보고가 중심을 이루지 않기 때문이다.

선행 사건은 분명하다. 미망이라 이름하였으니 남편을 여의었고, 그로 인하여 입게 된 상복에 대한 상념을 표현하였기 때문이다. 그러나 무엇보다 분명한 것은 이 시가 시가 되기 위한 전제이기도 하지만 어떤 특정한 정황에서 글을 읽어야 할 아무런 이유가 없기 때문이다. 보통 고대의 賦나 詩는 무엇을 계기로 하여 이루어진 것이기 때문에 그것이 어떤 연회에서 누구를 기리든지, 아니면 어떤 특정한 사건을 빗대어서 말해야 한다. 그러나 시가 근대성을 획득하고부터는 그것을 말해야 할 필요가 없다. 이것이 일종의 시적 허구라고 말하는 것이다. 에두아르트 뫼리케가 〈내 여기 봄의 언덕에 누워...〉라고 노래한다 하여 그 사람이 지금 봄의 언덕에 누워 노래하지 않는다는 것이 분명하듯이 이 시 또한 시인 이상 어떤 특정한 사건에 대한 자기의 도덕적 진술이 아닌 점은 분명히 해야 할 것이다.

그렇다면 분명 남편의 상실을 두고 노래한 것이 분명한 듯한 이 시에서 거리감을 통한 미감이 어디에서 발생한다는 것일까? 그것은 이 시가 만들어내는 아이러니와 관련이 있는 듯 하다. 화자는 자발적으로 〈근신〉하지 않는다. 〈근신〉하고 싶어 한다면 근신에 느낌표를 찍어야 할 필요가 없을 것이다. 하기야 〈근신〉할 필요가 어디 있을까? 님의 〈따뜻한 목소리〉가 살아있는데. 〈단추를 / 꾹꾹 눌러 잠그는〉 행위 또한 어떤 심적 억압이 있음을 단적으로 보여준다. 죽음과 그 儀式을 상징하는 〈검은 팬티〉, 〈검은 브레지어〉는 사실상 형용모순(contradictio in adjecto)으로서 폐제의 상황을 만들어내 인간의식의 허위를 적나라하게 드러내주는 역할을 한다. 문없는 골방이란 육신의 관일 것이며 영혼의 감옥일 것이다. 하늘을 손바닥으로 가릴 순 있어도 〈살을 찢으며 와와 가슴 밖으로 / 얼굴을 내미는〉 〈영혼〉은 가둘 수 없다. 폐지와 죽음을 통해 새로운 피닉스가 살아난다. 죽음도 그 〈목소리〉와 그것으로 인한 〈성감대〉는 막을 수 없다. 어떻게 보면 꿈과 현실의 착종일 듯한 제스처로 인해 인간의 정신과 사랑의 깊이, 문학의 본질적 영험을 보는 기회를 얻게 된다. 〈상중에도 내 피는 붉은데〉 검은 관이란 도대체 무엇일까? 새로운 삶은 죽음에서 오는 것이다. 알 하라리는 〈날게 할 수 없는 것은 절뚝거리며 뛰게라도 해야 한다. 코란에는 절뚝거리며 뛰는 것을 금하는 귀절이 없다〉고 노래한다. 죽음은 끝이 아니라 체험의 시작이다. 죽고 난 후에라야 비로소 〈철사 줄도 끊고 장미 송이가 불거져 나올 것이다〉. 죽음을 체험한 이는 지금 다시 뛰는 법, 금제의 아이러니라도 배울 것인데 독자들이여 우리는 언제 죽음을 배울 것인가? 단 하나, 아침에 일어나면 알라 신에게 오늘 살아도 되는지를 물어보자.

13. 구겨진 순결 또는 현대인의 우울
– 유춘희의 시

그 女子는 너무 쉬운 문장 아무나 눈을 돌려
흘끗 훔쳐 읽기 좋은 여자
가판대 앞 선 채로도 후루룩 읽혀지는
펜팔구함경기도고양시합정동68번지이름장대혁
나이19세직업학생전화354-1865가 이데올로기의 전부인,
물리 공책과 수능 완전 정복 사이에 끼겨 있다가 킥킥
돌려지던 여자
사랑방 보료 밑에 오래 깔려 있던
자랑스런 대한 남아 조병익 병장 침낭 속에서
며칠 밤 불침번서는 여자
때로 서울-순천행 고속버스 뒷좌석 그물 망에 걸쳐 앉았다가
본격적으로 읽혀지기도 하는, 그러나 대부분
단숨에 읽히고 거침없이 툭, 버려지는 여자
버려져 다 찢겨지고도
몇 차례 더 읽혀지는

너무 쉬운 女子
아무에게나 배시시 눈꼬리 흔드는
늦여름 패랭이 같은
시대여! 나여!

– 유춘희, 「선데이 서울」

우리 시단의 시는 오랫동안 두 영역으로 나뉘어져 왔다. 일상을 다루고 이데올로기를 파먹고 사는 사람들과 인간의 미감을 추구하며 일체

의 일상과는 동떨어진 소위 말하는 예술지상주의(l' art pour l' art)들이 그것이다. 하지만 유춘희의 시를 읽으면 이런 문제는 쉽게 불식될 뿐더러 현대에 시가 어떤 길을 가고 있는지 분명해진다. 우리는 쉽게, 아니 너무 쉽게도 이런 말을 한다. 내가 하면 사랑 네가 하면 불륜, 그가 하면 스캔달. 그런 만큼, 내가 하면 학문이나 문학이고 네가 하면 정치적 입장, 그가 하면 이데올로기가 될 것이다. 시인은 이런 문제에 천착하고 있다. 그렇기 때문에 시의 대상은 진부하고도 평범한 〈선데이 서울〉, 〈그 女子〉를 택하고 있는 것이다. 그러면서 〈그 女子〉는 〈쉬운 문장〉 - 〈아무나〉 - 〈킥킥 돌려지던〉 - 〈오래 깔려 있던〉 - 〈불침번서는〉 - 〈거침없이 툭, 버려지는〉 - 〈버려져 다 찢겨지고도〉 - 〈아무에게나 배시시〉 등의 보조관념만으로 대상이라는 원관념을 만들어 내고 있다. 이런 공시소(connotation)들은 진부할 만큼 사람들에게 많이 읽혀지고 사용되어 왔기 때문에 그 의미 또한 진부하리라 생각들게 한다. 그러나 그런 만큼 시는 의미하기를 저항하고 있는데 〈선데이 서울〉의 그 실제 여자 만큼 완강하다. 그렇다면 무엇이 〈의미 주기〉를 〈정조 주기〉만큼이나 어렵게 만드는가. 그것은 이런 보조관념의 반복 속에 오롯이 앉아 있는 〈이데올로기〉란 말 때문일 것이다. 물론 이 시에서 그 〈이데올로기〉란 다른 것을 지시하는 제한된 의미에서 사용되고 있지만 시의 맥락과 상징적 구조로 볼 때 〈선데이 서울〉과 〈그 女子〉에 대한 사회적 이데올로기는 감출 수 없는 시적 구상의 재현임에 틀림없다.

우리 사회에서 여자가 〈쉽게 읽혀지는〉 시대는 끝났다. 그렇게 〈킥킥 돌려지지도〉 않을 뿐더러 (강제적으로) 〈며칠 밤 불침번서는〉 일도 없을 것이다. 하지만 이 〈시대〉와 〈나〉가 〈너무 쉬운 女子〉가 되어버렸다. 위에서 말했듯이 상대방과 상관없이 일방적으로 욕구를 해소해버리는 것은 사이버나 픽션에서 가능하고 그 수단이 이미지이다. 우리의 시대는 무엇에든지 참을성 없는 사람을 양산해버렸고 모든 것을 인스턴트로 만들어버렸다. 모든 게 〈선데이 서울〉인 셈이다. 〈선데이 서울〉 정치판, 〈선데이 서울〉 도덕, 〈선데이 서울〉 문화, 〈선데이 서울〉 경제, 〈선데이 서울〉 학문, 〈선데이 서울〉 시. 이렇게 보면 시인의 일상어 반복은 반복을 통해 시어가 된 경우라 보면 옳다.

한국인의 기층의식을 보든지 정치성향을 알려면 〈선데이 서울〉을 보면 된다. 언제부턴가 우리는 개혁을 부르짖고 있지만 아무것도 이루어지지 않은 것은 〈선데이 서울〉이 개편 되지 않았기 때문이다. 사회가 아무리 화장을 하고 〈할아버지 할머니도 좋아해〉도 기층의식이 변하지 않는 이상 더 나아질리가 없다. 우리는 지금 이런 우울증에 걸려 있다. 우울증은 대상 카덱시스가 없어지지 않고 내면의 자아에 이전된 경우, 즉 자아 카덱시스로 전위된 경우를 말한다. 사랑하는 대상이 상실되면 슬픔을 참고 견디거나 아니면 다른 사랑의 대상(사랑하는 사람이나 사랑하는 일 (이 경우 매니아라고 함))으로 전위되는 것이 정상적인 사람의 경우이다. 그러나 그것이 전위되지 않고 내면으로 전이 되는 경우 심각한 우울증을 겪게되는 것이다. 말하자면 사랑의 상실이 자기 때문이라고 보기 때문이다. 그래서 이 경우 극단적으로 자기의 못남을 폭로하고 결국에 가서는 대상이 된 자기를 죽이는 일 까지 발생하게 되는 것이다. 이 시에서 보면 결국 이런 사회적 우울동기가 〈나〉에게 전이된 것은 그 상실이 너무 크고 대체될 수 없기 때문에 발생한 것이다. 우리는 지금 큰 우울의 시기를 겪고 있다. 1차대전 후의 〈글루미 선데이〉가 그랬듯이 〈선데이 서울〉은 그로부터 한 세기 후 큰 우울을 겪고 있는 것이다. 〈너무 쉬운 女子〉는 알고 보니 〈너무 가지기 어려운 여자〉였다. 우리의 이데올로기는 너무 자기만을 사랑한 우울의, 울증적 사랑의 이데올로기였다. 그 주이상스가 무너질 때, 또는 해체적 실망을 체험할 때 비로소 그 〈시대〉, 그 〈나〉가 보일 것이다. 우리가 돌려지는 여자가 되지 않기 위해서는 〈찢겨지고〉, 〈버려져야〉 할 것이다.

14. 문명, 강박적 반복충동 – 박서영의 시

새를 뱉다 은행나무를 뱉다
구름을 뱉다 하늘을 뱉다
유리창이 전부인 교보빌딩 앞을 지나가다
구토에 시달리는 아가야
무엇을 먹었고 무엇을 뱉었니?
허공의 부스러기를 모이처럼 쪼며
회색비둘기들 날아간다
사람들은 새로운 건물을 모종한다
길속에도 심고 길밖에도 심는다
건물이 쑥쑥 자라 하늘을 뒤덮는다
재크의 콩나무처럼 아가야
어디까지 갔니 지금 어디에 있니?
유리는 깊고 아득하다
그 속에서 절규하는 달을 뱉다
가로등을 뱉다
길을 뱉다 어둠을 뱉다
나팔꽃이 되어버린 교보빌딩 앞을 지나가다
속엣 것을 다 토해내는
툭툭, 터지는

– 박서영, 「뱉다」

우선 이 시는 닿을 듯 닿을 듯 하면서도 의미의 실마리를 주지 않고, 준다 해도 다시 꼬리를 내리고 도망가기 때문에 잡을 수가 없다. 시인 자신도 아마 자신의 시에 대해 애매한 입장을 취할 것이다. 꿈은 꾸었는데 무슨 꿈인지 모른다고나 할까. 어쨌든 현대시는 의식과 무의식의 미묘한 경계를 넘나들기 때문에 보통 난해하다. 그러나 쉽사리 포기할 수는 없다. 왜냐하면 시의 내면으로 향하는 통로는 언어로 매개되어, 주어져 있으니까. 그 통로에 놓여있는 언어가 이 시에서는 다행스럽게도 기층언어들로 쓰였기 때문에 크게 당황할 필요는 없는 듯하다. 우선 〈뱉다〉라는 말이 라이트모티프로 반복되고 있다는 사실을 주목해보자. 반복은 정신분석학적으로 강박을 말한다. 가위눌린 꿈을 꾸다 보면, 가령 뱀이 따라온다고 치자, 자꾸만 죽여도 자꾸만 살아서 따라온다. 무의식에서 한 번 상실과 상흔으로 남게 된 본능의 대리자는 아무리 채우려해도 채워지질 않는다. 그래서 강박이 있는 사람은 계속 손을 씻는 다든가, 했던 말을 또 한다든가, 꺼진 불도 다시 보는 행위를 계속한다. 정상인들도 사실은 이와 다름없다. 우리는 얼마나 자주 했던 말을 반복하는가! 아마도 존재론적 불안이나, 형이상학적 불안 같은 내면의 불안이 우리로 하여금 강박적 행위로 이끌고 가는지 모르겠다. 그렇다. 현대시의 생명은 바로 자연스럽지 못한 것을 대상으로 삼는다는 것이다.

이처럼 〈뱉다〉라는 말이 마치 음률은 반복이 되면서 멜로디만 바뀌어지는 바흐의 푸가처럼 반복되면서 시의 주도동기(라이트모티프)를 형성하고 있다. 그렇기 때문에 이 시는 시적 화자가 말하려는 (전통시에서 보이는) 메세지는 사라지고 화자의 정서만 나타나는 음악과 같은 형식이라고 보아진다. 전통사회에서는 사회의 구성원들이 같은 상징을 사용하고 있었기 때문에 의미공동체가 형성되었다. 그러나 현대는 그렇지 못하다. 일례를 들어 〈진달래꽃〉이 가지는 내연이나 외연은 그 파장이 수렴적이기 때문에 독자나 청자는 들음으로써 금방 정서가 전달된다. 이것은 근대성이 확보된 시기의 시 김광섭의 〈성북동 비둘기〉 같은 시에서도 마찬가지이다. 비둘기가 평화의 상징으로 보고 있다는 데 이의가 없었을 것이다. 물론 시인은 더 이상 비둘기가 그런 상징이 아님을 시에서 보여주고자 하지만 말이다. 그러나 이제는 비둘기가 공해의 요인이 되어 비둘기 사냥을 해야할 판이고 보면 자연스런 것이 자연스런 것으로서의 상징을 잃어버리고 말았다 할 수 있다. 그러므로 이 시의 시인이 (아니 작가라고 표현하는 것이 옳겠습니다) 겨냥한 것은 마음의 움직임이지 어떤 대상의 관찰이나 그에 대한 서정이라고 보기에는 힘이 들 것 같다. 많은 대상들과 그에 대한 감정이 심하게 왜곡되어 있다는 것이 그 이유이다. 〈새〉, 〈은행나무〉, 〈구름〉, 〈하늘〉은 뱉을 수 없다. 그러면 언어는 더 이상 기의를 상실하고 물 떠난 배와 같이 된다. 그렇다면 시는 의미하기를 포기해야하는데 그걸로 끝인가? 아니다. 시는 의미하는 것이 아니라 존재하는 것이다.

우리는 기층언어에서 무엇을 뱉을 수 있는가? 침을 뱉을 수 있다. 밥을 뱉을 수 있다. 머리카락이나 돌이 들어 있다면 말이다. 그리고 토한 찌꺼기를 뱉을 수 있다. 그리고 무엇인가를 뱉기 위해서는 무엇인가를 먹어야 한다는 사실과 그것을 완전히 다 먹지는 않았다는 사실을 알 수 있다. 그것이 〈뱉다〉라는 말이 가지는 어장(語場)이다.

그러면 지금부터 함께 시가 부리는 마술을 찾아가 보자. 프로이트 이전의 심리학자 중에 오토 랑크란 사람이 있었는데 이 사람은 출세한 사람들은 벌받기를 원하는 심리가 있다고 말하였다. 또 실패한 사람들은 어쨌든 그 실패를 보상하려는 심리가 있다고 한다. 여기서 실마리를 찾을 수 있겠다. 보상의 원리다. 언제부터인가 우리는 건물을 〈모종하〉듯이 많이 〈심어〉 놓았다. 그리고 그 〈교보빌딩〉들은 〈재크의 콩나무처럼〉 커서 하늘을 뒤덮게 되었다. 어디 건물만 그런가? 먹거리는 백화점마다 수없이 많이 쌓여있고, 골프채는 골프가방의 배가 〈툭툭, 터지〉도록 많이 들어 있다. 그러므로 본능적으로 우리는 이런 것을 뱉어내야할 충동에 시달린다.

이런 비껴가기, 환유는 수없이 많다. 시인은 그 중의 몇몇만 골라내고 있다. 그럼에도 우리에게 이런 의식을 환기하기에 충분하다. 시가 환기(evocation)로 이루어져 있다고 어느 프랑스 시인이 말했던가? 그렇다면 시인이 심지어 달 아닌 〈달〉까지 뱉어낼 수밖에 없다. 건물의 〈유리〉 속에 있는 〈가로등〉이나 〈길〉은 이미 두 배로 세배로 아니 천배로 보일 터, 이것이 이미 반복이 아니면 무엇일까? 이런 반복만큼의 반복을 통해 시의 운명은 자신을 구제하고자 몸부림친다. 구역질이 나며 토해낼 것이라는 뜻을 〈아가〉에게 비껴가서 친근한 불만을 터뜨리는 것은 천진을 넘어선 분노임에 틀림없다. 인류와 우리가 만들어낸 진보는 너무 위협적이어서 〈아가〉가 살아갈 수 있을 것 같지 않아서 엄마는 많은 것을 뱉어야 할 것이다. 하지만 어두운 밤길을 가면서 소리를 치지만 정작 무서움은 사라지지 않는 법, 〈아가〉와는 관계없이 엄마만 공연히 헛뱉음질을 하고 있다. 〈아가〉 또한 입엣 것을 뱉을 때는 간직해야 할 우유까지 모두 뱉어내야 한다. 하지만 〈무엇을 먹었고 무엇을 뱉었니?〉라는 질문은 허사이다. 그런 것은 이미 현대 산업문명에서 대답할 수 없는 미스테리가 되었기 때문이다. 이렇게 되면 유일하게 인간을 지켜주고 인간의 모습을 비춰주었던 달까지도, 마지막 우유까지도 뱉어내야 할 것이다. 참으로 주위를 돌아보아도 먹을 것은 많지 않고 토해내야 할 것들로 쌓여 있다. 참으로 친구가 적은 것 같다. 아무리 봐도 이 인류 〈아가〉에게 환경은 너무 위협적이다. 그래서 이 〈뱉다〉라는 시는 역설적으로 〈뱄다〉(애를 〈배다〉의)로 들린다. 우리는 너무 많은 문명적 사생아를 뱄다. 그러므로 시인의 이런 시적 퇴행에는 적나라한 비판의식이 감춰져 있고 그것이 이 시가 사회적 문맥화에 성공하게 만들고 있다. 지금 이 시대에 그래도 생명이라도 부지하려면 우리는 그 밴 것을 뱉어야 할 것입니다. 하지만 밸 것도 뱉을 것도 없는 시인에게 무엇인가를 배고 뱉어야 하는 운명이란 너무 가혹하지 않은가?

15. 시간으로 환원된 공간

삶의 조건이 열악해진 데 비해 시가 현실을 보여주는 것이 희미하기만 하다. 나는 시에서만은 원시시대로 돌아갔으면 한다. 얼굴과 얼굴을 마주보고 옷 벗은 사람끼리 소리칠 수 있는 공간, 원시시대, 그것이 시였으면 한다. 상상력과 미학을 냄새나 느낌, 맛 같은 것으로 환원할 수 없을까? 그러나 우리의 문학적 현실이 이런 일차적 경험의 확대에 관심을 갖기는커녕 지나친 동종번식, 교잡, 근친상간으로 그저 일정한 패턴의 문학시장만 양산했을 뿐이다. 그렇게 보면 시 쓰는 이들이나, 비평하는 이들 모두 이에서 자유로울 수 없을 것이다. 다가오는 시대의 패러다임이 다원화된 세계라면 그런 방식의 저변에는 공간을 시간으로 환원시키는 원시적인 작업이 필요할 것이다. 이런 관점에서 몇몇 작품들이 나의 눈길을 끌고 있다.

그 상자는 상자를 밀고 가는 사람의 것이 아니다. 상자가 있고, 상자를 밀고 가는 사람이 있고, 그가 입은 스웨터가 있기에 나는 상자를 상상한다. 지금, 상자가 내 앞을 지나가고 있다. 상자는 상자를 밀고 가는 사람과 나를 중재한다. 우리는 함께 상자의 팽창을, 상자의 구획을 바라본다. 함께 상자의 뒤를 따른다. 하지만 나는 결코, 상자를 밀고 가는 사람의 얼굴을 보지 못했다. 자리를 바꾸어 가며 그를 바라보지 못했다. 내 탁자 위에서 위치를 바꾸지 못하는 컵들, 비워지고 다시 제자리에 놓이는 컵들, 나는 그 컵들에 타 버린 검은 씨앗을 한 알씩 넣고만 있었다. 나의 밝은 적도의 씨앗을 넣고 있었다. 상자가 완전히 지나 갔다. 모든 흉기들은 비로소 꿈을 꾸기 시작한다.

– 이수명,「흉기」, (세계의 문학, 겨울호)

시인이 해체적으로, 그리고 마른명태처럼 써 놓은 시를 읽고 난 뒤, 난 밤을 설쳐야 했다. 앞뒤로 결속력 없이 써놓은 문장 때문에 과민해진 탓이었다. 조금도 방심하지 않고 철저하게 감정이입을 감시하고 있는 문장. 자연적인 흐름이나 감정을 적극적으로 막고 있는 단편적 생각의 편린들. 이런 시적 장치는 우선 '흉기'라는 제목이 텍스트 내에서 어떤 매개를 할 것인가에도 노출되어 있다. 그러므로 이런 텍스트를 읽어내는 것은 기존의 시 읽기 방식으로는 어림없는 일이다. 왜냐하면 방해하는 表의 裏가 시를 읽어내는 방법일 수 있기 때문이다.

보르헤스는 「끝없는 갈림길의 정원」에서 〈문제의 해답이 장기인 수수께끼에서, 사용하면 안 되는 유일한 낱말이 무엇이겠습니까〉라는 질문의 대답이 '장기'라는 낱말이라는 말을 한다. 그러면서 〈하나의 단어를 '항상' 생략하고 부적절한 메타포나 정말로 우회적인 표현에 의존하는 것〉이 그것을 지시하는 가장 좋은 방법이라고 부언한다. 여기서 이 시를 해석하기 위한 어떤 실마리를 찾을 수 있을지도 모른다. "상자가 있고, 상자를 밀고 가는 사람이 있고, 그가 입은 스웨터가 있기에 나는 상자를 상상한다". 그렇다 말로도, 어떤 생각의 표현으로도 본질로서의 시간의 실체를 파악할 수 없다. 모든 공간은 이미지일 뿐이고 그 실체는 시간이다. 이수명에게서 언어가 의미한다는 것은 사치인 듯하다. 그리고 '시는 의미하는 것이 아니라 그냥 존재하는 것이다' 라 하면 바로 이 시「흉기」를 두고 한 말일 것이다. 문장과 문장을 결별시킴으로써 현실과 담을 쌓고, 내용을 말하는 것을 포기함으로써 자아가 전면에 부상하는 것을 거부한다. 오로지 상상력만이 활동하게 됨으로써 그의 시에서는 의미론이 사라지고 기호학이 부상한다. 어느 문장이든 부수적인 문장이 없다. 문장을 문맥에서 고립시켜 독립과 개성을 유지한 상태에서 다른 문장과 교호작용을 하게 한다. 그런 것은 공간과 공간이 서로의 "팽창"과 "구획"으로 서로의 영역을 범람함으로써 상상의 세계, 즉 시간의 세계("맑은 적도의 씨앗")를 만들어내는 것과 같다. 대상은 메디움을 통해 다른 상상을 하게 한다. 눈의 초점을 흐리며 두 가지 상(공간의 상과 시간의 상)을 떠올리는 것은 이미 그의 앞선 시「식탁」에서도 시도된 바 있다. "식탁 아래 토마토 밭이 있어요./[...]/보세요, 식탁 위엔 토마토가 없어요./보세요, 식탁을 찍어 올린 당신의 포크를."

그렇기 때문에 이수명의 시는 문법적, 문장론적 논리를 따르는 것이 아니라 기대치 못한 것을 찾고 있다. 어떤 기대치 못한 것. 그것은 모델, 시적 전통, 콘센스, 이데올로기와 같은 기존의 것에 대한 불신이리라. 이것이 그로 하여금 있는 것을 무미건조하게 그대로 적시함으로써 (자유롭게) 생각나게 할 수 있을 뿐이다. "상자가 완전히 지나갔다. 모든 흉기들은 비로소 꿈을 꾸기 시작한다." 다시 한번 보르헤스. "성취되지 않을 계시가 눈앞에 떠오르는 것" 그것이 심미자체가 아닐까?

바람 한 점 없이
무더운 한낮
대웅전 앞뜰에서 삼백 년을 살아온 나무
엄청나게 큰 보리수가 갑자기

움찔한다
까치 한 마리가 날아들어
어디를 건드린 듯
숨겨진 급소가 없다면
벗어나야 할 삶이 있을까

– 김광규, 「보리수가 갑자기」, (문학과 사회, 1998 겨울호)

이 시가 근대성을 꾸준히 탐색해 온 시인의 당연한 이해에서 크게 벗어나지 않으면서도 나의 마음을 끄는 것은 이 시가 담고 있는 시적 발견 때문이다. "대웅전 앞뜰에서 삼백 년을 살아온 나무"가 "움찔하"였다. 물리학적 실험은 공명의 주파수가 같으면 작은 소리로 큰 물건을 깨뜨릴 수 있다고 한다. 귄터 그라스의 『양철북』에 나오는 주인공 오스카처럼. 그러나 이 시가 그런 자연과학의 당연함만을 말하고 있지는 않은 듯 하다. 제목이 말하듯 이 시는 계시의 실현을 노래하는데 그것은 물질주의를 넘어서는 분수령에서 시작된다. 최대다수의 최대행복, 진보주의, 계몽주의는 우리에게 물질적인 풍요를 안겨주었다. 모든 것이 양의 절대화를 – 보르헤스의 말을 빌리자면 "공간의 부자"를 – 추구해왔다. 시의 의식, 비평의 의식, 학문의 의식 매 한가지다. 김광규는 늘 이 점에 대해 의식적이다. 「묘비명」이란 시에서 "한평생을 행복하게" 살았던 사람에게 "이처럼 훌륭한 비석을 남[기면] /[...]/이 묘비는 살아남아/귀중한 사료가 될 것이니/역사는 도대체 무엇을 기록하며/시인은 어디에 무덤을 남길 것이냐"고 부르짖었던 것도 바로 이런 공간의 팽창에 대한 공식을 거절한 것이다. 그 대신 그는 삶의 실체인 시간적 전회를 요구한다. 찰나의 행복한 시간이 "삼백 년 보리수"를 (여기서 삼백 년은 시간이 아니라 공간적 이미지이다) 넘어서는 것이 다가오는 세기 우리의 삶의 자세이자 목표이다. 지난 세기의 패러다임이 많이 먹고 많이 가지는 것이었다면 다가오는 세기의 것은 줄이고 잘 배설하는 것이리라. 그것을 시인은 계시하고 있다. 시가 현실에 쫓겨 도망 다니다가 마지막 보루인 산성에 갇혔다. 이제 시는 이런 스타일이냐 저런 스타일이냐로 고민할 시기는 아니다. 아도르노의 말대로 "가면 갈수록 더욱 더 인간의 가슴에 총부리를 겨누는 세상 돌아가는 모습에 저항하는 것을 형상화하는 것 이외에는 아무 것도 아니다". 옥의 티로 보인 것은 마지막 행이 보여준 시인의 가르치는 듯한 자세이다. 물론 미약한 자기의문같이 보일 수도 있지만 이하부정관(李下不整冠)의 말을 듣게 되었다. 무게 잡힌 중후한 시들이 자기소리를 갖고 있다는 이유로 무의식적으로 가르치려는 포즈를 취하는데, 이것은 연륜이 오래된 시인에게서 흔히 발견하곤 하는 나의 아쉬움이다. 시인은 세계에 대해 자신이 있는 때에도 무기력한 모습을 보여준다. 그렇지 않고서야 어찌 독자를 시인의 종교로 개종하게 할 것인가?

나는 밖으로 나가려고 한다.
밤이 왔기 때문에, 마침 바지를
입고 있었기 때문에
창문이 잘 닫히지 않자, 나는 그냥
있기로 한다. 한 중년이 찾아 와
방이 마음에 드느냐고 묻는다.
자기는 집주인이 아니라고 말한다.
언제나 그렇다. 주인은 주인이 아니고
일행의 친구는 일행과 친구가
아니라고 말한다.
그의 집은 그의 집이 아니고
나의 사랑은 나의 사랑이

아니다. 비둘기가 이리 저리
날고 골목 은행나무가
소품처럼 놓여 있다.
옛날의 나는, 내가 아니었다고
어디에서 나는
스스로를 건드려 볼까.
그래도 나는 주인을 만나고
그의 집을 방문할 것이다.
나는 문을 닫으려다 구름을
발견하고 한참을 열어둔다.
나는 가짜다.

– 성윤석, 「봄」, (시와 반시, 겨울호)

세상은 변명으로 이루어져 있다. 철학적으로 말하면 세계가 실체가 아니라 모두 양식일 뿐이라는 뜻이다. 내가 "가짜"인 이유는 모든 게 전도되어 있기 때문이 아니라 어떤 것도 믿을 수 없기 때문이다. 심지어 내 마음까지도 믿을 수가 없다. "내"가 밖으로 나가려고 했던 이유가 "마침 바지를/입고 있었기 때문"이었고 내가 "그냥/있기로 [한]" 이유도 "밤이 왔기 때문"이며 "창문이 잘 닫히지 않"기 때문이다. 나의 존재 양식은 온통 변명으로 가능하고 합리화라는 길을 통해서만 가능하다. 이런 심리적 기제는 어떻게 생겼을까? 그것은 일상의 지겨움 때문에 생겨난 듯하다. 시의 허리 부분에서 수없이 반복한 부분은 이런 단순함을 가시화하고 있다. 그리고 그런 심리적 기제는 행동을 하라는 욕구를 충족시키지 못한 미정의 부담감에서 생겨나기도 한다. 행동을 할 수 있는 바깥에 한 걸음도 내디디지 못하는 현대인의 무기력이 – 실제로 한국이라는 삶의 구체에서 아무것도 할 수 없지만 – "그래도 나는 주인을 만나고/그의 집을 방문할 것이다"라는 강박증만 더하게 한다. 이러지도 저러지도 못하는 소시민적 옹졸함이 자기폭로를 통해 용서받으려는 심층적 동기를 지니고 있다. "주인은 주인이 아니고..."에서 보이는 "-이 아니고"의 반복은 강박증에 대한 증거이다. 부정은 자동적 · 반사적으로 작동되는 자기보호의 본능적 수단이다. 그럼에도 불구하고 이렇게 읽기엔 너무 말이 많다. 고심한 흔적이라기보다는 값싸게 사온 형식들이 폐품처럼 늘려 있다. 끝까지 진력한 흔적이야말로 독자를 기쁘게 할 수 있다.

-김연신,「쥐가 사람의 말을 하여 가로되」, (문학과 사회, 겨울호)-

이 시는 언 듯 보기에 "낮말은 새가 듣고 밤말은 쥐가 듣는다", "쥐도 새도 모르게"와 같은 우리의 전통의식을 모티브로 하여 현실에 대한 우리의 무기력을 단순하게 그려내고 있다. 그러면서 밤과 낮, 욕구와 제도 사이의 갈등을 조화롭게 그려내고 있다. 여기서 단순하다는 뜻은 복합성이 결핍되었다는 뜻이 아니라 통일성이라는 시적 미덕을 갖춘 명료함이 있다는 뜻이다. 양가성과 중의성 쪽으로의 경사를 보여주는 현대시에서 자칫하면 놓치기 쉬운 대목이다.

"어떤 경우에도 모순 되는 두 명제가 동시에 진리일 수는 없다. 그런데 이것이 동시에 진리가 되길 원하는 사람은 그가 원하는 것이 무엇인지를 모르거나 그가 원하는 것을 감추고 있다"(페터 슈나이더). 모르든 감추든 우리는 바로 이런 생의 이율배반 속에서 살고 있다. 1. 원하는 것이 무엇인지 모를 경우. 손톱을 안 깎을래, 아니면 귀신한테 안 쫓길래? 그걸 알 수 없다. 논리의 인과관계는 선형적이고 가시적이지만 삶의 인과관계는 마술적이기 때문이다. 2. 원하는 것을 감출 경우.

"어떤 새가 [...] 보았단 말이냐?"하고 부정하면서 인정해야할 상황이 된다.

단순하다는 평가 아래 이 시의 중층적 의미구조가 무시되어서는 안된다. 특히 통사론적-의미론적 그물망에서 3연의 "저 푸른 꽃은 내가 피운 것이 아니다, 결코. 그러나 저 푸른 꽃은 나의 손톱을 먹으면서 자라난 것이 아니다"에서 "그러나"는 한국어의 새로운 가능성을 조심스럽게 타진하면서 - "어떤 새가 그때 울면서..."의 연에서도 두 가지 독법이 가능한데 - 복합적인 의미를 만들어 낸다. 김연신의 시는 이렇게 언어적으로 무시무시한 색칠을 한 원시가면을 쓰고 있다. 그래야 본능의 타부가, 귀신이 물러날 것 같다. 그의 얼굴은 그로테스크하게 일그러져 있다. 수많은 계율의 어김이 ("너의 것이 저기 간다"가 무녀의 주술처럼 다섯 번 반복됨) 초혼을 통해 복수함을 방지하는 방법은 이런 시적 장치밖에 달리 방법이 없다. 현대사회를 어찌 죄 없이 살 수 있는가. 이런 초혼은 카타르시스의 한 좋은 방법일 수 있다.

나는 뺄셈이다
살을 다 발라내고 비로소 나는 이름을 얻었다
목발이나 의수도 이젠 내 뼈로 보인다
면도칼, 쇠꼬챙이, 부러진 칼 갈고리, 바늘 등과 함께 나는
진열장에 세워진다
아무도 내가 나인 것을 모른다
사람들은 유리 앞에서 모래의 꿈을 꾼다
살이 없으면 생각이 없는 줄 안다
사라진 살들로 우리가 얼마나 넓어졌는지
얼마나 혈색 좋은 꿈의 관절들이 부드러워졌는지
알아차리지 못한다

광선으로 그려진 검은 뼈, 해부 실습실의 흰 뼈는
늘 웃고 있다 큰 눈과 벌어진 입은
초점이 맞지 않는 눈망울의 어린 사람을 떠올리게 한다

언젠가는 그물 같은 뼈마저 거둬내야 하리라
구부리는 대로 휘어지는 몸은 더 이상 재미있지 않다
나는 한껏 구부러져 발 밑의 이름을 지우기 시작한다

– 강기원,「쟈코메티」(현대시학, 1998년 12월호)

쟈코메티는 쟈코메티 기법과 상관이 있는 메타포인 듯 하다. 그러면서 그 기법으로부터 자유로워져 있다. 이 시에서도 공간과 시간은 음화와 양화로서의 기능을 가지고 있다. 우리가 인식하는 공간은 사실상 보태나간 것이지 빼 나간 것은 아니다. 그러므로 시인의 발견은 현실을 거꾸로 읽음으로써 가능하게 된 것이다. 적당한 운동과 식욕, 우유팩, 기초화장과 아이셰도우로 더해 나간 관능의 나라에 있는 나는 덧셈이다. 일상은 늘 그 덧셈을 물신숭배하고 있다. 하지만 그 어느 날 몸살만 한 번 앓아보아라. 몰골이 말이 아니다. 이런 병에 대한 타부는 다분히 원시사회에서 종교적 제의의 대상이었다. 하지만 시인의 자기 인식은 하나씩 빼나가면서 얻어낸 것이다. 코트를 벗기고, 바지를 내리고, 블라우스의 단추를 풀고, 거들, 브래지어를 벗으면 팬티가 남는다. 샴푸로 윤기 난 치렁치렁한 머리카락과 음부의 털을 밀어버리고 방사선치료를 받으면 윤기 나고 매끄럽던 우윳빛 살결은 말라붙는다. 차츰 앙상한 갈비뼈가 드러나고 눈이 움푹 팬다. 그렇게 하면서 "나는 이름을 얻었다". 그러므로 내가 나인 것을 아는 것은 오로지 실체로서의 시간밖에 없다. 그 시간이 이 시의 시적 상상력이다.

면도칼로 찢긴 삶, 쇠꼬챙이로 찔린 흔적, 칼과 갈고리로 꿰맨 상처와 함께 나는 살아가지만 "살들로"인해 인식되지는 않는다. 결핍과 고통은 휴매너티라는 시간을 허락해 주었다. 세속적인 말로 "거품"을 뺀 나머지의 상상력은 앙상한 해골, 즉 추에 대한 미학을 가능케 해 주었다. 추는 내게 무엇이 아직 아름다운지를 보게 해 줌으로써 그 미적 과제를 수행한다. 추는 "유리 앞에서 모래의 꿈을 꾼다". "초점이 맞지 않는 눈망울의 어린 사람", 급기야는 "이름 없는 사람" 모두 공간이 시간으로 환원된 모습이다. 그러나 번쩍이는 "뺄셈"의 상상력 가운데서 "덧셈의 습관을 다 버리지는 못했다. 그 점이 조금 아쉽다.

16. 법고창신(法古創新)의 시학

역사란 무릇 반복되지 않으면서 반복되는 역설의 구조를 지닌 듯하다. 그렇기 때문에 많은 이미지와 비유를 우리는 역사에서 찾아오고 그것에 따라 사유하고 그것을 본떠 개념을 만든다. 그러나 역사상에 중요한 업적을 남긴 이들은 곧장 아름다운 과거를 어떻게 지금 적용시켜 실천할 수 있을까하는 데 더 골몰하였다.
괴테 또한 이런 범례에서 벗어나지 않는다. 그는 그리스 고전을 이상으로 삼고 호메로스의 펜타메터, 헥사메터에 대응되는 현재의 문체를 찾는 데 고심을 하였다. 그에 대한 하나의 가능성으로 5음보 약강격을 생각해 내고 그것을 「헤르만과 도로테아」라는 서사시에 도입하였다. 그뿐 아니라 프랑스혁명 이후 시민사회가 도입되었다는 것을 누구보다도 진지하게 숙고한 괴테로서는 서사시의 영웅(오딧세우스)을 소설의 시민(헤르만과 도로테아)으로 대체했다. 이것이 진정 법고창신의 시학이 아닐까 한다. 古와 新은 사유의 형식에서는 같고 사유의 내용에서 다르다. 그러므로 역사는 형식에서 반복하고 내용에서 반복하지 않는다는 파라독스가 발생할 수 있다.
시가 창조적 행위이니 만치 과거나 남의 것에 기대지 않고 새로운 것을 찾아내는 것이 시적 미덕이다. 시는 내가 입은 옷, 내가 목도하는 현실과 같은 것이다. 우리가 鄕愁의 심리적 유혹에서 벗어나 과감히 자신을 말할 수 있을 때, 그리고 현재를 만져보고 냄새 맡을 언어로서야 진정한 법고창신의 시학이 가능하다.

> 육군 강병장을 만나러 간다 완주군 구이면 중인리 정자나무 근처에서 출발한 그 길은 논둑 밭둑을 지나 돌배나무 그늘을 가로지른다 초록에 막힌 산길은 물론 통화권이탈지역 솔방울 떨어지는 소리에 놀라는 것은 돌배나무 이파리나 날다람쥐만은 아니다 무르팍 깨지도록 그의 이름 부르며 물봉숭아 군단 곁을 지나거나 첨벙첨벙 개울을 건널때 깜짝 놀라 흩어지는 모래바람 같은 길들
>
> 모악산 어디에도 육군 강병장은 보이지 않는다 날다람쥐가, 계곡 물소리가, 낡은 군화 한 짝이 아주 오래된 문지방을 넘나들고 있다
>
> – 강현국, 「통화권이탈지역」,(현대시학 1999년 3월호)

나는 강현국을 잘 알지 못한다. 여러 가지 이유가 있지만 우선 그와 나는 너무 가까이 있기 때문이다. 무릇 모든 예술 작품이 그러하지만 세상사 또한 거리가 필요한가 보다. 지나치게 가까이 있으면 보이지 않는다. 누가 매듭 맺지 않은 이의 얼굴을 그릴 수 있단 말인가? 때문에 나는 "통화권 이탈지역"에서 그가 무엇을 하는지 알지 못한다. 그러나 사이버 강현국은 매일 밤, 또는 그런 이탈지역에서 몽유병에 시달리는 것임은 눈동자처럼 분명하다. 밤이 되면 그는 "육군 강병장을 만나러 간다". 그는 오르페우스가 되어 유리디케 육군 강병장의 "이름을" 밤마다 "무르팍 깨지도록 부른"다. "첨벙첨벙 개울을 건널 때"만 해도, "돌배나무 그늘을 가로지를" 때만 해도 그는 몽유병 환자는 아니었다. 통화권에 대해 민감할 필요도 없었다. 아니 그것은 오히려 어떤 행복이었으리라. 이미 우리의 삶의 세계는 "정자나무"나 "논둑 밭둑", "솔방울 떨어지는 소리"나 "날다람쥐", 물봉숭아와는 거리가 멀어져

있다. 그것 대신 빌딩나무, 계단과 도로의 둑, 이동통신의 신호음, (컴퓨터의) 마우스, 조화(造花) 같은 인공자연이 자리 잡고 모든 것을 통화권이탈지역으로 소외시켜 버렸다. 때문에 이 통화권 이탈지역은 현대의 자기상실에 대한 메타포이다. 계몽은 확실히 노예화 메카니즘을 만들고 말았다. 확실한 즉물적, 일회적 사회에서 이제 이 지역의 존재는 의문시된다.

제1연에서 시인이 산뜻한 시각적 이미지로 유리디케를 그리고 있다면 제2연에서는 만져 보고 싶은 충동을 참지 못한 허사를 추념하고 있다. 뒤를 돌아다 본 오르페우스는 육군 강병장을 되살릴 수 없다. 그렇다면 "계곡 물 소리"나 "낡은 군화 한 짝"은 신화의 죽음, 소통의 죽음에 대한 환유가 아닐까? 그는 아쉬움에 탐닉하지 않고 통화권이탈지역에서만 가능한 자신의 모습을 발견한다. 나는 강현국을 잘 알지 못한다. 그 대신 아, 그래 그는 밤만 되면 온갖 욕정의 무늬로 얼룩진 껍질을 벗고 "육군 강병장"을 만나러 가겠구나 추측할 뿐이다. 세계는 정당하지 못하다. 특히 통화불능지역에 대해 그러하다. 그러나 언젠가는 소돔과 고모라를 버린 롯처럼 오래된 문지방을 우리 모두 넘어야 할 때가 오리라.

마음도 바닥까지 다 팔아버리고
육만 남아
푸줏간의 고기처럼 낱낱이 내다 걸리고 나서
그래도 남는 것은
욕망이더구나, 다 죽었는데
성기만 불같이 살아 춤추는구나

박남원 「무더위」 (창작과 비평, 1999년 봄호)

시경을 두고 '思無邪'라 한 것은 생각에 사악함이 없다는 뜻이 아니다(언젠가는 그렇게 해석을 했고 또 그런 해석이 타당했으리라). 그것보다는 생각이 거짓됨이 없다는 뜻이 더 타당하다. 그런 의미에서 박남원의 시는 리비도적 충동을 직접적 심상으로 옮겨놓음으로써 사무사의 미덕을 보여주고 있다. 동시에 소외된 계층의 모습을 역설적으로 보여줌으로써 이 시의 사회적 문맥화에 성공하고 있다. 삶의 무더위는 이미 도를 지나치고 있다. 지난 어느 날엔 그리 악다구니처럼 모았던 것인데 이 무더위 속엔 그것마저도 "푸줏간의 고기처럼 낱낱이 내다 걸리"도록 방치할 수밖에 없다. 아니 뼈까지도 곰탕 집에 팔아먹어야 할 형편이므로 "마음[은 이미] 바닥까지 다 팔아버리고" 말았다.
지금 우리의 현실은 자기 몸의 열량을 유지하는 것조차도 힘든 시간이다. 많은 사람들이 집을 내주고 심지어는 장기까지 내주고, 때로는 보험금 때문에(보험금을 노린다는 말은 배부른 사람이 하는 말이다. 인간은 그렇게 나쁘지도 좋지도 못하다) 손가락, 발목까지 절단한다면 이 시가 삶의 구체에 좀더 접근하고 있다고 볼 수 있지 않을까? 이제 가진 것이라곤 (궁핍한 상황에서) 생존의 조건이 되지 못하는 성기뿐이고, 이것이 있기 때문에 여느 사람들처럼 사는 것 같지만 그것은 삶의 조건이 되지 못한다. 파산한 집에 전축은 두어서 무엇하랴? 이 시는 그런 맥락에서 사회현실을 부정한 패러디이다. 다만 내가 잘못 읽었을 가능성은 무더위라는 이미지 때문에 가능하다. 무더위는 유복함과 더 잘 어울린다.

아, 나는 가엾게도
꿈에서 깨어나고 말았구나.

– 원구식,「싹 –Ver.3.0」(시와 반시, 1999년 봄호)

형이상학에서 말하는 미덕이 감정 없음과 지나친 격정 사이의 중용이라면 예술의 미덕은 이미지를 향하여 어느 극단을 택하는 것일 게다. 그러나 어느 극단을 택하든지 시에서의 표현은 말을 아끼는 미덕을 보여야 할 것이다. 원구식이 보여준 언어경제의 미덕은 두 줄이라는 양 때문이 아니라 그의 시가 시적 정밀(靜謐)을 통해 그림의 틀 바깥에 그려놓은 여백의 아름다움을 겨냥하고 있기 때문이다. 싹의 이미지를 시각적 지음으로 형상화하면서 그는 두 행을 필요로 했지만 내포적으로 수많은 노래하지 않은 노래를 음화적으로 그려내고 있다. 산문의 세상이 꿈이라고 보는 어린 싹을 두고 그는 오히려

아, 나는 가엾게도
꿈에서 깨어나고 말았구나.

—「싹」 전문

라고 노래한다. 새싹이 진부한 희망의 이미지를 벗고 절망함으로써 비로소 완성되는 시이다. 어느 날부터 우리들은 그 희망이 절망이라는 것을 체험하고 있다. 이데올로기가 희망이라고 力說한 것을 이 시는 감정의 적절한 억제를 통해 라오콘의 외침보다 더 큰 소리로 부정하고 있다. 하늘을 쳐다보아도 비가 올 것 같지 않고, 땅을 보아도 돈이 생길 것 같지 않다. 아, 우리 모두는 가엾게도 꿈에서 깨어나고 말았구나.

에이, 그럴 리가 있나요, 주린 배를 채우는 까치도 꾸벅꾸벅 절은 하는데, 아무려면 당신이 주신 밥을 먹는 내가 몰래 삿대질이라니요. 그럴 리가 있나요. 속옷 속에서 자꾸만 바깥세상을

염탐하는 두 알을 소중히 감싸고 이 풍진 세상 휘젓고 다녔는데요. 그럴 리가 있나요. 때론 황색실선도 넘어서며 당신 향해 눈 크게 떴는데 차마 당신이 그런 나를 못보셨다니요. 에이, 그럴 리가 있나요.

길이 보이지 않을 때는 눈을 감아 버렸어요. 감은 눈 속에서 천 년을 소리없이 보낸 누각이 보이고 섬의 뿌리와 바다의 은밀한… 그 짓을 보며 몸 단 해송이 붉으죽죽한 수액을 흘리는 것도 보이고요. 내가 몸을 비틀며 짐승처럼 우우 소리 지르는, 그런 저를 당신도 보셨잖아요. 내 곁에서 바람처럼 징징거리던 삶도 보신 적은 있으셨잖아요.

정말 제가 보이던가요. 새벽 공판장에서 낙찰되지도 못한 채 떨이의 순간을 기다리는 잡어들처럼, 그럴 때마다 제 눈 속으로 들어와 누렇게 뜨던 태양이 보기이는 하던가요. 별로 굵지도 못하고 별로 무성하지도 못한 당신의 배경이었던 제가요. 그런데 날마다 거울을 보는 것은 왜죠. 제가 안 보여요? 재가 안 보인다고요? 에이, 그럴 리가 있나요.

– 정군칠, 「에이 그럴 리가」,(현대시, 1999년 3월호)

"에이, 그럴 리가 있나요". 이 일견 단순한 것 같은 주장에 인간의 불안과 슬픔이 적나라하게 드러나 있다. 문화염세주의, 역사염세주의, 진보염세주의 등 수많은 인간에 대한, 인간의 지식에 대한 불신이 용해되어 있다. 리얼리즘에 입각한 이 시는 패러디를 바탕으로 시인의 현실에 대한 절망을 재치 있게 토로한다. 시인은 이 절망을 적극적으로 표현하면서 두려움에서 벗어나는 전략을 쓰고 있다. 인간의 의식은, 라캉에 따르면, 오인(méconnaissance)으로 구조되어 있다. 그렇기 때문에 욕망이란 관점에서 보면 완벽하고 절대적인 주체란 없다. 절대적 주체가 현실원칙에 바탕하고 있고 그것이 접속사로 연결되어 있다면, 꿈이나 욕망에서는 접속사가 없는 오인의 구조로 되어 있는데 이것은 시의 언어와 많은 부분에서 닮아 있다. 시인이 신경증환자라면 결국 자아와 상황을 구별하지 못하는 거울단계의 아이와 같다고 볼 수 있다.

그러므로 이 시에서 "정말 보이던가요"라고 묻는 것은 자아의 요구이고 "제가 안 보인다고요. 에이, 그럴 리가 있나요" 하는 것은 주체의 반란으로 볼 수 있다. 그 무의식의 주체는 "섬의 뿌리와 바다의 은밀한… 그 짓을 보며 몸 단 해송[처럼] 붉으죽죽한 수액을 흘리고" 서 있다. 그러나 상황은 "때론 황색실선을" 넘은 것으로 매도하고, "당신의 배경"으로 만족케 하고, "당신을 향해 눈 크게 떴는데 차마 당신[은] 그런 나를" 외면하는 현실로 몰고 간다. 하지만 욕망은 "자꾸만 바깥세상을 염탐하"며, "태양이" 되라고 풀무질해댄다. 그러나 이제 마음을 통해 세상에 이르는 길은 없어졌다. 시인은 그렇지 않다는 수많은 증거를 갖다 대지만 그것 자체가 이것을 인정하는 것이 되어 버린다. 그렇기 때문에 시인은 세상에 대해 늘 신경증 환자이다. 정군칠은 의식을 가장한 무의식을 재치 있고도 여유 있게, 비판적이면서도 관능적으로 그려내는 데 성공하고 있다.

-유하, 「나는 지금 멈추고 싶다」, (동서문학 1999년 봄호)-

그의 시는 어디서 많이 본 듯하다. 이런 느낌이 그를 베스트 셀러로 만들었겠지만 이제 그의 시적 행보에 족쇄가 되는 것처럼 보인다. 이문열 같은, 박인환 같은, 마르쿠스 아우렐리우스 같은 그런 느낌은 법고창신이 아니다. 진실로 채워진 감정의 촉수를 세우는 대신 그는 疑似 진실의 화장을 두텁게 하고 압구정 문학의 승리탑을 세운 듯 하다. "길에게서 참으로 많은 지혜와 깨달음을 얻었다고 믿었다"든가, "나는 길로부터 진정 무엇을 배웠는가", "과연 보이는 길만이 길인가", "끊임없이 그들을 지도해 왔다"는 말로 유하는 시이기를 포기하고 시인이기를 원하는 듯하다. 그러니 자연 "상상력이여/꿈이여/희망이여" 하는 영탄의 追隨나 "나를 이끌었던 상상력의 바퀴들아/멈추어라" 같은 교조의 탑만 세울 뿐이다.

아, 鴨鷗亭! 한명회가 걸출한 처세술로 모든 부귀를 누린 후 갈매기와 벗하며 지내고 싶다하여 정자를 짓고 자신의 호를 붙여 '압구정'이라 하였으니. 그리고 여전히 정사(政事)에 참여하여 이 압구정으로 하여금 권력과 벗하는 곳이 되게 하였으니. 그러니 유하가 왜 고창을 버리고 압구정을 취하게 되었는지 알 수 있을 듯하다. 오늘 경제적 권좌를 누리게 된 이 압구정 문학을 보니, 아 역사는 부자의 비석을 닮았구나. "보이는 모든 길을 의심하지 않으면" 그는 진정 "나는 지금 멈추고 싶다"는 말을 할 수 없을 것이다. 시가 치장한 도덕이 아니라 옷 벗은 자아의 외침이란 것쯤은 이미 코무니스 센수스가 된지 오래건만.

17. 지칭 없는 그림 또는 여백 읽기

피곤한 사람은 늘 '쉬어야지' 하고 고민하지만 사실은 그냥 쉬면 된다. 그러나 그것처럼 쉽고도 어려운 일이 또 있단 말인가! 오늘도 나는 쉬어야지, 오늘은 쉬어야지 하면서 계속 쓰고 있고, 밤이면 밤마다 자야지, 오늘은 자야지 하면서 계속 생각하고 있다. 강박과 편집, 이것말고 오늘을 더 분명하게 보여줄 말이 있단 말인가. 그런데 나보다 더 중증인 사람들이 있는데 그들은 한결같이 독특한 치유 방법을 갖고 있는 듯 했다. 이들은 각기 지칭 없는 이미지를 사용함으로써 그 억압을 풀어내고 있다. 지하실에서 고문을 심하게 받으면 받을수록 취조실의 기둥과 지붕은 튼튼해 보인다. 이런 강한 영상을 우리는 여백에서 발견한다. 그러나 만만치 않은 것은 비밀스런 기호인 그들의 세계를 우리가 공유하고 있는 언어로 어떻게 읽어낼 것인가 하는 점이다. 희미하게 더듬거린 나의 작업을 공개하는 것이 그저 불안할 뿐이다. 현대니 해체니 하는 말은 나에게 앞으로 싸워 나가야 할 새로운 강박이다. 그러나 땅에 넘어진 자는 다시 그 땅 때문에 일어설 수 있으니.

> 출근 지하철 안에서 새파란 처녀가
> 젖은 머리칼을 휘휘 내두르며
> 친구랑 떠들고 있다
> 신문 읽는 내 손등에 목덜미에
> 물이 뚝뚝 떨어져
> 옷 속으로 스며들었다
> 덩달아 신문도 젖어버렸다

소녀 시절
여러 번 같은 꿈을 꾸었다
누군가 붓에다 먹을 찍어
내 얼굴에다 자꾸 글씨를 썼다
눈을 떠보면(여전히 꿈속이었지만)
내 얼굴에 글씨를 쓰는 사람의
얼굴도 글씨로 가득했다
(그는 누구였을까)
(무슨 글자들이었을까)
실제로 출판사에 다닐 땐 내 입 안에
글씨로 엉킨 실 뭉치가 가득 찬
날도 있었다
(결핵성 늑막염으로 가래를 퉤퉤 뱉고 다녔다)
집에 돌아와 목욕탕에서 거울을 보며
먹을 찍어 얼굴에
글씨를 써보았다
그러다 화들짝 놀라고 말았다
그 시절 내 얼굴에 글씨를
쓰던 사람의 얼굴을 보고 말았다

– 김혜순,「얼굴에 쓴 글씨」, (문학동네, 1999 여름)

프로이트가 말한 억압의 과정은 억압의 대상이 억압을 낳는다는 것이다. 이러한 모습을 드러내는 과정이 바로 소외이다. 순결을 맹세한 수도승에게 여자의 몸으로 달라붙는 십자가상의 그리스도는 김혜순에게 있어서 글을 쓰는 일일 것 같다. 나는 시인들을 만날 때마다 이런 엄청난 억압에 시달리는 것을 자주 본다. 시인이란 (물질적 기반이 없는 정신적 허위의식으로 충만한) 소외된 직업이, 그리고 이 글쓰기는 하지 말아야지 하는 생각이 결국 그것을 하게 하는 역설의 과정을 겪는 것이다. 그렇다면 시인은 존재 자체를 희생시켜서 비로소 존재로 변하게 되는 자인가?

출근 길 "새파란 처녀"는 나를 소외시킨다. 그것은 "내"가 "결핵성 늑막염으로" 사회에서 소외된 것과 같다. 이런 심리적 동기는 나로 하여금 얼굴에 글쓰기란 느낌으로 나를 몰고 가고 그 몰고 가기는 다시 나를 싫은 글쓰기로 몰아간다. 이 시는 바로 그 소외의 사슬구조를 시화하고 있다. "젖은 머리칼을 휘휘 내둘"렀던 그 새파란 처녀가 되기 위해 "집에 돌아와 목욕탕에" 들어갔으며, 꿈에서 몰려갔던 그 심리는 다시 그곳에서 "먹을 찍어 얼굴에 글씨를" 써보게 했다. 그러면서 시인은 그 당시 싫어하던 글쓰기를 하는 자신에 "화들짝" 놀라는 것이다. 우리가 밖의 세계에 구속되지 않는 정신의 영역, 자유의 영역이 있다고 주장하는 것은 그저 너무 물화 된 현실에서 위안을 얻으라는 위로에 불과하다. "자꾸 글씨를" 쓴다고 저주한 "글씨는" 이제 망령이 되어 그를 따라 다닌다. 시인은 "글씨"(=글쓰기) 때문에 살게 되지만 이제 "글씨"(=글쓰기)는 그에게 복수를 하는 것이다. 시인의 존재에 대하여.

그러나 그의 시가 함축과 생략, 비약과 암시 대신 주석과 설명, 접속과 상술로 이루어지면서 중간 문법으로 전락하였다. 그것은 이 시가 중학생 국어수업 용으로 쓰여졌다는 혐의를 지울 수 없게 한다.

– 박상순,「비오는 날의 도쿄」,(현대시 1999년 7월호)–

다른 문법이란 박상순에게서 상상계의 문법을 가리킨다. 괴테는 서동시집에서 "죽을지다 그리고 될지어다 Stirb und werde"란 표현을 하는데, "죽을지다"의 지칭reference은 구체적이지만 "될지어다"의 지칭은 구체적이지도 않고 그 내용도 비어 있다. 이를 우리는 심미 자체 내지는 상상계라 할 수 있다. 박상순의 시는 이와 같은 상상계의 문법을 따르고 있는 듯하다. "강을 건너"가기 이전에 (이미 시의 밖에서) 그는 이 세계로 들어왔다. 그는 "고양이를 머리에 쓰고" "간판 하나를 발견하고 그 아래로 들어갔다". 박상순의 직관을 구조하는 상상계의 문법은 우선 접속사가 없고, 인과율을 취하지 않는다. 인과율을 취하지 않는 만큼 현실문법과는 모순되고, 시간은 마구 섞여 있다(이것이 독자들로 시에 침을 뱉게 한다). 부조리의 세계라고 나무랄 필요가 없는 것이 현실의 부조리(우리의 정치, 우리의 사회를 보라! 이게 어디 정상인가!!)는 이보다 더욱 심한데 어느 것이 더 부조리하다고 속단하기 어렵다. 그래서 난 박상순의 이 시가 매우 현실적이라고 생각한다. 우선 나로 하여금 나의 소외를 의식하게 하였고("아무도 돌아보지 않았다"), "붉은 구름이 무거운 돌덩이처럼 / 내 어깨를 누른다"는 느낌을 가지게 했다.

시인은 꿈을 자세히 기억하는 능력을 지녔다. 나는 한번도 그렇게 명징하게 내가 꾼 꿈을 진술해본 적이 없다. 그 차이는 아마 내가 의식적으로 기억하려 한데 반해, 시인은 직관으로 풀어내었기 때문이리라. 시인도 알지 못하는 그의 과거는 억압으로 점철되어 있는 것 같다. 아니 그래서 이 시를 잘 읽을 수 있는 나의 과거를 보는 듯 하다. 그래서 그의 시가 서술하고 있는 기표는 상상의 도약을 위한 발판일 뿐이다. 지중해의 섬들은 그리스의 신들이 뛰어 다니기 위한 징검다리일 뿐이며, 이 시인에게 대상은 그저 환상을 위한 도구일 뿐이다. 신들이 올림푸스 산으로 가면 그뿐 그가 상상하고 난 대상은 한낱 속물일 뿐이다. 그런데 이것은 어떤 시의 기법일 수만은 없는 듯 하다. 왜냐하면 이미

시인은 다른 문법으로, 다른 퍼스펙티브로 세계를 관조하기 때문이다. 우리가 대하는 끔찍한 세계가 우리에게 현실로 다가오는 것이 기실 얼마나 두려운 일인가? 우리는 박상순의 뒤집힌 문법으로 미리 푸닥거리를 한다.

> 시간이 멈추자 나는 날았다. 건물들은 허물어지고 길들이 지워졌다. 시간이 멈추자 공중에 비탈길이 생겼다. 나는 그 길을 따라 시간의 반대편으로 걸어 들어갔다. 시간의 반대편에는 달이 있었고 별이 있었고 둥근 기둥이 있었다. 두 마리 새가 기둥 위에 앉아 있었다. 기둥 밑에는 장작이 타고 있었다. 검은 치마를 입은 처녀들이 기둥을 향해 걸어왔다. 그녀들의 얼굴에는 눈이 없었다. 코도 없고 입도 없었다. 그녀들은 기둥을 지나 나무 밑을 걸어갔다. 사람들의 머리통이 주렁주렁 매달려 붉은 열매로 익어가고 있는 나무 밑을 지나갔다. 나는 나무 뒤에서 휘파람을 불었다. 어디선가 두 마리 개가 달려왔다. 여자들이 기둥을 향해 재빨리 달렸다. 시간의 반대편에는 달이 있었고 별이 있었고 두 마리 새가 기둥 위에 앉아 있었다.
>
> –김참,「시간이 멈추자」 제5회 현대시 동인상 수상작,
> (현대시학 1999년 6월)

옛날 어느 영어 학습지에서 이런 이야기를 읽은 기억이 있다. 가난에 대해 글을 쓰라고 했더니 어떤 부자가, "그 집에는 정원사도 없고, 요리사도 없고, 가정교사도 없고…"하고 썼다고 한다. 남의 것을 어쭙잖게 배우는 것은 이런 우를 범할 수 있다. 이 시는 우선 시인도 부분적으로는 인정하겠지만 외견상 박상순, 이수명, 심지어 송종규의 시와도 닮아 있다. 그러나 객체를 지나치게 개인적인 것으로 환치함으로써, 무의식적 체험을 너무 추상화함으로써 기억의 흔적을 영상으로

처리하는 데 실패했다. 改宗은커녕 이해도 못시키는 '이상한 나라의 앨리스' 같은 것이 되었다. "시간이 멈춘다"는 것, "길들이 지워졌다"는 것, "시간의 반대편으로 걸어 들어 간다"는 것 모두 유희의 공간으로 간다는 문법을 말해준다. 그러나 이런 상상의 문법은 부시시 잠을 깬 다섯 살짜리 아이가 꿈꾼 것을 설명하는 것과 유사하다. 그것은 이어지는 다른 시들(「납골당」,「이천년」등)에서도 마찬가지다.

상상계라 해서 아무거나 상상되는 것이 아니며, 상상계를 겨냥한 시라 해서 상상을 아무렇게나 늘어놓아서는 존재의 비밀을 훔칠 수 없다. 왜냐하면 정서도 차연의 인지에서 만들어지는 문법이기 때문이다. 예를 들면 "시간이 멈추자 나는 날았다"란 표현에서 '-자'는 시간의 경과, 사건의 인과로서 시간이 멈추지 않는다는 모순을 스스로 안고 있다. 이런 시간이 공간의 메타포로서 서술상의 모순을 피하고자 한다면 (적어도 파메니데스의 시간개념, '시간은 장면의 영속적 변화'라는 개념을 따른다면) "길들이 지워졌다. 시간은 멈추었다"(아마 박상순이나 이수명 같았으면) 이렇게 표현했으리라. 그리고 "걸어 들어가"느니, "지나간다"느니, "달려왔다"느니 하는 표현은 그런 일회적 공간과 어울리지 않고 그렇기 때문에 독자들에게 心象의 逼眞性을 마련해줄 것 같지도 못하다.

"그녀들의 얼굴에는 눈이 없었다. 코도 없고 입도 없었다."는 표현도 엘리자베드 라이트의 『정신분석비평』 序詞("옛날에 빨간 머리 남자가 살았는데 그는 눈도 귀도 없었다. 그는 머리칼도 없었는데 [...] 코도 없었다. [...] 그는 아무 것도 없었다. [...] 그러니 우리가 지금 누구에 관해 말하고 있는지 알 수가 없구나. 그러니까 그 사람에 관해서는 그만 얘기하는 게 좋겠지, 다닐 하라무스 1974)와 비교해 보면, 여백의 상상을 그리 분명하게 그려주지 못한다. 그러니까 이 시를 뽑은 동인들조차도 볼멘 소리(마치 현대시 모두가 판독 불가능한 어떤 것인 양)를 하며, 이 시에 대한 시평 또한 그저 메타비평에만 만족해야 할 수밖에 없다(정끝별씨의 김참에 대한 작품론을 보라, '幻의 세계' 란 말이 마술언어처럼 반복되고 있다, 같은 책 151-160).

심리, 환상 이런 기법을 쓰는 시들이 주의해야할 부분은 상상력이 매개물을 필요로 하는데 상상을 하고 버리는 그 매개물이 곧 시의 실체를 구조해야 한다는 점이다. 언급되고 서술되지 않은 텍스트 뒤의 무한한 여백에서 상상의 유희는 그려진 작은 부분에서 비롯되는 것이다. 이 시들은 추상화를 그리면서 너무 구상하는 (말이 많다는 뜻이다) 바람에 정제되지 않은 실패작을 내어놓았다. 말할 수 없는 것에 대해 침묵하라는 비트겐슈타인의 말은 아직 생각으로 정리되지 않은 것은 말로 정확하게 쓸 수 없다는 뜻일 뿐 아니라, 말로 분명하게 표현되지 않은 것은 그것에 대한 생각이 없었거나 제대로 정리되지 않았다는 뜻이다.

- 이승훈, 「사랑의 슬픔」, (시와사상, 1999년 여름호)-

사랑은 행복해야 한다. 그런데 사랑이 슬프다니. 그렇다고 이 사랑이 사람에 대한 사랑도 아닌듯 한데 말이다. 그렇게 보면 이 시는 부정된 것이 곧 너의 긍정이다라는 말을 해주는 듯 하다. 글을 쓰는 것이 행복에의 약속일 것 같은데 글쓰는 것이 히스테리가 되고 강박이 되고 굴레가 된다. 글을 쓰기 위해서 우리는 이제 "레비나스의 책"을 찾지 않으면 안 된다. 이런 현상은 심리적 현상일 뿐만이 아니라 우리의 생활세계 자체가 그렇다. 내 주위에는 컴퓨터가 없으면 시를 못쓰는 사람,

문지사가 없으면 글을 못쓰는 사람, 누구를 만날 때 꼭 생리대를 갈아끼는 사람, 등단(이 말은 다행히 우리말 사전에 없단다!)하지 않으면 글 못쓰는 사람, 보스의 명령 없이는 못사는 사람 등 그런 숱한 강박의 생명이 살아간다. 우리는 어쩌면 "원고지 한 장 짜리 글을(삶을:필자) 쓰기(살기:필자) 위해 「레비나스의 책」을 찾아야 하고, 그것을 찾기 위해 이 방에서 저 방으로 마침내 거실로 거실에서 안방 베란다로 뛰어" 가야할지 모른다. 그 와중에서 시간에 대한 개념과 시간이 헷갈리고, 시와 시에 대해 말하는 것이 헷갈리고, 타자를 옆에 두고 타자를 찾는다. 마침내 우리는 "글 쓸 생각도 잊은"채 "글을 써야 한다"고 생각한다. 이것은 언어와 메타언어의 착종이다. 그 어느 날 우리는 여백 없이 꽉찬 그림을 그릴 때가 있었다. 만약 p란 명제가 현실에서도 p라면 우리는 그것을 진리라 한다. 그것을 나중 사람들은 언행일치 correspondence라 했다. 그것을 행복이라 했다.

그런데 또 웬 난데없이 이것이 "사랑의 슬픔"이라고 했을까. 그것은 philo-sophia내지는 philo-logos의 philo를 말함이리라. 또한 이것이 실제적인 사랑의 알레고리로 읽을 수도있다. 우리는 누군가를 사랑한다고 하면서 꼭 그 사람을 찾으니 결국 사랑은 잊어버리게 되고 그 사람을 소유하는 사랑에만 집착을 하게 된다. 그러면 결국은 사랑이란 것은 까맣게 잊어버리고 그냥 사랑해야 한다는 강박관념만 갖게 된다. 그런 사랑은 슬프다. 우리가 맥없이 무너져버린 스테레오타이프는 그것이 레비나스든, 인간의 몸이든 슬픈 일이다. 이렇게 시인은 참담한 모습을 보여주면서 치유를 하고, 독자는 슬픈 상황을 읽으면서 치유를 한다.

– 성미정, 「구두 만한 방」,(다층 1999년 여름호)–

불에 데인 손으로 오늘도 나는 불의 속성에 대해 쓰고 있다. 바흐만 Ingeborg Bachmann의 얘기다. 우리는 우리가 하는 일에 상처를 받으면서도 그것 없이는 존재할 수 없는 것인가. 이런 의미에서 성미정은 구두를 만들 수 없는 구두 만한 방에서 만들 수 없는 구두를 만들고 있다. 이 세상 어디에서도 삶을 살 수 있는, 또 시를 쓸 수 있는 조건은 없다. 그런데 어떻게 우리가 살아가고 또 시를 쓸 수 있는가? 이 세상에는 백 육십 곱하기 육십센티 짜리 관은 있어도 들어가서 살아야 할 십팔센티 구두는 없다. 그러므로 논리가 끝나는 곳에서 그의 시가 시작된다 말할 수 있겠다. "구두 만한 방에는 구두 만한 침대도 있고 / 구두 만한 부엌도 있고 사랑하는 구두도 있지만 / 구두 만들 곳은 없습니다". 그의 구두는 서로 다른 크기의 구두이지만 구두라는 범주를 뛰어 넘지는 못한다. 그는 시작(詩作)이 — 또는 始作(시작)이 — 두렵다고 했는데 이것을 패러디화 한 것이 아마 시작을 시작하며, 또 그 시작을 시작한다는 의미의 구두를 매개로 한 여백일 것이다. 그것은 "구두를 만들어야 하는" 두려움에서 벗어나기 위해 선택한 유일한 길일지도 모른다.

이 지칭 없는 시를 읽으면서 나는 여러 가지 여백을 만들어 보았다. 그러나 열여덟(십팔이라 읽을지라)번 반복되는 구두는 무취미, 무개성의 세상에 대한 메타포이며, 이 이야기는 모순적 세계에 대한 알레고리다 라고 말하면 시인은 내 평이 그의 구두를 닮았다고 말할 것이다. 네가 하는 평은 침대고 내가 하는 평은 그래 부엌이다. 너는 침대에서 그 짓을 하고 그래 나는 부엌에서 그 짓을 한다. 너는 즐기고 나는 요리한다. 부조리한 세상에서 우리가 하는 일이 모두 위선이겠지만(人+爲=僞) 그 "구두만한 방"도 때론 "구두만큼" 큰 일이 되리라.

18. 탈 서정 시대의 서정

헤겔과 하이네가 한 말 중 가장 무익했던 말은 예술의 종말에 관한 예후인 듯 하다. 그리고 20세기말의 생물학자들이 한 예후, 체르노빌 이후에 생물은 멸종하리라는 것도 해프닝이다. 왜냐하면 예술의 종말 이후에도 예술은 존속했고, 원자로가 폭발한 후에도 생물은 존재했다. 탈 서정 시대에 서정을 보는 시각 또한 이런 고정된 시선이나 관념에서 온 것이라는 우려를 자아낸다. 탈 서정 시대의 시들은 대체로 달을 가리키는 손가락을 닮아 있기 때문에 우리는 그 손가락을 보는 대신 그들이 지향하고 있는 바를 진지하게 탐색해야 한다.

우리는 이제 할 말은 적고 대상은 많은 모순의 세기를 맞았다. 어쩌면 구텐베르크 문화를 모조리 다 버려야 하고, 우리가 사용하는 언어의 체계는 파피루스에서나 찾아볼 수 있을지 모른다. 글의 종말이 동시에 말의 종말은 아닐까. 이제 시인이 글과 말의 마지막 수호자로서 말의 생명을 지키지 않으면 우리의 서정은 사라질 것이다. 그러나 서정을 어떻게 전통적 방법으로 지킬 것인가. 따분한 전통의 서정을 형식과 내용에서 답습하는 것으로는 언어의 종말을 막을 수 없다. 나는 이런 종말로 치닫는 위기의 길목에서 구원의 손길을 궁리질 해본다. 그 궁리질의 눈에 들어온 시들은 구체적 관찰에서 추상적 상상공간이 생겨나는 비밀을 갖기 때문에, 의미론 대신 기호론의 경향성을 띠고 있다. 그래서 나는 정서를 만들어 주지 않고 정서를 가지도록 하는 이 비밀에 탐닉하고 있다.

호박잎을 덮고 잠이 들었네 벌들이 윙윙 잠속으로 날아 들어왔네 바다 건너서 허겁지겁 엽서가 달려오고 아주 많이 아픈 말에도 나는 더 이상 취하지 않았네 십 년쯤 흘렀을까. 어머니는 말라서 비틀어진 호박줄기를 걷어냈네 바가지만한 호박들이 잎속에 숨어 있었네 어머니는 나를 광주리에 담아 헛간에 넣고 빗장을 걸었네 이미지들이 점점 여물어지고 나는 검은 반점 몇 개를 몸에 새겼네

허방 같은 삶도
몸을 거치지 않고 완성될 수 없다면
이 비린, 시린, 몇 고비
비켜갈 수 없지
광주리에 담긴 저 환하고
둥근 말들

—송종규,「호박잎 속에」,(현대문학 1999년 10월호)

"호박잎을 덮고 잠이 들었네". 왜 시인은 이렇게 시작할까? '거적대기를 덮고 잠이 들었네' 하면 자기가 너무 초라해서일까. 아니면 '홑이불을 덮고 잠이 들었네' 하면 너무 낭만적일 수 있어서일까. 어찌하거나 호박잎은 참혹하게 아름다운 과거지사이다. 가시 돋은 호박잎은 너무 참혹하고 잠은 너무 아름답다. 이렇게 보면 시인의 내면은 이미 그 출발부터가 패러독스로 가득 차 있다. 그런 패러독스는 계속되는 그의 정제된 언어에 용해되어 있다. "잠속으로 날아든 벌"과 "허겁지겁 달려온 엽서", "아픈 말"과 "취함" 사이에는 말할 수 없는 장력이 존재하고 그런 장력 속에서 "둥근 말들"은 계속 익어 가고 있다. 장력이 개인사적으로 "둥근 말들"의 씨를 뿌리고 길러주었다면 억압은 그

"둥근 말들"의 구체인 "바가지만한 호박"을 사회사적으로 "점점 여물어지게" 하고 "완성되게" 하였다고 말할 수 있다. 이런 의미에서 이 시는 사회적 문맥화에도 성공하고 있다. 그의 시 여러 군데서 보여주는 억압과 화해의 구도는 독자로 하여금 단순히 감정의 추이에 머물게 하지 않고 앎으로 인해 오는 마음의 여유를 부리게 한다.

시는 진실을 말하지 사실을 말하지는 않는다. 수많은 말이 있지만 시는 그 말을 겨냥하며 동시에 다른 말을 떠올린다. "어머니는 말라서 비틀어진 호박줄기를 걷어 내지만" 시는 "잎 속에 숨어" 있었다. "어머니는 나를 광주리에 담아 헛간에 넣고 빗장을 걸었"지만 시는 그 "이미지들을 [...], 검은 반점 몇 개를 몸에 새긴"다. 거짓과 '사실'과 위선이 판치는 세상을 시는 그냥 "비켜갈 수 없다". 그는 억압을 비켜갈 수도 그 억압을 속일 수도 없다. 다만 진실의 힘은 억압과 왜곡을 넘어설 뿐이다. 아스팔트를 뚫고 나오는 새싹의 힘을 보라. 이 얼마나 참혹하게 아름다운 광경인가. 산문의 시대, 말의 폭력이 난무하는 시대, 말의 사기성이 농후한 시대, 말이 돈이 되는 시대, 말로 먹고사는 시대, 말이 컵 라면처럼 된 시대에 원초적인 힘으로서의 말, 비밀스런 그 "둥근 말 '을 찾는 것은 이 시의 미덕이자 시인의 미덕이다.

> 햇빛이 겨누는 창 끝에 놀라
> 문득 걸음을 멈춘다
>
> 그림자가 짧다
>
> 뒤따라오던 불안은 어디로 갔을까
> 내가 헤치고 온 풀마다 누렇게 말라 있다
> 시든 풀을 보고 울지 않는 지

오래되었다
나는 덜 여문 잔디씨 몇을 훑어 달아난다
끝내 나는 놓치지 않는 그림자
흩어지는 잔디씨에도 그림자가 있다

– 나희덕,「그림자」, (문학과 사회 1999년 가을호)

"그림자가 짧다". 현대인은 고대인들보다 짧은 그림자를 가지고 있다고 주장하면 믿어줄까. 주체는 "햇빛이 겨누는 창 끝에 놀라 / 문득 걸음을 멈춘다". 그 순간 그림자는 짧아진다. 인간이 존재의 모습을 가지고 있는 이상 그림자를 지울 수는 없으리라. 그렇기 때문에 이 "그림자"는 삶의 원형으로 존재하면서 삶의 구체에 항상 개입한다. 그런 의미에서 이 시는 생활인의 원죄라고 설명할 수 있는 그 무엇을 형상화하고 있는 듯하다. 늘 무엇에 좇기며 살아가는 생활인은 인공물로부터, 주변으로부터 감시와 억압을 받고 있다. 그러니 "내가 헤치고 온 풀마다 누렇게 말라 있"으며 "나는 덜 여문 잔디씨 몇을 훑어 달아나"야 한다. 하지만 그는 늘 자아 밖의 억압적인 "그림자"에 의해 항상 포획되고 만다. 심지어 "흩어지는 잔디씨"까지도 그 그림자의 그물에 남획되어 간다. 비밀까지도 놀란다. 놀라는 순간 "나"의 몸은 위축되고 또 위축된 만큼 키도 작아진다. 이 시는 이런 분위기를 만들어 낸다.

불안은 현대인의 자기상실이다. 비록 이 시의 소재가 '철학자의 집게손가락'이라 하더라도 그 손가락은 또한 이 시대의 보편자이기도 하다. 이런 억압은 필연적으로 추하고 일그러진 보편자의 모습으로 형상화된다. 신화의 시대에 인간은 질병과 같은 공포와 두려움을 물리치기 위해 속죄의 수단으로 여러 일그러진 형상들을 만들고 예배로 안정을 얻었다. 그러나 원시인의 탈과 얼굴의 분장은 이성의 불빛 아래 퇴색하고, 그런 형상물에 예배를 하지 않을 때부터 주술적 힘을 잃게 되었다. 그러나 그 형식은 이 시의 "뒤따라오던 불안"처럼 시속에 고스란히 살아있다. 그러나 산뜻한 착상에도 불구하고 형질적으로 이 시의 이미지와 구도는 긴장을 이완시키는 부분이 많다. "햇빛" – "창끝" – "그림자" – "불안" – "풀" – "누렇게" – "울지" – "잔디씨"의 이미지 배열에서 "누렇게"는 마치 달에다 푸른 치즈를 붙여 놓은 느낌이다. 미는 어떤 결과로서 나타난 평형상태를 말하기도 하지만 그것보다는 그러한 결과를 유발하는 긴장에 더욱 의존하기 때문이다. 더욱이 아직도 "울지 않은지" 같은 표현은 새로운 커브를 도는 듯한 시인에게 있어서 마주보고 달려오는 차와 같다. 시인이 조금만 더 진지하게 사물을 관찰하였더라도 이런 조잡함은 피할 수 있었으리라. 가벼운 존재는 참을 수 있어도, 가벼운 시는 참을 수 없다.

– 김규동, 「절규」, (시와 시학 1999년 가을호)–

하느님이 세상을 창조하신 건 심심해서라는 해석을 남기면 신성모독인가. 그러면 하느님 자리에 시인을, 세상 자리에 시를 두면 될 일이다. 어쨌거나 제1의 창조와 제2의 창조는 너무나 흡사하다. 전쟁이 싫어도 전쟁이 끝나고 나면 사람들은 심심해 진다. 그렇지 않으면 그 지긋지긋한 전쟁을 다시 떠올릴까. 그것을 다시 쓰고 싶을까. "아우슈비츠 이후에 시를 쓰는 것은 야만적 행위"라는 말이 있어도 인간은 계속 시를 써왔다. 나는 김규동의 시를 읽으면서 참으로 심심한 존재를 逼眞하게 그려놓았구나 하는 생각을 해 보았다. "벤치는 비어" 있고 그러면 그는 그 위에 "한 팔로 해를 가리고 / 드러눕는다". 하릴없는 현대인의 생활감정이 물씬 배어있는 풍경이다. 죽기만도 못한 지겨움 속에서 원시인은 알타미라의 동굴벽화를 그린 것은 아닐까. 그렇게 보면 지겨움은 인간학적 원형질이리라. "부엉이는 몰라도 까마귀 하나는 울었으면 싶지만" 그런 일도 생기지 않는다. 축제가 끝난 자리에 뭐라도 찾을 것이 없는가 기웃거리는 심정이 아니고서야 이 시를 어떻게 읽을 수 있는 것일까. 그런 궁핍함의 이삭을 — 경제적 의미에서가 아니다 — 줍지 않고서는 이런 시적 상상력 또한 얻을 수 없으리라. 이런 상상의 순간에 급발진 사고가 일어난다. "비명에 가까운 외침 소리"가 일어나고 차는 조용히 누워 있는 "그"를 덮친다. 쓰러진 "그"가 죽었는지는 알 수 없지만 제4연에서는 그가 할말을 다하고 다시 쓰러지는 장면이 거의 戱畵에 가깝다. "큰길가의 빌딩 유리벽을 관통하여 / 삽시간에" 차가 돌진할 일도 없고, 죽은 사람이 일어날 일도 없고, "까마귀가 울" 일도 없는 탈 서정의 시대에, 시인이 불러온 상상 공간은 매몰차게 독자를 꾸짖는다. "아니, 죄송하다니 / 사람을 치어놓고 죄송하다니". 독자여, 마음의 여유가 있으면 잘 생각해볼지라. 혹시 사람 치어놓고 뺑소니치지나 않았는지. 비판이란 제도권 내에서 말로 시인을 치어놓지나 않았는지. 나는 숨을 수가 없다. 우회의 길로 찾아오는 술래 시인들을 피해서 숨을 길이 없다.

> 그믐밤, 한 달은 징검다리를 건너 물 속으로 들어가고, 또 한 달은 뼈만 남은 가슴에서 늑골을 꺼내어 하늘에 얹습니다. 그리고 세 번째 달은 아직 모습을 드러내지 않은 채 둥근 모습으로 하늘을 갑니다
>
> – 최하림, 「보이지 않는 달」, (현대시학 1999년 10월호)

독일의 중세 영웅서사시 중에 볼프람 폰 에센바흐의 『티투렐』이라는 작품이 있다. 영웅서사시가 거의 그렇듯, 여기서도 시오나투란더라는 기사와 지구네라는 여성 사이의 연애와 기사도가 그려져 있는데, 그는 이제 내일이면 기사도의 율법 (여성에게 사랑을 얻기 위해서는 투구를 써라)에 따라 십자군 원정에 나선다. 이 밤 그는 마지막으로 그녀를 만나면서 전장에서 그녀를 오래 기억할 수 있도록 옷을 벗어달라고 한다. 그러나 그는 알몸이 아니라 드리워진 커튼 뒤에 서 있는 그녀의 실루엣을 본다. 육체적 관계보다, 직접 보는 것보다 더욱 오래 기억하는 방법을 택한 것은 그가 영웅일 뿐 아니라 이미지를 새기는 시인일 것이라는 추측을 가능케 한다.

오늘 최하림의 시를 말하면서 나는 문득 이 장면이 떠오른다. 그러면서 그가 달을 새기는 방법이 도를 통한 달인 같다는 생각을 해본다. 달은 헤치면 없어질 물결 위도, 보름달이 찬연히 비치는 "물 속"에서도 오래 남아 있지 않다. 그믐밤에도 생생하게 그려지는 달은 오직 마음에 그려진, "징검다리를" 따라 건너던 달, "뼈만 남은 가슴에서 늑골을 꺼내어 하늘에 얹는" 달과, "아직 모습을 드러내지 않은 채 둥근 모습으로 하늘을 가는" 달이다. 이 "한 달"들은 절망과 또 그로 인한 동경에서 생긴 달이기 때문이다. 가슴에 새긴 달이기 때문이다. 그믐밤은 더 이상 그믐밤일 수 없다. 꽉 찬 것은 이지러지지만 꽉 이지러진 것은 이제 채울 수 있기 때문이다. 말하자면 우리는 얼마나 가슴 졸여 왔던가. 말하자면 우리는 얼마나 그믐밤 같은 길을 가는가. 그렇기 때문에 우리는 그 달의 "둥근 모습"을 희망할 수 있지 않은가. 채근담(採根潭)에서는 "心虛則性現 不息心而究見性 如撥波覓月"(마음을 쉬면 본성이 드러나는데 마음을 쉬지 아니하고 본성을 보고자 하는 것은 물결을 헤쳐 달을 건져내는 것과 같다) 했는데 어쩌면 이 시의 이미지 뜨기 방법과 매우 닮아 있다. 칠흑같이 어두운 밤에도 시인의 형안이 보이지 않는 달을 그려내는 것은 耳順을 넘긴 시인의 예지일 것이다. 이제 우리가 사는 시대의 '보이지 않는 달' 은 보이는 달보다 더욱 밝고도 분명하게 희망을 보여줄 것이다.

생선과 야채를 싣고 골목길을 달리는 트럭을
트럭이 끽, 급브레이크를 밟을 때
파랗게 질리는 골목의 마른 입술과
기우뚱거리는 지붕들과
아무 일 없다는 듯 뿌연 흙먼지 속에
옷을 털며 뛰노는 아이들을

연립주택 2층 베란다에 앉아
半身不具의 떨리는 손으로 고추를 다듬으며
그녀는 보고 있네
한낮이 저녁으로 바뀌는 짧은 시간
전봇대 아래 엎드린 늙은 개와
두리번거리는 허공의 낯선 눈동자와
옆집 감나무 잎새에 살랑이는
윤나는 바람을

바람이, 아주 멀리서 온 바람이
조용한 못물같이 골목길을 출렁이면
왜 이래, 내가 왜 이러지?
가슴은 다시 두근거리며
처녀처럼 둥글게 부풀어오르고

그 때, 우편배달부처럼
오토바이를 탄 죽음이
아 오늘도 집 앞을 그냥 지나가는 것을.

– 전동균, 「그녀는 보고 있네」, (시와 반시 1999년 가을호)

시인의 비밀은 세계로서의 영혼과 영혼으로서의 세계를 통일하는 것이다. 이런 의미에서 시인은 철저하게 현실적인 그림을 그리면서 상상력을 체현하고 있다. 나는 이 시를 몇 번이고 읽었다. 그 이유는 롱델같기도 하고 윤무같기도 한 이 시가 끝과 처음을 다시 연결해주기 때문이다. "그녀는 보고있네"와 "그 때, 우편배달부처럼 / 오토바이를 탄 죽음이 / 아 오늘도 집 앞을 그냥 지나가는 것을"은 계속 우리의 생각을 맴돌고 있다. 또한 이 시에서 일상에 대한 관찰은 그저 시의 가건물일 뿐이다. 집을 다 지으면 버려도 될 가건물일 뿐이다. 이렇게 이 시는 현실에서 확실한 정처를 구하기 어렵다는 것을 우회적으로 보여주고 있다. 그렇기 때문에 "그녀"가 보고 있는 것은 여러 가지이다. 이를테면 "트럭이 급브레이크를 밟을 때 / 파랗게 질리는 골목의 마른 입술"과 "전봇대 아래 엎드린 늙은 개"와 윤나는 바람을 들 수 있다. "그때"는 어떤 그 때란 말인가? 그녀가 지금 회상하고 있는 그 때란 말인가, 아니면 "가슴이 두근거리던" 그 때란 말인가. 이런 시적 장치는 여러 가지 연상을 불러일으킨다. 그 하나는 "오토바이를 탄 죽음"이 바로 "그녀"의 애인이었고 동시에 그와 동승을 하다 트럭에 치여 "그녀"가 "半身不具"가 되었다고 읽을 수가 있다. 다른 하나는, 반신불구가 된 몸으로 할 일이 없어서 — 할 일이 있다 해도 못하겠지만 — 그저 베란다에서 "고추를 다듬으며" 지나가는 "우편배달부"처럼 오토

바이를 타고 다녔던 그녀의 애인을 생각하고 있다고 읽을 수도 있다. 그리고 끝으로, 여기 앉아서 불구의 삶을 상상해보는 경우도 꼽을 수 있겠다. 이런 각각의 독법은 탈 서정 시대의 시를 읽는 두 가지 방법을 제공한다. 하나는 위에서 평한 김규동의 시처럼 심심해서 일어나는 상상력의 발동으로 읽을 수 있고, 그 다른 하나는 체험이 너무 강렬해서 도저히 제어할 수 없는 힘, 강박의 작동으로 읽을 수 있다. "지나가는"을 강조해서 읽을 수도 있고, "죽음"을 강조해서 읽을 수도 있으나 이런 양자택일을 거부할 수도 있다. 급브레이크는 이 시대의 아르테팍트이다. 급브레이크는 우리의 운명을 결정할 수 있는 동기가 되었다. 이런 소재에 대한 대립은 "늙은 개", "잎새에 살랑이는 / 윤나는 바람", "두근거리는 가슴"일 것이다. 급브레이크 소리는 우리의 아름다운 것을 얼마나 많이 빼앗아 갔는가.

– 정끝별, 「이하동문」, (현대시 1999년 10월호)–

탈 서정 시대에는 서정이 짐이 된다. 좋은 마음으로 숲에 가서 뻐꾸기를 노래할라치면 나무꾼 대신에 도로공사의 현장을 만나게 된다. 이런 이율배반을 노래하는 것이 탈 서정 시대의 서정이자 새로운 시의 길일 것이다. 그런 의미에서 이 시는 시라기보다는 차라리 텍스트라 보는 편이 낫겠다. 그렇게 보자면 이 텍스트는 두 개의 층위를 가진 대위법으로 구성된 시이다. 모든 것이 동어반복으로 보이는 "이하동문"의 세계를 미시적 층위와 거시적 층위라는 두 층위에서 관찰을 하며 얼굴 없는 자아는 어떤 현실을 보고하고 있다. 그 하나는 어떻게 "한 남자"들이 "이하동문"으로 죽어 가는가, 그리고 그 "한 남자"는 어떻게 그 "유언"에 이르게 되는가를 서로 교차되도록 얽어놓았다. 그에 따라 텍스트를 발화하는 목소리도 마치 죽은 사람이 무속인의 입을 빌어 말하듯, 죽음에 직면해 비몽사몽간에 말하듯 한 어떤 목소리와, 신문에서 보도하듯 한 차갑고도 냉정한 어떤 목소리로 교직되어 있다.

그러므로 이 시는 시시각각으로 밀려오는 개인의 종말을 체현해내고 있다고 볼 수 있다. 이 시의 한 층위가 세상을 냉정하게 보면 볼수록 다른 층위는 죽음의 위기, 곧 삶에 대한 희망의 마음을 더욱 강화시킨다. 『안나 카레니나』의 처음, "모든 행복한 가정은 서로 엇비슷하지만 불행한 가정은 그들 나름대로 불행하다"처럼 우리의 불행은 저마다 나름대로의 이유가 있다. 핑계 없는 무덤은 없다는 것이 우리로 하여금 "실적을 보여야 하고" "빨리 회사에 가야" 하도록 만든다. 그것이 무슨 목적이나 목표라도 되는 양 말이다. 오늘도 "해외영업 차장이 죽고", 고학생과 성실한 남편, 능력 있는 회사의 임원이 죽는다. 세상이 점점 불을 향해 죽기살기로 달려드는 나방을 닮았다. 시인은 그런 세상을 향해 "이하동문"이란 말밖에 할말이 없다. 그러나 시인이 그것을 좀 더 강도 높게 의미하기 위해서는 이 두 층위를 대립으로 구성하는 편이 더 나았다고 말하면 내가 시인에 대해 욕심을 부리는 것일까?

서평

1. 드라이플라워 혹은 기억 꿈꾸기 –윤희수 시집

우리가 꽃을 꿰뚫듯이 응시한다고 해서
그것이 결코 시드는 것이 아니다.
– 베르톨트 브레히트

들어가기

"시는 시인보다 더 많이 안다." 이 말을 나는 시를 읽을 때마다 체득한다. 사사로운 개인사적 경험에 근거한 연상이나 기억에 의지하여 시의 매력을 느낄 경우, 시읽기가 흔히 시인의 개인사에 귀추되기 마련이다. 그리하여 의미의 스펙트럼을 읽어내기보다는 시인의 뒷조사에 매달리는 경우가 많다. 시도 어느 정도 사회사적 맥락에 의해 조건지어진 존재이므로 어떨 경우에는 시인의 경험공간을 궁구하는 것이 필수적일지도 모른다. 그러나 "더 많이 안다"는 표현에 나타나 있듯이 시는 매개할 수 없는 어떤 것을 전달하고자 하는 만큼 시인의 경험 하나만을 겨냥할 수 없다. 시는 침묵하는 부분이 더 많다.

시는 우선 우리가 시인의 경험과 만나는 것을 도와준다. 시는 의식처럼 불분명한 것, 그리고 갑자기 의식에 떠오른 것에 이름을 지어준다. 또 그 이름에 대해 말할 수 있게 해준다. 이렇게 이름이 붙여진 경험은 우리에게 무엇인가 객관적인 것으로 대두되어 새로운 방식으로 완성되어 간다. 시인과 나, 이렇게 남남으로 있던 세계는 서로 관련을 맺게 되고 공동의 관심사가 된다. 가상적으로 설정한 시인의 경험과 나의 경험이 만나면서 시는 의미 지평을 확대한다. 이제 나는 시를 통해 나를 말할 수 있다. 시는 성경과 같은 모범답안이 아니라, 그 우연적 상황 때문에 시인으로부터도 자유로워진 어떤 결정체다. 그 자유로워진 결정체라는 이유 때문에 나는 윤희수의 시를 말할 수 있고 또 이 시집을 뒤에서부터 읽을 권리가 있다.

기억

윤희수의 시를 읽으면 잔잔한 감동이 가슴저며온다. 그가 그려내는 쥐소리는 어깨를 시리게 하고, 그가 펼쳐보이는 개짖는 소리는 기억을 새삼스럽게 한다. 또한 그의 삶의 질곡(桎梏)은 후패한 우리 삶의 콧잔등을 시큰하게 만든다. 그래서 그의 시는 눈이나 머리로 읽을 수 없다. 때로 그의 시는 어깨로 읽어야 할 때도 있고 콧잔등으로 또는 눈을 감고 가슴으로 읽어나가야 할 그런 노래다. 무엇이 그의 글을 이렇게 시리도록 아름답게 만드는 것일까? 그가 이불 속에서 우르릉거리는 천장의 쥐소리를 듣는 비교적 좁은 시골의 공간을 노래하는데도 호소력을 발휘하는 것은 아마 그리움에 대한 개인사적 경험 때문이다. 「西山에서 보낸 어린 시절 1」이 함축적으로 그것을 보여주고 있다.

> 작은 산이 뜰 앞을 돌아다닙니다
> 죽림이 소리내어 바람에 웁니다
> 세월이 거두지 못한 목숨 먼지처럼 쌓입니다
> 破市 꿈 속에서 장터는 살아나 닻을 올립니다
> 숨어서도 갈 수 없는 집, 비오는 날이면
> 승천하는 이야기들 메아리 가득 몸살 앓고 있습니다
> 겨울 초목 아래 들쥐같은 궁색
> 들불 아득한 봄비에 고사리순마다 살아납니다
> 어둔 세월 눈물로 데불고
> 어둔 사람 가슴에 먼저 내립니다

시가 시인이 서산에서 보냈던 삶의 구체에 대해서 말하지 않고 그저 회상의 무늬로서 간결하게 암시할 뿐이다. 〈파시〉, 〈작은 산〉, 〈들쥐같은 궁색〉들이 쓸쓸하고도 궁핍한 표정으로 서 있을 뿐이다. 이것은 말할 것도 없이 남의 잔칫집 주변에나 빙글대는 것 같은 삶의 가장자리에 놓인 주인공을 그대로 보여주고 있음에 틀림없다. 그 가장자리의 삶은〈하얗게 비어있는 필름 한 장〉이자 현상을 해보아도 그저 〈하얗게 비어 있는 인화지〉밖에 되지 못할 것이다. 이렇게 다 합해도 없고 다 빼도 있는 숫자는 아마 詩라는 숫자 이외에는 없을 것이다. 윤희수의 시는 개별적 구체를 서정적으로 처리하면서 역사주의적 차원을 얻어내는 데 성공한다. 그가 그리는 농촌은 산업화의 대오에서 낙오되었다. 그러면서 기껏해야 기억의 공간에서 그 존재론적 위치를 점하고 있을 뿐이다. 바로 이렇게 이제 더 이상 통용되지 않는 삶을 시적 주관으로 재구성하는 동안 주관적인 것이 객관적 역사가 되고 객관적인 역사가 주관적인 서정이 된다. 「西山에서 보낸 어린 시절 6」에서는 현실이 陰畵적으로 가시거리에 들어온다.

> 뒷간에 앉아 거적대기 타고 앉은 거미와 이야기했다 뒷간에 앉아 외할아버지 석 달 밭노동으로 바꿔온 회충약 먹고 효험 기다렸다 감나무 그늘 길게 엉덩이 끼워넣었다 흰마당에 내린 볕살이 눈부셨다 산토닌 당의정 달콤함에 반한 검둥개 볕살에 드린 그림자를 쫓아 멤을 돌았다 노랗게 뒤집히는 뒷산 참나무에서 참매미는 그렇게 울어쌓고 해살거리는 뒷간 앞 봉숭아밭을 헤집는 꽃술 붉은 장닭이 붉은 목청 뽑았다 마당보다 얕게 둘러진 울이 섬돌로 기둥으로 초섶지붕으로 하늘로 기어오르고 있었다
>
> – 전문

역사에 대해 인간은 영원한 국외자이다. 왜냐하면 그곳에 가보면 이것 뿐이기 때문이다. 그렇기 때문에 농축된 주관적 의식이 역사에 대한 그의 시적 반응이 될 수밖에 없다. 〈회충약 먹고〉,〈뒤집히는〉, 〈붉은 목청 뽑았다〉, 〈기어오르고 있었다〉등의 표현은 여흥이나 분위기를 뛰어넘는다. 한마디로 그의 초록빛 서정을 붉게 물들여 놓았다고 볼 수 있다. 사회변화는 필연적으로 시적 변화를 요구하였다. 시라는 장르 내에서도 운문시와 산문시는 수평적으로 나란히 존재하는 것이 아니라 시간적으로 차례로 발생한다고 본다. 이것은 또한 시의 내용과도 상응한다. 다른 시에서 〈저녁놀〉과 〈안개〉, 그리고 〈꽃향기〉처럼 서경적 이미지가 부상한 반면에 이 시에서는 소외의 이미지가 부상을 하면서 시는 단단한 밀도를 지니게 된다. 그것은 〈무의식적 역사기술〉의 차원을 넘어서 사회비판으로까지 전개되고 있다. 더욱이 〈석 달 밭노동으로 바꿔온 회충약〉과 같은 표현은 구체적 사회사적 맥락 속에

서 파토스와 핍진성을 부축받고 있다. 친근한 불만을 터뜨림으로써 식상하기 쉬운, 단순한 낭만적 정취의 이스케이피즘escapism에 머무르지 않고 표현주의적 기법에까지 도달하고 있다. 시인의 기억공간에 있는 아버지의 〈헛기침〉과 어머니의 〈젖가슴〉은 바로 이러한 이율배반을 상호보족적 역학관계에서 그려내려는 시인의 글쓰기 전략이다. 또한 시인은 비근한 시각적 경험을 언어로 명징하게 굴절시킴으로써 역사적 순간을 망각으로부터 건져내는 마술을 부리고 있다. 근대화와 산업화의 와중에서 우리는 너무 많은 것을 망각했다. 그 망각의 이삭을 우리는 이제 이 시에서 다시 기억으로 줍는다.

꿈꾸기

시는 필요에 의해, 즉 유용성에 의해 이루어진 것이 아니라 정신적이고, 내적인 흥미에 의해서 이루어진다. 바슐라르에 따르면 선사시대 사람들이 유용성 때문에 배를 만든 것이 아니라 정신적 흥미 때문에, 즉 몽상하는 흥미 때문에 만들었다고 한다. 그 흥미가 더 이상 전통에만 매여있지 않고 그가 사는 현실을 유희하는 동인이 될 것이다.

> 슬픔은 충분히 썩으면서
> 말똥가리풀처럼 충분히 썩으면서
> 늪에 갇히다
>
> 썩은 뒤의 깨끗함으로
> 갇힌 뒤의 자유로움으로
>
> – 갇히다

충분히 썩거나, 〈들불〉로 태워야 〈욕신〉이나 〈먼지들〉 같은 현실은 비로소 자기 정화의 과정을 겪게 된다. 〈눈 말똥이는 말똥가리 풀의 열매〉는 다름아닌 시인과 시인의 고통이 변신한 결정체라는 것을 시각적 지음(知音)으로 형상화한다. 이런 자기정화는 희랍신화에 나오는 미다스 왕과 그의 이발사에 대한 신화에서와 같이〈교신하는 휘파람 소리에 무성하다〉. 임금님 귀는 당나귀 귀! 이것이 윤희수의 현실읽기의 팡파레가 됨은 두 말할 나위가 없다.

의미심장한 사건은 (동물로서의) 인간에게 행동하라는 욕망을 자아낸다. 그런데 동물과는 달리 인간에게는 이 욕망을 충족할 본능적 우세함이 결여되어 있기 때문에 인간에게는 항상 미정의 부담감이 남게되어 태도의 당혹감을 불러일으킨다. (Arnold Gehlen) 이 당혹감을 제의나 신화와 같은 성스러운 상황이 충족해주었다고 본다면 후기문화에서는 심미적 표현이 그것을 재현한다. 현실을 살아가는데 항상 무시되는 슬픔, 충격, 불만, 성적 충동은 모두 타부시되지만 자기목적과 자기존재가 되고 있다. 그런 충격적인, 의미심장한 사건을 볼때마다 태도의 당혹감이 생긴다. 때론 손을 어떻게 두어야 할지, 말을 이렇게 해서 될지. 이것들은 없어지는 것이 아니라 자기정화의 과정을 통해서야 충족시킬 수 있다. 이 시집의 모티브에 자주 등장하는 〈들불〉, 〈늪〉, 〈못〉, 〈호수〉, 〈농무濃霧〉, 〈일몰〉, 〈비〉, 〈폭풍〉, 〈폭설〉, 〈밀물과 썰물〉 등은 자기정화의 현시적인 상징체이다. 이것을 통해 비로소 시인은 〈낡은 세대의 욕망끼리〉 존재하고, 〈푸른 빛으로 깨어나는 소리〉로 인지하며 〈말과 말 사이 상처있다〉는 것을 인식한다.

윤희수의 시어는 그래서 구체적 심상을 피하고 있다. 그의 시가 보여주고 있는 분명한 언어의 거부는 일체의 언어에 대한 불신과 맥을 같이 한다. 欲身과 미메시스적 충동을 그의 존재이유로 삼고 사는 시인에게 기존의 분명한 기표는 굴레가 되었을 것이다. 게다가 그에게 있어 현실은 그저 〈마스크를 쓴〉, 허위로 도배를 한 세계를 의미하고 있다.

> 녹색 마스크를 쓰고
> 건조하게 발라내고 칼질한
> 삶의 뼈에 감염된
> 꿈과 알콜의 욕신은 [...]
>
> –잠시 몸 흔들리다

〈건조하게 발라내고 칼질한〉 일상은 자기상실에 기여한 억압적 사회제도이다. 그는 이렇게 속된 현실을 단순히 폄론하지 않는다. 그보다는 질척거리고 가누지 못하는 자신으로부터 이미지를 만들어낸다. 윤희수의 시적 관심이 소시민적 삶의 세계를 지향한다면 그것은 아마 당착어법적 표현을 담고 있는 「검문소」라는 시일 것이다.

> 하루에 두 번씩 긴장은 아름답다
> 검문소 앞을 일상처럼 지날 때 그 속일 수 없는
> 심장의 두근거림이
> 도망칠까, 도망칠까, 쳐놓은 덫 아름답다
> 퇴직금 받던 날, 주민등록증을 제출하며
> 강을 건너면
> 미처 빠져 나오지 못한 초과근무수당이
> 다리를 일상처럼 따라 건너고

이 시는 단순화를 통해 야무진 시적 야심을 다지고 있다. 지배와 피지배라는 생활세계가 공포라는 투망에 어떻게 포획되어 있는지를 간결하고도 견고하게 표현함으로써 소홀치 않은 銳氣를 품고 있다. 하이덱거가 말한 바, 불안은 존재의 실체라는 언명을 이 시는 체현하고 있다. 우리의 생활이 억압적인 어떤 상황에 의해 형성되고 조종되고 있다는 불안이 암시되어 있다. 우리는 진정 자신의 삶을 살지 못하고 억압과 충동에 의해 그저 놀림을 당할 뿐이다. 그는 이런 억압적 사회구조에 의해 사회와 개인이 조종되는데 대한 분노를 느낀다. 그러나 충동과 현실의 괴리 사이에 있는 모순을 벗어나 훈계하는 시인처럼 그렇게 내면세계를 성역시하지는 않는다. 그저 생활인의 원죄에 대한 불가항력을 보여줄 뿐이다. 이런 관점에서 사회적 문맥화에 성공한 시가 「아무도 젖지 않는다」이다.

> 비는 내린다
> 아무도 젖지 않았다
> [...]
> 하늘에서 비는 내린다
> 땅이 젖는다
> 젖지 않은 아, 따가운 내 발바닥
> 아무도
> 젖는다고 말하지 않았다

이 시는 오히려 자아의 내면세계 자체가 현대의 자기상실에 기여하는 억압적 기관임을 천명하고 있다. 감정적 반응을 숨기고 서로 손가락질을 하면서 사회적 미신(소위 관례상이라고 말하는)을 설정함으로써 확실한 지배체제를 유지하려는 것이 바로 우리가 직면하는 노예화의 메카니즘이다. 사회적 존재를 무시하는 내면세계의 배타적 숭배야말로 독재나 부정, 사회비리, 안전 불감증 같은 것보다 더욱 위태로운 자기상실의 함정이다. 어쩌면 우리는 이런 왜곡된 현실을 합당한 것으로 여길지 모른다. 공권력에 항거하기 위해 또 한번 폭력을 사용해야 하는 현실이 그런 아이러니를 보여주는 것처럼, 사이비 종교나 사회운동과 같은 이 시대의 모든 숭배는 세속권력을 정당화해나가는 또 하나의 지배체제이다. 이 시는 그 점을 비판하고 나선다.

그리기

지금까지는 주로 일상과 접하는 시인의 세계관을 그려 보았다. 내용에서 형식을 떼어 내 놓는다는 것은 어찌 보면 육체와 영혼을 분리시키는 일이겠다. 그러나 시적 거시세계에 대해 형식이 갖는 미시세계가 어떻게 응분의 분량으로 조응하고 있는지를 살펴보는 것도 의미없지는 않다. 엘리어트는 〈섬세한 감정을 표현하기 위해서는 섬세한 생각을 표현하는 것 같은 원숙한 지적 능력이 요구된다〉고 말했다. 그런 의미에서 시인의 원형질적인 靜詩 한편이 눈길을 끈다. 「추락한다」는 그에 대한 당돌한 심상을 제공해 주고 있다.

> 낮은 담벼락에 기대어 아이는 꽃술을 세고 있다
> 기름종이 루핑지붕 위 햇볕 추락한다
> 팽이꽃 고개를 들고 순종한다
> 송편나무 벽틈새에 버들바구미 묻어 있다
> 그 고정된 숫자 바람이 흔들어댄다
> 창틀 안에 먼 산은 먼 산으로 서 있다

묵시적 암시로 그 기저를 이루는 시를 상술적 해설로써 어찌 마감하랴. 창문을 통해 달을 바라봄같은 여유로움이 범죄영화의 효과음 같은 긴장으로 이행하는 과정을 사진처럼 나열하였다. 고도의 긴장과 무관심함이 극명하게 대조를 이루면서 시는 팽팽한 장력을 얻는다. 이때의 언어는 – 윤희수 시의 다른 부분에서도 마찬가지인데 – 영화의 언어를 닮아 있다. 개개 시행의 이미지들은 서로 감염시킨다. 개개 시행의 의미는 다음 행에 영향을 미친다. 이것은 마치 영화의 각 장면이 다음 장명에 인상을 남기는 것과 같다. 이 내용적 전염을 귀납효과라 부른다. 이 전염은 서로 다른 내용을 의미있는 단위로 보이게 한다. 이것은 정도의 차이는 있을지언정 모든 시에 적용되지만 특히 두드러진 경우가 바로 윤희수의 시쓰기가 아닌가 한다. 1행의 진술은 잠복하여 있다가 3행에서 가시화된다. 홀수 행은 짝수 행에 영향을 미치고 동시에 거꾸로 의미가 반향 된다. 이런 기법은 「프리지어꽃 출렁이다」「개 짖는 소리」「공검지」등 일련의 이미지즘의 시들에 공통적으로 해당된다. 이 의미귀납의 효과를 역으로도 가능하게 하는 것이 시인이 즐겨 쓴 행갈이(더 분명히 말해 앙장망Enjambment)에 나타나 있다.

> 폐선 같이 누워있다 덜렁대는 역시驛舍의 문살
> 겨울 거미가 일몰의 잔해에 해바라기한다 겨울 수초
> 지붕 위에서 낡은 꿈 꾸고 있다 좌판 위의 망둥이
> 눈동자에 싹틔운 썰물이 밀려들고 있다
>
> –「세상은 이미 감염되었다」

1행은 '덜렁대는 역사의 문살이 폐선같이 누워있다' 로 읽을 수 있지만 사실은 "세상은 이미 감염되었다"에서 의미가 감염되어 "세상은 폐선같이 누워있다"로 읽을 수도 있다. 그렇게 되면 자동적으로 "덜렁대는 역사의 문살"은 "겨울 거미가..."라는 2행과 짝짓기를 해야 한다. 그러면 "덜렁대는 역사의 문살의 겨울거미가..."로 읽혀질 수 있다. 이렇게 되면 "덜렁대는 역사의 문살"은 공유구문(아포코이누)을 이루게 되고 이중의 의미를 부여받아 시의 의미는 배가된다. 이런 기법이 급기야 「편지」에서는 두 개의 시를 가능하게 하고 있다. 어떤 형식적 연결사도 없는 일련의 시행은 의미의 귀납에 따라 전혀 다른 의미를 부여 받는다.

이와 같이 현대시가 모호함이나 중의성을 통해 승부를 건다는 것은 기표(기호표현)를 통해 기의를 해방 놓는다는 뜻으로 풀이 될 수 있다. 이렇게 되면 논리의 비약이 따르면서 시어는 압축과 심상을 통해 말할 수밖에 없다. 그러면 왜 시인은 이런 기법을 사용하는가? 윤희수의 경우 이미 앞에서도 지적했지만 언어와 논리에 대한 불신이 압도적으로 작용하는 것같다. 그가 추구한 것은 자의적 심상과 논리 이전의 사고의 직접성이다. 하기야 누가 불가해한 현실을 언어로 명징하게 설명할 것인가? 누가 그것을 좋아하기라도 한단 말인가? 여기에 시를 쓰고 읽는 우리 모두의 아포리아가 있다. 그리고 그 아포리아를 설명해줄 방법이 발견되지 않았다.

나가기

앞에서 시가 만남이고 또한 자기 목적이라고 한 지금에 시인의 시적 습관과 특성을 논하는 것 자체가 모순이고 내정간섭 같지만 부득불 시인의 발전을 위해 내키지 않는 한마디를 한다면 그의 시가 추상적 관념이나 관조, 직관에 의지하는 것에서부터 좀더 자유로워지고, 구체적 심상으로 시를 그려 내는 것이 바람직하지 않을까하는 생각이 든다. 그 이유는 온갖 현란한 말과 논리가 부리는 통제에 대항할 무기란 옷 벗은 자아의 외침밖에는 없겠기 때문이다. 이것은 말을 절약하고 그냥 보여주란 뜻이다. 독자는 시에 의해 강요받는 것보다 그 시를 매개로 자기를 알고 싶어 한다. 미완성의 시를 함께 쓰고 싶어한다.

개인의 시적전통을 가지지 않은 시인이 없겠지만 그런 억압과 통제를 벗어나는 것 또한 진정한 자유의 표현이겠기에 그러하다. 그러나 그가 노래한 드라이플라워는 시들어 있어도 그 향기는 살아있는 것처럼 그의 왜소하고 을씨년스러웠을, 그러나 지금은 아름다운 동경이 된 유년의 기억이 우리를 또한 꿈꾸게 한다. 꿈꾸는 한 인간은 아름답다. 하여 드라이플라워는 시인의 삶의 흔적이 아니라 시인의 자기목적이자 존재방법일 것이다.

2. 음울한 처벌의 축제
— 조말선의 시집 『매우 가벼운 담론』

조말선의 첫 시집 『매우 가벼운 담론』을 읽고 난 후, 표지 안쪽 있는 매우 인상적인 그녀의 사진을 본다. 그런데 기대고 있는 벽면과 그의 우울한 인상이 이루는 공간의 바깥에서 그의 손과 발은 묶여 있을 것이라는 생각이 들었다. 그 벽면은 오디세이가 트로이 전쟁을 끝내고 귀환할 때 배의 돛대 위에 자신을 묶었던 돛대처럼 보였다. 이것은 내가 이 시편들을 읽고 난 후 얻은 솔직한 느낌이다. 그의 얼굴에는 아름다움의 처벌과 처벌의 아름다움이 뒤섞여 있는 듯하다. 그것은 아마도 오디세이가 해협의 폭풍과 사이렌의 유혹을 이기기 위해 취한 조처와 같을 지도 모른다. 언덕 위에서 노래하는 사이렌의 유혹적인 노래 때문에 수부들이 정신을 팔까봐 걱정된 오디세이는 수부들의 귀를 밀랍으로 막아 버린다. 그리고 오디세이는 스스로 사이렌의 유혹을 벗어날 수 있기 위해 자신을 돛대에 매단다. 사이렌의 유혹이 큰 만큼 자신을 더욱 강하게 매야 한다. 그는 이제 머리의 동작으로서만 자신이 매인 것을 풀라고 신호할 수밖에 없다. 그것은 노래를 스스로 들어보지 못한 수부들이 그 노래의 위험성에 대해서만 알고 있을 뿐 그 아름다움에 대해 알지 못하기 때문이다. 그것은 감금이요, 감시이며 처벌이자 하나의 모험이다. 조말선은 그의 시들을 통해 이것을 보여주고자 하는 것 같다.

은유 : 감금과 감시

조말선의 시를 한 마디로 말하라면 그것은 돛대에 매인 오디세이라고 할 것이다. 차이가 있다면 그저 오디세이가 자발적인데 반해 조말선은 타율적이란 점이다. 그러므로 이 시집은 "매우 가벼운 담론"이라고 하지만 감금과 감시, 그리고 처벌에 대한 매우 무거운 생존의 문제를 다루고 있다. 그것은 「고무호스」에서도 「화분들」에서도 「꽃병」에서도 「매우 가벼운 담론」에서도 항상 주제화되어 있다. 그러기 때문에 조말선의 이 시집은 갇혀있고 매여 있는 주체가 이루는 "음울한 처벌의 축제 행사"(미셸 푸코)라고 말할 수 있다. 하지만 여기서 가두는 사람은 근대 이성의 기획인 데카르트적 주체이기 때문에 갇히는 사람의 죄목은 광기(unraison)일 수밖에 없다. 이는 그의 「S」라는 시에 환유적으로 제시되어 있다.

> 아버지에게 목매달고 나에게 목매달린다 S. 결핍된 사람 S. 불완전한 사람 S. 완성을 눈앞에 두고 멈춘다 멈추어 있다 S. 목을 매달고 목에 매달려 있다 S. [...] 달랑달랑, 아버지를 부르며 그 어린 것 S. 달랑달랑, 집으로 가는 길에 결핍으로 매달려 있다 S. 불완전으로 매달려 있다 S. 목매단 나는 결핍이다 S. 목매단 나는 불완전이다 S. 불안한 S. 불안한 나에게 목매달고 S. 불안한 네게 목매달려 S.
>
> – 「S」부분

그 "S"는 한편으로 "아버지에게 목매다"는 "S"이자 다른 한편으로 "나에게 목매달리"는 "S"이다. 그러므로 그 "S"는 "불완전하고" "불안하며" "결핍된 사람"이다. 이것은 마치 오디세이가 돛대에 매여 있어서 아무리 S자로 몸부림을 쳐도 빠져 나올 수 없듯이 조말선이 느끼는(또는 관찰하는) 주체가 S처럼 구부러져 있다는 것을 그림 언어로 보여주고 있다(그 때문에 라캉은 욕망하는 주체를 $라고 표현했다). 우리는 자주 우리 속에 있는 다른 주체를 발견하고 놀란다. 그 놀라움을 감추기 위해 자신을 억압하거나 억제하여 은폐한다. 그 은폐는 사회적 인간이 요구하는 공포의 기획이며, "아버지"가 만든 질서와 구획, 경계와 금제(禁制)다. 그것을 넘어서는 것은 곧 죽음을 의미하기 때문에 죽음의 공포라는 무기로 설득(위협)하는 이성의 "아버지"는 일단 우리의 반항적 광기를 감금하고 감시함으로써 우리를 길들이는 데 성공한다. 그러나 문제는 이런 광기가 사라지지 않는다는 것이다. 그곳에서는 다만 의혹을 품은 "질문"이 태어날 뿐이다.

> 한 쌍의 질문을 새장 속에 가둔다. 시금치를 먹고 크는 질문 한 쌍. 멸치를 먹고 크는 질문 한 쌍. 모이를 줄 때마다 궁금한 얼굴로 묻는다. 우리는 언제 날 수 있죠? [...] 새장 속에 한 개의 둥근 대답이 있다. 스무 날 품은 대답. 의혹이 품은 대답. 대답 속에서 촉촉한 질문 하나가 태어난다.
>
> —「매우 가벼운 담론」부분

그 질문은 다른 본질의 주체로서 이성(raison)의 세계에서는 추방된 파문의 형식으로 존재한다. 시의 제목에서 표현된 담론이라는 말은 라틴어로 discursus라고 하는데 '제멋대로 달리다', '지그재그로 달리다'라는 뜻이 있고 다른 한 편으로 논리학에서 말하는 universum(우주, 전체)의 뜻이 있다. 말하자면 벤 다이어그램으로 집합을 설명할 때 가운데 원 두 개를 포함하고 있는 외곽의 사각형이 곧 디스쿠르수스이다.

이 말을 통합해서 설명하자면 조말선의 시 세계가 지그재그, 즉 S 자로 돌아가는 분열된 주체가 감금되어서 하나의 세계를 만드는 사이비 주체 S(이 S는 라캉이 말한 $일 것이다)를 만들어낸다고 볼 수 있을 것이다. 몸의 언어는 질문 투성이다. 우선 왜 정신의 문제를 몸이 처벌받아야 하는지가 그 핵심적인 질문이다. 정신의 주체가 언제, 왜 그렇게 만들어졌는지 그 죄에 대해 알 길이 없는 몸이 왜 처벌을 받는지는 더욱 궁금한 일이다. 우리는 참으로 궁금하다. 법에서는 당연한 일일지도 모른다. 정신이 사랑을 느끼면 법에서는 남의 여자(남자)를 뺏는다고 표현을 하고 그 육체를 처벌한다. 누군가를 사랑하면 아버지는 즉시 그것(Es, id)을 잘라 버리거나(거세) 타부라고 못을 박아버린다. 그것이 세계인 '질문', 그것이 혼란인 '질문'이 곧 이성이라는 감옥에서 태어난 무의식의 처벌일지도 모른다.

> 빨간 입은 분노였네 노란 입은 빈혈이었네 파란 잎은 두려움이었네 분노를 빈혈을 피워야하는 파란 잎은 세차게 멍들었네 아버지가 비닐 하우스로 들어오셨네 이런, 신발이 작구나 애야 걱정스런 아버지는 신발을 벗기고 내 발가락을 잘랐네 발가락이 잘릴 때마다 나는 열매를 맺었네 나는 미혼모였네 아버지는 매일매일 미혼모를 재배했네 아버지 제발 제 신발을 돌려주세요 한번도 신지 못한 새 신발들이 쓰레기통에 버려졌네 빨간 입은 분노였네 노란 입은 빈혈이었네 파란 잎은 두려움이었네 분노를 빈혈을 말해놓고 파란 잎은 시들어갔네 아버지가 비닐하우스로 들어오셨네 이런, 모자가 작구나 애야 자상한 아버지는 모자를 벗기고 내 목을 잘랐네

"빨간 입", "노란 입", "파란 잎"은 '주홍글씨'로 죄인이라 낙인찍은 죄수에 대한 은유이며 신체형의 호화로움을 패러디화한 것이다. 그러

면 군중들은 그들을 조소하고 침을 뱉고 구타하고 돌을 던진다. 그런데 만약 우리가 이런 광경을(시를) 보고 두려움이 들지 않는다면 그것은 아마 이런 야만성에 길들여져 있기 때문일 것이다. 우리에게는 – 특히 우리 사회에서는 – 많은 감시체제가 있다. 권력은 늘 우리를 "만리포 모텔"에 넣어놓고 감시하며 "임대한 사랑"을 엿듣는다. 하지만 그런 감시당하는 사람을 동정 어린 눈길로 보게 되면서 우리는 차츰 자신을 감시하고 처벌해야하는 강박을 얻게 되었다. 시는 이제 말을 더듬거나, 반복하거나, 말을 잃어버린다. 말을 더듬거나, 말을 반복하는 것, 말을 잃어버린다는 것 모두 강박으로서 자기 징벌행위인 것이다. 이 시는 이런 자기 징벌행위를 통해 자기 몸을 제물로 바치면서 우리를 카타르시스하고 있다.

환유 : 처벌

아버지라는 억압과 감금, 감시에 의해 만들어진 그 주체의 모습은 이 시집의 전편에서 라이트모티프가 되어 흐르고 있다. 그것이 곧 이 시의 시적 소재인데 그것을 살펴보는 것은 흥미로운 일이다. 우선 미끄러짐 즉 환유의 구조부터 살펴보자.

> 막다른 골목이 탁자 위에 놓여 있었다 햇살은 좁은 목구멍에 걸려 넘어가지 않았다 [...] 막다른 불안이 쏟아질까봐 탁자는 네 다리를 접을 수 없었다 누군가는 꼿꼿이 병을 견뎌야 했다 꽃병은 꽃을 병들게 하였다 막다른 골목을 서성이며 불안은 몸에 맞는 뚜껑을 갈아 끼웠다 처음부터 몸에 맞는 뚜껑은 없었다 병든 꽃은 헐거워진 나사처럼 풀려나갔다

"막다른 불안"의 상관물인 "막다른 골목"이 "탁자 위에" 놓여 있다고 해서 그것이 "쏟아질" 이유는 없다. 죽는 것이 겁이 나서 우리는 살고, 남이 나보다 나아지는 것이 두려워서 우리는 조바심을 낸다. 시험에 떨어지지 않기 위해 전날부터 잠을 설치고, 비판적인 평론이 두려워 자기 시가 엉망이라고 미리 실토한다. 그런데도 우리는 그럴만한 이유를 모른다. "꽃병"의 병(甁)이 왜 병(病)이 되는지를 모른다. 감시당하는 육체는 이제 스스로 자율적인 감시체제로 이전하게 된다. 그것은 아마 21세기 최대의 처벌인 강박적 반복충동인지도 모른다. 이유 없는 처벌의 환유는 조말선의 시 곳곳에서 나타난다.

> 꽃을 삼킨다 꽃잎에 매달린 목젖으로 토마토를 삼킨다 붉은 주문을 삼킨다 너와 놀아난 놈은 다 불어라 다 불기 전에는 죽을 수 없다 그 가지에 한번이라도 걸터앉은 놈, 달빛, 눈빛, 그 가지를 축축하게 핥아 내린 것, 빗물, 바람 너는 죽어야 풀리는 주문에 걸렸다
>
> –「누가 토마토 모종 아래에 흉건한 서답을 묻었나?」부분

마치 살풀이굿을 하듯이 토마토 사건을 두고 온갖 죄를 다 고백하는 것은 처벌의 첫 단계이다. 말하자면 토마토를 열리게 한 서답을 (나는 이 말을 몰랐는데 시인이 가르쳐 주었다. 생리대라고.) 두고 심문을 하는 것이다. 이런 얼토당토않은 인과율, 혹은 논리의 비약은 사실상 얼토당토 않은 우리의 삶을 대변해주는 것이다. 처벌에 대한 두려움은 안전한 시스템을 찾아 치환한다. 이런 치환(라캉에 의하면 환유)의 메커니즘(내용적으로는 속죄양)은 프로이트에 따르면 이런 것이다. "어느 마을에 한 대장장이가 있었는데 사형에 처해질 정도의 죄를 범했

다. 재판소에서는 그 죄를 물어 사형을 언도했다. 그러나 그 마을에는 대장장이가 이 한 사람밖에 없었고 그는 둘도 없는 소중한 남자였다. 그런데 이 마을에 양복장이는 세 사람이 있었으므로 그 중 한 사람을 대장장이 대신 교수형에 처했다." 우리는 이런 삶을 어디 한두 번 겪었던가? 인간으로 존재하는 것은 그 자체가 죄이다. 그러므로 우리는 배설을 하고 실토를 하지 않고는 못 배긴다. 조말선의 시는 이런 처벌의 방법에 대해 통절한 언어로 비난하고 있다. 詩 속의 그 다른 자아(alter ego)가 그 가지에 "걸터앉은 놈"에서 "바람"까지 모두 처벌받아야 한다는 강박증에 시달리게 함으로써 말이다. 어쩌면 우리는 어떤 검열과 감시 체제 하에서 전부가 거짓말인 (사이비) 진실을 말하고 있는지도 모른다. 진실은 그저 꿈에서 잠시 잠깐이나 만날 수 있을 뿐, 왜곡의 늪에 놓여 있다. 인간은 필연적으로 이런 속박과 감시 하에서 벗어나면 반드시 처벌받게 되는데 시인은 이런 처벌의 다양성을 보여주고 있다. 「오아시스」에서는 머리채들을 "뭉텅뭉텅 뽑는다". 「화환」에서는 "뜯고 찢어발긴다". 「거울」에서는 "팔아버린다". 「중독」에서는 "매단다". 「화분들」에서는 "자르고" 「연, 못」에서는 십자가의 예수처럼 "못을 박는다". 「손목을 자른 장갑이,」에서는 "목격한 눈을 벗어 던지고" "손목을 자른다". 「면도사」에서는 "구름을 깎아낸다". 「고인돌」에서는 고인돌 속으로 "수납한다". 꽃병에 틀어막고, 새장에 가두며 가방에 매단다. 신랑의 가슴에 쾅쾅 못을 박는다. 나무에 심장을 걸어놓고 계단 중간에 끼어 있다. 모멸을 토막내고 판화에 칼자국을 내고 구두나 비닐하우스에 나를 거주 제한 · 감호조치 한다. 섬에 나를 쾅쾅 박고, 새장이라는 감옥을 만들며, 가위를 들고 머리를 자른다. 속죄양("염소")을 말뚝에 매놓고 루트를 씌워둔다. 잠만 자는 방에 가두고 부작용이란 이름 하에 병원에 가두어 처벌한다. 발목에 쇠뭉치를 달고 꽃의 목을 자르고 "보르헤스"의 미로에 가둔다. 그 무엇보다 가장 심한 처벌은 자폐와 침묵일 것이다. 그것은 실제보다 먼저 행해지고 그리고 자발적이기 때문이다.

상징 : 카타르시스

군중들은 처벌을 보며 카타르시스한다. 나도 같은 죄를 가지고 있지만 다만 알려지지 않았기에 지금 여기에 서서 주체에게 돌을 던지고, 그 '주홍글씨' 에게 침을 뱉는다. 그를 찢고 그의 피를 흘리고 그의 발가락을 자르면서 군중들은 속죄를 하고 자백을 한다. 그것은 아마도 기독교적 십자가에서도 볼 수 있는 비슷한 제의가 아닌가 한다. 하지만 규율이 심하면 심할수록 금제(禁制)가 심하면 심할수록 욕망은 새로운 음모를 꾸민다.

> 백 개의 입안에 백 개의 침묵이 있다 백 개의 입이 백 개의 침을 질질 흘린다 한 송이에 없는 손과 발 한 송이에 없는 눈과 귀 한 송이에 달린 백 개의 입 한 번 웃을 때 백 번 웃는다 [...] 침묵! 이라고 말하면 침을 질질 흘리는 백 개의 침샘이 있다
>
> – 「포도」부분

자연적 충동과 감정과는 전혀 관계없는 강박적, 편집증적 행동에 집착함으로써 주체는 그 불안에서 벗어나고자 하는 것이다. "침묵!" 하면 "백 개의 침샘"이 생겨난다. 그런 것들이 무의식적 상징으로 꿈에

서 나타나고 시에 등장하는 것이다. 이것은 아주 자연적인 상황으로서, 양심의 가책이나 휴머니즘과는 관계없이 규범적인 권력을 유지하려는 권력의 의도에 반비례하여 나타난다. 실상 육체나 욕망은 충족에 의해서가 아니라 비평가-재판관, 남자-재판관, 잡지사주간-재판관, 의사-재판관, 교육자-재판관, 상담자-재판관, 사회사업가-재판관들의 규범에 맞춰지는 것으로 끝나게 되어 있다는 것을 이 시는 적나라하게 비판하고 있다. 이런 사회에서 주체의 몸은 처녀처럼, 품행은 방정하게, 적성은 시키는 대로, 성적은 일등으로 살아가야 한다. 하지만 그들 권력의 요구를 맞추기 위해 노력하면 할수록 무의식은 풀무질을 해댄다.

> 나는 네가 갈증날 때마다 나를 분간 못한다 입에서 입으로, 목구멍에서 목구멍으로, 항문에서 항문으로 아무튼 끝에서 끝으로, 처음에서 처음으로 [...]
>
> -「고무호스」부분

조말선의 시는 이래서 좋다. 아무렇게나 자르고, 가두고 해도 괜찮은 공간을 마련해주어서 좋다. "네가 갈증날 때마다 나를 분간 못하"게 두어서 좋다. 미리 처벌해 주어서 본격적인 처벌의 공포와 고통을 경감시켜 주어서 좋다. 그의 시는 감옥의 형리(刑吏)보다 더 무서운 몰골을 하고 있어서 우리는 이제 세상의 추하고 공포에 찬 몰골에 시달리지 않아도 될 것 같다. 마치 금방 롤러코스트라도 타고 온 기분이다. 그의 시를 읽고 나면 왠지 세상이 편해진다. 세상이 아름다워 편해지는 것은 아니다. 세상의 이데올로기가 감추는 것을 그의 시가 폭로함으로써 세상에는 이제 두려울 것이 별로 많이 남이 있지 않기 때문이다.

사이렌의 유혹을 피하기 위해 오디세이가 수부들의 귀를 막고 자신을 돛대에 맨 것처럼 이 두려운 세상의 유혹을 넘기 위해 조말선은 "발가락"을 자르고, "신발" 속에 넣고, "새장" 안에 가두며 혼신의 힘으로 폭풍을 넘는다. 그 고통 사이사이로 우리는 사이렌의 노래 소리를 추측할 수 있을 뿐이다. 그가 불면증과 우울증, 감금과 처벌의 위협에서 견딜 수 있는 경우는 크게 많지 않은 듯하다. 하지만 이 세상의 수부들은 귀를 밀랍으로 막아두었기 때문에 그가 듣고 보는 고통을 도와 줄 수 없다. 왜 그리 몸을 꼬고 비틀린 언어로 반복의 반복을 외치느냐고 물을 뿐이다. 그것이 혹시 사이렌의 아름다운 소리 때문이 아니냐고 엉뚱한 물음을 묻는 이도 있을 것이다. 하지만 이 유혹을 피하여 항해하는 그는 필경 우리가 아는 것보다는 더 어려운 문제를 직면하고 있을 터, 그 고통스런 이야기를 여기 첫 시집으로 엮어 세상에 펴내니 내가 헤르메스가 되어 거기에 '음울한 처벌의 축제'라 이름지어 본다. 독자들이여, 어차피 권력의 칼에 잘리느니 그의 시를 읽고 차라리 먼저 자기 목을 칠 것이다.

- 시와 사상 2002년 여름 -

3. 콤마의 미학 또는 이미지의 몽타주 — 이만교의 소설 『결혼은, 미친 짓이다』

처음부터 나는 이 신예작가가 쓴 콤마를 예사롭게 보지 않았다. 그것은 콤마가 이 작품의 소재이자 주제가 될 만할 함의를 지니고 있기 때문이다. 그런 만큼 민음사의 2000년 '오늘의 작가상' 수상작가 **이만교**(1967-)가 쓴 이 작품에 기대할 것은 〈너무 상투적이고 식상한〉결혼의 세태에 대한 성찰이라고 보기에는 미흡하다. 그보다는 오히려 결혼에 대해 콤마가 정지시키는 시간만큼 생각해 볼 가치가 있다는 뜻으로 받아들여야 할 것이다. 그런데 심사자를 포함해서 상당히 많은 평자들이 이 콤마의 함의보다 작품의 스토리가 가지는 〈속도〉(김화영), 〈동어반복 같은 정형성〉(이문열), 〈나른한 일상의 뒤틀림과 충격〉(조성기), 〈젊음〉(성석제)에 시선을 두고 있다(다만 김화영 교수는 심사평에서 이 콤마를 두고 〈주부와 술부 사이에 찍혀 있는 쉼표는 그(밖을 바라보는 동시에 스스로의 내면적 공허를 비추는: 필자) 거울의 꽁지다〉라고 표현하고 있다). 소설이 추구하는 존재론적 정황보다는 사건에 관심이 많은 문화의 소산인 듯 하다.

그러나 내가 이 소설을 읽으면서 방해를 받은 것도, 즐거움을 얻은 것도 작품의 라이트모티프처럼 쓰여진 콤마(쉼표가 아님!) 덕분이다. 그렇기 때문에 콤마는 문장론적 범주나 단순한 주체와 존재 사이의 모순을 비추는 거울이 아니다. 왜냐하면 작가는 그런 정형화된 패턴보다는 우리가 그저 영화의 NG에서나 볼 수 있는 현장을 즐기고 있기 때문이다. 기실 우리 사회는 둘러보면 볼수록 헷갈리는 사회다. 화자의 어머니로 대변되는 〈원시인 사회〉, 즉 전통 사회가 있고, 화자와 화자의 여동생으로 대변되는 이미지 사회, 즉 포스트 모던적 사회가 있는가 하면, 형과 형수로 대변되는 모던한 사회가 있다. 어느 사회이든지 각기 고유한 가치를 지니고 있는 만큼 화자로서는 〈결혼〉에 대해 어떤 가치를 선택할 수 없는 상태에 놓이게 된다. 그러니 화자에게는 目的이나 善이 있을 수 없다. 왜냐하면 목적이나 선은 자유의지에서 나오기 때문이다. 내가 필요해서 광고를 선택하고 거기에 나온 상품을 선택하는 것이 아니라 광고가 나를 선택하고 광고에 나온 상품이 나를 선택하는 사회가 된 것이다. 이렇게 볼 때, 작가는 과거와 현재의 정합성을 찾는 데서 생긴 의미를 겨냥하지 않는다. 그보다는 정서적으로 현재를 어떻게 즐기느냐 하는 가치를 겨냥하고 있다. 그 가치를 그는 〈상투〉가 아니라 바로 NG에서 찾는다. 그러므로 콤마는 NG라는 態의 고착화된 形일 뿐이다. 작가는 그 형 속에서 태를 찾기를 요구하고 있다. 이렇게 본다면 콤마는 다분히 **의미**의 아우라가 아니라 **가치**의 **아우라들**이라 해도 과신은 아닐 듯하다.

> 「청거북이 한 마리가 사라졌어」
> 화장실 입구에서, 그냥 지나쳐 가려는 그녀에게, 내가 말했다. 그녀가 고개를 돌려 잠시 멈춰 선 자동차처럼 깜빡거리는 눈으로 나를 쳐다보았다.
> 「아무리 찾아도 보이지가 않아」
> 「한 마리 다시 사줄까요?」그녀가 존대말을 사용했다. 어깨를 밀어내는 긴 빗장처럼 느껴졌다.
> 「그냥」나는 피식, 웃고 나서 말했다. 「사라졌다는 거야. 다섯 마리의 거북이 중에서 한 마리가」

> 「다섯 마리 다 잃어버리면, 그때 연락하세요. 새로 사드릴 테니까」그녀가 말하고 돌아서 버렸다. 목소리는 차가웠지만 유혹하는 것처럼 느껴지는 어투였다. 다시는 연락하지 말라는 소리인지, 연락을 해도 된다는 뜻인지, 아니면 다만 당장은 만나고 싶은 생각이 없다는 표현인지, 분간이 서지 않는 모호한……
> (145쪽)

〈청거북이〉를 처음부터 소도구로 설정한 것부터 작가의 이미지주의는 명백하다. 이는 이 소설에서 남근(男根)이자, 천천히 오래 사는 동물, 있으나 없으나 매한가지인 하나의 변주곡의 역할을 하는 사물이다. 화자의 〈조카〉에게는 그것이 매우 중요한 것이지만, 삼촌인 화자는 그와 비슷한 것을 사다 대체하고 만, 그가 만나는 하나의 애인 정도밖에 안되는 상징물이다. 화자의 〈그녀〉또한 어쩌면 〈청거북이〉의 배역을 하다가 NG가 난지도 모른다. 그러면서도 〈청거북이〉에게 관심을 두는 화자를 두고 〈그녀〉의 무의식은 어떤 이미지를 만들어 낸다. 〈다섯 마리 다 잃어버리면〉 다음에 찍힌 콤마는 〈그녀〉가 연기할 수 있는(또는 NG를 낼 수 있는) 가능성이다. 1. … , 어때. 그게 무슨 상관이야? 그냥 따라 와. 2. … , 그때 가야 시간이 생기겠네. 재수 없어. 3. … , 심각하시겠군, 어쨌든 청거북이에게 신경이 가질 않거든 연락해. 기다릴게. 4. … , 어쩔래? 나도 시간이 없는데 잘 됐군.

의미를 포기하고 이미지를 찾는 이상 어느 것이든 다 답이 될 수 있고 아무 것도 아닐 수도 있다. 답이 있을 수도 없을 수도 있고 답이 있다 한들 별 의미가 없다. 중요한 것은 가장 좋은 이미지 하나만 선택하면 되며, 정서적으로 화자가 잘 반응할 수 있는 하나의 컷을 선택하면 된다. 그렇기 때문에 콤마는 우선 문의 주부와 술부를 끊어 놓는 수단이 아니라, 우리가 일상에서 사용하는 보통 콤마와는 존재론적으로 다른 콤마이다. 아무 것이나 연결될 수 있다는(indifferent) 생각, 여러 개의 불연속적인(inconsistent) 문장/영상을 의미의 귀납효과로 연결시키는 새로운 차원의 기호인 것이다. 이것은 구체적으로 영화 장면 같은 이 작품의 구성과도 밀접한 관계가 있다.

「나와는 불가능하니까 그 의사 녀석이랑 결혼 날짜 잡으란 말야」

#
「정말」그녀가 내 쪽으로 돌아누우며 물었다.
「나와 결혼할 생각이 전혀 없는 거야?」

이 작품은 각 장면을 영화처럼 # 표시를 해두었다. 작가는 앞 장면의 의미를 뒷 장면의 의미에 轉移시키는 기법을 쓰고 있다. 이것은 영화에서 쓰는 기법이지만 문학에서 더 큰 효과를 발휘한다. 왜냐하면 영화에서는 시각적 장면이 먼저 나오기 때문이다. 〈정말〉이란 진술은 〈결혼 날짜 잡으란 말야〉와 〈나와 결혼할 생각이 전혀 없다〉라는 두 문장에 동시에 연결되면서 어느 것도 배제하지 않고 또 어느 한쪽도 선택하지 않고 있다. 결국 독자는 재귀적으로 앞의 문장을 다시 읽어야 한다. 여러 군데서 이런 기법이 눈에 띈다. 이것은 〈그녀〉가 자기와 결혼하든 〈의사〉와 결혼하든 상관이 없으며, 그가 〈은지〉를 택했든, 〈은희〉를 택했든, 〈그녀〉를 택했든 아무런 차이가 없다는 것을 말한다. 그것은 결국 〈연못에 비친 자기얼굴에게 인사하는 원시인〉이나 보지도 않는 텔레비전을 켜놓고 계속 주무시는(다른 사람이 끄려 하면 안 자니까 절대 끄지 말라고 하는) 아버지, 결혼이나 연애나 별 차이 없이 느끼는 한 주인공의 삶에서 유사하게 나타난다. 모두 같은 가치를 지닌 異形들에 불과하다.

이것은 포스트 모던의 전략인 무관심 또는 무차별성(Indifference)과 매우 흡사하다. 그러나 착각하지 말아야 할 점은 서구에서의 양가성, 중의성, 무차별성은 근대적 가치의 난공불락을 해체하려는 의도에서 비롯된 것이고, 이 작품의 무차별성은 사회가 급격하게 변화함으로써 파생되는 아노미현상으로 간주해야 한다는 점이다. 이것은 작품을 조금만 더 진지하게 읽어보면 금방 드러난다. 서구의 포스트 모던 작품들이 확실한 가치의 전복을 꾀하면서 추구한 과정이 우리의 문화과정에서는 전근대 또는 전통에 대한 반발로 나타나기 때문이다. 그렇기 때문에 서구의 포스트 모던 소설이 의미에 대한 반발이라면, 이 작품은 가치에 대한 반발이다. 즉, 이것 역시 너무 빤한 전통의 답습에 대한 반발이기 때문에 근대성에 포함시킬 수밖에 없다. 그것이 바로 이 콤마에 함의되어 있다. 여기저기서 나타나는 콤마의 실체를 분석해 본다.

「저기야」 내가 턱짓으로 가리켰다. 「그냥, 이 근처에 세워주면 돼」

이 문장을 통사론적으로 해석하자면 단순하다. 〈그냥〉 다음에 쉬면 된다. 그러나 여기서 그냥 뒤에 친 콤마는 많은 순간적인 생각들을 내포하고 있는데, 그중 하나를 선택해 말하자면 〈그냥〉이란 뜻이다. 이것은 화자를 포함한 그들의 세계관과 행위가 무목적적이라는 것을 체현하고 있다. 화자가 결국 이런 삶의 방식을 택하는 것은 결국 어떤 구속에서의 해방이 아니라 그에게 주어진 자유가 너무 값비싸기 때문이다. 더 적나라하게 이야기하자면 〈그녀〉를 택하는 것은 자유이지만,

그녀를 택하는 데 필요한 기회비용은 자유가 아니기 때문이다. 그는 〈의사〉나 〈교수〉가 아니라 〈강사〉이며, 〈그녀〉는 존재로서 그런 〈강사〉가 아니라 〈의사〉를 택하였고 하나의 이미지를 위해서 그를 택하고 있기 때문이다. 자유는 누구에게나 주어져 있다. 그러나 그 자유를 살 수 있는 재화는 누구에게나 주어진 것이 아니다. 〈젊은 베르테르〉가 그 자유를 목숨으로 치른 반면, 화자는 그저 외양, 즉 이미지만 죽인 것이다. 이것이 조작할 수 있는 사회의 역할극이며, 그것을 연기할 때 생기는 이형이 특정한 〈상투〉보다 낫다는 것이다. 이 작품이 〈젊은 베르테르〉보다는 더 근대적인 것은 화자가 〈결혼〉하면 베르테르 같은 돈키호테가 된다는 것을 분명히 의식하고 있다는 점 때문이다.

만약에 이 작품을 두고 〈속도감이 있다〉라고 말한다면, 그 속도에 제동을 하는 것이 바로 콤마다. 그러니까 〈결혼은,...〉의 함의는 수많은 이미지와 술어를 수행한다. 그러므로 〈미친 짓이다〉의 주어가 아니다. 결혼의 여러 가지 모습을 생각하다가 뜬금없이 〈미친 짓이다〉라는 말을 내뱉을 뿐이다. 詩에서의 앙장망 또는 행갈이의 기법과 유사한 콤마기법은 분명 한 시대의 무늬를 실어 놓고 있다. 그렇기 때문에 여기서의 핵심은 콤마의 순간에 벌어지는 비언어적 세계이다. 그러니까 결혼 이벤트사가 만들어 내는, 또는 〈친구〉가, 〈어머니〉가, 〈형수〉가 생산해내는 수많은 이미지 연출의 컷들 사이에서 발현하는 상상력의 유희다. 그것이 이 작품의 생명이다.

그러나 역시 많은 대가들이 이 작품을 두고 〈가벼운〉 또는 〈旣視的〉 면모를 가지고 있다한 것 또한 간과할 수 없는 문제이다. 이 작품은 한국산 통속 영화의 면모를 지니고 있다. 나도 어디서 본 것 같아 곰씹어 생각해 보았다. 그렇다. 내 웹사이트에 올라온 학생들의 언어와 닮아 있다. 그들이 수많은 생략과 부호로 나에게 전하고자 했던 내용을 나는 몰랐는데, 그것을 이 소설에서 찾았다. 그런 만큼 그들의 실수 또한 분명하다. 〈원시인〉이라고 보았던 엄마가 〈육군 소령의 사모님〉이었다는 개연성을 얼마나 극복할 수 있으며(162쪽), 〈즉흥적으로 살고 있는 여자〉(175쪽)가 하는 행위로 봐서 〈아우라〉(176쪽)라는 말을 쓸 것 같지는 않다. 또한 〈꿈과 현실을 구별하지 못한 원시인〉이야기를 한 작가가 원시인은 사진과 실제 또한 구별하지 못한다는 점도 알아두었으면 한다. 실제에서는 말하자면 〈그리고 우리의 결혼과 직장 생활은 정해진 대본처럼 상투화되어 가고 있다〉라는 말을 쓰지 않는다. 이런 현학을 작가는 어디서 배웠을까? 심사위원들을 생각해 보노라면 혐의가 가는 데가 있다. 억지로 끝을 맺으려 했던 마지막 추론 부분들, 후반부 이후로 보이는 뻔한 담론은 제작비가 모자란다는 핑계로 소나타 다니는 배경에 포니를 주인공 차로 세운 한국의 안방 드라마를 매우 닮았다. 문학이나 소설은 공부하는 것이 아니다. 작위가 너무 눈에 거슬린다.

#

디지털 시대에 작가에게 기대할 것은 인류가 만들어 놓은 언어를 지키게 하는 것이다. 언어는 세계에 대한 성찰이다. 이미지조차도 언어가 없이는 기억할 수 없다. 그러므로 언어는 미디어의 확장이고, 미디어 또한 언어의 확장이다. 서로는 같지도 않지만 배타적인 것도 아니다. 작가의 진지한 성찰을 기대한다. 글을 마치려니 문득 이런 생각이 스친다. 〈네가, 한번 써봐라〉, 〈네가 한번, 써봐라〉, 〈네가, 한번, 써봐라〉, 〈네가 한번, 써, 봐라〉. 중독인가 보다.

4. 살아있는 史書, 박상진의 『궁궐의 우리 나무』

비바람이 몰아치자 내가 몸담고 있는 경북대학교는 난장판이 되었다. 아름드리 히말라야 시다가 바람에 쓰러져 있는 모습은 마치 물매에 맞아 쓰러진 골리앗 같았다. 이 장면을 보며 나는 나무란 것이 바로 문화 그 자체이구나 하는 생각을 해보았다. 용비어천가에도 〈뿌리깊은 나무는 바람에 아니 뮐세〉그렇게 말하지 않았던가? 외래수종이 이 땅을 잠식한 만큼 외래의 의식이 우리를 잠식하고 있다는 것은 부정할 수 없다. 그러던 어느 날 『궁궐의 우리 나무』란 책이 내 수중에 들어왔다. 거기에는 경복궁과 창덕궁, 창경궁, 종묘, 덕수궁에 서 있는 나무 이름부터, 수종, 그 쓰임새, 역사적 의미 등이 사진과 더불어 친절하게 설명되어 있었다. 우리가 그냥 수월하게 지나가던 부분에 대한 설명도 아주 치밀하게 쓰여져 있었다. 가령 〈참나무는 없다〉(74쪽)란 말은 아예 나를 아연실색하게 만들었다. 참나무가 없다는 사실을 나는 이 책을 통해 알았다. 이 말을 두고 언어철학자들이 〈물고기는 없다, 고등어나 송어 등이 있을 뿐이다〉라고 하면서 지시(reference)를 언급한다는 것쯤으로 생각하다간 큰 오류를 범하게 된다. 참나무는 이종(異種)만 있지 진짜 참나무는 존재하지 않는다는 게 저자의 주장이다. 어디 그뿐인가. 나의 전공과목이기도 한 독일의 노래에 있는 보리수는 원래 피나무란다(248쪽). 〈성문 앞 우물곁에 서있는 피나무...〉라고 노래한다면 그 심상(心象)이 훼손되는 것은 당연한 일일 것이다. 왜 원래부터 바른 이름으로 번역하지 못했을까. 아니면 차라리 소나무라고 번역을 하든지 하는 생각이 들었다.

나무는 보통 인간의 길 · 흉사 같은 통과의례와 관련이 있다. 「보리수」라는 노래에도 〈기쁠 때나 슬플 때나 찾아온 나무 밑〉이라고 노래하듯 인간은 가고 없되 나무는 인간사의 영고성쇠를 지켜주는 상징적 역할을 한다. 그렇기 때문에 나무는 곧 문화이자 역사라고 말할 수 있다. 동구 밖의 노송(老松)이나 느티나무는 곧 우리가 태어난 곳과 돌아갈 곳을 동시에 알려주는 상징물이다. 그렇기 때문에 나무는 그런 고향의 역사만을 쓰지는 않는다. 플라타너스, 낙엽송, 마로니에, 아카시아를 보면 외래 침탈의 역사를 한 눈으로 볼 수 있다. 봄이면 꽃구경이라고 난리법석을 치는 벚꽃은 또한 어떠한가?(397쪽) 우리의 나무가 아닌 것은 아니지만 일본 강점기에 무분별하게 심어 놓은 나무가 아니던가. 하지만 저자는 이에 대해 흥분하지 않고 나지막한 모국어로 우리에게도 좋은 나무, 좋은 꽃이 많다고 말한다. 우리는 그런 나무들을 보며, 그 나무들과 더불어 우리의 삶과 역사를 만들어간다.

〈아낌없이 주는 나무〉라는 책이 있다. 나는 이 〈아낌없이 주는 나무〉를 그야말로 추상적이고도 동화적으로만 생각하고 있었는데 정말로 아낌없이 준다는 것을 이 책에서야 읽을 수 있었다. 조경, 목재, 약재, 음식 등에서만 나무가 아낌없이 주는 것이 아니라 심지어 역사와 신앙, 시적인 정서까지 주었다는 사실에 전율을 느꼈다. 어쩌면 우리 민족은 나무로 시작해서 나무로 끝난다고 할 수 있을 정도이다. 그래서 문화를 읽으려면 나무를 읽고 나무를 읽으려면 이 책을 읽으라는 것이다. 우선 나무의 재질은 인간에게 따스한 모태와 같은 느낌을 준다. 옛날 사람들은 어머니의 젖비린내가 은은한 나무 속에서 삶의 체취를 얻었을 것이다. 그러므로 나무는 오늘날 시멘트 바닥에서 자란 아이들로서는 알지 못할 근원적 향수를 느끼게 한다. 나무는 집이고 집은 모성이다. 프로이트 같은 정신분석학자는 꿈에 등장하는 〈나무〉, 〈집〉

은 보편적으로 여성을 상징하고 있다고 한다. 우리말에도 집사람이란 말이 있듯이. 그렇기 때문에 나무로 만들어진 책은 어떤 이-북(전자책) 보다도 훨씬 많은 느낌을 준다. 전자책으로 읽는 것과 실지 책으로 활자화된 것을 읽어 보라. 거기에는 너무 많은 차이가 있다. 왜냐하면 인간은 지식으로 채워진 것이 아니라 감성과 믿음으로도 채워져 있기 때문이다.

시를 읽어보면 대부분 우리나라의 정서는 자연에서 유래되었고 그 중에서도 나무의 이름이 대부분이라는 것을 알 수 있다. 대표적으로 배롱나무, 이팝나무, 복사나무, 느티나무, 물푸레나무 등은 수없이 시에 등장하지만 그 상징을 알기 위한 최소한의 정보도 얻기 힘들다. 백과사전을 찾으면 그 생물학적 (기호론적) 설명만 가득하지 어디에도 그 역사와 상징이 존재하질 않는다. 이 책에서 우리는 나무의 상징에 대한 궁금함을 풀 수 있다. 오규원의 시 「한잎의 女子」는 물푸레나무에 대한 의미 없이는 읽을 수 없다. 〈나는 한 女子를 사랑했네. 물푸레나무 한잎같이 쬐그만 女子, 그 한잎의 女子를 사랑했네. 물푸레나무 그 한잎의 솜털, 그 한잎의 맑음, 그 한잎의 눈, 그리고 바람이 불면 보일 듯 보일 듯한 그 한잎의 순결과 자유를 사랑했네.〉 〈물을 푸르게 하는 나무〉(383쪽)란 뜻에서 나온 이 나무는 〈푸른 물〉과 같은 여자를 상징하기에 충분하다. 강현국 시인은 〈너에게로 가는 길엔 / 자작나무 숲이 있고 / 그 해 겨울 숨겨둔 은방울새 꿈이 있고〉라고 노래하는데 자작나무가 어디서 생장하는지 모르는 사람은 이 시의 의미를 짐작도 할 수 없을 것이다. 이 책의 저자는 〈닥터 지바고〉를 연상시킨다. 〈광활한 설원에 늘씬한 몸매와 하얀 피부를 한껏 자랑하는〉(122쪽) 자작나무를 본다면 인용한 시의 의미는 더욱 풍성해지리라. 그렇다면 단 한 그루의 나무가 〈단 하나〉가 아니라 농익은 의미의 나무가 될 것이다. 노태맹 시인은 〈어떤 사랑도 오래 머물지 못했네 / 푸른 칼은 녹슬어 붉게 부스러지고 / 검은 팽나무 아래 / 내 젖은 손은 그대가 빠져나간 둥근 / 흔적의 가장자리만 더듬네〉라고 노래한다. 저자의 말대로 토사구팽(兎死狗烹)이란 말을 떠올리면, 즉 〈팽 당했다〉란 의미를 상정하면 이 시의 상징을 만들어낼 수 있을 것이다. 산문시의 대가로 알려진 정진규 시인의 〈어머니 무덤을 천묘하였다 살 들어낸 어머니의 뼈를 처음 보았다 송구스러워 무덤 곁에 심었던 배롱나무 한 그루 지금 꽃들이 한창이다 붉은 떼울음, 꽃을 빼고나면 배롱나무는 골격만 남는다〉라는 시를 읽으면 시인이 촉수를 내밀어 배롱나무(백일홍나무)의 은밀한 뼈를 더듬는 이유를 알 듯도 하다. 나무와 시의 밀월은 여기서 끝나지 않는다. 웬만한 시인에게는 나무가 이미저리의 중요한 부분을 차지하고 있다.

하지만 이 책의 저자는 사가도 시인도 아니다. 그는 스스로 밝히고 있듯이 현미경으로 나무를 관찰하는 자연과학자이다. 하지만 인문학자들이 부끄러울 정도로 많은 지식과 의미를 섭렵하고 있다. 이제 그에게 나무는 시를 넘어 문화인 것이다. 〈길 가던 나그네들은 이정표로 심은 시무나무를 보고 '스무 리(20리)' 를 왔다는 것을 알 수가 있었다. 5리 남짓한 가까운 거리에는 오리나무를 심고 좀 거리가 벌어지는 10리나 20리마다는 시무나무를 심어 거리를 알아차리게 했다고 한다〉(94쪽)는 그의 글을 읽어보면 나무가 그저 땔감이나 관상용이 아니라, 민초들의 애환과 삶의 이정표 역할까지 도맡고 있었다는 사실을 알 수 있다. 이렇게 사랑스런 나무이기 때문에 저자에게는 광복이후 〈아무런 검증 없이 함부로 심어진 수입나무들이〉 염려스러울 뿐이다(7쪽). 우리는 충무공의 묘소에도 일본 전나무를 심어 놓았고 웬만한 관공서 앞 광장이나 거리에는 벚나무 일색이다. 웬만하면 소나무나 느티나무를 심거나 저자의 의견을 따라 〈개살구나무, 귀룽나무, 야광나무, 때죽나무, 노각나무〉(398쪽)와 같은 우리의 정서를 지닌 꽃나무를 심었다면 얼마나 좋을까? 흰빛으로 늦봄을 장식하는 귀룽나무 밑에서 우리는 요순을 꿈꾸었을 것이다. 〈치마꼬리 살짝 잡고 생긋 웃는 수줍은〉(376쪽) 여인 같은 때죽나무를 보며 우리는 濃密한 춘정을 자맥질할 수도 있으련만. 우리의 서울을 공해에도 잘 견딘다는 이 때죽나무로 가꾸는 것이 어떨까?

하지만 이 모든 것이 아직은 소박한 생각에 불과하다. 된장과 김치가 냄새난다고 버리고 햄버거와 다꾸앙을 대신하는 실용적인 시대에 나의 것을 찾고자 하는 노력이 힘이 드는 것은 사실이다. 실용적인 목재도 필요할 것이다. 이를테면 일본 강점기에 필요에 의해서 심어둔 아카시아는 재목으로도 쓸만한 나무다. 그러나 마치 황소개구리가 온 생태계를 지배해버리듯 그런 아카시아가 온 산천에 뻗어가면서 우리는 차츰 그것을 우리의 것으로 착각하고 〈동구 밖 과수원길 아카시아 꽃이 활짝 폈네〉하면서 우리의 정서를 만들어가고 있다는 데 대해 인문학자로서 예민해질 수밖에 없다. 옛말에 풍토병에는 그 지방에 그 치료약까지 있다고 한다. 우리의 식습관, 우리의 체질, 우리의 의식구조와 그 병리학이 곧 우리의 토양에서 나온 생리학을 필요로 하는 만큼, 우리는 지금 이 땅의 나무들을 다시 한번 살펴보아야 할 것이다. 〈바람에 아니 뮐〉나무가 있어야 할 장소에 서있어야 할 것이다. 그러니 독자들이여 나지막한 저자의 모국어를 들어보고 그의 말을 이 책에서 눈 여겨 읽어보기 바란다.

-서평문화 2001년 겨울-

5. 짧은 시집평

김성춘 시집, 「바다와의 동행」, (시와 반시 1999)

대구에서 울산 방어진을 갔다오려면 차비, 식사비 도합 십 만원은 들었을 텐데…, 나는 오천 원 든 시집 한 권으로 그곳을 보고도 남음이 있었다. 어디 그것뿐이랴. 온 세상의 지음을 다 들었으니 나의 만족지수까지 합하고 엔돌핀 발생 대체 효과와 두뇌 산소 세까지 합치면 그 부대효과는 이루 말할 수 없다. 한데 왜 난 그의 시집을 읽고 이런 세속적 생각밖에 들지 않을까? 왜 나는 그 푸른 바다와 갈매기의 꿈을 재화와 결부시킬까? 난 본시 정서와는 거리가 먼 사람일까? 그 대답을 찾아보자.
김성춘은 최초의 해양번역가이다. 그는 "방어진 솔숲" 사이에서 만난 바다가 중얼거리는 방언을 번역하는 능력을 갖춘 예언가이다.

> – 옴 아모카 바이로 차나마하 / 무르라마니 파드마 트바다
> 프라하를 타야훔 프라비를 타야훔.

불경같기도 하고, 태고적 산스크리트의 비밀 같기도 하고, 서인도제도의 언어 같기도 한 이 말을 번역하다니! 방언을 하기는 쉽다. 그러나 그것을 번역하는 것은 오르페우스적 능력을 갖춘 사람이 아니고서야 흉내낼 수 없는 일이다. 하지만 김성춘은 캄차카에서 온 소리, 인도네

시아의 발리에서 온 소리 지중해 꼬따주르 해변의 소리를 다 듣고 번역하고 있다. “모든것은 잘 될 것이다 친구여 / 상심 말라 파도와 파도 사이로 / 세상의 끝이 바로 시작이다.” 그는 방어진 앞바다에 가면 감정의 촉수를 내밀고 라스커 슐러, 첼리다비케를 듣기도 하고 비올라 소리를 듣기도 한다. 루프트 한자(“LH 719”) 보딩패스의 눈시울도 바로 이 바다에서 배웠다.

> 너의 눈썹에
> 젊은 수평선 떠 있다.
>
> 너를 찾는 새벽 숲길은 푸르고
> 그 푸른 힘은 나를 밀고 가지만, 너는
> 일단정지의
> 선 밖으로 나를 세워 놓는다.

바다, 그곳은 김성춘이 세속의 욕정을 씻고 일체의 욕망을 순화하는 친구이자 애인이고, 애인이자 구도자이다. 그의 바다와 시는 삶과 죽음의 비밀을 매개하는 시각적 지음으로 우리에게 다가온다. 외국어를 잘 하고 싶은 독자들에게 이 시집을 권한다.

김용범 시집, 「고구려 시편」, (문학아카데미 1998)

그는 불혹의 나이가 시작됨과 더불어 스스로 “산문의 시대를 예견하고 있다”고 고백한다. 그의 말은 세계가 이제 감정과 형이상학의 추수(追隨)로는 다 설명할 수 없는 그 무엇이 되어 버렸다는 뜻이리라. 시는 곧 정서라는 이름 하에 우리는 얼마나 많은 질료를 경시했던가. 김용범이 "고구려를 그리워한 것"은, 그리고 이런 담시를 쓰게 된 것은 그런 생각에서 나온 듯하다. 그의 말대로 우리의 역사적 현장에 고구려를 편입시키고, 지나간 역사의 현장을 심미의 영역에 편입시키는 것 자체가 어떤 새로움으로 여겨지는 것은 우리의 정신이 "마멸되거나" 우리가 "값싼 우월감"을 가진 탓이기도 하다. 대신 그의 시편은 "가다가 말똥을 팍팍 싸며, 말좆을 까고 오줌도 좍좍 갈기"는 그 汗血馬 같은 직접성을 요구하는 것 같다. 시인은 독자를 더 이상 가상의 공간에 두는 것을 원치 않고 역사의 현장으로, 원초적 세계로 이끌고 가기를 원한다. 그는 鳥羽冠을 보며, 광개토왕의 비문을 읽으며, 때로는 압록강 강반에서 고구려의 넋을 부른다. 그것은 그가

가끔씩
원적原籍을 적을 때마다
'평안남도 평양시…'

를 상기하기 때문에 가능하다. 그렇다. 우리 민족의 원적은 따뜻한 한반도가 아니라 먹구름과 북풍 설한의 그곳이었다. 그래서 우리가 지금 "민들레처럼 흩어져 살면서 강인한 뿌리를 내린" 민족으로" 한파를 이기고 살아가는 것이다. 김용범은 "소홀했던 것"을 다시 돌아보게 하는 "行馬法"을 우리에게 가르쳐주고 있다. 승마를 잘 하고 싶은 분들에게 이 시집을 권한다.

유하, 「나의 사랑은 나비처럼 가벼웠다」, (열림원 1999년)

유하는 한때 “인간들과 지상을 거닐며/ 새끼를 낳고 젖을 먹이던 돌고래들이 육지에서의 삶을 접어두고 바다로 돌아간 것처럼” 다시 시로 되돌아 왔다. 왜 그랬을까? 왜 그는 시로 되돌아왔을까. 영화를 찍으러, 노래를 부르러, “바람 부는 날이면 압구정동에 갔”다가 3년씩이나 시를 떠난 뒤에 그는 시로 돌아왔다. 환유의 세계인 영화에서는 “아브라카다브라”(히브리어: 마술사의 주문으로 “말대로 될지어다”)라는 주문이 듣질 않는다. 그곳에서는 욕망의 환유들이 서로 충돌할 뿐이다. 그러나 유하는 “삼킬 수 없는 노래” 때문에 다시 시로 되돌아왔다. 그는 “삼킬 수 없는 노래의 목젖으로” 사랑을 노래하고, 마음을 노래하고, 카페를 노래하고, 술을 노래하려고 시로 돌아왔다. “지혜와 깨달음”을 노래하지 않고는 배기지 못해 그는 아나크레온처럼 노래한다.

> 어느 날 내가 사는 사막으로
> 빗방울처럼 그대가 오리라
> 그러면 전갈들은 꿀을 모으고
> [...]
> 나 그대를 맞으리라.

그뿐이 아니다. 언젠가 억압되었던 혼을 불러내어 때로는 분출시키지만(“내 육체의 피뢰침이 운다”), 또 때로는 “굳은 입술로 침묵 한다”. 왜냐하면 불빛 속으로 날아드는 “그 애기세줄나비” (시인 사포)는 불빛을 본 게 하니라 자기를 비추는 거울을 보았을 뿐이기 때문이다. 곤충학을 배우고 싶은 분들에게 이 시집을 권한다.

김수복, 「모든 길들은 노래를 부른다」, (세계사 1999년)

"슈바벤 남자들은 40이 되어서야 철이 든다"는 말에 따라 독일 슈바벤 지방 사람들은 40회 생일을 크게 치른다. 다른 지방 사람은, 그들의 말에 따르면, 영원히 철들지 않는다고 한다. 지방마다 풍속이 다르다지만 이 말은 김수복을 두고 한 말인 듯 하다. 사람은 불혹이 되어서야 진정한 삶을 돌아보는 것 같다. 하지만 영원히 돌아보지 못할 우리에게 김수복의 시는 철이 들 기회를 주는 것 같다. 그것은 불혹이 인생의 반환점이기 때문일 것이다. 이 시기부터는 유년이 그립고, 모든 사라진 것이 새삼스러워진다. 김수복의 시집은 바로 이런 "제 몸을 안으로 붉게 달구"는 이 불혹의 시간에 쓰여진 시다. 그러면 이 때부터 "모든 길들은 노래를 부른다". 가끔씩은 이제 "사랑하는 사람이 하나 둘씩 죽어"가고 "아버지도 서편 하늘로 가시"고 "노을이 가슴께로 밀려오지만, 어디 가고 오는 것이 그것뿐이랴. 마흔을 갓넘어 여섯 살 딸을 두고 떠난 나의 친구", "마음이 닳아서 하늘은 무명천처럼" 되자, "제 살을 녹이는 강물너머로 사라지는" "연어"가 가고 "山門의 빈 바람 벽을 밀고 들어서면 문도 닫히지 않는 마음이" 있다.

> 하루에 한번씩 가슴을 빠져나가는 가을바다는 돌아오지 않았다 우리가 사랑하던 저녁물결과 조약돌은 해변에 드러누워 해가 저물도록 일어날 줄을 몰랐다 찌든 소금밭을 지나 가슴을 풀어헤치고 맞이하던 가을바다는 해변을 빠져나가 돌아올 줄을 모르고, 우리의 젖은 사랑도 슬픔의 흰 뼈를 앙상한 가슴께로 밀어낼 뿐 가을이 다가도록 검은 물결에 뒤척이는 가슴에는 가을은 오지 않았다
>
> —「烏耳島」전문

그러면 "내 마음[은] 빈터"가 되고, 나는 "섬이 된다. 사람 속에서 드디어 내가" 섬이 된다. 하지만 과거는 가고 시인은 남는다. 우리가 그를 시인이라 부르는 것은, 그가 계시하기 때문이다. 그는 푸른 바다를 계시하고, 별을 계시하며, 썰물을 계시하며 마지막 노래를 부른다. 성악을 배우고 싶은 분들에게 이 시집을 권한다.

강인한, 「황홀한 물살」, (창작과 비평사 1999년)

강인한의 시들을 읽으면서, 사람은 늙되 의식은 늙지 않는가 보다 하는 생각이 든다. 하기야 의식이 늙는다면 체험도 없을 게고 시도 없을 게다. 그렇기 때문에 어쩌면 시인은 과거를 향한 예언자일 것이다. "스무살에 최루 가스 속에, 죽은 친구의 편지가" 살아 있던 시기가 이제서야 "낙엽보다도 쓸쓸하고 밤길인양 서먹"한 것은 나이가 들었기 때문일까? 강렬하게 불타버린 삶일수록 그 폐허는 공허하다. 시인은 "마음의 빈 허공에 얼음 빛으로 남은 한줄기 부재"를 백일홍처럼 붉게 바친 정열과 대비시키면서 과거의 무늬를 그려낸다. 이제 잔치는 끝나고 그 영상의 잔치만이 가득하다.

먹빛 아픔을 벗고
짐 지기 차마 어려운 사랑마저 벗어버리고
허공에 살을 섞는 茶毘의 고운 연기
그 끝을 따르고 따르는 시선에
황홀한 물살이 어린다
친구여

이제 우리가 길을 갈 때가 되었나보다. "기어서 기어서 [...] 천축으로 가는" 애벌레의 길 위로, "거리에서 먹이를 찾아 어슬렁거리다가 빈손으로 돌아가는 중년의 길" 위로, "계면쩍은 은혼의 여행길" 위로 "겨울보다 쉽게 지워져가고/멀어져가는 너의 청춘의 발자국이여". 이사하실 분들에게 이 책을 권한다.

강성철, 「사강을 지나며」, (현대시 1999년)

시인은 우울증이 있다고 하지만 강박증도 있다. 사라진 불만족의 과거가 억압기제로 그의 마음을 풀무질해댄다. 그것이 그의 존재이유고 그가 시를 쓰는 이유가 된다. 그는 고시공부를 했고, 회계사를 준비했지만 시인밖엔 되질 못했다. '시인밖에' 라고 표현한다 해서 화날 독자는 없겠지. 70년대 말의 고시라는 어감을 생각한다면. 그리고 불질적 기반은 없고 이름은 별에까지라도 미칠 그 시인이라는 이름을 생각한다면. 왜 그는 어리석게 첫 사랑을 아내에게 고백했을까? 그러니 그의 불안은 점점 더 가중될 뿐이다. "나무에게서 나무라는 글자를 떼어내면 무엇이 남는가? [...] 우울증이란 단어를 아니 그 실체를 알까? 나에게서 강성철이란 껍데기를 벗어버리면 자아라는 단어가 자연스레 튀어 나올까?"(樹木斷想) 아무리 물어봐야 대답은 없다. 그저 메아리만 들려올 뿐이다. "어머니 술손님들 정말 싫어요. 영혼의 거푸집으로 비집어 들어오는 돼지갈비 굽는 냄새가 너무 싫어요"라고. 그냥 戀詩로 "끝맺으려다 마음이 너무 허전하여 고드름 한 두름 엮어다가 추억의 각시방 영창에 달아놓"(고드름 · 1)기도 한다. 아름답지 못한 대상들을 이렇게 아름답게 꾸미는 시인의 힘은 어디서 솟구치는 것일까? 어린 시절의 불안? 폭력? 거부? 어찌됐든 좋다. 우리는 이 시집을 알레고리로 읽을 것이니까. 알레고리로.

나도 마음 비워
견딜 수 없는 가벼움으로 그대 가슴에
잔잔한 파장으로 다가가리
빈 마음으로
갈릴리 호수를 건너가던 그대여,
발 끝에 물 한 방울 묻지 않았던
그대여!

사강을 지나 "원심력으로 벗어나려 애쓰는" 그대들이여. 손끝에 물 한 방울 묻히지 않는 그대들에게 이 시가 가진 정화의 힘이란! 심리치료를 받을 분들에게 이 책을 권한다.

오세영 시집「벼랑의 꿈」, (시와시학사 1999)

오세영의 시를 보면 전통적인 산수화를 대하는 것 같기도 하고 노래를 듣는 듯 하기도 하다. 그의 시를 읽으면 온몸은 귀가 되고 눈이 된다. 이렇듯 그의 시는 시가 아니다. 참선에 가깝기도 하고 아포리즘이나 에세이 같기도 하다. 기억이 되기 위해서는 어디선가 멈춰야 하는데 계속 흐르기 때문에 기억으로 포착할 수 없다. 참선의 순간, 득음의 순간을 영탄적 서사구조로 몰아가기 때문에 우리는 그 흐름의 도도함에서 한 발자국도 나올 수 없다. 그렇기 때문에 그의 시를 두고 현대시의 준거로 궁리질 하는 것은 헛된 일일지도 모른다. 그렇다면 이 세월에 추월 당한 시는 그저 전통의 연장일 뿐일까? 낭만주의의 시들처럼 세월의 무상함과 덧없음을 그저 노래하는 것뿐일까? 그렇지 않다.

산이 온종일
흰 구름 우러러 사는 것처럼
그렇게 소리 없이 살 일이다
여울이 온종일
산 그늘 드리워 사는 것처럼
그렇게 무심히 살 일이다.

우리의 경험처럼 시의 체현이 부정에서 나온 것이라 한다면 전통시에서는 마음의 길항작용이 (이것은 텍스트 외적인 데서 찾을 수 있다) 곧 부정이리라. 자연의 모습이 그저 단아하게 재현되었지만 그 심리적 주체의 표현은 전통적인 존재론을 넘어서고 있다. 이 때의 자연은 이미 전통의 자연이 갖는 대상성을 포기하고 비표출적 언어의 경계를 넘고 있다. 그것은 서정 자아는 이제 더 이상 소리 없이 살 수도 없고 무심히 살 수도 없는 본성을 말하고 있기 때문이다.

산에서
산과 더불어 산다는 것은
나를 지우는 일이다.

–「나를 지우고」부분

산에서 산으로 산다는 것은
마지막으로
말씀까지 버린다는 것이다.

–「등신불 等身佛」부분

그의 시를 보면 뭘 안다는 내가 부끄럽다. 환경파괴(인간, 자연 모두)를 목도하고도 그의 말을 못 알아듣는 내가 부끄러울 뿐이다. 그러나 시인은 노래방에서의 좋은 점수를 경계해야 할 것이다.

이문재 시집「마음의 오지」, (문학동네 1999)

이문재의 시에서는 초록 물감이 묻어난다. 월광욕을 한 목욕물도 초록색이고, 어둠을 짜면 그것도 초록물로 흘러내린다. 시인이 이렇게 녹즙 농업을 하는 이유는 시인 스스로 밝히고 있다시피 "내 안의 감옥"으로부터 탈출하는 계기가 되기 때문일 것 같다.

가장 큰 감옥은
내 안의 감옥
낯익은 감옥 그곳
낯익어 설레임 사라진

–「내 안의 감옥」부분

녹즙이나 농업은 시인의 고향에 대한 은유이겠지만 단순한 은유일 수만은 없다. 거기에는 명명하지 못할 부자연에 대한 인간적인 고뇌가

스며있다. 이제 농업이 박물관으로 들어가면서 "마음 밖으로 나간 마음들"이 돌아오지 않으니 "나는 내가 그리울 수밖에 없다". 우리를 에워싸고 있는 도시의 긴장과 불안은 "벌써 문 두드리는 / 낯선 초겨울"(「初秋」)처럼 닥치는데 "몸에서 나간 길들이 돌아오지 않는다"(「마음의 지도」). 이제 우리는 "땅에 넘어진 자"가 되어 이제 그 땅 때문에 다시 일어설 수 있다. 사람과의 접촉 때문에 생긴 병을 치유하기 위해 이제 우리는 이문재의 '접촉 비타민' 처방을 받아야 한다. 이 비타민 M(assages)으로 우리의 심장을 하루에 세 번씩 마사지해 줄 필요가 있다. 우리중의 많은 이들은 이미 마사지 부족에서 오는 소모증에 걸려 죽을 지경에 있다. 그러나 시인이여, 농업을 하되 관개농업은 하시지 말길.

박찬일 시집 「나비를 보는 고통」, (문학과지성사 1999)

박찬일의 시점은 엉뚱한 데 놓이므로 매력이 있다. 자면서 남의 다리를 긁다가는 갑자기 일어나서 진지하게 어제 저녁에 먹다둔 밥 내 놓으라는 모습이다. 웃을 수도 없고 그렇다고 심각하게 여길 수도 없는 영역을 그는 '방법적 착란' 이라는 그물로 포획하고 있다. 방법적 착란이란 쉬운 말로 미친척하는 것이다. 세상의 모든 논리를 거꾸로 보는 것이니 전도된 논리라고 보면 된다.

몸의 부피만큼 물은 부어올라
세상 밖으로 나간다 아르키메데스여
물 아껴 쓰시오

–「목욕탕의 詩」부분

많은 시들이 그들의 수많은 형이상학을 쓰는 동안 우직한 시인은 밖에서 그걸 관찰하고 비웃기라도 하듯 그 "세상 밖"에 대해서 생의 철학을 쓰고 있다. "물 아껴 쓰시오"란 말에 우리는 얼마나 생활인의 원죄를 느끼고 있는가. "아르키메데스"를 생각할 수 있게 하는 그 조건, 아니 생활인이 되기 위한 최소한의 그 조건에 대해.

> 소나무는 누가 가까이 오는 것을 싫어하는데도 사람들은 자꾸
> 다가가 만진다 배로 차고 등으로 찬다 싫어하는 걸 알릴 방법은
> 죽음뿐이다
> 높은 바위 위에 뿌리내린 소나무들도 독하다
>
> -「죽은 소나무」전문

우리의 삶이 억압적인 상황에 조종되고 있다는 사실을 그는 "죽음"으로 알린다. 이미 토양과 멀어진 뿌리의 부조리한 현실(「부조리」)을, 알고도 말못할 현실을 그는 조롱한다. 조롱하되 그는 온 몸을 다 던져 조롱한다. 시인이여, 조롱하되 "마음속으로"만 조롱하길... 내가 본 한국은 시인이 본 "나무"보다 더 무섭데요.

서안나 시집 「푸른 수첩을 찢다」, (다층 1999)

그는 푸른 수첩을 찢고서야 비로소 자유를 얻는다. 억압의 시절, 꿈의 시절에는 '무엇으로부터 from 자유' 하기 위해 마련했던 푸른 수첩이었지만 이제 '무엇에로의 into 자유' 를 인식한 시점에는 그것이 굴레였음이 분명하다. 그러나 존재론적으로 이 굴레는 그의 시의 전제가

되기도 한다. 서안나의 이미지는 어지러운 듯 하면서도 비교적 명징하다. 육신의 필터에 걸러진 쓰레기 더미는 모든 인간적인 것이 유기된 현장이며(「진공청소기」), 의미를 거부한 일체의 상징화된 기호는 풀어지고 포근한 세계에 대한 무의식적 반응이다(「태몽」). 주로 수식어만 나열한 「푸른 수첩을 찢다 · 1」은 그의 순수한 자기만의 영역을 고통과 억압, 환희의 공간이 되살아나 시적 상상력을 마련해주는 서시의 기능을 하고 있다.

서안나의 의식은 이를테면 자살에 대한 충동같이 늘 우리가 어떻게 변했으면 하고 바라는 것을 그저 상상으로서 수행해 보는 미적 아이러니를 지니고 있다(「자살에 관한 보고서」). 그가 추구하는 (아니 그저 이미지 속에서 상상하는) 푸른 꿈은 그저 상상에서만 가능하기 때문에 시인에게는 위로이자 슬픔이다. 모든 대상은 그런 의미에서 그의 주체가 되고 또 그의 주체는 그의 대상인 것이다. 이것은 일체의 기존의 것에 대한 불신을 담고 있다. 아니 현실이 그렇지 않은가? 우리는 푸른 수첩에 적은 목록 중 몇 가지를 가졌는가! 그러나 "아무 생각도 말기"(「단상」)를 단초로 시작되는 상상 속의 푸른 수첩은 계시의 성취보다 더욱 즐겁게 우리를 맞는다. 그것은 시의 본질이 부정과 유희라는 증거가 아닐까?

> 영혼 여러분들 여기는 종착역이오니 잊으신 추억이나 슬픔 혹은 사랑을 잘 챙겨서 내려 주시기 바랍니다. 마음보를 곱게 썼던 영혼들은 1004호로 갈아타 주시고 혹여 아직도 지구를 위해 할 일이 남으신 영혼들은 은하철도 999호를 타 주시기 바랍니다. 단, 999호는 열차와 승강장 사이가 떨어져 있으니 주의하시기 바랍니다. 안녕히 가십시오.
>
> —「신도림역에서」 전문

신도림을 新道臨이라 읽든지, 信到臨이라 읽든지 우리는 희망보다도 절망으로부터 더 많은 것을 배운다. 그러나 시인이여, 정말로 열차와 승강장이 떨어져 있으니 주의하시라.

최승자 시집 「연인들」, (문학동네 1999)

시가 세상의 시장 속에 던져진 생산품이라면 그 생산품은 아마 시인의 개인사로 직조되어 있기도 할 것이다. 상품시장에 내어놓을 시들 속에서 최승자는 개인사의 연속을 찾으려고 애쓰는 듯 하다. 어느 날의 나의 모습을 기억하지 않으면 시가 될 것 같지 않을 것 같은 강박이 그를 지배하고 있는 것 같다.

> 이 시를 나는 파괴하고 싶다.
> 나는 오래 전부터 내 시의 리듬을 파괴하고 싶었다.

그러나 어느 날의 모습은 “늙은 창부의 술 취한 타령”, “하나의 이물질, 성형물” 같다. 이게 어디 그의 모습이랴. 우리의 삶은 박테리아로 이루어졌을진대 그런 해체를, 분열을 안고 살아야 하는 것을. 우리에겐 차라리 우리는 박자 안 되는 풍경이 나을 것이다. “무미미무미무무미피키파키…” 최승자는 메타모르포제를 꿈꾼다. 흑염소가 흑염소탕이 되면 흑염소 사당이 또한 우리의 제의를 기다리고 있다. 우리의 상징은 모두 바울이 되기 전의 사울, 그 흑염소같은 존재이리라. “그릇 똥값”의 똥은 다시 밥그릇으로 전이되고 밥그릇은 다시 싼다는 데 전이된다. 이러는 가운데 시인은 자신의 개인사, 아니 최승자의 인류학을 기술한다.

"흙 속에 묻힌 내 신부"는 "흙 인형으로 변했다가" "내 눈빛이 네 흙의 눈빛과 만나" "그 몸에 빛이, 생기가" 도는 "나의 에우리디체가" 되어 오르페우스를 부를 것이다. 이 말은 새로운 "리듬"을 개척하고 싶다는 것일 게다. 우리는 이제 그 피그말리온의 출현을 지켜볼 것이다. 그러나 한가지 염두에 둘 것은 이제는 그와 결혼할 수 없는 세상이 되었다는 것이다.

오규원 시집 「토마토는 붉다 아니 달콤하다」, (문학과지성사 1999)

비밀이 없이는 주체로서의 인간은 상실된다(보드리야르). 그러나 오규원의 시를 읽는 자들은 시인이 자연의 비밀을 훔치는 자라는 점에 동의할 것이다. 이런 비밀은 몰래 카메라도 찍을 수 없고 발가벗은 비디오도 잡을 수 없다. 이런 의미에서 오규원의 시는 폭로된 것을 지워나가며, 지운 그래서 보이지 않는 흔적을 가시화하는 마법이 된다.

> 장미를 땅에 심었다
> 순간 장미를 가운데 두고
> 사방이 생겼다 [...](「사방과 그림자」).

그리하여 우리는 사방이 생기는 비밀을 얻은 듯 하다. 그 사방은 존재론적이기는 하나 삶의 실체이기도 하다.

> 밤이 세계를 지우고 있다
> 지워진 세계에서 길도 나무도 새도
> 밤의 몸보다 더 어두워야 자신을
> 드러낼 수 있다.

시가 말로 표현할 수 없는 것을 표현하는 모순이라면 오규원의 시는 그 모순을 철저히 체현하고 있다. 그의 시에서는 物物이 이미지고 그 이미지가 존재고 그 존재가 실체며 그 실체가 비밀이며 그 비밀이 시고 그 시가 物物이다. 그러니 때로는 별과 달이, 나무와 염소가, 꽃과 새들이 모두 다 인간이 된다. 그러나 도봉산이나 관악산 나무에서 내려 와서 중생의 頭頭物物을 그려봄직 한데 그거야 시인의 마음이겠거니 어쩔 것인가.

참! 시인이 제시한 문제 (이 시집 34쪽에 있음: — 당신은 이 시가/어디에서 시작하고 어디에서 끝나야 / 한다고 / 생각하는가) 에 대한 대답: 《남끝 서에 대와청 고하작시 서에산한북》.

허만하,「비는 수직으로 서서 죽는다」, (솔 1999년)

인간은 屈身葬의 풍습에서는 웅크리고 죽고, 身展葬 풍습에서는 누워서 죽는다. 그런데 서서죽다니. 그 이유를 우리는 허만하의 시를 통해 분명히 본다. 그가 이 시집에서 진지하게 제기하는 것은 절대공간 속의 인간을 시간과 공간의 영역 속에 어떻게 편입시킬 것인가 하는 형이상학적인 물음이다. 언젠가 생물이 그러했던 것처럼 인간의 "목숨도" 언젠가는 시간의 강압 속에서 "진한 원유로 일렁일" 것이며, 고독한 정신도 "깃털의 관으로" 변할 것이다. 그의 이러한 역사철학적 서정에서 또한 우리는 모든 것이 부활하는 것을 본다. 그 깃털의 관이 곧 상상이 되고, 그러면 "찢어진 바위틈에서 갈맷빛 물이 솟구쳐 바다가 될" 것이다. 이렇게 죽음과 멸망을 얼마 두지 않은 우리 인간들의 운명은 시인의 과장과 유장을 통해 지구에서 낯설게 지내는 인간의 모습으로 체현되어 있다. 그런 의미에서 바위와 지층, 맘모스와 "슬픈 발자국"은 "수직으로 서서 죽어야 할" 인간의 삭막한 고향이다. 독자여, 왜 비가 수직으로 서서 죽는지 알겠는가.

조윤희,「모서리의 사랑」, (세계사 1999년)

사랑을 모서리에서 하다니. 모서리에서 사랑을 할 수 있는가? 그것이 불가능하다면 우리는 그의 시를 가장자리의 사랑에 대한 메타포라 이해할 수밖에 없다. 우선 그의 시는 우리의 마음속에 있는 五慾을 瀉下시켜 快便을 본듯한 산뜻한 느낌을 준다.

찌그러진 밥그릇에 담긴 / 자기 뼈를 / 핥아대고 있는,
– 조 윤 희 (「타락천사 1」)

그 들소 발굽 아래 / 자지러지는 / 개미
– 조 윤 희 (「타락천사 2」)

입과 항문 사이가 막혀 / 창자 속에서 / 독이 되는 똥
– 조 윤 희 (「타락천사 3」)

다시 기어들어가 / 다시 토악질하는 / 바다
– 조 윤 희(「타락천사 4」)

이런 이미지는 스스로 피학증을 구상하면서 엄청난 시원함과 숭고함을 베풀어준다. 사람이라면 누구나 가해자가 되고 싶을 텐데 왜 피해

자가 된단 말인가? 그것은 가학과 피학이라는 인간의 이중심리에 근거하고 있는 정서적 해방감을 이 시가 겨냥하기 때문이다. 자기의 피학적 부정은 그의 시의 매력이다 "나는 규격품이 아니어서 / 入口에도 걸리고 / 出口에도 걸리고 / 공정관리법에도 걸린다 / 또한 애프터서비스도 못 받는다". 그렇다 우리는 어쩌면 모두 다 규격에 어긋난 인간들일지 모른다. 이런 그의 이미지 분명한 시를 두고 책 뒤의 해설비평은 "많은 여성 시인들이 이런 타자성의 악마적 국면, 자기파괴의 퇴폐적 나르시시즘에 빠져 허우적대는 것은 참으로 안타깝다"고 표현하고 있다. 책은 읽기 나름이지만 현대시의 문법도 모르는 해설이다. 미에서 미가 나오는 것이 아니라 추에서 미가 나온다는 법도 모르는가. 그러니 독자여, 당신 멋대로 이 시집을 일을 지라. 그것도 "바다 [...] 조윤희"는 받아줄 것이다.

유진택, 『날다람쥐가 찾는 달빛』, 문학과지성사 1999년

유진택은 범상한 것 가운데서 시의 비밀을 찾아내는 헤르메스다. 그는 정비소에서 고장난 차의 본네트를 들고 "헌 차" 같이 "폐차시켜버려야" 할 자아를 찾는다(「정비소에서」). 내시경 검사를 하며 "폐허상태"가 된 우리 사회의 속을 발견하기도 한다. 이렇게 보면 그의 시는 자칫 식상하기 쉬운 주변의 사물들을 시의 영역에 편입시키고 있다. 시는 옷이다. 시는 유행이다. 그런 만치 유진택 시의 소재는 우리에게 친밀감을 준다. 친밀감을 주는 가운데 만든 시적장치는 긴장과 유모어, 따뜻함과 아이러니의 한 가운데서 사회에 조소를 보내고, 자신의 심정을 하소연한다.

그래, 너 잘났다
나 배 따면 똥밖에 없다. 어쩔래

–「멸치」전문

"어머니의 도리깨질"로 "만신창이가 된" 현실 속에서도 "맵고 짠 맛에 길들여진" 김치를 꿈꾸는 것은 삶의 부정을 통하여 심미적 긍정에 이르는 시인의 관조가 아닐까. 삶의 조건으로서 기계의 환경, 사회적 환경, 환경오염은 이야기하고 또 이야기했지만 누구하나 엔진의 내부처럼 썩어 가는 정서의 환경이 오염되고 썩어 가는 것은 말하지 않는다. 생활인의 원죄를 가진 우리들에게 이 시집은 속죄의 희망을 준다.

하종오,「님」, (문학동네 1999년)

하종오의 시는 노래하는 서사시이다. 그가 밝힌 대로 살아있는 운문정신으로 가득한 이 시가 얼마나 우리의 마음을 녹이는가. 우리는 산문의 세상이 부끄러워 서정의 속살을 드러내지도 못하는 시대에 살고 있다. 어쩌면 "나무들이 새잎을 가지 끝마다 파아랗게 움틔울 때도" 나는 "새살을" 얻지 못하고(「님3」), "진흙바닥에 나앉아도" 내가 느껴지지 않고(「님7」), "허공에 초록을" 주는 "봄"도 내게는 다가오지 않는(「님9」) 그런 현실에 살고 있는지도 모른다. 그러나 이성이라는 미명하에 누구하나 속마음을 보여주지도 드러내놓지도 않는다. 현대인들도 원시인과 마찬가지로 감정이 있는데도 말이다. 그들처럼 우리도 종교심을 갖고 있는데도 말이다. 하소연할 데 없는 현실에서 시인은 감상적으로 그의 상흔을 "님"에게 절절이 외쳐댄다. 그 절규가 너무도 간절하므로 그의 소리는 때로는 逆說로 들린다. 때로는 거침없이 심정을 토로하고, 때로는 인식의 고독 속에서 지치고, 또 어떤 때는 통곡의 벽을 두드리면서 자기부정을 하고, "이 잔을 옮겨 달라"고 애원하듯 처절하다. 그는 자연은 있지만 자연과 더 이상 합일될 수 없고, 사람은 있지만 사람과 더 이상 어울릴 수 없는 베르테르 같은 영혼을 갖고 있다. 시인이여, 이 시집으로 인하여 당신이나 우리나 모두 "죽음에 이르는 병"(Krankheit zum Tode)에 걸렸으니 어찌할 것인가.

김정란, 「스 · 타 · 카 · 토 내 영혼」, (문예중앙 1999년)

이 시집이 풍기는 이미지는 어떤 광고의 카피처럼 "산소 같은 여자" 김정란이다. 아니 광고같기도 하다. 이 시집은 매혹적인 사진 때문에 시를 읽을 수 없게 한다. 이 시집은 시인이 밝히고 있듯이 "스물 두 살부터 서른 살 무렵까지 썼던 미발표 시들을 묶어" 놓은 것이다. 이 시는 존재론이(릴케적, 오르페우스적) 풍미하던 70년대 센티멘털리즘적 소녀에 의해서 씌어졌다. 생각도 정서의 일부분이라면 센티멘털리즘은 생각을 막는다. 시인 스스로 "아름다움은 인간의 두려움으로 이루어져 있다"(「詩法」)고 토로하면서도 정작 "두려움"은 이 시로부터 근원적으로 "절단 당해 있다". 그 "두려움"을 직시하는 미덕이 공소한 센티멘털리즘으로 희석되었다. 그러나 우리가 이렇게 보는 것은 장발을 하고 을씨년스럽게도 추웠던 계엄령 때 찍은 내 사진을 보기 싫어하는 심리 때문일지도 모른다. 기실 시인은 "깨어나 보니 손가락 하나가 없어졌"다고 "날카로운 가위를 가지고 와서 나머지 손가락들을 쌍둥쌍둥 자르"(「안 잘라지는 손가락 한 개」)는 어두운 반란을 아름다운 시의 언어로 체화하고 있지 않는가. 그는 "문고리가 없는 가슴을" "짧은 호흡으로", 혼란한 영혼을 "스 · 타 · 카 · 토로" 자른다. 부박함과 속물의 현실을 부끄럽게 한다.

제2부: 설계도로 가다

시론

시론1
음악적 調性으로 살펴본 시의 동기와 분위기

들머리 : 비평과 과학적 성찰

문학의 연구 · 비평 방법이 어느 시대, 어느 문화에 의해서인가 그 정당함과 위엄을 부여받는 것이야 타당한 일이지만, 세월을 격하고 문화를 넘어 절대적 권위를 구가하는 것은 전근대적 유산일 것이다. 그보다 이 시대는 논의의 역동성, 의도의 개방성, 세계관의 관용에 바탕을 둔 설득력이 있는 글이 요청되는 시기이다. 레비 스트로스는 그의 저서 『야생의 사고』에서 과학적 설명이란 복잡한 것을 단순한 것에 환원하는 것이 아니라, 잘 이해되지 않는 복잡성을 더 알기 쉬운 복잡성으로 대체하는 것이라고 말한다. 이 말은 우선 인문학적 글쓰기에 적용되는 듯 하다. 과학적 설명이 단순하게 이루어질 수 있는 유일한 길은 '믿음'에 의해서이다. 우리나라의 비평과 문학연구를 읽어보면 이런 점을 결여한, 즉 별 내용 없이 정서만 늘어놓은 나르시스적 성찰을 허다하게 보는데 이런 글들을 우리는 '일방통행' 이란 말로 요약할 수 있을 것이다.

흔히 요리를 못하는 사람의 다섯 가지 특징을 이렇게 말한다. 첫째, 그릇을 많이 쓴다. 둘째, 여러 가지 재료를 많이 쓴다. 셋째, 갖은 양념을 다 쓴다. 넷째, 한 순서를 빼먹든지 아니면 순서를 거꾸로 한다. 다섯째, 남이야 맛이 어떻다 하든 자기의 입맛에는 꼭 맞는다. 이런 자기중심적 요리사처럼 대부분의 글쓰기가 이런 일방통행과 나르시시즘의 폐해를 입고 있는 것 같다. 그릇을 많이 쓴다는 것은 글쓰기에 있어서 갖가지 이론을 다 동원한다는 이야기다. 재료를 많이 쓴다는 것은 제재를 이것저것 다 쓴다는 것, 갖은 양념을 다 한다는 것은 設疑나 詠嘆으로 심한 수사를 한다고 이해하면 어떨까. 〈복잡한 것을 찾아 정리함〉이 어쩌면 시학의 비평과 연구가 되어야 할 것은 이미 우리의 현실도 어떤 권위나 강제의 요식 행위보다는 친절한 대화와 설명의 담론으로 선회하고 있기 때문일 것이다.

문학/시의 비평과 연구에 대한 이 글의 초점은 〈나르시스적 성찰〉에 불만을 품은 나의 과학적 성찰을 정당화하고자 한 것이다. 그러니 문학평론이라는 장르와 제도적 문학연구 간의 긴밀한 관계를 성찰해보는 것이 이 글의 목적인 셈이다. 이미 우리의 글쓰기가 모티프 위주의 비평으로 이루어지고 있다는 것을 감안한다면, 이 전염병에 비평의 전 제도가 오염되어 있다해도 가히 지나친 말은 아닐 것이다. 유종호는 비평의 현실에 대해 이렇게 언급하고 있다. 〈사실 비평담론에서 흔히 거론되는 것이 비평적 접근에 편리한 모티프를 지닌 작품이란 것은 특히 연구를 자처하는 시론 내지는 시인론에서 상례적이요 항상적이다. 모티프 추적 위주의 비평이 서정시나 서사적 산문의 차이에 대하여 무감하다는 특징을 우리는 다시 상기하게 된다. 어디 그뿐이랴 현대 사회라는 관점에서는 동양문화와 서양문화의 차이에 대해서도 무감한 일이고 또 고대와 현대의 차이도 없을 터이다. 남녀의 구별도 없어질 것이고 오로지 비평하는 자의 의도만 살아 있을 것이다.〉(창작과 비평 97호) 더욱이 이런 글쓰기와 비평에 역병이 난무하지만 방역체계나 면역체계는 마련되어 있지 않다. 문학지가 동인지로 전락하고, 모든 진지함이 사라진 것이 다행스럽기라도 하다는 듯 비평의 권위도 실추된 지 이미 오래되었지만 그에 대한 백신은 없다. 이것은 비판/비평의 시대에 지식주체의 주관적, 절대적 체험이 얼마나 위험하다는 것을 보여주는 대목이다. 이런 맥락에서 나는 가능한 경험에 부가되는 사회적 조건, 엄밀히 말해 그 경험의 사회적 조건을 객관화하는 작업이 필요하다고 생각한다.

시의 調性과 정서 그리고 시의 메시지

우리는 일반적으로 톤(tone)이라는 말을 사용한다. 그리고 이 말은 음악에서는 음조로, 미술에서는 색조로, 시에서는 어조로 사용한다. 베토벤은 "오, 벗들이여 이런 어조로 말고, 더 유쾌하고 환희에 넘치는 어조로 노래하자"라고 9번 교향곡 합창을 시작한다. 그렇게 보면 문학과 조형예술, 음악에 함께 적용되는 이 '調'라는 말은 어떤 연관성을 상정하고 있는 것이리라. 미술은 그야말로 명도와 채도로 굴절된 칼라로, 음악에서는 조와 조성으로, 음색으로, 화성으로, 시에서는 이미지와 음향으로 작품의 서정을 결정해 줄 것이다. 이와 같이 시의 창작과정이나 인식에서 조성은 간과할 수 없는 체계가 되어있음을 우리는 인정해야 할 것이다. 서정성을 결정하는 것은 우선 시건 음악이건 구성적인 부분과 이미지적인 부분으로 결정된다고 볼 수 있다. 여기서 구성이라 하면 시의 내용이라 할 수 있는데 이것은 사실상 부수적인 요소로(정서, 리듬, 이미지 등) 결정되기 쉬운 시에서 없는 것이라고 치부해버릴 수 있다. 그러나 단순한 음악이나 시라 할지라도 이런 요소는 갖추고 있다. 그것인즉 음악에선 I-Ⅳ-Ⅴ-I의 으뜸화음 진행, 문학에서는 起-承-轉-結의 전통적인 진행방법이다. 문학에서의 承은 음악에서 버금딸림화음에 해당하는 것으로 생략할 수 있기 때문에 I-Ⅴ-I 내지는 기-전-결이 최소한의 서정의 구조를 형성한다. 이것은 불안정과 안정, 전쟁과 평화, 불화와 조화 사이에서 동적 평형상태를 추구하려는 인간의 심성에 근거를 두고 있다.[2)]

---

2) 나는 이것을 자연과학이나 공학에서도 비슷하게 설명하는 경우를 보았다. 필자의 친구가 독일의 막스 플랑크 연구소에서 공학박사를 받기 전 Rigorosum (박사학위 구술시험)을 치렀는데, 그때 교수가 던진 질문이 "왜, 네 다리를 가진 탁자는 바닥이 고르지 못할 경우 끄덕일 수 있는데, 왜 세 다리가 있는 탁자는 끄덕이지 않는가?" 라는 것이었다. 박사학위 구술시험에 이런 시시한 문제가 출제되었다는 생각을 하기도 전에 매우 재미있다는 생각이 들었다. 3이라는 숫자가 동서고금을 막론하고 1이라는 수 다음으로 가장 완전한 숫자가 되는 이유를 찾아볼 수 있었다.

어리석었던 내 사랑을 위해
너를 위해 비워 둔
오래 쓸쓸했던 빈방을 위해
나는 통곡했다, 너를 보내고
아직 남아있는 촛불의 온기 가물거리던
그 밤
밤이 데리고 온 어둠, 어둠이 몰고 온
고요의 늪 속에
후회로 꽉 찬 내 몸 쑤셔 넣으며
삼경 무렵에야 희미하게 깨어났나 보다
온통 통곡하는 것들로 채워진
내 곁의 사물들
흔들리는 그들의 여윈 어깨를
이제 아무도 싸안아 주지 않으리
짧았던 한 순간, 네 날숨처럼 포근했던
문이 닫히고
한 방울 촛농 떨어뜨리며 촛불마저 꺼지고
한 때 뜨거웠던 손
텅 빈 운동장의 만국기처럼 네 등뒤에서 흔들린다
안녕,
베고니아 붉은 꽃 그늘 어른거리던
한 필 옥양목의 질긴 길들

– 송종규 「프랑스 영화」 전문

우리는 이런 센티멘털리즘의 시를 소홀히 여겨서는 안 된다. 많은 대중들에게 무수한 사랑을 받는 결 고운 시를 쓴다는 것은 매우 귀한 일이다. 그럼에도 불구하고 우리가 그 가치를 자주 불식하는 이유는 심미적 가치가 자주 말해짐으로써 진부해지기 때문이다. 그러나 억압된 정서를 배설시키려는 이런 시의 일차적 기능은 애상과 고독을 담은 “너를 위해 비워 둔 빈방” 같은 표현이나 “삼경의 희미한 불빛”에서 나온다. 그렇지만 오늘 내가 이 시에 관심을 두는 것은 시의 정서 일반이나 이 시의 소재가 아니다. 그것보다는 이미 앞에서 말했듯이 조성과 관련하여 서정의 체험이 형성되는 시의 객관적 조건이다.

“촛불”의 이미지는 음악의 언어로 말하면 화음의 으뜸음 같은 것이다. 촛불이 제사를 지내거나 기도를 할 때 쓰는 물건이라면 이 시에서도 라이트모티브(주도동기)가 되기에 충분하다. 그런 의미에서 이 시는 상념의 순간을 조용하게 I도로 잡아 IV (촛불이 아물거리다가…)에서 V도(문이 닫히고 /… 촛불마저 꺼진다)로 진행시키고 있다. 이 때의 도미난트는 “텅 빈 운동장의 만국기처럼…/”에서 절정을 이룬다. 이제 儀式은 지나갔고 제사도 끝나고 잔치도 끝났다. 다만 그 사랑과 그 사람은 없어지는 것이 아니라 기억에 뚜렷이 각인된다. 템포는 리듬과 통사구조로 결정되겠지만 실상은 화성의 리듬으로도 가능하다. 그리고 화성의 리듬이 시에서는 이미지의 변화로 가능하다. 이렇게 볼 때 4행까지 이 시의 화성의 리듬은 평범하다. 즉 I도의 화성만을 사용하고 있는 셈이다. 그러나 그 이하 5-12행에는 변이형의 4도 화성을 자주 바꾸면서(이를테면 2도나 6도로) 수식을 하고 전개를 하고 있는 셈이다. 이렇게 되면 왜 이 시의 제목을 「프랑스 영화」로 붙였는지 감을 잡을 수 있을 것 같다. 이미지의 연결로 된 프랑스 영화의 특징을 제목으로 잡은 게 아닌가 한다. 그러나 이런 나의 추측은 만족할만한 것이 못된다. 왜냐하면 드문드문 계면조 - 평조를 섞어서 불러야 할 한국 영화가 될 수 있는 소지가 충분하기 때문이다. 그러자면 이 노래는 진양조 - 중모리 - 자진모리로 연결해야 하지 않을까? “통곡”-“촛불”-

"삼경"–"촛농"–"옥양목"이 이루는 한국적 이미지는 도저히 프랑스 영화라고 보기 힘들게 간섭을 하고 있기 때문이다. 그런 만치 시의 서정은 일관되게 어떤 화성으로 연결되지 않는다. 이와 같이 우리의 시는 서양적 이미지와 형식을 이용하고 있으면서도 사실상 우리의 정서적 동기들을 내포하고 있고 이것이 얼마나 시의 전체 조성을 방해하고 있는지를 보기 위해 화성학을 상론할 필요가 있다.

I도 화음은 안정과 조화를 표현한다. V도 화음 도미난트는 긴장되고, 쓸쓸하고 불안하다. 그래서 안정 즉 I도를 향해 간다. V도 화음 앞에는 IV도 화음이 오는 경우가 많다.[3] 이 IV는 수식을 하고, 밝은 불안과 호기심을 갖고 어떤 파국을 향한 진행을(V도로의) 촉구한다. 음악양식이란 어떤 개연성에 의지하는 것인데 선율의 진행도 마이어(Leonard B. Meyer)에 따르면 다음과 같은 개연성을 지니고 있다 한다.

> I도에는 IV나 I도가 따르고, 때때로 VI도가 따르며 II도나 III도는 드물다.
> II도에는 V도가 따르고, 때때로 VI도가 따르며 I 도, III도나 IV도는 드물다.
> III도에는 VI도가 따르고, 때때로 IV도가 따르며 II도나 V도는 드물다.
> IV도에는 V도가 따르고, 때때로 I 도나 II도가 따르며 III도나 IV도는 드물다.

---

3) 내가 여기서 말하고자 하는 바는 음악적 진행이지 전체적으로 그런 화음을 다 쓴다는 얘기는 아니다. 베토벤의 경우 4도 화음을 많이 씀으로써, 진행하는 듯한 분위기를 연출하고, 브라암스의 음악은 증4도의 분위기를 많이 써서 불안함을 표현하며, 슈만은 겹친 조성을 많이 써서 아라베스크한 낭만적인 분위기를 자아낸다.

> V도에는 I도가 따르고, 때때로 VI도나 IV도가 따르며 III도나 II 도는 드물다.[4]

이것은 물론 시간성이 내재하는 시작품에 적용되는 얘기다. 어떤 시에서는 어떤 한 이미지만을 말하기 때문에 조성을 말하기 어려운 시도 있다. 시의 조성은 서양 현대음악의 무조음악이나 전통적인 한국음악을 제외하고는 통념적으로 장조와 단조를 선택한다. 이런 조의 선택은 시의 동기를 말해주고 있다고 볼 수 있다. 동기란 곧 시의 (또는 시인의) 언표가 될 수 있고 그것을 실행하는 틀이 시의 분위기인 이미지에서 개별적으로 수행된다고 보면 틀린 말은 아닐 것이다. 하지만 꼭 단조를 선택해야 슬프게 되는 것은 아니다. 오히려 장조 속의 단음정 구성이 훨씬 심한 슬픔의 분위기를 자아낼 수 있고 그것이 전체적 시의 동기를 결정할 수도 있다.

슈타이너(Rudolf Steiner)가 설명한 音程의 빛깔은 보편적으로 받아들여질 수 있다. 이를테면 단2도는 내면적 동요와 망설임이 있다. 아래에서 보게 될 「비목」의 "양지녘-에"의 "녘"과 "에" 사이가 이 경우이다. 장2도는 수동적인 자세를, 장3도는 긍정적인 내적 균형과 안정감이 있다. 그러므로 시에서든 음악에서든 이런 분위기가 맘에 드는 것은 수용자가 마음이 불안하므로 안정을 추구하려는 뜻으로 보면 된다. 완전4도는 안정에서 벗어나 다른 환경으로 향하는 움직임이 있다. 시와 파를 증4도라 하는데 3온음이다. 이 음정은 이상한 악마적 분위기가 남으로 인해 그레고리안 성가에서는 이 음정을 피했고 오늘날 12음 기법음악에서는 옥타브의 반이라는 데서 중요한 역할을 한다.

---

4) Leonard B. Meyer, 음악의 의미와 정서(신도웅 역, 도서출판 예솔 1991), 52쪽

이런 의미에서 장조이지만 단조의 음정으로 쓸쓸한 정서를 표현할 수 있다. 우리가 잘 아는 「사월의 노래」(김순애 작곡)를 보면 "목련 꽃 그늘 아래서 베르테르의 편질 읽노라"라고 시작하는데 "목"과 "련" "련"과 "꽃" 사이 "래"와 "서"사이는 각각 단3도가 형성되어 쓸쓸한 음조(색조)를 연출한다. 그에 반해 "읽노라"에서는 완전 4도가 형성되어 노래는 안정감으로부터 떨어져 나가 다른 환경으로 향하게 하면서 불안하게는 하나 쓸쓸한 빛깔은 없게 한다. 더욱이 장조와 단조를 섞어 쓰는 경우 장조/단조 현상은 더욱 애매하다. 「비목」의 경우 라장조와 나 단조가 섞여 있는데 "초연이 쓸고 간 | 깊은 계곡 깊은 | 계곡 양지녘 | 에 ..."에서 앞의 세 마디는 라장조로 시작하다가 "...에"에 와서 단조로 바뀐다. 아무런 조바꿈을 하지 않고도 "녘"의 레음을 반음 올리면서 단2도의 화성단음계로 만들어 버린다. 교과서적인 해설은 장조는 밝고 명랑하고 힘찬 부분에, 단조는 어둡고 우울하며 비애감이 있는 부분에 주로 쓰인다고 하지만 노래를 '하나의 전체'로 볼 때 뒤의 조성이 슬픔을 거꾸로 전염시켜 노래 전체가 단조와 같은 성격을 띠게 한다. 노래에서 연출하는 이런 분위기와 이미지는 실상 너무나 강렬한 것이어서 노랫말은 아예 무슨 뜻인지도 모르고, 무슨 동기로 쓰여졌는지도 모르고 부르게 된다. 서정적 시는 이러한 성격을 띠고 있다. 이를테면 "초연이 쓸고간" 할 때 "초연"이 무엇인지도 모른다던가, "아아 으악새 슬피우니" 할 때 "으악새"가 무엇인지를 괘념치 않게 한다.[5] 이렇게 보면 시가 서정적일수록 기저의미적(denotative) 성질보다는 부가의미적(connotative) 성질을 더 많이 띤다고 볼 수 있다. 음악

---

5) 초연은 화약연기를 말하면서 전쟁을 상징하고 으악새는 억새풀의 경기도 사투리라하니 슬피운다는 말과 연상작용 때문에 새 아닌 새가 되지 않았나 한다.

에서도 이렇게 음들간의 상호관계에 의해서 그 빛깔과 음조가 규정되듯이 — 모든 화음은 이미 피타고라스 때부터 수 개념으로부터 발전되었다 — 시의 분위기와 이미지도 이렇게 상대적인 것이 되어 버린다. 우리가 잘 알고 있는 파울 첼란의 「죽음의 둔주곡」Todesfuge에 나오는 "아침의 검은 우유" 같은 당착어구 oxymoron 는 이에 대한 대표적인 경우라 볼 것이다. 길버트 라일에 따르면 정서와 감정은 구분된다. 정서가 동기와 관련된 것이라면 감정은 분위기와 관련된 것이다. 동기가 목적 지향적이라면 감정은 인과관계로 규명될 수 있는 어떤 것이다. 이것을 시에 적용해 보면 동기는 바로 시를 쓰는 목적, 시에서 추구하는 세계관, 주제 같은 것이 될 것이다. 그러나 이런 것은 부가의미를 생명으로 하는 시에서 크게 중요하게 드러나지 않는다. 그렇기 때문에 특별히 문화적이라든가, 특별히 철학적이라든가, 특별히 사회적인 시들은 (전통적인 의미에서의) 서정성이 결여되어 있다. 그러나 분위기는 모든 일시적 이미지로 좋고 나쁜, 쓸쓸하고 기쁜 감정이라 말할 수 있다. 그렇기 때문에 서정적, 총체적, 낭만적 음악에서 조(장조, 단조 혹은 무조)를 선택하는 것은 이 동기에 관련된 것이다. 시에서는 감추어진 세계관일 것이다. 그렇게 보면 무조음악은 동기를 포기한 세계관이며 표제음악은 구체적으로 드러난 리얼리즘적 현실일 것이다. 분위기는 감정으로 대치된다. 음악에서 조와 조성은 같이 사용될 수도 있고 다르게 사용될 수도 있다. 그것은 마치 위에서 말한 「사월의 노래」의 내림마 장조에서 단조적 우울한 조성이 따르는 것과 흡사하다. 이는 단화음, 장화음, 불협화음 등으로 수식되고 표현되는 분위기 같은 것이다.

이렇게 불안정을 창조하기 위해 딸림화음을 쓰든 버금딸림화음을 쓰든, 안정-불안정-안정이 즐거움을 줄 수 있는 최대의 변증법이라는 사실을 명백해진다. 그리고 조성이나 음정의 변화처럼 이미지를 많이 쓰는 시들은 (박인환의 시를 대표적으로 들 수 있음) 정서와 감정에 호소하는 것을 알 수 있다. 이 말이 추상적이라고, 말이 안 된다고 하는 사람을 위해 우리가 가장 애송하는 노래를 예로 들 수 있다. "산토끼 토끼야 어디를 가느냐 깡총깡총 뛰면서 어디를 가느냐". 이렇게 내용 없고 진부한 노래가 어떻게 노래를 배우는 모든 한국인에게 수 십 년이나 사랑을 받아 왔을까. 가사의 진부함을 떠나서 (가사도 잘 보면 진부한 것만은 아니다) 곡도 단순하다. 그러나 이 곡은 음악과 예술의 전형을 보여준다. 그것은 안정된 I도 화음에서 IV도 화음으로 갔다가 다시 도 화음으로 돌아오는 화성으로 어떤 정서를 대변하기 때문이다. "깡총깡총 뛰면서 어디를 가는" 것, 그것은 어린아이에게 궁금한 일이 아닐 수 없다. 이 궁금함을 노래의 화성은 버금딸림화음으로 처리하여 긴장관계를 만들어 낸다. 그러나 현대시로 오면 올수록 그 순서는 오히려 역동적으로 가꾸어지며 산문적 내용을 장비하고 나선다.

사랑하다가 죽어버려라
오죽하면 비로자나불이 손가락에 매달려 있겠느냐
기다리다가 죽어버려라
오죽하면 아미타불이 모가지를 베어서 베개로 삼겠느냐
새벽이 지나도록
摩旨를 올리는 쇠종소리는 울리지 않는데
나는 부석사 당간지주 앞에 평생을 앉아
그대에게 밥 한 그릇 올리지 못하고
눈물 속에 절 하나 지었다 부수네
하늘 나는 돌 위에 절 하나 짓네

– 정호승 「그리운 부석사」 전문

정호승의 시를 음악적으로 파악하는 비평가들이 많은데 그들처럼 음악적으로 본다면 이 시는 오히려 V-I-IV-V-I의 진행을 보이고 있다. 시의 동기는 단조적, 낭만적 쓸쓸함과 동경으로 어우러져 있다. 음빛깔은 오히려 서양적 화성의 분위기를 넘어서서 그레고리안 찬트나 독경의 음악, 판소리, 타악기의 음악에까지도 어울릴법한 면모를 지닌다. 그럼에도 이 시는 뭔가 앞뒤로 맞지 않는 면을 내포하고 있다. 이런 분위기는 산문적 전개과정 (새벽이 지나도록... 밥 한 그릇 올리지 못하고... 지었다 부수네)과는 별도로 다른 정서를 요구하고 있는 이미지, 즉 시의 조성의 변화에서 온 듯하다. 그것은 "사랑하라", "죽어버려라", "기다려라"라는 강렬한 요구의 이미지에서 온 것이다. 앞에서 예로 든 우리의 가곡과는 달리 일관된 조성을 방해하는 것은 바로 이 부분이 산문적이기 때문이다. "-버려라", "겠느냐"는 청유적 명령형으로서 산문중의 산문이다. 만약 이 시를 개작하여 "사랑하다가 죽었네", 그래서 "손가락에 매달린 비로자나불이 되었네" 등으로 바뀌면 이 시는 언필칭 충분한 서정성을 얻게 된다. 그것은 언어내재적 부정성을 얻기 때문이다. 여기서 나는 그의 시를 개작하자는 뜻이 아니다. 그리고 추호도 그의 시를 훼손하고 싶은 생각이 없다. 그의 시를 개작해 보는 것은 다만 이런 시의 통사적 구조가 부정으로 체현된 정감의 이미지, 또는 일관된 조성을 방해하고 있다는 점을 보여주기 위함이다. 에즈라 파운드가 말했듯이 현대시로 올수록 회화성과 논리성이 강하다는 것은 정호승 시인이 전통의 맥락에 있으면서도 현대시의 기법을 쓰고 있다는 증거가 된다. 기실 제1행과 제2행의 이미지의 차이(이를테면 제1행과 제3행은 현실, 제2행과 제3행은 神話)는 산문적 현실을 신화적 형상에 조합한 몽타주의 기법이라고까지 말할 수 있다.

손가락을 감추고 있는 비로자나불을 손가락에 매달려 있는 사랑에 대한 믿음으로, 급기야는 손가락을 걸고 맹세한 사랑 때문에 죽을 수도 있다는 일상의 신화로 환원한 것이 이 시의 생명이다. 이런 부분들이 부분의 총합으로서의 전체를 만들어 내는 것을 방해하고 있다. 전반부의 그로테스크나 민요적, 신화적 요소는 (서양의) 현대음악에서 음악의 리얼리즘이란 문제로 처리하고 있다.[6)]

그동안 음악은 근본적으로 낭만적인 것이다라는 명제를 음악에도 리얼리즘이 있다라고 보는 음악사가의 말이 옳은지는 음악가들의 말을 빌려보면 그 대충을 짐작할 수 있을 것이다. 말러(Gustav Mahler)가 간헐적인 리얼리즘의 방법을 통하여 비예술적인 효과를 발휘했다고 주장한 반면 쇤베르크(Arnold Schönberg)는 음악이야말로 항상 '비리얼리즘적' 이기 때문에 누군가 음악에 감동을 받았다면 그것은 '예술적' 으로 감동 받은 것이다 라고 주장하였다. 이와 같이 음악이라는 형식이 아무리 화성과 리듬을 갖고 있다하더라도 음악 내에서 리얼리즘은 얼마든지 창출될 수 있다. 리얼리즘이 창출된다는 것은 결국 시가 내용이 든 진행을 이룰 수 있고 어떤 비낭만적, 비서정적 시일지라도 서정적/반서정적으로 처리될 수 있다는 뜻이다. 그러면 이런 시는 어쩔 것인가?

---

6) Carl Dahlhaus, Musikalischer Realismus -Zur Musikgeschichte des 19. Jahrhunderts, München 1982, 한국어 번역본: 음악적 리얼리즘 (오희숙 역, 도서출판 예솔 1994)

나는 밤마다
아내 가슴을 쓰다듬으며 잠이 든다.
그러나 대낮에 아내는 한사코 그 짓을 거부한다.
아내에게 대낮의 나와 한밤중의 나는 다른 사람인가, 같은 사람인가.

아내는
밤의 오갈피나무 숲에서 내게 입술을 주었다.
그때 푸드득 산새 한 마리가 날아올랐다.
눈을 감은 아내는 산새는 보지 못하고
하이얗게 흔드는 산새의 꽁지짓 소리만 들었을 게다.
아내가 내게 입술을 준 것은 눈을 감았기 때문인가, 산새의 꽁지짓
소리 때문인가.

—尹石山 「말의 나라 여인들은」 부분

시가 낭만적이고 서정적이라 할수록 총체적 구조를 갖고 있다는 말을 나는 이미 암시하였다. 그 구조 또한 하나의 전체를 이루고 있는 폐쇄적 구조를 갖고 있다. 그것은 이미 모든 예술장르에 통용된다. 만약 윤석산의 시를 서정시라 한다면 이를 오선지 위로 옮겨 총체적 구조로 만들 수 있을까? 할 수 있다. 다만 몇 가지 전제 조건이 있는데 우선 전통적 (낭만적) 음악(또는 시)만을 음악(또는 시)이라고 말하지 않는다는 것이 그 하나이고, 그 두 번째는 텍스트에 나타난 것만을 가지고 음악이라는 생각을 버리는 것이다. 이 시의 제1행과 제2행은 장화음으로 시작한다고 볼 수 있다. 그러나 제3행의 시의 이미지는 앞의 것과는 다른 담론을 사용함으로써 원래 독자가 의도한 동기인 서정성을 중단시켜 버린다. 다시 말하면 가슴을 쓰다듬는 행위에 버금가는 이

미지(음악적으로 화성)를 요구하지만 작자는 딴청을 부린다. "밤"과 "낮"에 다른, 즉 말과 행동이 다른 행동의 주체에 대해 말하고 있다. 이것이 말러가 말한 것처럼 리얼리즘을 통한 비예술의 경지이든, 쇤베르크가 주장한 비리얼리즘을 통한 예술의 경지이든 우리는 상관할 바가 아니다(여기서는 시의 내용에 대해 말하려는 것이 아니다). 이미 작자가 빠져 나온 서정시는 종래의 서정시가 아니며, 그 서정은 이미 텍스트의 밖에 존재하고 서정 자아조차 텍스트에서 밖으로 빠져 나와 있다. 다만 그럼에도 불구하고 '텍스트의' 서정은 그대로 지속되기 때문에 음악의 조성형식이 성립되고 이 시는 서정을 거부하는 서정시라 말할 수 있다. 이 시를 듣는 우리의 마음속에서는 말러의 교향곡 4번을 들을 때처럼, 한없는 기대와 한없는 실망이 교차되어 있다. 쇤베르크의 無調音樂처럼 밋밋한 조성을 느낄지도 모른다. 이 작품은 또한 Ⅳ도나 V도의 종말을 가진 것 같다. 이것이 현대 예술이 갖는 개방구조일 것은 더 말할 필요가 없다.

조성의 파괴와 현대시/음악

시의 서정성은 음악의 주관성과 밀접한 관련을 맺고 있다. 훌륭한 작품이 천재에 의해 만들어지고 200여 년 전에 만들어진 모차르트의 음악이 2000년에도 나에게 감동을 준다는 생각은 음악을 편협한 전통적 시각에서만 본 것이다. 이것은 마치 원시인들이 사진 속에서 실물을 찾지 못하는 것과 같은 원리이다(예술사가 알로이스 리글이 말함).

음악적 산문법칙은 시의 산문성과 일맥 상통하는데 그것은 곧 리듬과 박절의 주기성을 포기하고 불규칙성이 도입되는 것을 의미한다. 시/음악의 산문이 전통적인 문장론을, 그리고 조성적 화성과 형식을 구성했던 규칙을 포기하는 것을 의미한다. 그리고 현실을 표현하기 위해 심미적 규범, 즉 조성을 파격적으로 일탈하고 있다. 이런 것은 이미 모차르트 음악에서도 레치타티보, 길거리에서 외치는 상인의 소리 도입, 저속한 유행가 같은 노골적인 모티브 인용 등이 그것이다(칼 달하우스, 같은 책). 우리가 잘 아는 슈베르트의 가곡 「보리수」나 「송어」에서도 이런 레치타티보 형식과 산문의 형식이 나타난다. 이런 표현형식은 곧 현실의 수용을 뜻하는데 전통적 리듬과 화성의 규칙성을 깨고 있다.

앞에서 말한 구스타프 말러의 관현악을 예로 들어보겠다. 그는 민요형식의 가곡을 교향곡에 포함시켜 작곡한 경우가 많은데 특히 예술적으로 양식화되지 않은 자연음, 자연의 모습을 음악적으로 재현하고 있다. 특히 1번과 3번에서의 민요인용은 악절적으로 구분되고 절로 나누어진 확실한 노래선율이 있으면서도 음악적 산문의 경향을 보이는데 이는 개방적인 무형식의 자연음이 기법적-형식적 중재(매개) 없이 이질적인 요소들에 몽타주 (또는 꼴라주)처럼 연속적으로 나타난다. 이것이 양식과는 대조를 이룬다. 하지만 이것은 전통음악이나 문학에서 상정하듯 자연성의 파괴가 아니라 자연성의 회복이다. 또한 그의 이런 음악적 산문은 사회적 의미 (진리내용)를 드러낸다. 즉, 풍자적이고 감상적 요소를 직접 삽입함으로써 고귀와 저속, 예술과 비예술의 극단을 변증법적으로 그려냄으로써 음악의 산문을 실현하고 있다.[7] 이렇게 보면 현대시의 기본적인 특징이 음악의 조성기법의 변화와 크게 다르지 않다는 것을 알 수 있으며, 그 특성은 사물이 소외되고 조성이라는 연관관계에서 풀려났을 때만 리얼하게 된다는 것을 알 수 있다. 바로 위에서 살펴 본 윤석산의 시에서도 파괴된 조성과 자연음의 도입으로 설명할 수 있는데 이것은 "가슴을 쓰다듬으며 잠자는 것을" 거부하는 현실, 거부당함으로써 얻는 마음의 동요, 소외되어 그것을 밖에서 지켜보는 소외된 화자를 음악적 조성(조성과 조성의 파괴)으로 형상화하고 있다고 설명할 수 있다. 현대시와 현대음악이 조성의 구속에서 풀려난 것을 정신분석학적으로는 곧 소외된 자의 표현이라 말할 수 있을 것이다. 정서나 감정적인 이미지즘으로 우리의 정신은 더 이상 정서적이거나 감정적이 되지 않는다. 현대인의 정서변화는 이성(의지나 사고)에 더 많이 의지하는 패러다임을 갖고 있다고 볼 수 있다.

---

7) 정서는 감정과 구분된다. 정서는 경향성이나 동기를 말하지만 감정은 마음의 動搖나 기분을 말한다. 불안하다, 산란하다, 걱정스럽다, 놀라다, 충격적이다, 흥분하다, 긴장하다 등과 같은 마음의 동요는 사실은 그냥 생기는 것이 아니다. 소용돌이란 그 자체로 생기는 법이 없기 때문이다. 소용돌이는 항상 두 개의 흐름이 충돌하든지 아니면 하나의 흐름에 바위가 있든지 할 때 생긴다. 그러므로 마음의 동요가 생기려면 두 가지 경향성이 대립하거나 혹은 한 가지 경향성과 다른 방해물이 있어야 한다. 그렇기 때문에 동요는 경향성들을 전제한다. 습관의 갈등, 습관과 동기와의 갈등 등이 심적 동요의 조건이다. 애연가는 길을 가다가 성냥이 없을 때 가장 고통스럽다. 말하자면 슬픔은 죽음에 의해 방해를 받은 감정이며 긴장은 공포에 의해 방해받은 희망이다. 그런데 감정을 나타내는 단어들 중에는 마음의 동요만 나타내는 단어가 있고 (불안하다, 근심스럽다, 우울하다, 흥미롭다, 놀랍다 등) 경향성만을 나타내는 단어가 있다(낚시를 좋아하다, 허영심이 많다, 리더가 되고

마무리: 나르시스적 성찰의 종말

위에서 시가 갖는 음악성을 조망한 것은 시에 곡을 붙이기 위해서가 아니다. 또한 시의 음악성 연구를 위해서도 아니다. 그것보다는 근래 수없이 쏟아지는 시작과 시평에 대한 나의 소회를 피력하기 위함이다. 시의 시적 성취와는 관계없는 시인의 뒷조사나 시인에 대한 찬양, 시의 모티프에만 매달리는 해석, 설의와 영탄으로 이루어진 나르시스적 비평에 식상했다는 것을 보여주기 위해서 쓴 글이다. 독일에 가서 철학을 하려면 개념과 정의, 형이상학에 재주가 있어야 하고, 프랑스에 가서 철학을 하려면 과학적이고도 흥미 있는 분석적 사고를 요구당한다. 이와 같이 문학비평을 이끌고 가는 동기가 문화마다 다른 것은 인정해야 할 일이다. 그렇기 때문에 우리의 비평현실도 천편일률적으로 시인과 작가의 찬양 같은 雰圍氣的인 것을 지양하고 動機的인

싫어 한다, 정원 가꾸기에 열심이다 등). 그런데 경향성과 동요를 함께 나타내는 단어가 있는데 그것은 이를테면 사랑, 소망, 욕망, 자랑스러움, 열망 등이다. 이런 단어들은 단순한 경향성을 나타내기도 하고, 때에 따라서는 그런 경향성이 차단되는 데서 생기는 동요가 되기도 한다. 시나 음악은 바로 이러한 소용돌이에서 생긴다. 이런 동요들은 근본속성에서는 불유쾌한 것이지만 항상 불쾌한 것은 아니라는 사실을 알아야 한다. 낚시나 보트 타기, 낱말 맞추기, 농담 등은 고통과 위험을 동반할 수 있다. 그럼에도 스릴을 느끼고 즐거워하고 안도의 한숨을 쉬는 것은 위에서 내가 제시한 안정-불안정-안정의 기본구조가 예술의 법칙에 내재해 있다는 것을 반증해 주고 있다. 그러므로 여기서 말하는 시/음악의 산문성은 곧 그 운문적임을 강조해주는 역할을 한다고 볼 수 있다. 마음에 관해서는 길버트 라일, 『마음의 개념』,(이한우 옮김) 문예출판사 1994를 참조하라.

것에 관심을 가져야 한다. 분위기와 동기의 주된 차이는 동기가 방향적 자질을 가진 것이라면, 분위기는 크기와 양, 단계가 있을 뿐이다. 동기가 '성취하려는 목적과 관련해서' 의미 있게 되는 것이라면 분위기는 그것을 '유발시킨 조건과 관련하여' 의미 있게 되는 것이다.[8)]
분위기적인 것은 우리 사회에 만연하고 있는 문화현상인 바, 문학비평이 독서를 위해서 이루어진 것이 아니라 어떤 특정한 시인이나 그들의 동인들을 위한 것이라는 혐의를 자아낸다. 이런 비평과 연구는 대화를 유보하고 일방통행식 자기주장과 권위만을 내세우고 있다. 시적 성취에 대한 진지함이 사라지고 이제 비평의 길은 험담 아니면 옹호의 양극단에 서게 되었다. 이런 맥락에서 벤야민의「일방통행」Einbahnstraße이라는 글은 우리에게 시사해 주는 바가 많다.

평론가의 기술 13조

I. 평론가는 문학투쟁에 있어서 전략가이다.

II. 편을 들 수 없는 사람은 침묵하고 있는 편이 낫다.

III. 평론가는 지나간 예술사조를 해석하는 사람과는 아무런 관련성이 없다.

IV. 평론은 교예(서커스)의 언어로 말해야 한다. 그 이유는 동인(同人)이란 개념은 슬로건이기 때문이다. 그리고 슬로건에서만 전투적 함성이 나올 뿐이다.

---

8) 클리포드 기어츠, 문화의 해석(문옥표 옮김) 까치글방 1998, 121쪽 이하참조, 인 용부분은 123쪽

V. 투쟁해야 할 사안이 가치가 있다면 사건이나 사안 대신에 동인정신에 충실해야 한다.

VI. 평론은 도덕적 사안이다. 괴테는 횔덜린, 클라이스트, 베토벤과 장 파울의 가치를 찾지 못했는데 이는 괴테가 그들의 예술을 이해하지 못해서가 아니라 그들의 예술을 이해하지 않으려는 그의 태도 때문이다.

VII. 평론가에게는 문학자체보다 인맥이 더 중요하다. 관객이나 독자는 말할 것도 없고 후세에 이 글이 어떻게 읽혀질까 하는 것은 더욱 가치 없는 일이다.

VIII. 후세의 사람들은 그를 기리든지 잊든지 둘 중의 하나다. 평론가만이 작가의 면전에서 평가한다.

IX. 평문이란 책 한 권을 몇 마디 말로 작살내는 것이다. 책의 내용을 적게 읽으면 읽을수록 평론하기엔 더 좋다. 이렇게 작살낼 수 있는 사람만이 평론(비판)을 할 수 있다.

X. 진짜 논쟁적 평론가는 책을 대할 때 마치 식인종이 젖먹이 아이를 잡아먹으려 들 때처럼 좋아한다.

XI. 예술에 대한 감동은 평론가와 거리가 멀다. 예술품은 평론가의 손에서 정신의 투쟁을 위한 무기다.

XII. 평론가의 기교를 한 마디로 요약하면 작품의 이념은 무시하고 핵심어를 찾아내는 것이다. 미흡한 평론의 핵심어는 생각을 유행에 맞추게 한다.

XIII. 독자는 항상 부당함을 겪게 되면서도 이 평론가의 생각을 자기의 생각처럼 받아들인다.[9]

---

9) Walter Benjamin, Gesammelte Schriften IV · I, Frankfurt a.M. 1972, S. 108 f.

나는 아직 세계가 좁아 그의 말을 다 알아들을 수 없지만 너무도 분명해서 해석을 할 필요가 없을 듯하다. 벤야민의 이 글을 읽으면서 20세기초의 베를린 사람들이 얼마나 문학적 당파에 마음을 뺏겼던가 서글픈 마음이 든다. 다시 인간을 중심에 두어야 한다. 디지털 물신의 거대한 세력으로부터 인간을 지키기 위해서는 과학적 성찰로 인간과 글을 촘촘하게 읽고 조탁할 포스트휴머니즘이 다시 필요한 시기이다.

시론 2
시와 문화적 상징체계

앞의 글에서 나는 라일 Gilbert Ryle의 말을 인용하면서 시의 동기 혹은 경향성에 대해 언급한 적이 있다. 이번에는 이와 연계해서 시를 보는 새로운 눈에 대해 논의하고자 한다. 그러자면 우선 경향성에 대한 논의가 선행되어야 한다. 이런 얘기가 있다. 증권 투자가와 경제학자가 같이 길을 가다가 증권 투자가가 100만원짜리 수표를 주웠다고 하자 그 경제학자는 "그건 진짜 수표가 아니다. 여기에 그런 돈이 떨어질 리가 없다"고 했다 한다. 시의 동기도 이와 마찬가지다. 동기를 결정하는 문화적 상징, 즉 습속 Habitus이나 경향성은 하루아침에 일어나는 것이 아니다. 설령 그 수표가 백만원 짜리 수표가 맞다 손치더라도 우리는 그것을 기대하지는 않는다. 결국 시와 시학이 분리될 수 없다는 것은 바로 이 하비투스나 경향성이 어떤 동질적 문화체계를 이루고 있다는 것에 다름 아니다. 카시러를 위시한 신칸트학파는 이성비판을 문화비판으로 몰고 갔는데, 이것은 절대적 인식의 집이 문화란 사실 때문이다. 문화적, 사회적 문맥에서 글을 읽을 수밖에 없다는 것의 징표이기도 하다. 헤겔과 그의 후계자들은 (후설, 딜타이, 하이데거 등) 이 경향성, 습속의 최대 심급을 역사적 이성에서 찾았다. 그러나 헤겔이 주장한 절대 이성이란 것도 역사를 너머 존재하는 문화적 습속일 뿐이다. 그러니 오늘날 구조주의 인류학이나 미국의 문화학자들이 문화적 구조 내지는 문화적 상징을 미학의 최종 심급으로 삼는 것이 이유 없지 않다. 이와 같이 문화적 상징체계는 시와 시학의 매트릭스를 이루고 있기 때문에 보편적이고 인식 집약적인 연구를 넘어선다.

문화적 상징과 문학적 상징에 대하여

라일에 따르면 마음은 소용돌이다. 그리고 소용돌이는 그냥 생기는 법이 없다. 어떤 흐름이 다른 흐름과 충돌하든지 아니면 그 흐름이 바위나 암초에 의해 방해를 받을 때 생기는 법이다. 그러니까 시와 소설, 모든 예술 장르를 포함해서 인간의 사회적 행위, 문화적 생산물이 다 이 소용돌이의 표현이라 보면 지나치지 않을 것이다. 시는 문화에 대한 반응이기 때문이다. 이 소용돌이의 타당성과 진폭이 크면 우리는 훌륭한 시라고 느낀다. 그러나 그 소용돌이의 표현은 시대의 정서를 비껴갈 수 없다. 그런데 시를 쓰는 사람이나 시학을 논하는 사람 중에는 이런 소용돌이의 성분과 심층을 궁구하는 대신 소용돌이의 자태를 모사하는 일에 마음을 뺏기는 경우가 많은데 차제에 그것을 쟁론의 대상으로 삼을까 한다. 프로방스나 유타주에서 찾아볼 수 있는 지세를 덕유산 자락이나 부석사 초입에서 일어난 것처럼 보고하는 자세는 얼마나 가소로운 일인가? 그것뿐인가 조선시대 쓰던 달구지를 자동차가 다니는 시내에서 운행을 한다면 그것은 어떤가? 만약 한국사람의 자동차 문화를 서구문화라고 하지 않는다면 나는 용감한 말을 할 수 있다. 東道東器요 西道西器다! 자동차가 다르다. 독일사람이 타는 벤츠와 한국의 소나타는 다르다. 그런 의미에서 문학도 비껴가지 않는다. 그 뒤에는 비록 서양의 말을 인용한다 해도 우리가 즐겨 사용하고 이해할 수 있는 것은 우리말이기 때문이다. 그러니 스테레오타이프 같은 표현에 비심(費心)하는 것보다는 사안을 심층적으로 기술하는 것이 서구 시학에 대한 바른 평가를 내릴 수 있는 길일 것이다.

그렇다면 시와 문화는 어떤 관계에 있는 것일까? 문화적 상징과 시적 상징은 어떤 관계에 있을까? 과연 이런 원리에 의하여 서구 시학의 수용을 극복할 수 있는 실마리를 제공할 수 있을까? 그것에 대해 냉철히 생각해볼 필요가 있다. 우선은 상징에 관한 이론. 우리가 생각하고 말하는 상징은 대부분 문학적인 상징이다. 그러나 여기서 말하고자 하는 문화적 상징은 신칸트학파 이후 사용한 문화체계로서의 상징체계를 두고 일컫는 거시적인 매트릭스를 말한다. 물론 미시적 상징은 거시적 상징과 일치할 수도 있다. 그러나 문화적 상징이 큰 세계(W[elt])라면 시적 상징은 문화적 상징을 표상할 구체적-개별적 현상으로서의 작은 세계(w[elt])이다. 우리는 윌리엄 블레이크가 "한 알의 모래 속에 세계를 보며 / 한 송이 들꽃에서 천국을 본다"[10] 고 했을 때, "한 알의 모래"와 "한 송이 들꽃"은 구체적 세계, 즉 시적 상징이지만 "천국"은 바로 문화적 상징을 말한다. 형이상학적으로 말한다면 사물의 전체 연장인 문화적 상징체계는 개개 사물의 다양한 파악, 즉 시적 상징에서 비로소 가능한 것이다 라고 말할 수 있다. 이런 맥락에서 여기서 내가 문제삼고자 하는 점은 우리의 거시적 시학이 미시적 시의 세계와 서로 병치될 수 있을까 하는 점이다. 기실 존재론, 모더니즘, 해체 등의 용어가 분분했지만 벙어리 냉가슴 앓듯 누구하나 이것을 용감하게 토론의 장으로 끄집어낸 사람이 없다. 그것이 또한 우리 문화의 체

---

10) William Blake, *Auguries of Innocence* 의 1-2행,
오규원, 현대시작법(문학과지성사 1990) 46쪽에서 재인용

계이다. 아는 것과 실천이 괴리되어 있는 문화! 그 누구도 그것을 말할 수 없는 문화!

그러면 문화적 상징이란 무엇인가. 가령 인간이 어떤 것인가를 의식하고 있다고 치자. 그러면 그 어떤 것이 그 무엇이라고 의식하고 있다. 그러나 어떤 형태(Gestalt)[11]를 의식하는 것과 그것을 상징적 매개에 의해 파악하는 것 사이에는 차이가 있다. 퍼시 Percy의 이야기를 들어보자.

> 방을 둘러볼 때 나는 힘을 안들이고 일련의 대비(對比)를 하고 있음을 알고 있다. 즉, 대상을 보고 그것이 무엇인지를 아는 것이다. 만약 내가 눈에 익지 않은 그 무엇인가를 보게 되면 나는 즉각적으로 대비(對比)의 한 쪽이 없다는 것을 알게 된다.[12]

여기에서 빠져 있는 대비의 한 쪽이 바로 상징모델이다. 우리가 어떤 알지 못할 사물을 바라보면 우리는 다른 어떤 사물들로 생각한다. 그리고 가까이 다가감에 따라 그 사물에 적합한 기준이 하나 둘씩 탈락하고 차츰 그 사물은 확실히 파악되는 것이다. 그 기준이 다 탈락하고

---

11) 게슈탈트로 읽을 수 있는 이 말은 '형태', '형상', '모습' 등으로 번역할 수 있다. 그러나 영어에서도 우리말에서도 타당한 번역은 없다. 그래서 심리학에서도 게슈탈트 심리학이라고 번역한다. 이 말을 들을 때면 독자는 이것이 상징형식과 연관된다고 생각하면 된다. 이를테면 우리가 대상을 인지할 때, 머리 속에 그리는 형상이라 생각하면 된다. 그러나 이미지는 아니다. 이미지는 게슈탈트에 속하지만 게슈탈트는 이미지에 속하지 않는다.

12) W.Percy, "Symbol, Consciousness and Intersubjectivity", Journal of Philosophy 55 (1958), p. 631-641

없으면 그땐 내가 상정한 사물이 아니다. 그래서 낯설다.(본 책 P.16~17 : '문화적 상징과 개인의 인식차이에 대한 구체적 사례 참조')
다시 시로. 엄격히 말해 시도 문화비판이다. 그렇다면 시학이나 시평 또한 그 시의 문화에 대한 비판이 우선되어야 한다. 우리의 문화가 비판보다는 긍정적 평가에 주력하는 것도 문화의 상징모델이다. 서구 시학을 수입하는 것과 비평 대신 축사를 쓰는 것은 같은 상징구조를 갖고 있다.
나는 서구의 이론이 우리의 문화와 문학에 타당하다고 생각하지 않지만 그들의 방법론적 철저함에는 동의를 한다. 그러나 근간에 모더니즘 이후의 서양 시학의 도입은 맥락 없는 짜집기로 이루어져 있고 대부분 인식론적 관점에서만 이루어져 있기 때문에 비판을 필요로 한다. 평론이 느슨하다는 점을 이용하거나, 시학이 텍스트나 담론이 있다는 점을 이용하여 문화적 콘텍스트는 도외시했다는 점은 우리 모두 인정할 것이다. 그렇기 때문에 나는 두 가지 점을 미리 말해 두겠다. 그 하나는 인식론적 관점의 무익함에 대해서이고, 그 두 번 째는 시학을 역사적 문맥에 자리매김 시키는 일이다.

인식론에서 문화학으로

로티 Richard Rorty는 인식론을 두고 어떤 특정한 역사적 시기에 부흥했다가 사라진 문화현상으로 보고 있는데 이 말에 나는 전적으로 동의한다. 어디 그것뿐이랴. 17세기 유럽에서 시작된 인식론 또한 유럽의 문화에서 일어날 수 있는 일이지 우리의 문화는 아니기 때문이다.

로티는 이런 인식론적 전환이 우연이 아님을 이렇게 설명하고 있다.

> 인식론에 대한 욕구는 제한에 대한 욕구이다 – 그 욕구는 사람들이 확실히 다닐 수 있는 토대에 대한 욕구이자, 사람들을 헷갈리지 않게 할 수 있는 틀에 대한 욕구이며, 우리에게 필요한 대상에 대한 욕구이며 더 이상 논란의 여지가 없는 재현에 대한 욕구이다.[13]

로티는 인식론이 (그 자체로) 무익하다는 것에 대해 말하고 있다. 그것은 어떤 사회의 지배체제를 구축하거나 인식의 토대를 마련하기 위해 쓰여 졌던 것이다. 그렇다면 성리학도 일종의 당시의 세계를 유지하기 위한 어떤 사회적 산물이라고 봄이 타당할 것이다. 정보의 독점 그것이 그들의 존재이자 목적이었다.

서구의 문화와 한국의 문화가 상호 교류한 예를 들기 위해 기독교 문화를 예로 들어보자. 교회에 가면 찬양이 끝나고 났을 때, '할렐루야' 하고 목사가 외친다. 그러면 한국에서 설교를 듣는 자들은 '아멘' 한다. 그러나 할렐루야는 '여호와를 찬양하라' 란 뜻이기 때문에 당연히 대답으로는 '할렐루야' 하고 대답해야 한다. '아멘' 하고 대답하는 것은 미국 사람이 '굿나잇' 이나 '땡큐' 했는데 '예스' 하고 대답하는 것이나 마찬가지다. 나는 여기서 우리의 문화에 '구미' 의 기독교가 들어와 한국적 기독교 문화를 만든 현장을 목격할 수 있다. '아멘' 의 의미

---

13) Richard Rorty, Philosophy and the Mirror of Nature (1979; dt. Übers.: Der Spiegel der Natur, 1981). Zit. nach Paul Rabinow, Repräsentationen sind soziale Tatsachen. Moderne und Postmoderne in der Anthropologie, in: Kultur, soziale Praxis, Text. hrsg. von Eberhard Berg u. Matin Fuchs, Frankfurt a.M. 1993, S. 158

는 한국인의 습속에 우선 형식으로 작용한다. 목사는 '할렐루야' 할 수 있고 성도는 '아멘' 할 수 있다는 구도로 보면 아무 것도 이상할 게 없는 것이다. 그리고 한국의 교회에서 위계는 (적어도 현재까지는) 매우 중요하다. 목사가 말하면 무조건 순종하는 것이 (21세기! 아직까지) 지배적이다. 그렇기 때문에 목사가 말하는 것은 무엇이든 '아멘', 즉 순종한다는(마음속으로 동의를 하지 않을 경우에도, 이것이 한국의 문화다!) 뜻으로 쓰이고 있다. 내가 여기서 겨냥하는 것은 교회비판이 아니다. 오히려 종교가 어느 새로운 문화에 들어가 적응하고 뿌리를 내리는 것은 문화적 육화 Inkulturation로서 바람직한 일일 것이다. 다만 문화적 상징체계도 심리적 현상처럼 약하거나 긴장이 해이해질 때 그 본 모습을 드러내기 때문에 인식론적으로 '할렐루야'와 '아멘'의 인식론적 기의는 완전히 상실되고 없다.[14] 그보다는 위(上)와 아래(下)의 관계라는 문화적 습속의 구조만 남는 것이다. 그렇다면, 다시 말해 나의 이 주장이 설득력을 얻으려면 이 한국! 기독교!의 문화는 한국의 불교문화에서도, 한국의 정치문화에서도, 한국의 시문화에서도 똑같이 나타나야 할 것이다. 왜냐하면 '위계의식'이라는 문화적 상징구조로 볼 때 미국의 기독교, 독일의 기독교, 아프리카의 기독교, 한국의 기독교 이렇게 비교할 수 있는 것이 아니라 (그것은 사유의 형식에서만 같다고 볼 수 있는데 이것조차도 요청 Postulat일 뿐이다), 한국의 기독교, 한국의 불교, 한국의 유교가 서로 동질적인 점이 더 많기 때문이다. 기

---

14) 여기서 나는 한국의 평론에서 주로 단골손님처럼 등장하는 인식론적 표현(상징, 은유, 환유, 알레고리, 기호 등)과 존재론적 표현(존재, 부정, 해체 등)의 무가치함을 주장하고자 한다. 그것을 결정하는 매트릭스는 어디까지나 문화와 역사와 사회이며 문화체계로서의 상징은 인식의 전제조건이다.

왕에 말이 나왔으니 말이지 기복신앙과 물질적 봉헌은 우리의 문화에 적나라하게 드러나는 일이지 않는가! 사이비 종교와 그들의 물질적 봉사와 파산, 정치인들의 모금 (나쁜 의미의!) 개인에게 바치는 헌금, 명망(!) 있고 카리스마가 있는 시인과 성직자에게 바치는 물심양면! 시라고 이를 비껴갈 수 있는가?! "내가 그의 이름을 불러주었을 때 / 그는 나에게로 와서 / 꽃이 되었다." 여기서 "이름"이 이와는 다른 그 무엇으로 해석할 수 있는가? 그것이 "존재의 의미"를 갖는 상징이라고?[15] 그렇다면 어떤 존재를 말하는가? 여기에 대한 답은 문화체계로서의 상징 이외에는 대답할 일이 없을 것이다. 그것은 산타야나가 말한 것처럼 "어떤 구체적인 언어를 말하지 않고 말을 하려는 시도는 결국 어떤 특정한 종교가 없이 신앙을 가지려고 하려는 시도만큼이나 절망적이"기 때문이다.[16] 인식론적으로 볼 때 (인식론이란 이미 증류수 같은 것이고, 실험실 같으며, 온상과 같은 것!) 이 "꽃"과 서정주의

---

15) 시와 상징에 대해 현대시 1999년 10월호는 기획특집으로 다루고 있다. 그 중에서 김영철, 시와 상징, 같은 책 23 쪽 참조하라. 수 없는 시인들과 수없이 무고한 학생들이 인식론이란 이름 하에 이것을 존재, 존재라고 하면서 해석해 왔다. 그러나 그것은 나치에 가담한 하이덱거가 (존재)인식론이란 허울 하에 사람들을 속여 왔듯이 이들이 문화적, 정치적 할 일 없음을 감추기 위해, 그리고 그들의 수제자들이 무엇인가 그들의 스승의 뛰어남을 찬양하기 위해 왜곡한 것들이다. 그리고 Langer의 상징형식의 철학을 문학적 상징으로 유추 해석하는 것은 오해의 소지가 있다. Langer는 인식론의 범주인 문학적 상징에 대해 이야기하고 있는 것이 아니라 문화적 상징에 대해 이야기 하고 있다. 그렇기 때문에 그가 인용한 조병화의 「의자」의 "의자"가 세대교체의 상징이라고 주장한다면(은유라고 해도 될 것이다) 이 시의 문화적 상징은 '의자를 물려주는 (또는 못물려주는) (한국의) (시가 발생한 당시의) 문화적 습속' 이 될 것이다.

16) Clifford Geertz, Dichte Beschreibung (우리말로 『문화의 해석』(문옥표 옮김)으로 번역되어 이 부분은 같이 실려 있으니 참조 바람), Frankfurt a.M. 1987), 44쪽

"국화"가 각기 문학적 "상징"이고 "은유"가 될지 모르지만 문화체계로 볼 때 이들은 구체적 의미를 내포하고 있지 않다. 독자에게서 완성되는 이 두 시인들의 문화적 상징은 권위와 종속, 구속과 체계일 뿐이다. 현대적 의미의 문학이 해방이요, 행복에의 약속이라면 이 두 봉건적 시들이 보여주는 '인식론적' 위대함은 '문화적' 쓰레기일 뿐이다. 유혈혁명 없이 단숨에, 그것도 외세의 힘에 의해 근대화를 이룬 나라에서 어찌 그 문화가 부정이란 경로를 통해 그 아름다움이 인식될 수 있단 말인가?

오늘의 시학이 단순한 인식론을 넘어 문화적 상징체계에 대한 이해로 접근해야 할 두 번 째 이유는 세계의 (그리고 세상의) 변화이다. 우리가 보통 구텐베르크의 인쇄술을 두고 구어문화에서 문어문화에로의 이행이라고 본다. 구텐베르크 이후에도 듣는다는 것은 가치가 있는 일이고 지금도 우리는 듣고 있다. 그러나 주도적인 문화적 가치로 인정받지 못했다는 점이 차이점이다. 예술도 이젠 시각예술을 중심으로 발전하게 된다. 청각 중심의 사회에서는 믿음이 주도적 문화수단이었지만 인쇄술 시대에는 시각이 중심문화로 자리 잡는다. 청각 시대의 무시점 un-perspective 시대가 perspective 시대로 들어오게 되며, 그것은 나중에 다시 포스트모던 같은 a-perspective로 이행한다. 이렇게 보면 왜 (글자라는 매체로 상상하는) 인식론이 한 시대의 패러다임으로 주목받아 왔는지를 알 것이다. 지금 문자문화의 시대에서 영상을 통한 미디어 시대로 넘어가면서 미시적인 인식론은 우리의 소통에 적당한 방법이 아니다. 성리학자들이 가지고 있던 인식이라는 독점적 정보는 지식은 "힘이다"란 말을 한 베이컨과 별로 다를 바 없다. 오늘날에는 로티가 말한 "토대에 대한 욕구, 재현에 대한 욕구"가 사라지고 없다. 그것은 더 이상 독자를 재미있게 할 수가 없는 것이다. 전자계산시대에 주판알을 굴리기를 요구하는 일이란 힘들기 때문이다. 주판의 세계에 들어가는 일이 귀찮은 것이다. 그렇기 때문에 시학은 이제 시인의 '인식의 세계'를 읽을 것이 아니라 시인의 '문화적 모습'을 읽어야 한다. 그리고 비판(시와 시학)은 이성비판이 아니라 문화비판이어야 한다. 시인 또한 과감하고 용감한 체계를 독점하여 권력을 가지고 있으며 내 체계를 보고 듣기만 하라고 강요할 것이 아니라, 내 모습을 부정하면서 스스로 체계를 만들어보라고 독자에게 권력을 내맡겨야 할 것이다. 여기에 시대의 비극이 서려있다. 옷을 벗지 못하는 그들과 과감히 옷을 벗는 자들 사이에는 큰 간격이 있다.

> 입과 항문 사이가 막혀
> 창자 속에서
> 독이 되는 똥
> 조 윤 희
>
> ― 조윤희의 「슬픈 모서리」부분

이렇게 쓰는 시인 못지않게 우리는 이 시 속에서 보이지 않는 상징적 鑄型을 읽어내야 한다. 이름이 주는 상징가치(부르디외)에 대한 인식, 그리고 그 가치를 "똥"으로 만들어 버리는 시는 필경 문화체계로서의 상징가치를 찾지 않고는 읽을 수 없다. 인식이라는 "규격"으로 미시적 시를 만들지 않는 만큼 시학도 문화적 상징을 육화해야 한다. 그것은 시인이 인식을 비판하는 것이 아니라 시대의 가죽을 뒤집어 쓴 경향성을 자기 부정을 통해 비판하고 있기 때문이다. 그래서 이 시는 한국의 문화체계로서의 "이름"이라는 상징을 겨냥하지 않고서는 제대로 읽을 수 없다. 즉, 한국이라는 특정한 종교가 아니고서는 그 종교성을 부여받기가 곤란할 것이다. 문화가 점점 더 가까워지면서 예전에는 부족과 부족 사이에서 들었던 소문이, 그 이후에는 글자로 고정된 보편적 이야기가, 이제는 민족문화 대 민족문화라는 비교적 큰 단위의 문화적 단위로 이전한 만큼 그 대비의 범주 또한 문화적 상징으로 이전해야 한다. 왜냐하면 인식은 이제 문화비판이기 때문이다. 그리고 문화 내에서의 차이보다는 여러 문화와 비교한 차이가 더 큰 의미의 연장과 지연을 만든다. 이것이 왜 내가 서구의 시학을 그대로 받아 들여서는 곤란하다고 강변하는 이유와 근거이다.

인식 비판 vs 문화 비판

나는 위에서 인식비판에 대한 문화비판의 우위를 주장했다. 그러나 나의 이 주장이 정당성을 얻기 위해서는 증거가 필요할 것이다. 그래서 나는 그 대상을 구체적으로「문학과 사회」2000년 봄호에서 찾아보았다. 우선 눈에 띄는 두 시인을 대상으로 하였고 그에 맞서서「문학과 사회」의 편집동인으로 있는 이광호씨와 박혜경씨의 평론을 구체적으로 다루겠다. 우선 진은영: 이광호의 해설에 의하면 그가 신인인 것 같은데 시를 보면 신인이든 아니든 필요없다는 것을 알 수 있다. 어떻게 보면 문화론적 전회를 (코페르니쿠스적 전회를 상기하라!) 불러일으킬만한 시들인데 이광호는 "진은영의 시들은 이미지의 의미론적 관계를 쉽게 드러내지 않는다"라고 너무 인식론적으로 속단해 버린다. 수작(秀作)이 쓰레기통으로 들어가는 순간이다. 그 뿐이 아니다. 그는 계속해서 시에 "의미의 침묵들이 가로 놓여 있다"고 진술하고 있다. 나에게 이렇게 분명한 시가 그에게 "침묵"으로 놓여있는 것은 웬일일까? 나는 이미 위에서 인간의 인지에 문화적 상징이 어떤 주형을 만들고 있다고 말하였다. 이를테면 브래지어성이 결여되어 있으면 브래지어는 브래지어로 보이지 않는다. 이것은 그가 추구하는 것이 미시적 인식론적인 영역이기 때문이 아닐까 생각한다. 그는 줄곧 그의 시에서 "감각적이고 아름다운 표현"만 바라보는 것이다. 그리고 "그 의미 내용을 설명해줄 문장들이 주위에 없기 때문이다"라고 표현하는 것은 인식론적 체계에 충실한 자기이해임은 두 말할 나위가 없다. 전통적 해석학의 용어로 말하자면 나무를 보느라 숲을 보지 못하는 꼴이다. 또한 퍼시의 말대로 "대비의 다른 한 쪽"이 그에게 부재한다는 것을 알 수 있다. 그럼 그 대비의 한 쪽 또는 평론이 말하는 대로 "주위에 없는" '그 무엇' 은 과연 무엇인가? 그것이 바로 문화적 상징이다. 이것이 이 글을 우리 문화의 바깥에 서 있는 사람이 읽을 수 없는 이유이다. 더욱 더 과감한 것은 이 시가 "존재하는 것들의 현실을 보여주는 것이 아니라, 부재하는 것들의 징후를 드러내는 것"이라는 표현이다. 상징은 외부적 현실에서는 부재하지만 정서적 현실이나 상상의 현실, 정신의 현실에서는 엄연히 존재한다. 이것이 시와 시학의 비밀이다. 그렇기 때문에 상징은 자유를 보장하면서 구속하고 구속을 하면서 자유롭게 한다. 시를 보자.

우리는 책을 덮고 창가로 가서 밖을 바라본다
백주대낮에는
하느님이 정하신 일만 일어나므로
사제에게 쫓겨난 사람들이
길 위를 메우고

[...]

하루종일 침묵한 입을 위해
우리는 서로에게
강철로 된 드롭스를 넣어준다

– 진은영, 「교실에서」 전문

이 시가 우리의 정서를 잘 드러내고 있다고 한다면 문맥의 바깥에서 섭정을 하는 사회적? 문화적 문맥이 가시적으로 존재하기 때문이다. 그것을 단순하게 한국의 교육현장이라고 말해도 좋다. 그러나 우리에게 어떤 문화적 교양이 있다면 그것이 단순하게 인식론이나 형이상학과 같이 현실에서 떨어진 영역을 중시하고 그것을 위해 생명을 바치는 '교육'의 현실에 대한 무의식적 성찰이라고 보는 것이 과도하지는 않을 것이다. 시는 "이데올로기가 숨기는 것을 말하게 한다"(**아도르노**)고 하지 않았던가. 이 두 가지 측면에서 이광호를 포함해서 이 땅의 많은 평론가들이 내용 없는 공소한 글을 쓰는 이유가 된다. "책을 덮고 창가로 가서 밖을 바라보는" 우리들, "백주대낮에는 / 하느님이 정하신 일만 일어나"는 우리 사회, "열차(가) [...] / 강물로 뛰어들" 것 같은 불안한 현실, 그러다 보면 공부도 못하고 "저녁은 이미 교실 안으로 와 있는" 학교, 칠판에는 "무언가"가 적혀있는 공소한 인식론의 후손들, 그 무료함을 달래기 위해 내가 너에게 주는 언어는 "강철로 된 드롭스"일 뿐이다. 이렇게 해석을 하면 혹자는 그것이 참여고 사회학적인 영역이라고 생각할 것이다. 참여와 사회가 문화소의 일부분이기도 하지만 그것을 넘어서서 이 시는 문화적 동질성 (그것을 문화적 상징체계라 하자)을 보여주고 있다. 어디 교실이 교실로서만 남아있었던 것이 어제 오늘의 일이었던가. 그러나 여기서 우리가 주목해야 하는 것은 일제가 주장한 것처럼 조선시대의 성리학이 공리공담이 아니라는 사실이다. 그것은 당시의 사회를 유지하기 위한 한 사회적 체계였다. 기든스가 주장한 것처럼 비표출적 언어도 사회의 한 체계일 수 있기 때문이다. 다만 사회체계가 바뀐 현금에서도 그 방법을 전승 · 모방하고 있는 것이 문제이다(18세기 유럽의 낭만주의에서는 이를 traditio et imitatio라 명명하고 예술의 최고목표로 삼았다). 분명 시인은 교실현실 (이것을 우리의 담론에서는 인식론이라 해보자)과 사회현실의 소통을 꿈꾸고 있다. 그러므로 이 시의 동기는 분명 우리가 모두 느끼고 또 공감하는 바를 인식에 대한 비판이 아닌 문화에 대한 비판으로 옮겨가고 있다. 그런데 웬 인식론? 그것은 아마 그들의 핏줄에는 살아있는 붉고 빽빽한 피가 흐르는 것이 아니라 고로쇠나무의 맑은 수액이 흐르기 때문일 것이다. 그들은 아마 자동차 바테리에나 들어갈 구십구점 구구퍼센트 증류수를 우리가 먹는 물과 같은 것으로 생각할 것이다. 그런 자들에게 이 시는 그저 바깥 세계에 대한 암호일 뿐이며 그 암호를 풀 수 없을 것이다. 이렇게 볼 때 진은영의 시는 이광호가 말하듯이 "시적 직관"을 담고 있는 것이 아니라 우리의 '문화에 대한 비판' 을 담고 있다. 그리고 첨언하자면 이광호의 이런 문장은 다른 시에 그대로 적용해도 된다. 그들은 인식론이라는 천편일률을 그대로 적용하고 있을 뿐이다. 그렇기 때문에 평론의 제목 또한 "진은영의 시에 대하여"가 될 뿐이다. 인식의 내용을 담고 있지 않은 이런 제목은 내가 매우 재미있고 진지하게 읽은 진은영의 시를 간과하고 있다. 들어보자.

밖에선
그토록 빛나고 아름다운 것
집에만 가져가면
꽃들이
화분이

다 죽었다

– 진은영 「가족」 전문

나는 시학에서 인식론의 무위도식함과 공소함을 주장하였다. 이처럼 시가 문화에 천착해야 할 것은 시가 곧 사회 · 문화적 토대를 떠나면서도 그리로 귀속하고, 거기에 소속되어 있으면서도 그것을 떠나는 실로 대비의 길을(한 걸음 더 나아가 부정의 길을) 걷기 때문이다. 이 시 또한 한국 사회의 문화적 토대를 이해하지 못하고는 도저히 이해할 수 없다. 나는 나가서는 능력을 인정받는 사람이지만 가족은 그에 대해 알아주지 않는다. 선지자가 고향에서 대접받지 못한다. 가까이 있는 것은 잘 인식할 수 없기 때문에 가까이 있는 사람을 인정하지 않는다. 우리는 그렇다. 이것이 서구 문화와 다르고 이것이 다르기 때문에 시인의 시적 동기가 되었다. 이 좋은 시도 '문학과 사회' 라는 잡지(동인) "가족" 안에 들어가서 "다 죽었다". 이 시는 우리 담론의 맥락에서도 매우 잘 읽히는 시다. 문화적 상징체계로. 온상에서 자란 꽃과 화분은 집이라는 다른 환경에서 자랄 수 없다. 우리가 가져온 가부장적 문화체계는 우리의 모든 의식과 행위를 구속한다. 그러면 창의력도 꽃도 화분도 모두 죽을 수밖에 없다. 이 또한 얼마나 우리의 문화적 상징체계를 적나라하게 보여주고 있는가. 미국 사람이 절대 읽을 수 없는 시! 그것이 우리 시다.

이런 뛰어난 시에 대한 인식론적 편협, 오독, 왜곡은 비단 신인에게서만 나타나는 문제도 아니요 평론가에게만 나타나는 문제도 아니다. 그것은 비단 문지라는 동인지에만 나타나는 현실도 아니라 우리의 문화전체에 나타나는 일반적인 경향이다. 그러나 그 누구도 이런 왜곡과 억압에 대해 맞서지 않는다. 그보다는 굽어지고 휘어지고 삐치고 도피하고 그런 현실로 접어들게 된다. 우리의 시단을 살펴보라. 우리의 시인에 대한 이미지를 살펴보라. 그들은 기형적인 왜곡에 시달리는 피학자의 모습을 하고 있거나 배대지 번들거리며 머리에 기름 바르고 권력의 왕국을 철옹성처럼 지키고 있는 가학자들 뿐이다. 이런 맥락에서 푸코의 말은 의미가 있다. 그는 진리문제를 다루면서 우리에게 진리란 개념은 그저 단순하게 비진리에 맞서는 개념이라고 보는데 대해 반론을 편다. 그의 생각으로는 인식에 옳고 그름보다는 그 진리를 움직이는 권력체계가 더 중요한 일이라고 하였다. 이 얼마나 마땅한 말인가. 만약 당신에게 사육신이 옳으냐 세조가 옳으냐고 물으면 지금 어떻게 대답할 것인가. 만약에 사육신이 옳다고 주장한다면 당신은 주자학과 성리학, 사림과 전통, 도덕과 체제에 손을 들고 있는 사람일 것이다. 반대로 세조가 옳다고 생각하는 사람은 권모와 술수, 경제와 자본, 권력과 지배에 손을 들고 있는 사람일 것이다. 당신이 만약 시인이거나 순수한 학자라면 이 문제에서 한 걸음 뒤로 물러 나와 어떤 권력체계에서 이 두 극단이 진리가 될 수 있고 비진리가 될 수 있는지를 생각해 보아야 할 것이다. 진리란 그저 권력체계 같은 문화체계에 결부되어 있는 하부적 단위일 뿐이다.

반복되는 문제지만 계간지 문학과 사회 2000년 봄호는 송찬호를 집

중 조명하고 있다. 특히 박혜경의 송찬호론에 대해서 몇 가지 언급할까 한다. 제목 「시, 허공 중에 떠 있는 말」에서도 현시적으로 나타나듯이 그는 송찬호의 시적 전략을 "방법적 소통불능"이라고 이해하고 있다. 이런 평가는 곧 "관습화된 의미 맥락의 해체가 언어와 세계 사이의 관습화된 의미의 연결고리를 해체하려는 시인의 언어적 자의식에서 출발하고 있음"이라고 평가하기에 이른다. 내가 보기에 "허공 중에 떠 있는 말"은 그의 시가 아니라 박혜경의 평론이다. 도대체 이 말로 무슨 말을 하려는 것인가. "관습화된"이란 말이 두 번 나오고 "해체"란 말이 두 번 나오는 만큼 평자는 시인의 시가 어떤 틀 안에서 움직이고 있다는 것을 감지한 듯 하다. 이 복합체는 내가 허두에서 제시한 '마음, 즉 시는 소용돌이다' 라는 틀과 일치한다. 그러나 평자가 관습화된 그것이 무엇인지를 지칭하고 있지 않는 이상 그의 글도 인식론의 테두리를 벗어나지 못하고 있다. 그렇기 때문에 나는 이 평문을 다 읽고 난 뒤에도 무엇을 읽었는지 남아있지 않다. 습작을 하는 사람들에게 시를 쓰는 사람은 누차 강조한다. 육화하라. '몸의 시학' 이다. 하물며 평론이 이를 벗어나서야. 그러나 그가 말한 의미 맥락에 대한 구체적 표상 없이는 시의 뜻을 전달할 수 없다. 그래서 박혜경은 송찬호의 시에 대해 "불편할" 뿐이다. 송찬호의 시가 말과 의미를 "해체"하여 뭘 어쩌겠다는 말인가. 송찬호가 "언어의 불완전함과 고정불변함에 대한 모순된 인식"을 한 것이 뭐 어쨌다는 건가. 과연 이러한 그의 의식의 공간이 옷을 벗고 알몸으로 보여준 禪詩나 자연시라도 된다는 말인가.

죽음으로부터 산소 호흡기를 떼내듯 말에서
장식적인 말의 장치를 떼어낸다면
(죽다니, 비로소 말이 살아 숨쉬듯
내가 다시 태어나고 있는데!)

– 송찬호의 「인공 정원」 중에서

이 시를 문화적 체계로 읽는다면 과연 단순히 "시인의 언어적 자의식" 일 뿐일까. 내가 보기엔 박혜경이 스스로 자신의 "말의 장치"를 떼어 낸다면 오히려 시와 시인이 다시 태어날 것이다. 눈을 돌려 우리 사회, 문화를 보라. 얼마나 많은 시인들이 그곳에서 삐쳐서 달아나 있는가. 그렇게 하는 것이 지배자들에겐 더욱 더 좋은 풍경이리라. 그러니 자연 그들이 말하는 구체적 참여의 증거물도 인식론으로 치부해 버리는 것이다. 가진 자는, 지배하는 자는 그들에게 위해가 되는 일들은 도모하지 않는다. 이 시는 스스로 시인의 하릴없음을 보여주고 있다. 인식론에 장식적인 말의 장치를 멸시하고 있다. 그것이 어찌 "즉물화된 기호들로 의미론적 진공의 공간 속을 자유롭게 유용하고" 있단 말인가. 평자는 "진정한 실체를"이라고 말하는 대신 그 진정한 실체를 보여주는 것이 미덕일 것이다. 그는 "언어가 제시하는 의미의 세계를 벗어날 수 없는 삶에 대한 고뇌의 무게마저 시의 공간 밖으로 벗어던져버린 것"이 아니다. 어찌 "거긴 혁명가들이 우글우글 하다더군/ 오천 원짜리 음료수 티켓만 있으면/ 따뜻한 창가에 앉아/ 불타는 얼음 궁전을 볼 수 있다더군"에 나오는 거기라는 장소가 모호한 장소인가.

동백은 결코 땅에
항복하지 않는 꽃이란다
[...]
집을 찢고
아버지를 찢고
나뭇가지를 찢고 나와
이렇게
붉끈,

모두 산경에 나오는 이야기란다

– 송찬호의 「山經 가는 길」 중에서

시가 어찌 이것보다 더 구체적이고 명징할 수 있는가. 그런데도 평자는 그의 시가 "분명치 않은 언어나 이미지의 추상성에 매달려" 있다고 하고 그렇기 때문에 "의미상의 맥락을 구성하기가 쉽지 않다"고 한다. 만약 그가 시의 인식론의 전제인 문화적 동기를 이해했다면 현실이라는 장벽에 의해 굴절되는 시의 의미진폭을 이해했을 것이다. "집", "아버지", "나뭇가지"는 각기 어떤 상징을 이루겠지만 시 전체에서는 현실에서의 언어의 무력함이라는 시의 세계를 그려내는 분위기에 불과하다. 그러므로 이 시 또한 발생동기가 철저히 문화를 비판한 데서 나온 것이다. 우리는 봉건주의와 일제, 군사독재와 전쟁에 의해 현실로부터 철저히 감금당했다. 일례로 한국의 초창기 기독교를 들 수 있다. 일제는 미국의 선교사들과 교인들이 현실정치에는 참여하지 않는 조건하에 활동을 할 수 있도록 허락하였다. 그 결과 한국의 개신교는 철저히 성서 인식론자가 되었고 현실에서 등을 돌리게 되었다. 시단 또한 마찬가지다. 서정주, 김춘수. 그들의 시와 그들의 인격이 철저히 인식론으로 돌아간 것은 분명 의미심장한 일이다. 우리는 이제 지나간 담론, 인식론을 버려야 한다. 그보다는 문화로, 구체로 가야한다.

시론3
예지(叡智)로서의 시학

앞의 논의에서는 문화 내재적 구조가 시학이나 시에 어떤 영향을 미치는가를 언급했다. 그리고 시가 문화적 매트릭스의 차이에 따라 다르게 굴절되기 때문에 우리는 미시적 인식론이나 통사적 표현으로서의 시학, 그저 분위기적 자질에 해당하는 시학의 공소함을 밝혔다. 그렇기 때문에 시와 시학의 바른 접점을 찾기 위해서는 단순한 서구식 인식론의 모방이나 복사가 아니라 시와 시학의 동기적 자질에 해당하는 문화적 상징체계를 이해하고 그 원리/의미를 찾아야 한다는 뜻을 피력했다. 또한 그런 시/시학의 재귀적 무의미성이 우리의 시 창작과 비평/시학의 문화에 대해 비판적인 자세를 취하고 있다는 것을 진은영과 송찬호의 시들을 통해 살펴보았다. 그러므로 지난 호에서 제시한 나의 가설은 문화적 이질성이 시/시학에 대한 다른 파악방법을 요구하고 있다는 것이었다. 그러면 과연 그런 한국적인/서구적인 文化素는 변하지 않는가, 변한다면 그것이 어떤 원리에 의해 변하는가 하는 점을 현장의 시와 시학을 통해 논의해야 할 것이다.

보통 감기나 폐렴은 그 증상이 매우 유사하다. 그러나 폐렴환자가 감기약을 복용해서는 병을 치유할 수가 없다. 이 말은 진맥을 잘못하면 약이 아무런 효과를 발휘하지 못한다는 뜻이며 이를 시학적 논의로 확장시켜보면 미시적인 수사법, 시학적 논의가 거시적 세계, 즉 시는 어떻게 되는 것인가, 그 시는 어떤 의미를 가지고, 어떻게 그런 의미를 가지는 것인가의 차이로 치환될 수 없다는 뜻이다. 우리는 시학을 하면서 병을 고치는 데 어떤 약을 쓸까 하는 것보다 증상이 어떤 병인가를 알아내는 것이 더 중요하다는 사실을 간과하는 경우가 허다하다. 서구시학과 우리 시학의 접점을 찾기 위해 노심초사하는 우리들의 모습이 한없이 측은해지는 것은 어떤 약을 쓸 것인가로 고민하는 사람들 같이 보이기 때문이다. 이렇게 시학이 단조로운 것은 무엇보다 시의 실제적인 체험을 표현이라는 영역에서만 다루려는 우리 (시학)문화의 맹목성 때문이다. 이런 현상은 시에서도 그대로 드러나는 경우가 있다. 박이도의 「모자」라는 시를 살펴본다.

> 薔薇가 달린 帽子는
> 아 부러워라 부러워.
> 帽子를 愛用하는
> 上流階級의 머리 속엔
> 自信있는 野望의 번개가
> 번쩍이고 있는가?
> [...]
> 그 냄새와
> 笑談하는 人物들의 閑眠한 때,
> 나는 누구의 것이든
> 帽子를 하나 훔쳐 쓰고 나와야지.
> 거리의 中心을 걸어가며
> [...]
> 熱辯을 吐해야지.
> 그러나 나의 結論은
> 아듀!
> 하늘높이 帽子를 흔들며
> 作別을 告해야지.

– 박이도의 「모자」 부분

길어서 중략했지만 시의 길이나 웅변적 시의 흐름은 이 시가 말하고자 하는 기의와 그 기표가 매우 모순적임을 보여준다. 시의 숙련성은 모자라는 데가 없다. 시의 착상과 소재도 더할 나위 없이 좋다. 그런데 왜 나는 이 시에 공감하지 않는 것일까? 그것은 이 시가 거짓말 아닌 거짓말을 하고 있기 때문이다. 시 속에서는 "熱辯을 吐하는 것"을 성토하고 마치 회개하는 다윗처럼 가슴을 찢지만 정작 시는 스스로 열변을 토하고 있기 때문에 어느 누구도 그 화자가 〈小市民〉이라는 생각이 들게 하지 않는다. 그러니 이 시는 기껏해야 우리 소시민적 입장에서는 부자 변호사가 작은 시간을 내서 가난하고 불쌍한 사람 변호해주는 것 같은 느낌을 들게 한다. 이것은 우리나라 드라마에서 (제작비 부족이란 핑계로!) 70년대 상황을 찍으면서 그 뒤에는 그랜저나 소나타 같은 차들이 보이게 둔 것과 마찬가지다. 어릴 때 밀가루가 코에 발린 것도 모르고 엿을 훔쳐먹었다는 엄마에게 악다구니로 달려드는 모습과 너무 흡사하다. 시는 보여주는 것이지 설득하는 것이 아니다. 아무도 이 독자의 고유한 영역을 가로챌 수 없다. 시가 이렇듯 시학은 말할 것도 없다. 시가 뭐냐, 시를 어떻게 쓰느냐는 것은 말할 수 없다. 그렇지만 지식이 아니라 叡智가 있는 독자나 시인은 내가 무슨 말을 하는지, 시를 어떻게 써야 할지를 알아차렸을 것이다.

우리 문화에서는 정치가들의 거짓말을 거짓말로 보면 되지 않는다. 그 이유는 그들이 대부분 거짓말이라고 생각하지 않을뿐더러 국민들도 그것이 거짓말이란 것을 미리 잘 알기 때문에 거짓말에 대해 용서를 잘 한다. 그러면 그것은 거짓말이 아니고 무엇이란 말인가? 그에 대한 야스퍼스의 생각부터 들어본다. 그는 "거짓말이란 곧 비진실(비진리)인데, 내가 다른 사람에게 어떤 말을 전달하면서 속이는 것을 말한다. [그러나] 이 거짓말을 정의할 때는 진실(진리)과 비진실(비진리) 자체를 구별해 두어야 할 것을 전제로 한다."[17] 철학자다운 표현이다. 서양에서는 다른 세계를 분석적으로 명시하고 그것에 위배될 때를 거짓이라고 말한다. 그러나 만약 어떤 사람이 상습적으로 거짓말을 한다면 그 사람을 믿는 사람은 없을 터이고 그가 말한 것은 이제 더 이상 〈일반적〉 거짓말의 카테고리에서 거짓말이지는 않을 것이다. 정치인들이 계속 거짓말을 하면, 아니 어떤 특정 정치인이 아니라 정치인 거의가 다 그렇다면 우리는 더 이상 서양식의 거짓말 카테고리로 비교하지는 않을 것이다.

이처럼 詩學도 그것이 옳고 그르고 더 낫고 더 못하고를 짚어보기 전에 우선 그것이 어떤 카테고리에서 옳은지, 잘못되었는지, 더 나은지, 더 못한지 판단해야 하는 것이다. 그렇게 볼 때, 우리 정치가들의 거짓말은 '거짓말' 이라기보다는 非表出言語 non-expressive로 보아야 할 것이다.[18] 비표출언어는 그 진리여부를 한 걸음 더 우회해서 생각해보아야 할 어떤 것이기 때문에 그들의 언어를 곧이곧대로 진실/거짓으로

---

17) Karl Jaspers, Von der Wahrheit (진리에 대하여), München 1958, 555쪽 이하

18) 엔소니 기든스는 그의 저서 『성찰적 근대화』(임현진 외 옮김, 한울 1994, 97쪽 이하)에서 〈고기모욕〉이라는 일화를 예로 들어 비표출언어의 기능을 설명하고 있다. "칼라하리 사막에 사는 쿵 Kung족은 사냥을 많이 했을 때 오히려 비난과 경멸을 받는다. 사냥꾼 스스로도 겸손해야 한다. 그러면 마을 사람들은 먹을 것도 없는 일에 오느라 고생만 했다고 사냥꾼을 경멸한다고 한다. 이런 경멸이나 겸손은 곧 그들 사회의 응집에 필요한 의식이나 의례였다. 이런 의례화된 경멸은 능력 있는 사냥꾼이 최고의 사냥꾼으로 존경받을 때 생길지도 모를 계층화에 대한 반발이다. 우리 사회에서도 존재하는 이와 비슷한 의례는 오히려 기존의 계층이 무너진 새로운 계층화의 가능성에 대한 반발일 것이다.

판단할 수는 없다. 이런 문제는 우리가 생각해보는 시학의 가장 큰 문제점일 수 있으며 이것이 또한 서구의 시학과 구별되는 점이다. 우리는 언어학에서 일반적으로 언어체계 이론으로 구조주의, 언어능력 이론으로 생성언어학, 언어사용 이론으로 화행론을 든다. 이를 우리의 시학에 적용할 경우 기껏해야 베껴온 구조주의, 러시아 형식주의 정도에 머물고 있다는 점을 지적하지 않을 수 없다. 언어가 그저 표현으로서 머물고 그저 다른 형식일 뿐이라면 그 어느 누구도 시에서 시를 느끼거나 체험을 할 수 없을 것이다. 수사법을 하나의 공시적 자질로 보고 그것의 차이를 곧 문화구조의 차이로 환원한 윤석산의 논지는 매우 설득력이 있다.[19] 그러나 그가 아무리 유목민족과 농경문화의 민속적, 민족적 차이를 논한다 할지라도 그의 시학적 견해가 그야말로 은유/환유와 같은 표현의 영역에만 머무른다면 아무런 도움이 되질 않을 것이다. 그것은 시를 쓰는 행위와 시에 대해 이야기하는 행위는 전적으로 다른 행위이기 때문이다. 즉, 시는 시학을 전혀 몰라도 (잘) 쓸 수 있기 때문이다.

예지와 지성의 차이

방식을 아는 것과 사실을 아는 것의 차이는 크다. 만약에 어떤 사람의 시가 치밀하다든가, 명민하다든가, 예리하다든가 창의적이다 라고 말한다면 그것은 적어도 시가 어떻게 쓰여질 줄을 알고 썼다는 것이다. 즉, 그 시인은 똑똑하며 예리하고 예지적이다. 그 반대는 어눌하거나

---

19) 계간문예 『다층』 2000년 여름호 323-347 쪽을 참조

멍청하거나 무슨 말을 하는지 모른다든가, 산만하다든가, 단순하다든가, 뻔하다 등의 말로 표현할 것이다. 시를 잘 쓰는 것과 시에 대해 아는 것은 별개의 것이다. 그러니 〈시학 하는 교수들의 시 쓰기〉라든가 〈현역 편집자들의 시 쓰기〉 등을 통해서 보여주고 싶은 知性이나 知識 계열의 성질은 〈시를 잘 쓰는 것〉과 관계가 없는 일이다. 또한 이 잡지 『다층』의 기획 〈서구시학과 한국시학〉같은 것이 그 자체로서는 시를 쓰는 데 아무런 도움이 되질 않는다. 시를 잘 쓰는 것은 식물의 이름을 많이 외우고 문체를 다양하게 알고 있고 시학을 아는 것과는 다른 일이다. 수영을 익힌다거나 자전거를 배울 때 우리는 보통 이런 저런 방법을 배운다. 그러나 그것이 교사가 가르쳐 주는 그 방법에 의해 수행되는 것은 아니다. 어느 순간부터 터득을 하게 되는 것이고 어느 순간부터 몸이 물에 뜨는 것이다. 명민하거나 그렇지 못한 사람은 바로 그런 차이만 있을 뿐이다. 시를 쓰는 사람이건 수영을 잘 하는 사람이건 그들은 이 사실을 알 때부터 조용한 내면에 그 방식을 그림으로 그리는 것이다. 이를테면 그것은 視覺的 想像力이 펼쳐지는 일종의 〈내면의 映像〉을 동반한다.[20]

시에 대한 지식과 시에 대한 예지를 시인 오규원은 너무도 분명하게 우리에게 보여준다.

---

20) 길버트 라일, 마음의 개념 (이한우 옮김, 문예출판사 1994), 33쪽

— MENU —

샤를르 보들레르　800원
칼 샌드버그　800원
프란츠 카프카　800원

이브 본느프와　1,000원
에리카 종　1,000원

가스통 바쉴라르　1,200원
이하브 핫산　1,200원
제레미 리프킨　1,200원
위르겐 하버마스　1,200원

시를 공부하겠다는
미친 제자와 앉아
커피를 마신다
제일 값싼
프란츠 카프카

– 오규원, 「프란츠 카프카」 전문

시인은〈시를 **공부**하겠다〉는 제자를 〈미친 제자〉라고 말하지 않는가. 시는 공부하는 것이 아니다. 그리고 보들레르를 몰라도, 바쉴라르를 몰라도 시를 잘 쓸 수 있다. 반대로 하버마스를 알고 이합 핫산을 아는 필자는 시를 못 쓴다. 구구단을 잘 외우는 것과 수학을 잘 하는 것은 별개의 능력이다. 그러니 여기에 있는 시인들과 학자들의 이름은 곧 그 〈미친〉 제자가 공부하고 싶은, 그래서 아마도 그의 스승에게 주접 떨었을 내용일 것이다. 이 구절을 보면 필자인 나도 공부 시작할 때 잘

난척하며 유명한 학자들의 말을 많이도 인용한 기억이 난다. 그들의 말을 인용하는 것과 내가 학문적 세계를 아는 것은 상관없는 일이다. 그렇지 않다면 어찌 칸트 같은 철학자가 나올 수 있다는 말인가? 시인도 학자도 비평가도 하나 같이 남의 말을 인용하고 그것을 그대로 전수하려는 자세가 낳은 것이 근친상간의 시단과 학계밖에 더 무엇을 생산할 수 있는가.[21] 그리고 이런 관념보다 더 중요한 것이 있다. 그것은 〈MENU〉 자체이다. 이 메뉴가 있는 곳은 어떤 〈찻집〉이 아니다.[22] 그는 철두철미하게 자기의 세계, 자기의 언어를 고집하고 있다. 그러니 그곳은 '커피숍' 일 것이다. 커피숍의 메뉴를 보면 이와 매우 닮아 있다. 그런데 그 메뉴를 스승이 어떻게 알 것인가? 왜 그가 하버마스를 알아야 하는가. 몇 년전 한국에 온 하버마스가 한국인의 이런 모습을 보고 정확하게 지적했다. 너희 것을 하라고. 그러니 이 제자가 시도한 것은 시도 시학도 아무 데도 쓸모 없는 짓이다. 여기서 어떤 이는

---

21) 알맹이 없는 학문이란 다름 아니라 남의 것을 베껴다 그것이 우리 것인 양 사용하는 사람들과 시대적으로 이미 지나간 것을 아직도 우리 것인 양 사용하는 사람들이다. 근래에 『표현 인문학』(생각의 나무, 2000)이란 저서를 낸 학자들을 위시해서 그들과 논쟁을 벌이는 이들 모두 서양 내지는 한국의 봉건시대의 형이상학을 되풀이 내지는 재현하려는 제스처에 불과하다.

22) 2000년 6월호 『현대시학』의 기획연재 정효구의 〈시 읽어주는 여자 코너〉는 바로 우리의 논지를 구체적으로 증거해 줄 좋은 예이다. 정효구는 샤를르 보들레르가 누구인지 에리카 종이 누구인지, 위르겐 하버마스가 누구인지를 밝히면서 〈이들이 찻집 메뉴판 위에 커피 이름으로 등장한〉 것을 〈어떻게 해석해야 할까요?〉라는 질문을 던진다. 그 대답의 가능한 양태로 〈이제 커피는 성분을 마시는 시대가 아니라 분위기를 마시는 시대〉, 〈커피는 단순히 상품이 아니라 문화〉,〈커피를 마심으로써 지성까지도 얻을 수 있다는 뜻〉, 〈20세기의 정신적 스승들에 대한 흠모의 마음을 담은 것〉, 〈본질을 기호로 가리고자 하는 의도〉등을 제시하고 있다. 그러면서 〈오규원 시인은 본질이 이미지로 포장된 시대, 상품을 위하여 아첨하는 시대, 모든 것이 도구화된 시대를 안타까워한 것입

반박을 할지도 모른다. 오규원은 그런 이름을 알 것이라고. 그러나 시 속의 스승은 오규원도 아니고 오규원이라 해도 그런 외국산 문물을 그대로 옮겨 적는 (즉 그 이름을 아는) 그런 시인은 아닐 터, 그가 아는 이름은 어쩌면 유일한 프란츠 카프카 정도였을 것이다. 이 시는 결국 시를 **공부하는** 문화에 대한 비판이며, 나아가 서구의 모방과 현실의 왜곡으로 얼룩진 사회에 대한 메타포임은 말할 것도 없다. 윤석산의 말대로 이는 파라디그마틱한 것을 신타그마틱하게 본 오류로밖에는 볼 수 없다. 시인의 내면의 영상을 볼 수는 없지만 짐작이라도 하려면 이 시는 바로 그런 시학과 서구시학의 追隨에 대한 경고로 받아들여 진다.

이렇게 보면 결국 우리는 시에 대해 아무 이야기도 할 수 없다. 더욱이 시학에 대해서는 더 말해 무엇하랴. 시인들이 내면적으로 떠올리는 영상들을 어떻게 가르쳐주거나 보여줄 수 있다는 말인가? 그렇다면

니다〉라고 결론짓는다. 물론 오규원 시인은 그런 말을 한 적이 없다. 지금 물어 보아도 (대답을 하지도 않으려니와) 그런 대답은 하지 않을 것 같다. 그것은 평자가 — 내가 지난 호에 예로 들었듯이 — '브래지어'를 '귀마개'로 사용한 것에 지나지 않는다. 내가 알기로 오규원 시인은 그렇게 시를 관념적으로 쓰지 않는다. 은유나 환유 같은 어떤 표현에 얽매이지도 않는다. 평자는 〈제자가 선생을 찾아온 것 또한 선생의 마음을 불편하게 했으리라〉고 해석한다. 그 이유를 평자는 시가 이 시대에 홀대를 받고 있기 때문이라고 본다. 시를 쓰는 시인이 시로 돈을 벌지도 못하고, 시집을 내면서 수중의 돈을 더 지출하기 때문이라는 것이다. 그런 연고로 〈선생이 그 제자를 미친 제자라 불렀다〉는 것이다. 〈경제적으로 수지가 맞지 않는, 상품으로서 환영받지 못하는 시공부(쓰기)를 하겠다고 찾아왔기 때문에〉 선생은 〈마음이 착잡해졌고〉 그래서 싼 커피를 마셨다는 해석은 지나치다. 언제 시인이 홀대를 받지 않았던가 라는 질문을 해보면 평자가 이해한 것은 너무도 나이브한 생각이라는 것이 드러난다. 시인의 창작행위는 그런 이익이론으로 설명할 수 없다. 왜냐하면 예나 지금이나 시인이 시를 쓰는 행위는 상징가치로 이루어지기 때문이다.

자연히 서구의 시학이든 한국의 시학이든 그에 대해 무슨 말을 할 수 있을 것 같지가 않다. 자전거를 배울 때 곧잘 말하는, '넘어가는 쪽으로 핸들을 꺾으라' 는 말은 내면의 映像이 동반되지 않을 때 단순한 지식일 뿐이다. 그 이유는 이것이 말로 되어 있기 때문이다. 말은 그것이 보일 때나 들릴 때 거리감이 있다. 그러나 그 말이 예지로 변할 때, 아하 하고 고개를 끄덕일 때 그것은 촉각이나 미각 후각 같은 느낌일 것이다. 이것을 배울 때 우리는 시를 쓸 수 있는 것이고 시인이 되는 것이다. 시에 〈대해〉 이야기하는 것에서 시를 〈배울 수 없는〉 이유는 그것이 대상과 우리 사이에 거리감을 두게 하는 언어이기 때문이다. 시인 기형도가 〈사랑을 잃고 나는 쓰네〉라고 한 例도 바로 이와 맥을 같이 하는 것이다. 불후의 사랑은 없다. 불후의 사랑이라고 기록된 것은 모두가 거짓이든지 실패한 사랑이다. 그것은 경험이란 것이 미각이나 촉각으로 맛볼 수 있는 순간에는 생기지 않기 때문이다. 경험의 직접성은 사랑을 사랑으로 기억하거나 맛보게 할 수 없다. 사랑의 맛에 직접 빠져 있는 사람은 그것을 객관적으로 볼 수 없기 때문이다. 그렇기 때문에 우리는 지식으로 이루어진 시학이나 평론을 포기해야 한다.

그렇다면 정말로 예지에 관한 것은 배울 수 없는 일인가? 그렇다면 시에 대해서 우리는 말하기와 배우기를 포기해야 한단 말인가? 그렇지는 않다. 이런 진술이 어찌 보면 앞의 논지와 모순을 이루고 있는 것으로 보기 쉽다. 그러나 명민한 독자들은 내가 어떤 문맥에서 이런 모순된 어법을 수행하는지를 알 것이다. 아무리 자유형의 수영이라고 하여도 〈자유롭게〉 해서는 수영을 배울 수가 없다. 자유형에 필요한 지침들을 익히는 것이 필수 불가결할 것이다. 그러나 여기에 머무른다면 아무런 효과가 없으며, 또한 수영을 다 배우고 난 뒤 그 지침을 계속 외울 필요가 없다는 뜻이다. 이를테면 거기에는 수영을 배우고자 하는 의지와 수영을 하면 좋을 것이라는 느낌과 그에 대한 사고가 함께 작용하는 것이지 지식은 지식 자체로 아무런 힘이 없다. 어떤 시에 대해 잘 썼는데 실제로는 엉망이라고 평하는 것은 矛盾도 逆說도 아니다. 어떤 독창적인 문학 비평가가 지극히 조악한 문체로 써내려 갈 수 있으며, 별 내용이 없는 비평을 뛰어난 문장으로 써내려 갈 수도 있다. 내가 주장하는 것은 시가 시다워지는 것이 훌륭한 문장, 또는 문장 자체를 위한 문장 때문이 아니라는 점이다. 이것을 구체적으로 살펴보기 위해 우리가 앞서 논의했던 음악적인 것으로 다시 살펴보자.

서구/한국의 민요를 통해 살펴보는 시학

① 한국음악은 2박 계통이긴 하나 엄밀히 따지면 12/8박자와 유사한 모습을 띠고 있다. 그럼에도 불구하고 정확하게 12/8박자로 재현되지 않는다. 이는 채보하는 과정에서 구어의 부분이 많이 사라졌는데 이를테면 임동창이 채보한(악보참조) 충청도 민요의 잠/자 사이에, 리/꽁 사이에 말로 표현하지 못할 감각적으로 처리할 휴지부가 있는 것이다. 이 차이를 인식하지 못하면 이 노래는 12/8 박자의 서양 노래가 되는 것이다. 이 말은 우리의 사기 감춰두고 있는 부분이 많다는 뜻이며 시에 서구인들이 감지하지 못할/않는 미세한 음성이 있다는 뜻이다. 결국 시는 이 부분을 채보와 같은 문자기호로 옮기지만 그것에 대한 기억을 지니고 있으며 시학은 바로 이것을 재구성해내야 한다. 언어는 기호에 불과하기 때문이다.

② 서양 음악에서는 음가(음 길이)나 음성(Ton)이 일정하게 유지되어 박자가 규칙적인 반면 한국음악은 弄絃을 사용함으로써 규칙적인 마디나 박자를 가지지 않는다. 이것이 한국음악의 採譜를 불가능하게 하는 요소이다. 「그리운 금강산」이나 「비목」을 악보대로 부를 경우 아무도 그 음악회에 가지 않을 것이다. 반대로 「송어」(Die Forelle)같은 가곡을 한국식으로 부르면 서양의 강한 박자를 따라 잡을 수 없다. 이것이 시적인(독일 낭만주의자들은 이를(poetisch)라 부르면서 산문적인 것(prosaisch)과 엄격히 구분했다) 것이다. 이것은 몇 번 임상실험을 거친 바 있다. 결국 우리의 음에 대한 감정은 리듬이나 멜로디를 그대로 지키는 것보다는 그것을 상황에 따라 바꾸는 아주 변주에 능한 어떤 것이다. 이 때문에 교회에서는 합창이 제대로 이루어지지 않거나 방해받을 가능성이 많은 것이다. 이 말은 시가 어떤 정형화 된 강한 리듬보다는 언제나 바꿀 수 있는 변주로 형성되어 있으므로 동사 중심의 강한 부정성이나 은유적 구성보다는 이미지나 환유적 표현법이 더욱 선호되고 있다고 해석할 수 있다.

③ 서양 음악은 화성의 바탕 위에서 수직이 중요시되는 음악이고 한국음악은 선율 중심의 수평이 중심적인 음악이다. 그만큼 우리의 시적 정서는 소리의 빛깔 자체나 말을 어떻게 표현했는가에 더 무게중심을 둔다. 그러므로 서구 시학에서 대위법적 구성이나 푸가, 화성악 같은 기법, 운율, 시간 등의 문제는 논의의 대상이 될 수 없다. 서구 시학의 많은 부분을 포기해야 하고 대신 한국 특유의 시학은 성취되어야 할 부분이다.

④ 창법에 있어 서양 음악은 절제하고 정제하여 두성과 비음을 사용하는 음악이고 한국음악은 목을 써서 한을 풀어헤치듯 ('토해내 듯'

이라고 표현하는 것이 옳을 듯함) 쥐어짜는 소리를 쓰는 음악이다. 이런 스타일이 곧 우리 성악가들로 하여 독일 가곡보다는 이태리 가곡을 선호하게 하는 요소이다. 이는 우리의 시가 현실의 부정성(Negativität)으로 이루어진 것이 아니라는 뜻이다. 현실은 그저 시를 쓰는 사람이 그냥 시를 쓰는 전제 조건 정도로만 생각을 한다. 허두에서 제시한 박이도의 시는 결국 그 사람의 생활감정이지 생활태도는 아니다. 이점 서구의 시학과는 분명 구분된다. 이는 시학에도 그대로 적용된다. 시학은 말에 대한 평가이지 현실적 입장에 대한 평가는 아니다. 서구인들에게는 시학이 따로 없다. 그것이 곧 철학일 수도 있고 사회학일 수도 있고 심리학일 수도 있다. 각기 제 영역에서 시를 바라볼 뿐이다. 그러면 과연 우리의 시에 대한 견해(시학)은 문화적 차이로 그냥 머무르고만 있는가? 그렇지 않다. 그것은 다시 시대적 변화, 즉 역사철학적 카테고리에 의해 (같은 문화권 내에서도) 다르게 평가될 수 있다. 이점 때문에 부정성이나 존재론 등의 카테고리를 시학적 논의로 개진할 때 주의해야 한다.

역사철학적 관점 또는 유물론적 관점에서 본 시와 시학

시작품 자체, 그리고 시학 자체가 문화적 상징이다. 그것을 이미 우리는 박이도의 시와 정효구의 글(각주 5 참조)을 통해 살펴보았다. 왜냐하면 거기에 등장하는 표현 자체가 문화적 특성을 지니고 있기 때문이다. 다만 근대성, 합리성과 더불어 같은 문화적 상징은 같은 문화 내에서도 시대적 굴절을 하게 된다는 사실을 언급해야 한다. 사람들의 생각은 오늘날 (서구)문학의 장르가 시, 소설, 드라마로 당연하게 존재한다고 본다. 그리고 시의 경우, 시조나 운문시, 산문시로 구분된다고 보는데 이것이 부질없는 일이다. 물론 오늘날도 서사시를 쓰는 사람이 있지만 그것은 형식일 뿐 그 세계는 이미 영웅이 존재하지 않는 산문적 현실에서 허위의식일 뿐이다. 시조 또한 마찬가지다. 이런 형식은 삶의 양식이 바뀐 세상에서 더 이상 현실성 없는 문학 장르, 즉 사우리스일 뿐이다. 그런 의미에서 춘향전이나 홍길동전은 서양의 문학장르로 말하자면 서사시이지 (서양적) 소설이 아니다. 정리하자면 서양에서는 영웅사회의 서사시는 시민 사회에서 소설이고, 영웅사회의 운문시는 시민사회의 산문시이며, 영웅사회의 비극은 시민사회의 희극인 것이다. 물론 이것은 패러디그매틱한 구분이지 영웅사회에서 희극이 없었다는 것은 아니다. 그리고 시민사회에서 운문시가 존재하는 것은 아니다. 주도적 패러다임이 아니라는 뜻이다.

시민사회의 도입과 더불어 시민사회의 문학과 시민사회의 실생활 사이에는 이율배반이 존재할 수밖에 없었다. 前시민사회의 형식과 理想들은 문화적 정체성이라는 현실에 직면하여 시민사회에 의식적으로 수용될 수밖에 없었다. 풀어서 설명하자면 폭군의 왕궁이나 탐관오리의 私邸도 문화적 유산으로 그대로 남을 수밖에 없었다는 뜻이다. 마리 앙또와네트는 처형되었으나 그녀가 입은 옷은 박물관에 그대로 보존되는 것이다. 이것이 모순이라는 것이다. 시나 문학/예술 모두 이런 모순된 의식의 소산이다. 말하자면 나는 의식에서는 왕이 되고 싶으나 현실에서는 (봉건적 체제가) 있어서 불가능하고, 현실에서는 소시민이지만 의식에서는 왕의 것을 즐기고 싶은 것이다(이를테면 궁중요리를 즐기고 양반이 하던 흉내를 내는 것이 이에 해당한다). 이런 점을 감안한다면 우리의 시학의 낙후성이 시민사회의 도입과 밀접한 관계가 있고 시학이나 시가 표현의 영역에만 머무는 이유를 알 것이다. 그렇기 때문에 만약 누군가가 시를 제대로 평하거나 문학/시학에 대해 객관성 있는 주장을 하려거든 내가 어떤 위치(의식)에서 이런 주장을 펴고 이런 시를 쓰는지 주목해야 한다. 그렇지 않으면 모든 게 그저 피상적으로 남을 수밖에 없다.

> 그 여자가 보내준 시집을 읽고
> 나는 그 여자의 자궁이 없는 것을 알았다
> […]
> 그래도 그 여자가 만든 노래들이
> 너무도 아름다워 대책 없는 날
> 밤의 한 뉴스에서 그 여자의 시집이
> 베스트 셀러로 뜨기 시작했다는 기사를 들었다.
>
> – 김영근 「복제품은 빛난다」 부분

〈자궁이 없다〉는 것과 〈그래도 너무 아름답다〉는 것은 모순이 아니다. 그것은 시인이 이미 현실이 얼마나 돈키호테적으로 (다시 말하자: 허위의식으로) 충만해 있는지를 메타포로 말해주고 있다. 하지만 그 현실인 〈뉴스는〉 너무도 강압적이기 때문에 우리는 어쩔 수 없이 저항한 번 못해보고 그냥 듣고 있을 뿐이다.

현금의 우리의 시학은 시가/문학이 사회적 발전상태와 그 의식의 소산이라는 점을 간과하고 있는 듯 하다. 우리는 문학 따로 문예비평 따로 사회 따로, 그리고 다른 예술 따로 돌아가고 있다. 그것은 서구의 방법적 시학을 흉내 내는 잘못된 관행 때문인 듯하다. 시학이 방법적으로 입증되어야 한다는 것이 바른 인식이긴 하나, 이런 생각은 흔히 방법적 성찰이 구체적 해석의 출발점을 제시해야한다는 그릇된 기대감을 낳게 한다. 방법이란 것은 그저 인식을 확고히 하고 다시 반복해 사용할 수 있게 할뿐이며, 대상들이 이미 연구한 대상들과 같은 종류의 것인 한 그 새로운 대상에 적용하여 다시 사용할 수 있다. 그렇기 때문에 통상 우리의 비평가들이나 시학 이론가들이 어떤 이론을 다른 작품에도 그대로 적용하는 경우를 흔히 본다. 그러나 역사적-해석학적 학문으로서의 시학은 바로 이 대상의 동질성을 전제할 수 없다. 개개 문학 텍스트에 고유한 의미구조, 그리고 그 문학텍스트를 원칙적으로 다른 자연과학적 대상으로부터 구별하는 의미구조 및 그 텍스트의 의미내용, 그리고 그 역사적 개성들은 이미 정의되어 있는, 다시 말해 방법이 되어버린 인식론적 해석지평들과는 배치된다. 그렇기 때문에 시학의 대상이 되는 텍스트를 과학적으로 객관화하는 것이 금물이다. 인식론은 인식주체와 객체를 동일시하며 해석자와 해석의 대상이 같은 영역의 '의미론적 정향성' 내에서 움직인다.[23] 역사적 대상들이 질적으로 서로 다르지만 이것이 해석자의 인식관심과는 일치한다는 점 또한 인식론의 한계라고 볼 수 있을 것이다. 분명 어떤 문화적 동기가 시/문학의 일반적 주제는 아니다. 그러나 시인이 이런 주제와 대상들을 의식적으로 대비시키는 곳에서조차도 시학은 이런 주제를 경시하고 있는 것 같다. 이런 시학에는 처음부터 시대사적 차이나 인간의 문화적 변주 같은 범주에는 관심을 가지지도 않았고 문학적 내용을 규정할 때 그저 고상한 이념적 가치만을 고수하고 있다.

---

23) Dietrich Harth, Begriffsbildung in der Literaturwissenschaft. Beobachtungen zum Wandel der 'semantischen Orientierung', Deutsche Vierteljahrsschrift f. Lit.wiss. u. Geistesgeschichte 45 (1971), 397-433쪽을 비교하라

시론4
시와 조형예술의 照應

나는 문학에 대해서도 잘 모르지만 음악이나 조형예술에 대해서는 더 모른다. 다만 지난 봄호에 상식적인 범위에서 문학과 음악을 비교한 것이 계기가 되어 이번 호에 이런 주제를 청탁 받았지만 난감하다. 난감한 이유는 우선 이 영역에서 이렇다할 우리 나라의 사례를 찾기가 힘들기 때문이다. 내가 찾은 텍스트는 권오욱의 『문학과 미술의 상호텍스트성』이 유일했다. 그러나 내용을 읽어보면 무슨 말을 하는지 알아듣기가 매우 힘들다. 그것은 우선 나의 아둔함이나 저자의 '대충주의'에 기인하는 것이기도 하지만 우리 사회의 예술적 풍토에 기인하는 것이기도 하다. 시를 예술로 본 것이 아니었기 때문에 상호텍스트라는 공간에서 비교하는 일이, 또는 상호 교환적으로 창작한 일이 극히 드물다. 그리고 우리 사회는 식민지라는 역사적 단절 때문에 전통적 예술(시(서)화, 창)에서나 명맥을 유지하였지 현대적 예술에서는 그 상호교류를 찾아보기가 힘들다. 대중음악이라는 것도 일제 이후에 그저 엔카(戀歌)(눈물젖은 두만강, 목포의 눈물 등)나 창가(唱歌)풍(반짝이는 별빛 아래) — 미국 · 유럽풍(아침이슬 등) — 잠시 전통풍(조용필의 노래) — 완전 미국풍(김건모 이후)으로 전개되고, 소위 고상한 예술이라는 것도 이태리나 독일식 노래를 만들거나 (향수, 보리밭 등) 그냥 외국노래를 그대로 부르는 것이었지 한국의 아름다운 시를 우리의 창조적인 운율로 지어 부른 경우가 없다. 그것은 결국 노랫말과 분위기, 분위기와 상징이 일치하지 않는 경우였다는 뜻이다. 결국 권오욱의 글도 정확하게 그의 판단대로 (융이나 프로이트가 말한 심리적인 것이 아니라 문화적 차이로) 읽어낸 것이라 보기에는 힘들다. 그 이유는 왜 일까?

잘 알다시피 우리는 전통적으로 시문학이 음악이나 미술에 비해 너무 높은 대접을 받아왔다. 시를 쓰는 사람은 그것이 사실은 예술행위이면서도 학문적 반열에 올라있지만 판소리를 한다거나 조형예술을 한다면 그것은 중인만도 못한 〈쟁이〉 취급을 받아왔다. 그렇기 때문에 우리는 이들 사이가 역사적으로 공정한 관계가 아니었다는 사실을 인정해야 할 것이다. 말하자면 지난 호에 인용한 오규원의 시에서 〈시를 공부하겠다는 미친 제자와...〉라는 표현에서 우리가 스쳐지나갈 뻔한 〈시인이 공부한다〉는 개념은 매우 시사적인 것이었다. 시인을 해서 돈을 벌지도 못하지만 시인이 되려고 하는 것은 곧 그것이 지니는 상징가치가 얼마나 큰가를 웅변적으로 말해주고 있다. 서편제를 보면 눈먼 딸이 돈 많은 자들의 노리개밖에 되지 않는 현실에 크게 분노하는 소리꾼 아버지의 모습을 볼 수 있다. 다른 한편 오늘날 판소리 명창들을 〈선생님〉이라고 극존칭을 붙여 부르는 것 또한 어떤 모순이라고 볼 수밖에 없다. 그들이 과거에 기생이나 소리꾼에서 자유롭지가 못했기 때문이다.

그러면 당신은 무슨 말을 하려고 하는가 하고 성미 급한 독자들은 물을 것이다. 나는 우선 예술이 예술답게, 예술가가 예술가답게 위계와 권위가 아닌 애정과 존경으로 존재해야 비로소 문학과 음악, 미술이, 한 걸음 더 나아가 학문이 대등하게 어떤 상호교류를 할 수 있다고 본다. 그리고 음악가들이 서양음악을 하는 것이 아니라 우리의 소재와 우리의 정서를 담을 수 있는 (그렇다고 전통을 답습하자는 얘기는 아니다!) 시와 미술을 이해하고 작곡할 수 있어야 하고, 그래야 거꾸로 시인과 미술가가 그들의 노래를 통하여 새로운 세계를 문학으로, 형상으로 창작할 수 있다고 본다. 서설이 너무 길었다. 그러면 서양식으로 시와 조형 예술이 어떤 관계인가를 살펴보아야 할 것이다.

시와 조형예술 다시 생각하기

조형예술과 문학간의 관계를 이야기하자면 가장 먼저 떠오르는 작품이 있다. 그것은 다름 아닌 독일의 계몽주의 철학자이자 극작가, 문예이론가인 레싱이 쓴 『라오콘 또는 조형예술과 문학의 한계에 대하여』(1776)란 작품이다. 레싱은 이 작품에서 조형예술과 문학의 차이점을 분명하게 말하고 있다. 이 작품은 원래 빙켈만이 그의 작품『그리스의 조소와 회화에 대한 연구』(1775)에서 주장한 바를 비판하기 위해 쓴 것이다. 부석사의 무량수전이나 운문사의 독경 소리에 고대인들의 소박함이 들어 있다고 유홍준은 그의 책에서 힘주어 말하였는데, 그는 이때 그 유명한 빙켈만을 언급했다. 빙켈만은 고대 그리스의 예술에는 본질적으로 〈고상한 소박함과 고요한 위엄 edler Einfalt und stille Gröβe〉이 있다는 것을 위의 작품에서 설파하고 있다. 그러나 레싱은 라오콘 群像이 단순히 그리스문학의 소박함을 보여주는 것이 아니라 조형예술과 문학의 차이 때문이라는 이유를 들어 빙켈만을 비판하고 있다. 라오콘은 트로이의 신관(神官)이었는데, 그가 성문 앞에 놓여 있는 그리스 군대의 목마의 비밀을 알고 성내에 들여놓지 말라고 경고를 한 탓으로 신의 벌을 받아 두 아들과 함께 큰 뱀에 감겨 죽는다. 또한 이 순간을 표현한 유명한 그리스의 조각상이 라오콘이다. 이 조각에서는 큰 뱀에 물려 죽는 인물의 표정이 입 언저리에 약간의 고통을 나타내고 있을 뿐 절규와 같은 일그러진 고통의 표현은 없다. 하지만 로마의 시인 베르길리우스는 그의 서사시 에네이스에서 라오콘은 그 고통의 소리가 하늘에까지 이르도록 절규했다고 표현하고 있다. 이것이 곧 호라치우스의 시학이기도 하다. 그러나 조각상에 미소를 짓고 있는 듯한 표정을 두고 빙켈만은 그리스인들의 〈고상한 소박함과 고요한 위엄〉때문이라고 설명하면서 沈靜한 미를 나타내기 위해서 절규와 같은 추한 표정을 나타내지 않았다고 말했다. 이에 대해서 레싱은 그것은 그런 그리스인들의 특징 때문이 아니라 문학과 조형예술의 근본적 차이 때문이라고 주장하였다. 그의 말에 따르면 조형 예술은 공간예술로서 순간을 포착하여 그 형체의 미를 표현하는 것으로, 고통을 나타내고자 할 때 절정에 이른 추한 표정보다도 그 일보 전의 순간을 택하여 상상의 여유를 남기는 것이 좋으나, 문학은 시간 예술이기 때문에 일정한 시간 내에서 일어나는 행위를 모두 서술할 수 있으며, 고통의 절규를 굳이 피할 필요가 없다고 한다. 그리고 그리스의 작가 호메로스, 소포클레스 등의 격렬한 통곡과 절규를 예로 들면서 공간 예술과 시간 예술의 차이를 상세히 설명하고 있다. 레싱의 요지 자체는 오늘날 이미 널리 알려져 있는 진부한 일인 것 같지만, 예술을 단순하게 받아들이지 않고 되짚어보며 예술의 법칙을 유도해 나가는 그 방법은 나중의 독일 낭만주의뿐만 아니라 지금에 보아도 높이 평가할 수 있다.

그러나 우리는 레싱이 말한 문학이란 표현을 신중히 생각할 필요가 있다. 왜냐하면 그가 생각했을 문학이란 기실 서사시(Epos)였을 것이기 때문이다. 에포스에서는 전지전능한 화자가 (물론 당시는 화자가 아니라 신이었다!) 그 언어로서 인간들의 생각을 완벽히 재현해내고 재현해낼 수 있다고 믿었다. 그러나 그 이후에 발달된 장르인 (그리스에서는 극—서사—시가 한꺼번에 존재했던 것이 아니라 차례 차례로 하나가 없어지고 다른 것이 생김) 시라는 예술 장르는 오히려 음악과 가까웠다. 제의로서의 서사가 동양과는 달리 서양에서는 시가 아니라 극이었다는 사실을 우리는 유념해야 한다. 그러나 현대에 와서 시는 운율 같은 것을 차츰 버리고 미술과 동거하기에 이른다. 그렇기 때문에 레싱이 말한 조형예술과 문학의 차이라는 것은 이런 유보 하에 들어야 한다.

현대에 오면 올수록 음악이나 미술이 표현을 하되 그 표현 수단으로 구속하지 않듯, 문학 또한 말을 쓰되 말로서 구속하지 않는다. 이것은 소설 같은 서사장르에도 적용된다. 소설이 그 자체로서 말을 한다고 믿는다면 단테의 『신곡』, 세르반테스의 『돈키호테』나 세익스피어의 『햄릿』을 위시해서 플로베르, 도스토예프스키, 발작, 보들레르 등은 아무도 의미가 없을 것이다. 알레고리, 아이러니, 패러디, 상징, 메타포 등 숱한 문학적 표현형식은 말을 그대로 받아들일 수 없다는 것을 반증하는 사실이다. 한 걸음 더 나아가 수용이라는 문제는 그 때에 이해한 문학이 시간이 지나면 다르게 읽혀질 수 있다는 개연성까지 확보해 주고 있지 않는가. 음악이나 미술만이 음의 조율과 화성, 또는 형상과 색조로 말하는 것이 아니다. 문학에서 또한 〈말은 모두 이해한다〉라는 일반적인 통념은 옳지 않다는 점이다. 시나 소설의 매재인 언어는 그런 일상적인 언어가 아니다. 그렇기 때문에 문학 또한 말로만

하지(形似) 않으며 의미로만 말하지도 않는다. 쓰는 사람이 염두에 두든 두지 않든 그 언어가 확보할 수 있는 여백과 계시까지를 포함하고 있거나 어떤 경우에는 여백과 계시(Aura)만 말할 경우도 있다. 그러니 의미 시네, 무의미 시네 할 필요가 없는 것이다(지난호「다층」'김춘수와의 대담'을 참조). 누가 김춘수의 언어를 이해할 것인가. 거기에는 어떤 통역관이 필요하고 그것도 통역관마다 서로 다른 의미나 계시를 말해줄 것이다. 그렇기 때문에 예술 장르에 공통적인 부분은 그 작품의 마음을 읽는 것(心似)이 중요하다. 진정으로 인간을 바꿀 수 있는 체험이 있었느냐 하는 점이 핵심이라는 뜻이다. 그때는 시인이 아니라 〈돌들이 말을 하리라〉는 예언대로 시의 언어가 스스로 말을 할 것이다(하이데거의 말: Die Sprache spricht). 의도가 중지되고 불신이 중지되고 자기의 참 마음이 마음을 풀어낼 것이다. 그렇다면 오늘 내가 이야기 하고자 하는 것은 이미 끝이 난 셈이다. 그러나 일반인들이 그래도 차이가 무엇이냐고 구태여 물어온다면 어쩔 것인가? 그렇다면 우리는 기호나 상징에 대한 일반적 시각을 말해야 하고 그 사례를 들어 답할 수밖에 없다.

형상 기호는 문화적 습속이나 동기, 경향성을 말한다

조형예술은 순간을 포착하여 여백을 그리기 때문에 유기체적, 기하학적 형태를 가지고 있지만 사실은 내적인 연장의 순간을 끊어 그것을 재현한 것에 불과하다. 그 순간은 정신적인 실체를 갖고 있다. 그렇기 때문에 예술가는 심정적으로 공감하는 형상을 선택한다. 예를 들어

뒤러의 자화상은 자기를 예수의 모습에 빗댄 패러디다. 이때 형상 기호는 변형되고 왜곡된다. 왜냐하면 그래야 문학과는 달리 동기나 경향성이 방해받은 것을 일순간에 나타낼 수 있기 때문이다. 동양의 산수화나 김홍도의 풍속화는 뒤러에 비해 유기체적 형상을 세밀히 그리지 않는다. 그것은 동양과 서양의 세계관의 차이에서 기인한 것이다. 한국의 미는 그것을 다 그리지 않고 최소한 것만 보여주며 여백미를 상상하게 하는 것이었든 듯하다. 조형예술에서의 이런 유기체적 형상은 지상의 것을 상징하고, 기하학적 형상은 영원이나 정신적인 것을 상징한다. 이렇게 볼 때 카스파 다비드 프리드리히의 창문너머로 세상을 내다보는 그림은 낭만적 동경을 상징하는 부분과 지상의 삶이 대조적으로 나타나고 있다. 슈베르트/뮐러의 겨울나그네에 나오는「보리수」에서도 서있는 현재는 성문과 우물과 보리수일 뿐이므로 이 부분은 시제로 현재, 조나 조성으로는 장조를 택하고 있다(이 시/노래의 2연은 단조로 전조됨). 다만 일반인이 부르는 바장조(F-dur)에 비해 예술가곡은 마장조(E-dur)로 되어 있어서 약간 우울한 낭만적 정서를 지니고 있다. 음악은 시간예술이므로 그림에 비해 시간적으로 나열할 수 있다는 장점이 있다. 조형예술은 순간적으로 상상을 자극하는 힘이 있어야 한다. 그러나 음악은 시간적으로 긴장을 창조해낸다. 문학/시는 다른 두 장르의 장점을 가지고 있지만 음악에 비해서는 소리가 더 추상적으로, 조형예술에 비해서는 그림(이미지)가 더 추상적으로 남아있다는 차이점을 지니고 있다.

선 기호 — 시/문학에서의 (형용)동사 — 음악에서의 리듬

선은 원래 이념적으로만 존재하지 시각적 현실에선 존재하지 않는다. 이는 마치 리듬이 그냥 유기체의 변화에 의해 감지되지 보이거나 느껴지지 않는 것과 마찬가지다. 그러므로 선 기호는 현실성의 상징적 표현이라 볼 수 있다. 우선 수직은 운동이 없는 죽음과 대립되는 생명을 말하는데 위에서 예로 든 보리수의 경우를 말하겠다. 이것은 변화에 대한 저항, 시간의 무한성에 대한 상징이다. 〈성문 앞 우물 곁에...〉의 또박또박한 리듬이나 선율을 생각해 보라. 수평은 세상의 기초, 문명의 바탕을 상징하므로 수평선이나 지평선은 죽음을 상징한다. 음악이나 문학에서는 종지부나 죽음을 상징할 때 평안한 마음을 선사해주는 아다지오 정도로 볼 수 있다. 그림에서는 르네상스 시대의 종교적 회화에서 많이 볼 수 있다. 그에 반해 대각선은 위험과 연결되는 역동성. 불안정성, 균형의 결여를 나타내는 것으로 음악에서는 감5도라든지 단5도처럼 반음이 이상하게 떨어지는 경우라고 말할 수 있다(다음 페이지에 나오는 코코슈카의 그림을 보라). 둥근 선은 에로틱의 표출. 여성, 모성, 생산을 상징한다. 마치 바흐의 음악(미뉴에트)을 듣는다고 생각하면 어떨까 한다. 바로크의 건축과 장식에서, 미켈란젤로의 그림에서 이런 것을 많이 볼 수 있다.

사례 : 시와 회화

- 코코슈카(Oskar Kokoschka)의 회화와 트라클(Georg Trakl)의 시

거무스레한 낭떠러지 너머로
죽음에 취한 채
작열하는 돌개바람 추락한다
빙하의
푸른 물결
그리고 쇠종소리 우르릉
계곡에 울리면
불꽃과 저주,
그리고 쾌락의
어두운 충동,
화석이 된 머리는
하늘로 돌진한다

– 게오르크 트라클 「밤」 제2연

오스카 코코슈카(1886-1980)는 비인을 주무대로 활동한 표현주의 화가이다. 그는 자신이 산 시대가 〈영혼의 칙칙함을 그리고 있기〉 때문에 자신의 그림 또한 〈음울한 회화들〉이라 했다 한다. 특히 그는 1912년에서 1914년 사이에 알마(Alma Mahler)와의 격정적 사랑으로 유명하다. 도판으로 제시한 코코슈카의 그림은 「돌개바람」이란 제목을 갖고 있다. 한국에서 볼 수 있는 웬만한 화집에는 〈바람의 신부〉란 제목으로 번역을 했기 때문에 사람들은 이 작품을 혼동하는 경우가 많다. 그러나 이런 오해는 독일어 Windsbraut(돌개바람=바람+신부) 때문이다. 선풍이자 돌풍인 돌개바람의 형상을 독일어권에서는 신부의 몸 모습을 한 바람이라는 언어를 만들었으니 아무리 번역해도 한국말에 맞을 리가 없다. 이 코코슈카의 그림을 보고 트라클은 위에 있는 「밤」이라는 시를 지었다 한다. 그러면 원래 시의 모형이 된 그림과 시를 비교하면서 시와 회화를 비교할 것이다. 트라클의 시도 상당히 회화적이지만 거기에는 음악적인 요소(우르릉 울리다(dröhnt)) 또한 만만치 않다. 남녀의 정열적인 그러면서도 어딘가 모르게 어두운 충동이 회화에서는 더욱 적나라하게 드러난다. 그리고 회화에서는 이 시의 제1연이 가지는 서사적 확장(야성의 파열, 끝없는 고뇌)을 그림 속에 묻어 버렸다. 이것은 마치 레싱이 라오콘 群像에 대해 말했던 것과 같은 상황이다. 그러나 분명 시간이 흐를 것 같지 않는 코코슈카의 그림은 불분명한 윤곽을 가진 유선형의 선(돌개바람)이 지니는 힘 때문에 동적이고 시간이 흐르는 것과 같은 효과를 지닌다. 〈돌개바람이 추락한다〉는 표현은 그림에서 남녀가 서로를 빨아들이는 듯한 자태를 말해준다. 그러나 회화나 시 모두에서 성적 충동의 재현으로 볼 수 있는 돌개바람은 두 개의 부사구를 가진다. 하나는 〈거무스레한 낭떠러지 너머로〉라는 낙하의 공간이고, 다른 하나는 〈죽음에 취한 채〉라는 낙하의 양태를 말해준다. 그림에서 뒤의 것은 존재하지만 앞의 것은 나타낼 수 없다. 이것이 또한 두 장르의 차이일 수 있다. 〈검은 schwarz〉이라는 표현 대신 〈거무스레한 schwärzlich〉이라는 색채는 마치 암벽에서 헛발을 디딘 듯한 불길한 느낌을 만들어 준다. 이런 충동, 지옥으로 떨어지는 듯한 심리는 바로 프로이트가 리비도 충동에 대해 이야기를 하던 배경인 당시의 비인을 말해주고 있다. 그러나 이런 죽음의 미학은 죽음으로서만 가능할 수 없다. 그것은 오히려 〈작열하는〉이란 붉은 색채에 의해 비로소 그 구체적 존재를 얻을 수 있다. 이런 모순과 저항은 〈불꽃과 저주〉, 〈쾌락의 어두운 충동〉이라는 모순된 어법을 통하여 비로소 육욕의 인간을 체현하고 있다 그것은 다름 아닌 바로 에로스(쾌락, 생)와 타나토스(고통, 죽음)의 상충이라는 인간 최대의 모순일 것이다. 〈작열하는 돌개바람〉은 결국 〈화석이 된 머리〉로 변한다. 20세기 최대의 프로이트 해석가인 라캉은 인간에게는 오로지 욕망의 고리만 있을 뿐이라고 했다. 욕망은 채워지면 그것으로 타나토스를 의미하고 새로운 욕망이 생기는 것은 에로스를 의미한다. 그렇기 때문에 시는 회화의 확장이고 회화는 시의 확장이다. 둘은 상보적 관계에 있지 서로를 배제하지 않는다. 그것은 시나 회화, 음악이 모두 정서를 나타내기 때문이다.

색채 기호 — 시에서는 이미지(은유, 환유 등) — 음악에서 조성(음조)에 해당 된다

색채는 의미와 정서를 표현하는 구체적 언어다. 그렇기 때문에 후기 인상파 세잔느 같은 경우는 과장된 색채와 자연주의적 그림에서의 이탈로 색채 고유의 의미나 자기 정서의 표현을 보여주려 했고, 칸딘스키, 다다 같은 경우는 위의 다른 시각 요소를 배제하고 색채로만 의사 전달을 하려고 애썼다. 에곤 실레 같은 경우는 반대다. 색채를 없애고 다른 시각적 수단, 이를테면 선과 형상, 명암으로 대체하였다. 색채의 시각적 속성을 두고 정서표출이라고 하지만 그것을 결정하는 것은 사실상 민속적, 문화적 습속이다. 예를 들어 한국에서는 죽음이 흰색이나 서양에서는 검은색으로 재현된다. 색채는 문화, 집단, 개인의 성향에 따라 다르다. 그렇기 때문에 보편적으로 나타나는 색채에 대한 정서는 종교적 회화, 예술, 문학 등에서 말하는 것을 기준으로 할 수밖에 없다. 예를 들어 靑出於藍以靑於藍에서 쪽빛과 남빛을 어떻게 구별할 것인가? 호메로스는 오딧세이에서 지중해를 검다고 표현했는데 이것을 우리는 어떻게 이해할 것인가. 더욱이 우리말에서 푸르다와 파랗다는 말도 잘 구별이 잘 되지 않는데 서양의 〈너의 파란 눈을 보면...〉이라는 노래를 시작할 때 어떤 분위기로 할지 자못 궁금하다. 그러나 보편적으로는 청색은 투명한 하늘이 환기하는 순환된 분위기, 희망, 인간의 사고를 상징한다. 고대 그리스 사람들은 비취가 지구를 떠받들고 있어서 하늘과 바다가 파랗고 그것을 보려는 인간들의 마음에 희망을 준다고 말했다. 노란색은 암흑의 세계에서 태어남, 또는 세계의 근원을 상징하고, 일반적으로 붉은 색은 피, 상처, 죽음에서 나온

비통한 정서를 상징한다. 초록색은 지상의 색, 관능이나 감각을 상징하고 황금색은 태양을 상징하므로 귀중한 것을 뜻한다. 그러나 이런 색깔에 대한 상징은 시대마다 문화마다 다르고 또 메타포나 아이러니에서 다르게 취급하기 때문에 혼란스럽다. 더구나 우리가 알아두어야 할 것은 색(色)은 빛(光)에 따라 구분된다는 점이다. 빛에 따라 색깔이 다양해지는 것은 우리가 같은 대상을 두고 다르게 보는 이유가 되는 것이다. 연암 박지원은 「능양시집서(菱洋詩集序)」에서 다음과 같이 말한다. "아! 저 까마귀를 보면 깃털이 그보다 더 검은 것은 없다. 그러다가 홀연 유금(乳金)빛으로 무리지고, 다시 석록(石綠)빛으로 반짝인다. 해가 비치면 자주빛이 떠오르고, 눈이 어른어른하더니 비췻빛이 된다. 그렇다면 내가 비록 푸른 까마귀라고 해도 괜찮고, 다시 붉은 까마귀라고 말해도 괜찮을 것이다. 저가 본디 정해진 빛이 없는데, 내가 눈으로 먼저 정해 버린다. 어찌 그 눈으로 정하는 것뿐이리오. 보지 않고도 그 마음으로 미리 정해 버린다." 그러니 색조라는 것은 우선 물리학적으로도 정해진 색조일 수 없다. 하물며 그 사람의 마음속에 있는 색조는 언급해서 무엇하랴.

명암 기호 — 시에서는 어조(세계관) — 음악에서는 조에 해당

형상은 선에 의해 좌우되기도 하지만 명암에 의해 결정된다. 정물화 같은 데서 어두운 부분에 명암을 주면 우리의 주의는 그리로 쏠린다. 아니 주의를 끌기 위해 존재하지도 않는 그런 밝은 채색을 한다. 현대 회화에서는 명암도 색채의 하나로 받아들인다. 특히 르네상스에서는 명암의 대조가 극명하다가 후기에 와서 (렘브란트) 어두운 색조를 많이 사용해 시민사회의 시작과 사실성의 도입을 보여준다. 이런 고전적 명암의 처리법은 인상파에 와서 무시되기 시작했으며 사물과 광채를 분리하지 않게 되었다. 그리고 현대 미술에 와서는 아예 그림자가 무시됨으로 알 수 없는 현대인의 긴장과 불안을 나타내고 있다(그림자가 없다는 것은 낭만주의 문학의 좋은 소재가 되었었다는 점을 상기하라). 특히 코코쉬카나 쉬일레(Egon Schiele)등에게서 보이는 어두운 색조, 말러(Gustav Mahler)나 브루크너(Anton Bruckner)에게서 보이는 음조, 또 토마스 만(Thmas Mann)이나 슈니츨러(Arthur Schnitzler)에게서 찾을 수 있는 세기말적 어두운 충동은 이 명암기호와 밀접한 관계가 있다. 그들은 각기 어두운 성충동, 병, 퇴폐적 현실을 각각의 장르에 담고 있다.

공간 기호

시간 예술인 시에서는 언어기호에 시간적으로,
산문에서는 구체적 공간으로,
음악에서는 음조 (진동)에 시간적으로 나타남

원래 시간이란 공간의 변화를 전제하지 않고서는 상상하기가 어렵다. 파메니데스는 시간을 "영원성이 순간순간 변화하는 모습 das sich wandelnde Bild (eikon) der Ewigkeit(aion)"이라고 정의했다. 그리고 예술상의 공간은 실제의 공간이라기보다는 개연성을 지닌 상징의 공간이다. 예술의 형식은 — 이를테면 음악은 시간의 압축을 통해, 회화는 공간의 중첩을 통해 — 세상을 예술가 내면의 상징공간으로 만든다. 그렇기 때문에 순수공간은 균형과 활기를 상징하고, 중첩된 공간은 입체적 공간감을 주며, 왜곡된 공간은 공간감을 강조한다. 뿐만 아니라 왜곡된 공간은 대상의 전체적인 형상이 다른 공간의 차원들과 가졌던 관계가변화된 것을 의미한다. 그 왜곡은 기억과 현재 보이고 있는 것 사이의 정합성이 없다는 것을 나타낸다.

피카소가 열일곱 살쯤 해서 그린 그림을 보면 이미 입체를 갖고 있는 구상으로서는 더 할 나위가 없다는 것을 알 수 있다. 그래서 그는 어차피 회화가 평면에서 이루어지는 가상 공간일 바에는 그것을 무시한 형이상학적 공간을 만들어도 무방하다는 생각을 한 것 같다. 기실 지각된 모든 공간이 2차원의 세계나 공간의 연장인 3차원의 세계, 그 어디에 속할지는 관찰자에게 달려 있다. 다만 회화사적으로 볼 때, 시각은unperspektiv(무시점, 원시시대, 플라톤 동굴의 비유) - perspektiv(원근법, 르네상스의 그림) - aperspektiv(반시점, 반원근법, 현대미술)로 발전되어 왔다. 그렇다면 피카소의 공간은 원시시대의 공간과 같지 않느냐고 반문할 수도 있다. 정말 그런가?

전통적인 그림에서는 보통 다음과 같은 법칙은 있다. 높은 곳과 안쪽은 추상적 공간으로 우월성, 훌륭함, 천상의 삶을 나타내고, 낮은 곳과 바깥쪽은 현실공간, 암흑, 열등함, 죽음, 지상의 삶을 상징한다. 동쪽과 오른쪽, 정면은 의식과 미래, 개방성, 정신적 계시를 재현하며, 서쪽, 왼쪽, 배면은 무의식이나 과거, 억압, 죽음과 암흑을 상징한다. 그러나 이런 나이브한 체계는 예술품이 현실의 왜곡이라는 관점에서 정반대일 수도 있다는 가능성을 배제할 수 없다(역설, 아이러니, 긴장 등). 그래서 아도르노는 "예술에 관한 한 이제는 아무 것도 자명하지 않다는 사실이 자명해졌다"고 역설하고 있다.

문학에서는 언어사용(이미지)으로 공간을 묘사할 수 있기 때문에 조형

예술과 대동소이하다. 다만 음악에서는 플루트 소리나 대금, 바이올린, 피아노 소리가 서로 다른 공간효과를 낼 수 있다. 오르겔 소리는 넓고 공명이 있는 만큼 종교적이고 심오하며, 바이올린이나 피아노 소리는 인간적이며 얕은 감정을 나타낸다. 그러나 꼭 이렇게 일대일로 상응하는 것은 아니다. 오히려 언어문학의 모음이 색조로 상징될 수도 있다. 랭보(Arthur Rimbaud)는 이를테면 A는 검은 색을, E는 흰색을, I는 붉은 색을, Ü는 녹색을, O는 푸른색을 상징한다고 한다. 우리말의 아, 어, 오, 우, 이는 무엇을 상징하는가? 우리 문화의 상징체계에 따른 연구가 필요하다. 독일의 작가 융거(E. Jünger)는 A는 높이와 넓이(힘 권력 상징)를, O는 높이와 깊이(빛을 상징)를, E는 공허함과 숭고함(정신을 상징)을, I는 삶과 소멸(육체를 상징)을, U는 잉태와 죽음(모성적 대지를 상징)을 각기 표현한다고 말하고 있다. 이제 이론은 피하고 시와 음악에 대해서는 어느 정도 봄호에서 언급했으니 여기서는 시와 회화를 예로 들어본다. 직접적인 상호 교류의 예가 한국 예술에서는 희귀하기 때문에 우선 독일어권에서 사례를 가져왔다.

말을 마치면서

다시 말하지만 시간예술과 공간예술/형상예술은 상호보완적인 것이다. 그리고 개체예술의 지나친 독립화는 서술 및 표현 방식에 있어서 한계를 드러낸다. 왜냐하면 예술은 매체를 겨냥하는 것이 아니라 인간의 정서를 겨냥하기 때문이다. 이런 예술의 통합화 경향은 낭만주의와 20세기초의 아방가르드 예술(구체시, 구체예술 등)에서이다. 이 두 시기에 생긴 예술현상을 이해하기 위해서는 무엇보다 이들이 고대로부터 전래되어 온 예술은〈모사〉이며〈구상〉이라는 생각을 거부하고 있다는 점을 유념해야 한다. 이 탈모사(脫模寫) Entmimetisierung 현상은 낭만주의에서 상징주의, 표현주의, 아방가르드로 연결된다. 그렇게 되면 앞에서도 이야기되었지만 언어가 갖는 재현 representation 의 성격은 이제 제시(presentation)의 성격으로 대체되는 것이다. 언어문학도 자꾸 의미-무의미 같은 의미론에 기대지 말고〈부재의 것〉을 현재화하는 화용론이나 기호론을 추구해야 할 것이다. 다매체 시대에 어쩌면 언어의 순수기능을 지키는 것이 사도(司徒)들의 일처럼 느껴지는 것도 사실이나 언어의 다른 기능을 찾는 것 또한 언어문화를 새로 부활시키는 사도들의 일이다. 오늘날 우리는 피카소의 어떤 그림처럼 앞과 옆을 동시에 보아야 할 것이며, 시와 화를 같이 했던 우리의 전통에 대한 연구와 계승이 필요하다.

시론5

시와 記憶 –미당 서정주와 그의 시를 해석하며

Dignum laude virum Musa vetat mori.

기릴만한 사람이 죽는 것을 뮤즈는 허락하지 않는다.

올해 한국의 시단에서는 큰 별이 떨어졌다. 미당 서정주 시인이 타계한 것이다. 각계에서 추모의 정과 글이 쏟아졌고 또 쏟아져 나올 것이다. 실로 뮤즈는 기릴만한 사람이 죽는 것을 허락하지 않는가 보다. 더불어 미당은 오래 기억될 것이고 또 오래 기억되어야 한다. 그렇다면 과연 무엇이 그를 오랫동안 기억하게 하는 動因이 될까를 짚어보는 것은 시학하는 사람으로서의 미덕일 것이다. 그가 민족시인이라고는 하나 이육사나 윤동주와는 다르고, 이순신이나 을지문덕처럼 나라를 지킨 장군도 아니기 때문에 그의 추모와 그에 대한 기억을 다루어보지 않을 수 없다. 한때 그는 친일의 그림자를 변명과 회한으로 지우려 했고, 그때 사람들은 괴테를 보라, 베토벤을 보라 하면서 〈시에 감동되면 내용의 진위를 가리지 않는다〉는 미학의 원칙으로 그를 변호하고 막아주었던 때문이다. 이근배 시인은 그를 추모하며 〈이 나라 모국어의 금자탑 속에서〉라고 그를 頌德하고 그를 기억할 힘을 찾고 있는데 어쩌면 이런 맥락에서 뮤즈는 그가 죽는 것을 허락하지 않을 것이다. 그렇다면 미당이 칭송 받을 영역이 시라는 표현의 영역일 터, 시는 무엇이며, 기억과 무슨 관계가 있으며, 그리고 역사적 기억과는 어떻게 다른가 하는 점을 살펴볼 것이다. 김광규는 역사적 기억과 관련하여 「묘비명」이라는 시에서 다음과 같이 노래한다.

(...)
높은 자리에 올라
이처럼 훌륭한 비석을 남겼다
그리고 어느 유명한 문인이
그를 기리는 묘비명을 여기에 썼다

비록 이 세상이 잿더미가 된다 해도
불의 뜨거움 굳굳이 견디며
이 묘비는 살아남아
귀중한 史料가 될 것이니
역사는 도대체 무엇을 기록하며

– 김광규 「墓碑銘」 전문

시가 내용과는 — 즉 역사와는 — 상관없는 어떤 결정체라는 것을 전제한다면 이 시에서 말하는 〈묘비명〉일 수 있다. 진실을 왜곡한 시인의 업적 또한 〈훌륭한 비석〉과 〈사료〉 이외의 도대체 무엇이란 말인가? 역사가 지배자의 기록이라면 우리는 그곳에서 무엇을 얻을 수 있는가? 시인이 세운 〈모국어의 금자탑〉은 〈불의 뜨거움 굳굳이 견딘〉 〈묘비명〉과 무엇이 다른가? 시인이 시인다운 것은 아마 역사가 기억하지 않는 것을 기억시키는 양심 때문이리라. 시가 스탕달의 말대로 〈행복에의 약속〉이라면 그것은 단순한 표현의 행복이 아니다. 힘있는 역사가 기억하지 않는 것을 상기시키는 〈다른 힘〉 때문이다. 그러나 현대시의 난제는 시가 그것을 내재적으로 매개할 수 없다는 데 있다. 경험이 시로 표현되면서 시인의/동시대인의 경험적 과거는 묻혀지고 마는 것이다. 이때 경험으로서의 역사와 표현으로서의 시 사이에는 이율배반이 발생하게 되며 이때부터 민족적 정체성으로서의 시는 종말을 고하는 것이다. 그렇기 때문에 미당의 시를 읽을 때는 두 가지 고민에 빠진다. 민족적 차원의 기억으로 읽을 경우, 그는 민족적이 아니며, 개인적 차원의 기억으로 읽을 경우, 그는 너무 민족적이다. 그래서 우리는 어쩌면 니체가 말했듯이 〈한 가지를 하기 위해 대부분의 것을 다 잊어버려〉야 할지도 모른다. 인간은 과거사에 대해 정의롭지가 못하며 인간이 관심을 두는 유일한 권리란 바로 앞에 벌어지게 될 현실적 관심일 뿐이다란 그의 말이 새삼스럽다. 그렇기 때문에 오늘날은 시의 해석에 있어서 직면하는 해체의 경향성이 문제되는 것이 아니라, 오히려 그 반대로 시의 해석에 있어서 기억의 문제라고 할 수 있을 것이다. 그래서 이 글에서는 여러 자료들을 가지고 경험과 기억, 그리고 시/시학의 관계를 점검할 것이다.

기억의 기능

기억이 항상 좋은 것은 아니다. 어쩌면 기억도 분명 病 중의 하나일 수 있다. 그러나 만약 기억이 없다면 우리 인류는 살아야 할 아무런 의미가 없을 것이다. 왜냐하면 의미란 기억과 현재의 정합성 문제이기 때문이다. 시가 의미를 생명으로 하는 만큼 — 이것은 무의미 시도 마찬가지다 — 경험적 과거는 매우 중요하다. 그러나 그 경험적 과거가 시가 아니라는 것을 주장하려면 동시에 시가 경험적 과거 없이 이루어지는 것도 아니라는 사실을 알아야 한다. 그런데도 유난히 어떤 민족은 과거를 성실하게 기억하려는 민족이 있고 빨리 잊으려는 민족이 있는 것 같다. 오스트리아의 시인 요세프 바인헤버는 독일 사람이 아닌데 히틀러 찬양시 한 편 때문에 자살을 해야 한 것을 생각한다면 미당은 매우 행복한 편이며 과거를 너무 빨리 잊어버리는 우리 민족은 행복한 것 같아 보인다. 하기야 우리 모두가 친일파의 후손이니 그럴 수밖에 더 있겠는가?

원래 시는 기억의 한 방편이었다. 구비로 전승되던 때도, 문자로 고정되어 잘 전달될 수 있을 때도 시는 여전히 기억의 한 수단이었다. 기억을 잘 하기 위해 운을 만들고 음을 붙였으며, 기억을 잘 하기 위해 이미지와 이야기를 만들었다. 그리고 이런 기억은 역사로 남길 만한 무엇인가를 칭송하기 위해 생긴 것이다. 말하자면 오늘날의 문학/예술은 그저 기억을 위한 장식품이었을 따름이었다. 그리고 고대에는 동서양을 막론하고 頌德으로서의 시가 거의 영웅적 행위에 버금가는 일이었다. 특히 우리의 유교적 한 문화권의 전통에는 이를 뒷받침해줄 만한 많은 유산들이 있다. 고대 그리스에서도 기억하고 송덕하는 이들은 매우 중요하였는데 그 대표적인 사건으로 아킬레스의 무덤에서 눈물을 흘리는 알렉산더 대왕을 들 수 있다. 알렉산더는 아킬레스의 頌德碑에 기대어 〈행복한 이여! 그대의 명성이 위대한 시인의 입에서 팡파레처럼 흘러나오니!〉라고 마음에서 우러나오는 탄식을 한다. 그러나 정작 알렉산더가 탄식을 한 것은 단순히 아킬레스의 용감한 행위 때문이 아니었다. 그가 탄식을 한 것은 바로 위대한 시인 호메로스가 아킬레스를 칭송한 것이 부러웠기 때문이었다. 추측컨대 알렉산더는 아킬레스의 행위보다도 호메로스의 시적 재능을 더 사모한 듯하다.

그런데 기억의 한 가지 문제는 그것이 지나간 일이라는 점이다. 마치 시문학이 그렇듯이 무엇이 지나가지 않은 것은 기억은 기억이되 경험

기억이어서 완전한 기억이라 할 수 없다. 그리고 그 기억이 과거를 다루는 한 그것은 지나간 것이고, 없는 것이다. 그런 만큼 실제적인 경험은 사라지고 표현 속에서의 기억밖에는 존재하지 않는다. 이것이 우리가 다루려는 테마 〈시와 기억〉에서 가장 핵심적인 문제가 되지 않을 수 없다. 〈기억이 존재하지 않기 때문에 기억이란 말은 人口에 膾炙하는 법이다〉.[24] 문학이 과거를 이야기하기 때문에 문학에는 정답이 없고 문학적 글이 수도 없이 많으며 말할 때마다 다른 것이다. 같은 일제를 겪어도 미당 다르고, 윤동주 다르고, 이광수 다르고, 이육사 다른 것이다. 이 말은 결국 어떤 현상이 의식되어 문학으로 표현되기 위해서는 그 현상이 완전히 사라진 후에야 비로소 가능하다는 뜻을 내포하고 있다. 의식은 일반적으로 지나간 것이라는 명패를 달고 생겨난 것이다. 이런 생각은 기억이 가지고 있는 想起的 특성을 그대로 말해준다. 환언하면, 기억이란 우리의 경험이 완결되어 과거지사가 되었을 때 비로소 생긴다, 이런 뜻이다. 〈사랑을 잃고 나는 쓰네〉로 시작하는 기형도의 「빈집」은 바로 사랑의 쓰라린/즐거운 경험이 사라지고 난 뒤에야 비로소 의식된다는 단순하고도 명료한 진리를 대변하기 때문에 멋있는 것이다. 그렇다, 바라보고 있으면서 사랑에 대해 말하는 멍청이는 세상에 없을 것이다.

이런 시간의 추이과정에서 우리는 다른 기억의 모순을 유추해낼 수 있는데 그것은 기억을 어떻게 보관하느냐 하는 문제다. 그것은 다른 것이 아니라 경험적 기억이 퇴색하고 아무런 의미가 없어진다는 사실이다. 분명 우리 민족이 처절하게 겪었을 정신대나 육이오의 동족상

---

24) Pierre Nora, Zwischen Geschichte und Gedaechtnis, Berlin 1990, 11쪽

잔, 4.13사태 같은 사건이 우리의 입으로 아무리 발해봐야 그저 평범한 사건일 수밖에 없다는 것이다. 더구나 세대교체와 더불어 관심사와 관찰의 대상이 변하게 되면 이런 일은 더욱 심화된다. 일제의 징용이나 전쟁, 정신대의 집단 강간 같은 경험들은 오히려 본인들에게서조차 몸서리치는 일인 만큼 자꾸 잊어지고, 잊어야 할 것이다(정신분석학적으로 잊어야 살 수 있다). 그리고 잊는 과정에서 생존자들의 **현실 과거**는 차츰 경험이 배제된 **순수 과거**로 옮겨가게 된다.[25] 이때 이 순수과거는 기억을 유일하게 잡아둘 매개체가 되는 것이다. 그것이 기억, 즉 과거의 현실을 잘 말해 줄 수 있는 문학작품 또는 시작품과 같은 것이 된다. 그렇기 때문에 이런 현실 과거에서 순수 과거로 전환하는 것은 기억과 망각이라는 두 가지 과정을 동시에 수행하는 것이다. 그렇기 때문에 우리가 문학에서(특히 시에서) 경험할 수 있는 것은 경험내용이 축소된 것이며, 미당이 쓴 친일적 시나 그에 따른 행위에 대한 증언은 누락되고, 그 책임소재가 모호해지며 모든 존재론적인 맥락을 상실하고, 작가는 용서되고 그의 과거는 묻히는 것이다. 시만 잘 쓰면 그 모든 게 묻히고 마는 것이다.

물론 시는 역사가 아니다. 그런 만큼 시적 기억이 역사적 기억을 담보할 아무런 이유가 없다. 우리의 독서과정(Leseakt)에서 발생하는 양심은 또 다른 검열을 하여 읽을 것이기 때문이다. 그러나 여기서 축소되고 누락하고 상실되는 것은 막을 수 없는 망각과정에 대한 다른 표현들로서 이는 바로 시가 되는 필연적 과정을 말한다. 이런 구도 하에서 개인적으로 생생한 기억과 문학적/시적 추상화는 분명히 대비된다.

---

25) Reinhart Koselleck, Nachwort zu: Charlotte Beradt, Das Dritte Reich des Traums, Frankfurt a.M. 1994, st 2321, 117-132쪽 이 부분은 117쪽에 있음

경험이 시가 되기 전에 우선 당사자들의 머리, 마음과 몸 속에서 〈죽어야〉하는 만큼, 당사자들과 그들의 감정, 주장, 항변들이 존재하는 한, 시학적 비평 또한 왜곡의 위험에 항시 노출되어 있다. 시의 객관성이란 것은 단순히 비판의 규준을 말하는 방법의 문제만일 수가 없다. 그것은 사멸, 퇴색을 말해주는 사망선고(mortification)의 문제이기도 하다.[26] 즉, 경험기억을 죽여 순수기억화하는 장례식의 문제이기도 하다는 뜻이다. 시대의 증인들이 갖고 있는 경험기억은 미래에 상실되지 않기 위해서 이렇게 문화기억으로 번역된다. 모든 역사는 현실경험이 아닌 순수경험으로서 비로소 존재하는 것이다.

기억의 매개물과 想起

未堂이 알렉산더에 버금갈만한 인물이라고 한다면 그것은 결국 그가 개인적 경험을 문화적 기억으로 구출하는데 성공했기 때문에 한 말일 것이다. 우리는 그가 문화적 과거/기억을 어떻게 성공적으로 망각에서 구출해내는지 알아볼 일이다.

「아미산월가라
아미산월이반연추하니
영입평강강수류를…」
일고여덟 살 또래의 우리 書堂 패거리들이
여름달밤 그 마당의 모깃불가를 돌며

---

26) Aleida Assmann, Erinnerungsraeume. Formen und Wandlungen des kulturellen Gedaechtnisses, Muenchen 1999, 13쪽

요렇게 병아리 소리로 唐音을 合唱해 읊조리는 것은
고것은 전연 고 意味 쪽이 아니라
순전히 고 뜻모를 소리들의 매력 때문이었습니다.
그리고 또 어이턴, 모깃불의 신바람에,
달밤에 우리 소리를 울려 펴 보내는 것이었습니다.
〈여자의 이쁜 눈썹〉 같은 거니 뭐니
고런 생각일랑은 전혀 아니었습니다.

이 시는 1960년대 말에 쓰여진 시인의 『안 잊히는 일들』에 실린 「당음(唐音)」이라는 작품이다. 여기서 우리는 자기의 개인상에 있어서 어떤 한 순간을 기억의 강 저편에서 건져내고 있음을 볼 수 있다. 그런데 그 기억을 유지시켜 주는 기능을 하는 매개물이 바로 첫 삼 행에 인용한 記誦의 구절이다. 그러므로 이 시에서 산문적으로 표현하려는 시의 주제는 분명 시의 기의 쪽이 아니라 기표임을 분명히 알 수 있다. 물론 이런 문장을 이해하지 못하는 독자들은 그것이 어떤 것도 매개할 수 없다고 주장할 수도 있으나 그 기표는 새로운 기표로 전이되어 새로운 기의를 만들어 낼 수 있으므로 시인이 한 구체적, 일회적 경험이란 별로 중요한 것이 아니다. 오늘날은 머리가 나쁘다는 말을 듣기가 힘들어졌다. 그런 만큼 과거의 문화처럼 암기하지 않는다. 그러므로 「아미산월가」를 암송한다는 그 자체가 어떤 체험을 불러일으키는 계기가 되고 있음을 시인은 토로하고 있다. 어쩌면 감정이 그런 계기를 만들 수도 있지만, 이 계기는 어떤 심리적 육체적 원리에 의하여 감정을 불러일으킨다.

정서는 감정에서 만들어지고 시는 정서에서 만들어지므로 사실상 시와 감정 사이를 직접적으로 연결할 수 있는 통로는 없는 셈이다. 좀더 적나라하게 표현하자면 나이브한 시들이 아무리 시적 형식을 갖추었다고 할지라도 시가 될 수 없는 것은 바로 이런 이유 때문이다. 즉, 시는 감정으로 만들어지는 것이 아니라 기억의 오류, 기억의 편차로 만들어진 것이라는 것을 이 시는 극명하게 드러낸다. 주위에서 우리가 관찰하는 대상 가운데는 그 한마디만 말하면 지난 기억이 환기되는 것들이 있다. 미당이 여기서 의도하는 것 또한 그가 말하듯 《여자의 이쁜 눈썹》으로서의 〈峨眉山月歌〉가가 아니다. 그보다는 〈「아미산월가라 / 아미산월이반연추하니 / 영입평강강수류를...」〉하는 구절을 記誦하면서 떠올리는 각 독자의 독서행위(Leseakt)로서의 진실을 말한다. 서정주의 시가 우리에게 독특한 시적 아우라를 생산해 주는 것은 그가 바로 이 민족공동체의 기억을 환기해 주기 때문이다.

기억의 오류

그러나 우리는 완전한 기억을 할 수 없다. 그것은 기록으로서의 기억이나 기능으로서의 기억 모두 마찬가지다. 심지어 비디오로 촬영한 자료라고 하더라도 인간이 그것을 해석해야 하는 마당에서는 적어도 같은 기억을 생산해 낼 수 없다. 우리는 종종 이런 경험을 한다. 기억의 편차 때문에 인류는 더 나은 매체를 찾으려고 수많은 노력을 경주해 왔다. 그리고 기존의 문학이나 예술의 장르들이 퇴색한다는 것은 경험을 기억으로 재생할 능력이 노후했다는 것을 시사하는 말이기도 하다. 그렇기 때문에 모든 기억은 오류를 갖고 있고 그 기억의 오류 때문에 우리는 문학을 즐길 수 있는 것이다. 이문열의 「타오르는 추억」에서도 기억에 대한 오류로 인해 겪은 유년시절의 문제를 피력한 것이다. 그리고 한 때 베스트셀러의 반열에 오르고 다시 하나의 〈문화유산〉이 되어버린 유홍준의 『나의 문화유산답사기』또한 기억의 오류에 대해 비껴가고 있지 않는다.

… 자연의 지리산이 아닌 역사 속의 지리산을 가장 뜨겁고 애절하게 노래한 시로는 김지하의 「지리산」이 단연코 백미라고 생각하는데 나는 이 시의 첫마디 두 행밖에 기억하지 못한다며 이렇게 읊었다.

> 저 놈의 산만 보면
> 피가 끓는다.

그후 답사에서 돌아 와 나는 이 시의 이미지 전개를 되새기고 싶어서 김지하의 시집을 꺼내 펴 보니 나의 기억은 아주 엉뚱한 것이었다.

> 눈 쌓인 산을 보면
> 피가 끓는다.
> 푸른 저 대산을 보면
> 노여움이 불붙는다. …

왜 그랬을까? "눈 쌓인 산을 보면"이 왜 내게는 "저 놈의 산만 보면"으로 되었단 말인가? …

기억은 과연 작가가 나중에 말하는 대로 두 가지 유사한 것의 뒤엉킴에서 나온 것일까? 그럴 수도 있다. 그러나 그것은 시인 김지하가 역사를 기억하는 방법과 작가 유홍준이 역사를 기억하는 방법이 다른 데서 연유한 것이다. 지금 이 말을 글로 옮기는 순간이 아니라 차안이라는 특수한 상황에서는 그 말이 가지는 直情(Affekt)을 배제할 수 없는 것이다. 다시 말해 그는 그 직정을 통해서 기억을 떠올린 것이다. 이때 정열은 바로 낭만주의자들이 강조한 詠嘆과도 유사하지만 그 자체로서는 특별한 가치가 없는 기억의 매개체일 뿐이다. 그 뿐이 아니다. 시인 김지하가 무엇을 망각에서부터 건져내어 기억의 창고로 옮기기 위해서 그는 차분하고도 장중한 목소리가 필요했겠지만(메모리아), 이것을 생생한 사람들의 피 속으로 불러오는 (想起하는) 데는 어떤 직정이 필요했을 것이다. 객관적인 진리와 주관적인 진실 사이에는 명백한 차이가 있다. 이런 직정을 통한 기억은 심리적이고 신체적인 경험을 바탕으로 하여 이루어져 있기 때문에 객관적, 주관적 검증을 거친 것이 아니다. 그 실례를 필자의 과거 경험을 통해 알아보겠다. 나는 시골에서 초등학교를 보냈는데 육 학년 때였다. 중학교에 진학할 급우들 약 사십 명이 한 방에서 합숙을 한 적이 있다. 원래 장난기가 심했던 나는 어느 날 밤 친구와 함께 아이들이 잠자는 틈을 살폈다가 이상한 짓을 했다. 아이들의 바지를 내리고 고추를 실로 묶어서 천장에 매달았던 것이다. 그리고는 모르는 척 하고 잠자리에 누워 그날 밤을 보냈다. 다음 날 아침 일어나서도 여느 때와 다름없이 행동했다. 그랬기에 그날 저녁 이슥해서 선생님이 부르는 것을 대수롭지 않게 생각했다. 그러나 캄캄한 교실에서 육감적으로 다가오는 선생님의 노기는 곧 어제 밤에 내가 한 일을 상기시켜 주었다. 우리는 그날 꾸지람과 매로 팥죽이 되어서야 돌아올 수 있었다. 그 후 삼십 년이 지나서 나는 그 친구를 다시 만나 그 이야기를 추억거리로 내놓았다. 그러나 그 친구는 고추를 실로 맨 것만 어렴풋이 기억하고 있었다. 그런데 이때쯤 초등학교 동창회에 기회가 있어서 갔더니 그 당사자가 와서 그 사건을 설명했는데 그 친구의 이야기에 따르면 고추를 묶은 실을 문고리에 매어 두었다는 것이다. 더구나 고추가 퉁퉁 부어올라 고생했다는 얘기까지 해 주었다. 이야기의 객관성을 따지자면 그 친구는 실지로 이 일을 겪었기 때문에 그 이야기가 가장 신빙성이 있을 것이다. 특히 문고리에 실을 매었다는 이야기를 듣자마자 나는 〈아하, 그랬었구나, 옳구나〉 하는 생각이 들었다. 그럼에도 불구하고 나는 그 상황을 기억하자면 문고리에 실을 맨 것보다는 천장에 매달았다는 사실이 더욱 실감날 뿐만 아니라 그렇게 하지 않으면 전체의 이야기가 기억나지 않았다.

이와 같이 누구나 같은 기억을 하는 것이 아니다. 그렇기 때문에 개인사적 기억 자체는 시간이 지나가면 진부한 이야기가 될 수 있다. 말하자면 정신대 할머니가 이야기하는 것이 여느 사람이 오늘날 (특수하게) 겪는 일이나 별반 다를 바 없이 비칠 수 있다. 그렇게 되면 기억이란 기억할 만한 것으로 존재하지 않는다. 어떤 특수한 육체적-심리적 언어를 동원하지 않으면 기억은 사라지고 없다. 그렇기 때문에 기억의 오류는 진리는 아니지만 진실일 수 있고 아킬레스보다 호메로스가 더 진실할 수 있다는 것이다. 우리의 생각과 의도, 권력과 행위는 모두 그 전 단계에 가치 기준이 아닌 의미 기준으로서의 感覺像이었다. 좀 더 정확히 말하자면 감각적 인상의 記憶像에 의미, 가치, 목적 등의 언어가 결부가 되고 나중에 思想이 결부된 것이다. 그러므로 기억으로서 오류일 수 있는 시는 이런 원초적 욕동을 자극하여 무의식적 기억을 전면에 부상시키는 역할을 한다. 다시 한 번 더 강조하지만 이런 의미에서 시는 오류이지만 진실이다. 미당의 直情한 언어들은 〈감정의 오류〉이지만 또한 이런 기억상을 효과적으로 떠올리는 통로이기도 하다.

상상력으로서의 아남네지아

시인 윌리엄 워즈워스는 〈미래의 치유를 위해 / 과거의 영혼을 간직할지니 I would enshrine the spirit of the past / For future restoration〉라고 적고 있다. 시인이 쓴 정확하지도 않고 가치를 지니지도 않은 기억을 우리가 보관해야 하고 그런 시인을 존경하는 이유를 우리는 그에게서 찾을 수 있다. 아니 오히려 가슴 아픈 이야기이기 때문에 더 오래 기억할 가치가 있고 많은 것을 기억하게 할 수 있다. 여기에 시의 생명이 놓여 있다. 시는 늘 낮의 언어로 말하지 않는다. 설령 낮의 언어로 말하는 순간에 있어서도 밤의 언어로 말하는 경우가 허다하다. 우리는 많은 기억을 가슴 깊이 묻어두고 있다. 을씨년스러웠던 날들, 가슴 아팠던 일들, 원과 한에 맺힌 사람들, 그들 모두를 용서하지 않은 채, (못한 채) 그냥 세월의 강물과 함께 흘러가게 두었다. 그러나 이런 기억의 침전물들은 다 흘러 간 것이 아니라 때로는 강어귀에, 때로는 강바닥에, 때로는 강의 얼음으로 남아 있는 것이다. 이는 마치 꽃이 시들어도 향기는 남아 있고 별은 지고 없어도 별빛은 총총히 남아 있는 것이나 같은 이치이다. 물리학에서만 질량보존의 법칙이 존재하는 것은 아니다. 인간인 이상 우리의 모든 삶의 에너지는 그대로 보존되어 있되 그 양상만 다르게 보일 뿐이다. 사람을 죽인다 해서 그 원혼이 사라지지 않는다는 것은 우리가 다 알고 있는 터, 가슴을 옥죄고 한을 맺히게 한 기억이 어찌 사라질 수 있단 말인가. 이것은 마치 결혼도 못하고 죽은 처녀 총각 귀신, 못 먹어 굶어 죽은 귀신을 불러 굿으로 그 영혼을 위로하는 것이나 마찬가지다. 좋은 기억은 편안하게 살다가 죽은 망자의 혼처럼 더 이상 우리를 괴롭히지 않는다. 그러나 가스실에서 독살

당한 유대인, 징용으로 끌려가 수 없는 고초 끝에 맞은 죽은 자들의 혼은 살아서 기억으로 떠돈다. 그러므로 결국은 시라는 것은 어떤 한 표현이기 이전에 삶의 흔적이요, 기억인 것이다. 그러나 그 기억이 사대부의 송덕비처럼, 또는 正史의 사료로 남아 있지는 않으므로 우리의 정서적 기억 속에서 때로는 우울증으로, 때로는 불안으로 살아 떠도는 것이다. 사약을 받은 원한 어린 영혼처럼 우리의 육체 속에서 오래 지속되는 것이다. 이런 의미에서 시란 내용적 기억이기 이전에 바로 그 시의 기표 자체가 기억되는 특수한 성격을 가지고 있다. 서정주의 시는 그에 대한 증거를 보여준다.

> 江물이 풀리다니
> 江물은 무엇하러 또 풀리는가
> 우리들의 무슨 서름 무슨 기쁨 때문에
> 江물은 또 풀리는가
>
> 기러기같이
> 서리 묻은 섣달의 기러기같이
> 하늘의 어름짱 가슴으로 깨치며
> 내 한평생을 울로 가려했더니
>
> 무어라 江물은 다시 풀리어
> 이 햇빛 이물결을 내게 주는가
> 저 멀둘레나 쑥니풀 같은것들
> 또 한번 고개 숙여 보라함인가
>
> 黃土 언덕
> 꽃 喪輿
> 떼 寡婦의 무리들
> 여기 서서 또 한번 더 바래보라 함인가

江물이 풀리다니
江물은 무엇하러 또 풀리는가
우리들의 무슨 서름 무슨 기쁨 때문에
江물은 또 풀리는가

– 서정주 「풀리는 한강가에서」 전문

위로되지 않을 한은 한강의 〈어름짱〉에 갇혀있다. 그 〈어름짱〉밑에는 〈黃土 언덕 / 꽃 喪輿 / 떼 寡婦의 무리들〉이 있다. 이런 기억의 저변에는 경험의 아우라를 열 매개체들이 있다. 이 매개체들은 단순히 그런 경험을 환기시켜 줄 뿐이 아니다. 그 자체가 기억이며 상흔이다. 이 세 마디의 문화적 순수기억은 다른 어떤 단어의 선택보다 더욱 적나라하게 당시의 체험을 상기시킬 수 있는 능력을 지니고 있다. 시인이 체험한, 또는 상기시키는 상처는 바로 트라큐라처럼 우리의 아픈 기억을 불러내는 것이다. 망각의 강 레테를 건넌 오르페우스처럼 이렇게 시에서의 기억은 시/문자라는 매체를 통하여 문화적 기억으로 통하는 특수한 통로를 열어놓고 있다. 역사나 산문의 언어가 자세하게 파악하지 않은 인상과 경험들을 육체는 응축이라는 특별한 그림들로 우리의 기억을 고정하는 방법을 갖고 있다. 이런 '능동적 상상력' 을 불러일으키는 데 미당은 특별한 언어를 갖고 있다고 말할 수 있으며 특별한 경험을 갖고 있다고 말할 수 있다. 중세까지는 — 서양이든 동양이든 — 암송이라는 것이 불가능하였다 한다. 소리를 내지 않고 읽는 방법이 널리 보급되자 시는 리듬을 잃어버렸다. 즉, 음악성을 상실한 것이다. 이와 더불어 이제 사람에 따라 기억하는 방법 또한 다양하다. 사람들은 개인적인 꿈의 세계에서부터 문화적 무의식에 이르는 상징과 원형에서 이를 재발견하였다. 육체는 그 자체가 일종의 매체라고 볼 수 있는데, 이것은 심리적, 정신적 기억과정들이 신경으로만 이루어진 것이 아니라 체세포로도 이루어져 있기 때문이다. 미당 또한 이를 깊이 의식했던 듯하다. 그의 시에서 찾아내는 이런 흔적을 우리는 아남네지스라고 할 것이다.

육체는 습관화를 통해 기억을 안정시키고 정열의 힘을 빌어 그것을 강화한다. 기억의 육체적 성분으로서의 정열은 양가적 자질을 가지고 있다. 이를테면 신빙성의 표시로도 볼 수 있고 왜곡의 원동력으로도 볼 수 있다. 몸 속에 저장된 기억이 의식에 의해 전적으로 단절되었을 경우, 이를 우리는 트라우마라 한다. 그것은 몸으로 캡슐화된 일종의 경험으로, 증상으로 나타나고, 회상할 수 있는 기억을 차단한다. 어쩌면 이 시의 〈어름짱 가슴〉은 일종의 트라우마의 전초단계라 볼 수 있는데 심하면 분열증적인 모습을 띤다. 이상이나 파울 첼란의 시가 대표적인 경우이다.

또한 우리는 시에 나타나는 대상인 장소와 사건을 외부적 기억이라 명명할 수 있다. 〈황토 언덕〉, 〈상여〉, 〈과부〉는 한국의 특정한 정서적 기반을 마련한다. 종교적, 역사적 또는 개인적으로 의미를 띤 대상과 장소는 집단적 기억을 확인하고 보존할 수 있는 곳이다. 과거와의 단절이 발생하고 난 후 시인들은 순례자처럼 의미심장한 장소를 찾는데, 그들이 찾는 것이란 그저 산천이나 기념비, 폐허뿐이다. 시적 상상력을 통해 장소는 기억을 되살릴 뿐만 아니라, 또한 기억이 장소를 되살리는 것을 경험한다. 이런 체험을 하는 것은 이 장소들이 기억의 과정들을 다른 기억 매개체들과의 결합 속에서 자극하고 보강하기 때문에 일어난다. 말하자면 모든 전승이 단절된 곳에서 시적 상상, 자유로운 유희, 억압된 것의 회복이 생기며 그곳에 원한 어린 혼들이 둥지를 트는 것이다.

새로운 기억으로서의 망각

우리는 무엇을 기억하기 위해서 반드시 무엇을 잊어야 한다. 그것은 자료로서의 기억에도 기능으로서의 기억에도 모두 적용된다. 만약 미당의 기억하는 방법을 유지한다면 새로운 기억의 방법이 생겨날 수 없다. 이는 시에도 그대로 적용된다. 유종호는 그의 미당 평문에서 〈정신분석학 이후 우리는 표층과 심층을 대립적으로 파악하며 심층적인 것과 깊이를 동일시하는 습관을 길러왔다. 따라서 모호하고 다의적인 것만 이를 깊이 있고 심각하며 가치 있는 것이라는 증명되지 않은 가정을 내면화하게 되었다. 그렇지만 고전을 읽어보면 그러한 생각이 현대인의 편향된 생각임이 드러난다. 외양과 실상이 다른 것도 사실이지만 외양이 그대로 실상인 경우도 많은 것이다. 고전의 단순성과 간명성을 피상성으로 간주하는 것은 경험으로부터 배운 바가 없는 청년심리의 현학적 병리에 지나지 않는다(가령 이상이 쳐놓은 30년대 구식 덫에 걸려서 「오감도」와 같은 정답 없는 수수께끼의 해답을 찾아내려고 가난한 머리를 조아리는 것은 헤어날 길 없이 날개를 파닥거리는 산꿩의 안쓰러움을 재생산하는 것이다). 아리숭한 무의미와 비속한 우스개 말조각을 깊이와 통찰이라고 숭상하는 것은 편벽되게 선명한 것만이 정당한 것이라고 간주하는 경향과 함께 조속히 치유해야 할 우리 문화의 소아과 질환이다.〉[27]라고 말한다. 그것은 주관적 생각일지언정 객관적 타당성을 얻기엔 턱없이 부족하다. 어차피 시의 기억이 어떤 데이터나 그가 말한 어떤 〈현실〉에 대한 기억이 아닌 만큼, 시가 하나의 방법으로 기억될 이유는 없는 것이다. 이상의 시를 읽

---

27) 유종호 전집 제5권, 문학의 즐거움(서울: 민음사 1995년) 13쪽이하

으면 뭔가가 생각난다. 한 마디로 그가 말하는 시적 기억은 뭔가를 생각나게 하는 모더니스트의 기억인 것이다. 어쩌면 미당을 잊을 때 이상이 생각날 수 있는지도 모른다. 미당 또한 자기의 기억을 잊고서야 시를 쓸 수 있었던 모양이다.

잊어버리자. 잊어버리자.
히부연 종이燈ㅅ불밑에 애비와, 에미와, 계집을,
그들의 슬픈 習慣, 서러운 言語를 ...

– 서정주, 「逆旅」 부분

시는 망각의 테라피라 할 수 있다. 전쟁의 트라우마를 견딜 수 없기 때문에 기념비를 만들고 그것을 잊어버리듯, 우리는 자신들의 고통의 기억을 잊어버리는 대신 문화적 기억으로서의 시를 만든다. 미당의 일제, 그의 양심을 잊어야 한다. 잊는 것은 곧 기억하는 것이며, 기억하는 것은 곧 잊어버리는 것이다. 〈애비는 종〉이었다는 사실도 이제는 잊어야 하고, 〈애비는 종이었다〉는 표현이 문화적 기억으로서 〈한민족의 일제치하의 고난〉이었으리라는 해석을 잊어야 한다. 그리고 〈미당의 종과 같은 행적〉을 새로 기억해야 그의 시들이 진실한 모습으로 기억 될 수 있을 것이다. 우리는 무엇인가를 기억하기 위해서 반드시 무엇을 잊어버려야 한다. 시가 망각의 테라피가 아니고서야 우리는 삶을 계속 영위할 수 없다. 어떻게 미당 같은 눈이 시리게 아름다운 〈모국어〉 시인이 친일이라는 것을 알고도 시를 읽을 수 있으며, 열일곱살의 꽃다운 처녀를 선인장 무기로 짓밟은 일제를 잊지 않고 살 수 있는가? 이것을 잊기 위해 우리는 『화사집』을 읽고 『질마재 신화』를 읽을 것이다. 또한 우리를 구획하고 포획하는 유종호 같은 학자의 답답함을 잊기 위해서 미당의 「조광조론」을 읽어야 한다. 우리는 미당의 시를 통해 모국어의 금자탑과 망자의 위령탑 두 개를 세워놓고 살풀이굿을 벌여야 한다. 그리고 〈그들의 슬픈 習慣, 서러운 言語를 ... 잊어버리〉며, 동시에〈그들의 슬픈 習慣, 서러운 言語〉라는 그 언어자체를 기억해야 한다.

시론6
치료로서의 詩

꿈을 잘 꾸고 팔자를 고친 사람이 있다면 여러분은 믿을 것인가? 꿈을 잘 못 꾸고 그것이 죽음에 이르는 병이 된 사람이 있다는 것을 알면 더욱 놀랄 것이다. 시가 만약 꿈이라면 시 한 편 잘 읽고 병을 고치는 일이 있다. 비아그라보다 더 훌륭한 에로티시즘을 연출할 수 있는 것이 시다. 거기에는 우울증과 고독을 치유할 수 있는 치료약과 히스테리를 재현해냄으로써 자신의 모습을 보게 하여 병을 완화시킬 수 있는 妙藥이 있다. 아니 시를 읽는 것 자체가 치료가 될 수 있다면 이는 마치 꿈을 꿈으로써 잠을 잘 이룰 수 있다는 원리와 같을 것이다. 인기나 권력, 돈이나 사랑은 가지는 순간 멀리 달아나 버리는 신기루 같은 일상이다. 어느 곳 하나 나에게 도움의 손길은 없는 듯 보인다. 그것은 우리가 그런 일상에 너무나 많은 그리움을 갖고 있는 만큼 그 원리를 모르거나, 알고도 그 욕망을 지연 시킬 능력이 없기 때문이다. 그러나 문학/시는 내부에 이러한 욕망을 완전히 충족시키기를 거부하는 그 무엇이 내재되어 있기 때문에 우리를 깨우치면서 치료할 힘을 갖추고 있다.

詩와 祭儀

고대에는 병리학이 정신적 질병과 같은 것으로 여겨졌다. 질병의 치료술이 종교의식과 결부되어 환자들은 질병과 고통에서 벗어나기 위해 신전이나, 사원, 토템, 샤머니즘적 성소를 찾았다. 오늘날도 이러한 예는 얼마든지 찾아볼 수 있다. 그런 곳에서 또는 그런 시간에 기도를 드리면 실제에서건 상상에서건 병에 차도가 있다고 믿었고, 또 실제로 낫는 경우도 많다. 그러나 오늘날, 좀더 엄밀히 말해 인간이 계몽되면서 해부학적 지식과 과학적 증거의 도움으로 정신의 힘에 대한 신뢰는 실추되고, 실증적이고 국부적인 힘에 대한 신뢰가 지배적으로 남게 되자 정신적 효능도 과학적으로 증명할 수 있는 부분으로 축소되었다. 이렇게 되면서 정신의 자연치유능력에 대한 신뢰는 없어지고 그런 능력 또한 쇠퇴하게 되었다. 이런 의미에서 문학을 대하고 있는 우리는 사실 어떤 패러독스에 빠져있다고 할 수 있다. 과학적이고 분석적인 방법을 비의적이고 마법적인 정신영역에 적용시킨다는 이 글의 의도가 완전한 패러독스일지 모른다. 그러나 이런 영역은 아직도 우리의 심리에 그대로 남아 원시성을 그대로 보여주는데 여기에 시의 치유적 특성을 논할 수 있는 근거가 있다.

보통 시의 기능을 두고 서양에서는 포이에시스, 아이스테시스, 카타르시스 이 셋을 지칭한다. 시의 이론이나 시에 대한 비평은 주로 앞의 두 가지 기능을 중심으로 주로 시의 생산과 수용의 스펙트럼을 논의하곤 한다. 한 마디로 시의 순수한 문학적 기능을 의미하는 셈이다. 그러나 그보다는 제일 마지막의 카타르시스는 시의 출발점이자 완성점이 될 수 있다. 문학이 종교적 기원을 갖고 있다는 생각이 퇴색하면 할수록, 현대 사회에서 종교나 그것의 후기 문화적 기능인 예술이 퇴색하면 할수록 문학의 카타르시스 기능은 축소되고 은폐되어 왔다. 그렇기 때문에 원래 문학이 가졌던 기능을 살펴보기 위해 우리는 원시제의를 살펴보아야 한다. 예술이 원시제의에서 유래되었다는 것은 내가 보기에 부인할 수 없는 사실이다. 경험적으로 많은 사실이 이를 뒷받침해줄 수 있지만 고전적으로 받아들여왔던 고대 그리스 비극부터 살펴보는 것이 논의의 전개상 바람직하다 볼 수 있다. 그리스에서는 종교적 제의가 곧 비극이었다. 비극, 즉 trag-odia (영어 tragedy 독일어 Tragödie)는 숫염소 또는 산양(trag)과 노래(odia)가 합성된 말로 숫염소를 잡아놓고 노래를 한다, 즉 제사를 지낸다는 뜻이었다. 이는 고대 중국에서 아름다움(美)의 근원을 제물인 양(美=羊+大)의 크기에 둔 것과 유사한 제의가 아니었나 하는 생각을 들게 한다. 이것은 칸트가 말한 미란 〈입맛에 대한 판단(Geschmacksurteil)〉이란 정의와도 매우 흡사하다. 그리고 안다는 것 또한 하나의 카타르시스의 원류임을 증명해주는 우리말이 있는데 그것은 다름 아닌 우리 말 아름답다가 알음답다(可知)에서 유래한 말인즉, 알만한 일, 알아두어야 할 일(熟知)이란 뜻을 갖고 있다는 것은 매우 흥미로운 일이다.

같은 맥락인데, 영어의 narrative란 말의 어원이 옛 라틴어 narrare('말하다')에서 유래하고, 그 말은 라틴어 gnarus('알다' , '정진하다')와 근친이다. 그리고 어느 말이나 인도유럽어 어원 GNA('알다')에서 파생하고 있다. 그리고 방대한 유연어(有緣語)가 라틴어 cognoscere에서 파생한다. 그 가운데에는 'cognition(인식)' 그 자체도, 'noun(명사)' 도 'pronoun(대명사)' 도 그리고 그리스어 gignoskein에서의 gnosis 그리고 고대영어의 과거분사 gecnawan에서 파생한 근대영어의 'know(알다)' 도 포함되어 있다. 이야기(narrative)란 과거의 사건과 그 사건의 의미를 '알려고' 하는 반성적인 활동이란 뜻인데, 그것의 제의적 측면에서는 신지(神知)를 얻으려고 하는 제의적 행위인 것이다(빅터 터너). 오늘날 정신분석학이나 심리학에서 이용하는 치료요법들의 핵심은 바로 무의식인데, 이런 맥락에서 보면 그 무의식은 언어로 구조되어 있고(라캉) 그것을 알려고 하는 행위가 곧 말이며, 이야기이며, 詩라고 소박하게 정의할 수 있다. 단지 원시인들은 이 무의식의 발현을 신적인 행위로 보았으나 현대인들, 특히 자연지배 이후의 현대인들은 무의식이라 보는 것이다.

제의와 후기문화

이렇게 볼 때 분명한 것은 祭儀에서는 어떤 탄원이 있었고, 그 탄원이 곧 오늘날 시에서 찾을 수 있는 카타르시스의 요체였으며, 그 요체를 아는 것이 시가 되었다는 사실은 부정할 수 없는 듯하다. 이런 현상은 물론 샤머니즘에서도 찾아볼 수 있다. 무당은 조상신을 불러오고 그 조상이 자손들에게 자기 願의 내용을 알게 함으로써 (내 묘지를 잘 써 달라든지, 누구에게 원수를 갚아 달라든지, 어떤 怨을 풀어달라든지) 굿을 청한 사람의 (마음의) 병을 낫게 하였던 것이다. 플라톤이 예술가를 거짓말쟁이라고 비난한 바 있고, 국가론을 쓴 동기를 찾은 것도 이런 주술적 상황을 어떻게 합리적인 상황으로 이행시킬 것인가 하는 고심에서 출발했다. 그렇기 때문에 고대의 제의에서 비극이 된 것은 샤머니즘에서 시가 된 것과 같은 근원을 가지고 있다고 볼 수 있다. 고대 중국의 시경 또한 어떻게 보면 제의이고, 어떻게 보면 외설적 내용이라는 점은 사실상 문학이 앎과 삶의 영역을 넘어 말의 마법에까지 이르고 있다는 것을 반증해주고 있다.

한 손으로 살그머니
조몰락거려보는 호두알 같은
핸디캡,
작은 것이 아름답다
호주머니 속에
쏘옥 들어오는 이름,
나는 핸디캡을 사랑한다
[...]

진실로 나를 찾게 해주는,
어머니 핸디캡 속에서
나는 편히 살고 있지,
널 겉 살고 있는 내게
나를 인식시켜주는
새파란 눈 같은 핸디캡,
태어날 때 두건처럼 쓰고 나온
복된 물건, 신의 품 같은

– 김재혁 「핸디캡」부분

인간의 삶이 언어에 의존하여 언어의 중재 하에서 구성되어져 간다는 사실을 주목하면 시가 가지는 인간의 경험에 대한 (재)구성력을 의심할 수 없다. 왜냐하면 인용한 시에서는 제의적 자질인 〈핸디캡〉이 전혀 거부적이지도 두렵지도 않으며 오히려 친근하게 말을 걸어오기 때문이다. 원시사회에서 질병이나 어떤 자연마적인, 또는 초자연적인 현상으로 나타났을 〈핸디캡〉이 마치 언제나 만질 수 있는 마스코트나 내 머리를 감싸줄 〈두건〉, 또는 모태와 같은 편안한 〈신의 품〉으로 묘사되는 것은 매우 이례적인 일로서 인간이 자연지배를 통해 이 〈핸디캡〉을 제어할 능력이 있음을 (아니면 이 시를 씀으로써 제어되었음을) 보여주고 있다. 그러나 분명 이런 구도는 진정 앎이 있기에 가능한 것이고 그 앎이 곧 위에서 암시했듯이 알음다운(可知) 것이 될 듯 하다. 그러므로 후기 문화에서 아이스테시스 (審美)와 카타르시스(淨化)를 구분하는 것은 매우 힘든 일이다.

원래 아름다운 것은 추한 것에서 유래되었다. 이것은 원시제의에서의 탈을 보면 금방 알 수 있다. 원시인들은 주술을 통해 악귀를 쫓아내기 위해서 악귀보다 더 무서운 탈을 만들어 쓰고 악귀보다 더 무서운 소리를 내었을 것이다. 이 시에서 보이는 〈핸디캡〉은 원래 이런 추한 것이었다. 〈좋은 것들도 한 때에는 모두 나쁜 것이었다〉는 니체의 말을 실감나게 하는 이미지이다. 타부라는 신화적 힘들이 주체의 계몽과 더불어 마적인(신적인) 힘을 잃게 되자 그 禁制의 모습들만 남게 되었다. 이제 이런 금제를 두고 프로이트는 꿈의 치환 작용을 설명하는데 하나의 도구를 찾아내었으며, 라캉은 야콥슨의 언어학에 기대어 환유라고 설명한다. 후기문화는 이런 원시적 제의를 일종의 재현의 양식으로 체현해내고 있다.

아리스토텔레스의 견해에 따는 문학의 치유적 기능

『시학』의 저자로 알려진 아리스토텔레스는 문학의 종교적 기능을 경시 내지는 축소함으로써 문학의 영역에서 이성적으로 판단했다(poietike란 말이 시작법 또는 시학이라는 뜻에서도 볼 수 있다)는 혐의를 벗어날 수 없다. 그것은 많은 사람들이 즐겨 인용하는 『시학』 제6장의 카타르시스에 대한 구절의 해석에서 출발한다.

비극은 드라마적 형식을 취하고 서술적 형식을 취하지 않으며, 연민과 공포를 환기시키는 사건에 의하여 바로 이러한 감정의 카타르시스를 행한다

물론 천병희의 번역에는 단 하나로 고정되어 있지만, 번역자 또한 이를 의식해서인지 "학자들간에 '감정의 정화' 를 의미하는 윤리적 견해와 '감정의 배설' 을 의미하는 의학적 견해가 있다"고 주석을 붙이고 있다. 이것을 좀더 구체적으로 설명하면

1) 연민과 공포를 불러일으키는 사건을 통해서 비극은
 이들 감정의 카타르시스를 성취한다.

2) 연민과 공포를 불러일으키는 사건을 통해서 비극은
 이러한 감정의 카타르시스를 성취한다.

3)연민과 공포를 불러일으키는 사건의 묘사를 통해서
 이러한 사건의 명징화를 성취한다.

이 세 가지 해석은 물론 그리스어를 번역한 데서 오는 문제이긴 하지만 카타르시스 개념과 문학/예술을 총체적으로 이해할 수 있는 조건이기도 하다. 1)의 번역문에 나오는 '이들 감정' 이란 불쌍하다, 끔찍하다는 뜻의 연민과 공포를 말하고, 2)의 번역문에 나오는 '이러한 감정' 은 연민이나 공포 자체만을 뜻하는 것이 아니라 순화되지 못한 억압된 감정영역 전반을 뜻한다. 그래서 1)의 해석은 정화이론(淨化理論)으로, 2)의 해석은 조정이론(調整理論)으로 설명된다. 그러나 이들 해석 모두가 비슷하고 영역한 언어도 비슷해서 그 자체로는 변별하기가 어렵다.

정화이론은 비극이 연민과 공포를 불러일으킨 뒤에 관객 자신의 연민과 공포를 다시 몰아낸다는 뜻이다. 플라톤은 비극이 연민을 환기하여 관객들을 겁쟁이로 만든다고 『국가론』에서 비판했다. 그러나 아리스토텔레스는 비극이 연민과 공포를 불러일으키는 것은 사실이나 밖으로 몰아내기 위해서 오히려 필요하다고 하면서 플라톤의 생각을 반박한다. 다시 정리하자면 1)의 해석에는 몰아내고 정화하기 위해서 격정을 불러일으킨다는 뜻이 들어 있다. 오늘날뿐만 아니라 과거에서도 무시무시한 모습(그로테스크)이나 일그러진 얼굴, 정신 분열적인 현실묘사가 예술에서 가능한 것은 역으로 이러한 예술의 정화기능을 이용한 것이라는 해석을 가능하게 한다. 추하고 일그러진 모습은 독자/환자에게 현재 나의 일그러진 모습이 저것보다는 낫구나 하는 안도감을 몰고 올 수 있다. 즉, 추하고 일그러진 모습이 독자의 추하고 일그러진 의식을 몰아냈다는 뜻이다. 이런 정화라는 개념은 이미 고대의학에서 쓴 동류요법(同類療法)과 같다. 아리스토텔레스가 의사였다는 점을 감안할 때 충분히 설득력 있는 설명이다. 말하자면 열병은 열기로 다스리고, 한기는 한기로 다스린다는 이열치열의 요법이다. 프로이트 또한 이와 유사한 생각을 하였다. 즉, 그는 환자들이 고통스러운 어린 시절의 경험을 최면 하에 회상함으로써 신경증을 감소시킬 수 있다는 것을 발견하였고 이 요법을 "정화요법"이라 부른 것은 이와 같은 맥락에서 이해할 수 있을 것이다.

아리스토텔레스에 따르면 감정은 그 자체로서 해로운 것이 아니며, 다만 적절히 제어되지 못하였을 때 해로울 수 있다는 것이다. 따라서 감정이나 격정은 적절히 통제되고 조정되어야 한다고 보았다. 이것이 조정이론이다. 그래서 문제의 대목을 '이러한 감정'의 카타르시스라고 번역한다. 이것은 연민과 공포가 적절히 조정되지 않았을 때 해로울 수 있다는 뜻을 가지고 있다. 이 이론에 따르면 카타르시스란 일종의 정신적 길들이기가 될 수 있다. 2)의 이론을 정리하면, 비극을 관람하면서 관람객은 '연민과 공포' 같은 감정을 적절하게 사용하는 법을 배운다는 뜻이다. 3)의 이론은 치료의 관점에서는 중요하지 않지만 문학 이론적으로 우리의 논의에 필수적인 만큼 알아두는 것이 필요하다. 예를 들어 교훈적 문학일 경우 아리스토텔레스의 정화이론과는 상반되는데 바로크 시대나 우리의 현실에서 경험하듯이 이 이론은 문학을 배설이나 카타르시스로 보지 않는다. 요컨대 이 이론은 문학을 통해 악인들의 참혹한 운명으로부터 그들이 보여주는 악을 피하는 법을 배우게 된다는 것이다. 위에서 말한 앎과 〈알음다움〉의 영역이었던 듯하다. 이것이 어떻게 보면 공자나 주자의 가르침과도 매우 흡사하며 이것은 예술과 문학의 종교적 기원보다는 합리적 기원을 주장한다고 볼 수 있다. 기실 우리 동양에서는 카타르시스 기능이 비극적인 면에서보다는 희극적인 면에서 더욱 강화되어 있다는 사실을 보면 동의가 가는 구석이 있다.

명징이론(明澄理論)이라 불리는 이 이론은 아리스토텔레스가 그의 『시학』에서 시에 대해 거론했지, 심리학에 대한 사변을 펼친 것이 아니라는 점을 강조한다. 따라서 문제의 해석을 시/문학이론으로 파악하려 한다는 점은 오늘 우리가 대하는 문예학의 행위와 같다는 점에서 매우 시사적이다. 이들은 아리스토텔레스가 비극의 경험을 일종의 통찰 경험으로 보았다고 주장한다. 즉, 비극/시의 경험은 실생활에서 경험했다면 고통스러웠을 터이나 비극/시이기 때문에 즐거운 것이고, 이 즐거움은 깨달음, 즉 인식에서 유래하는 것이고, 그 인식은 사건진행과 구체 사이의 관계에 대한 발견과 연관되어 있으므로 비극의 기능은 명징화를 뜻하고 이것이 카타르시스, 즉 명징하게 되는 것이다라고 주장한다. 그러나 이런 해석은 현대의 미학/문학이론을 그대로 고전에 소급해서 적용시켰다는 혐의가 짙다. 사실 이런 이론은 문학의 카타르시스 기능보다는 아이스테시스 기능을 강조하고, 또한 현대로 오면서 문학/시가 점점 더 성찰의 성격을 띠면서 생긴 견해라 보면 옳을 것이다.

카타르시스와 문학적 경험

게슈탈트 심리학은 인간의 심리를 전체적이고 유기적 과정으로 파악하고 있다. 그 중에서도 가장 중요한 기능이 호메오스타시스(동적 평형상태) 기능이다. 문학이론에서 다루는 화해의 이론이나 보상의 이론이 바로 이 유기체적 기능과 결부된 것은 두말할 나위가 없다. 호메오스타시스란 모든 생리적/심리적 행위가 유기체로서 항상 평형을 유지하여 환경이 바뀌어도 건강을 유지하는 과정을 말한다. 달리 말하면 유기체가 일종의 욕구충족을 해 나가는 과정을 말한다. 만약 인체에서 혈당량이 일정한 한도 이하로 떨어졌을 때는 부신선이 아드레날린을 분비한다. 분비된 아드레날린은 간장에 축적되어진 중성지방인 글리코겐을 당질로 바꾸는 작용을 한다. 그리고 이 당질이 혈액 중에 보내어져서 한도 이하로 떨어진 혈당을 증가시키는 것이다. 거꾸로 혈액 속의 혈당이 과잉되었을 때에는 췌장(이자)이 인슐린을 분비하여 혈액중의 당분을 제거한다. 이런 호메오스타시스가 무너지면 그것이 당뇨병이 되고 치료를 위해 인위적으로 인슐린 주사를 맞는 것이다. 이렇게 생리적인 평형이 무너졌을 때 느끼는 생리적 욕구와 같이 심리 또한 그 평형이 무너졌을 때 접촉 욕구를 지닌다. 문학사를 살펴보아도 계몽주의 이후에 낭만주의, 인상주의 이후에 표현주의와 같이 평형을 이루려는 부산한 움직임으로 가득 차 있다. 세헤라자드가 술탄 왕으로부터 살아남기 위해서 천일야화를 왕에게 들려주는 것은 단순한 이야기 본능이 아니라 심리적 평형유지의 욕구에서 나왔다고 볼 수 있다.

문학이 단순히 리비도적 충동을 해소하기 위한 수단이라고 주장한다면 그것은 본능과 그것을 충족시키는 수단을 혼동하는 것이다. 프로이트 스스로도 후기에는 리비도적 충동이 성만이 아니라는 것을 고백했듯이, 리비도 충동에는 여러 가지가 있을 수 있다. 다만 이러한 충동들은 서로 어떤 연관을 맺으면서 심리적 인력에 따라 전면에 부상했다가 다시 배면으로 물러서는 것이다. 그렇다면 우리는 문학에 있어서의 여러 가지 경험에 대한 재현의 양식들을 단순히 욕구충족으로 보기보다는 호메오스타시스를 유지하기 위한 과정으로 보는 것이 타당할 것이다. 치료로서의 문학은 이미 걸린 당뇨병을 치료해서 자율적으로 평형상태를 유지하도록, 즉 인슐린 주사를 맞지 않아도 되도록 하는 것을 말한다. 그렇기 때문에 당연히 그 수단은 많이 존재할 수 있다. 영탄, 기쁨(웃음), 슬픔(울음), 우정, 사랑, 희망, 실망, 비꼼, 야유, 반어 등 인간이 가질 수 있는 여러 조건에 대한 호메오스타시스의 과정은 그래서 실로 다양하다. 그렇기 때문에 문학의 일차적 기능은 우선 보상의 메카니즘이다. 그 다양한 보상의 메커니즘의 양상에 대해서는 이미 노르드롭 프라이의 원형비판을 토대로 야우스가 구체적으로 언급하였다. 야우스는 그런 일차적 경험의 구조를 그의 『심미적 경험과 문학해석학』에서 '주인공과의 동일시'로 유형화하면서 그 세목을 다음 5가지 유형으로 제시하고 있는데 그것은 1) 친화적, 2) 찬양적, 3) 동정적, 4) 승화적, 5) 반어적 동일시들을 말한다. 그러나 이런 준거들은 그 자체로 의미를 띤다기보다는 그때 그때마다의 구체적 사회적/역사적/문화적 상황 변화에 따른 상수로 이해할 수 있다.

독서치료의 관점에서 일례로 3) 동정적, 4) 카타르시스적 동일시를 응용해 보자. 독자/관객은 비극적 주인공/시적 화자와 감정적으로 동일시함으로써 억압된 욕구를 끄집어내고 동시에 관객/독자로서의 내담자는 정열로서 그에 대한 대답을 하면서 낯선 역할을 하는 것이 치료의 과정이 될 것이다.

> 내 몸은 내 것 아니죠
> 펴면 펴지고
> 접으면 접혀지는 우산처럼
> 그렇게 하지도
> 할 수도 없는
> 내 몸은 내 것 아니죠
> 누군가가
> 한 입 베어문
> 햇살 한 올만 떨어져도
> 균열이
> 마음보다 몸이 먼저
> 꽃눈처럼 깨어나죠
> 아냐아냐 골백번 고개 흔들어도
> 미친 듯이 물오르며
>
> – 김상미 「추억」 부분

형식적으로 〈내 몸〉과 〈내 몸 아닌 것〉사이에, 〈마음〉과 〈몸〉사이에, 〈고개 흔듬〉과 〈물오름〉사이에 〈균열〉이 존재함을 이 시는 보여주고 있다. 이 시는 우울증 치료에 좋은 약이 될 수 있다. 보통 우울증 환자는 — 그렇다고 시인이 우울증 환자란 뜻이 아니다 — 이런 균열이 있을 때 보통 사람 같으면 감추고 절치부심(切齒腐心)할 것을 숨김없이 드러내 놓는다. 오히려 폭로를 통해 자기만족을 얻기 위해 집요하게 떠들어대는 속성이 있다. (낭만적, 우울증적) 시인들은 이런 속성이 있다. 그러므로 시적 화자가 말하는 고통스러운 자기분열이 다른 사람의 의견에 비추어 볼 때 정당한가의 여부는 본질적인 문제가 아니다. 문제의 핵심은 그의 발언이/시가 이런 유의 심리적 상황을 정확하게 묘사하고 있다는 점이다. 〈내 몸은 내 것 아니죠〉, 즉 나를 마음대로 할 수 없는 상황이 된 것을 정확히 묘사하고 있으면서 이런 것을 알게 함으로써 독자를 매료시킨다.

사실 슬픔이 대상을 상실해서 오는 감정이라면 우울증은 자아를 상실해서 오는 감정이다. 그러므로 우울증은 도덕적인 이유에서(이를 양심적인 이유라고도 한다) 비롯된 자아에 대한 불만이라고 볼 수 있다. 이 때 환자/자아가 평가하고자 하는 것은 신체적인 결함, 추함, 약점이나 사회적 열등감이 아니다. 그것보다는 자아가 빈곤해지고 있다는 것에 대한 두려움과 그것을 단정적으로 인정하는 발언이다. 그러나 이런 발언 또한 잘 들어보면 자기에 대한 불만인 것 같으면서도 그 비난의 대상은 다른 사람, 그 환자가 현재 사랑하고 있거나 아니면 과거에 사랑했던 사람, 아니면 그를/자기를 꼭 사랑해야만 한다고 생각하는 사람에 향해 있다는 것을 알 수 있다. 정리하자면 우울증 환자의 자기비난은 사랑의 대상에 대한 비난인데, 그것이 환자 자신의 자아로 돌려졌다는 사실이다. 이 시에서도 〈누군가가 한 입 베어문〉에서 볼 수 있듯이 사랑의 상처가 있었고 또 그 비난이 (누구인지는 모르지만/시에서는 중요하지 않은) 그 사람을 향해 있다는 사실을 알 수 있다. 그러나 그 비난은 잘난 것을 자랑이라도 하는 것처럼 분열된 자기 자신에게 향해져 있다. 이것은 마치 자기 남편에게 자기와 같이 무능한 여자에 매여 사는 당신이 얼마나 불쌍하냐고 큰 소리로 떠들어대는 상황과 유사하다. 이럴 때 이웃집에서 동정이라도 해주길 바라고 있는 것이다. 마찬가지다. 그 상황이 어떻게 되었든 시는 사회적 경쟁에서 뒤진 사람들에게 심리적 보상이 되고 있다는 것을 감안한다면 우리는 시에 〈나도 그래〉하는 반응을 인지적으로 감정적으로 (즉, 동정적으로) 접근할 수 있을 것이다.

작금의 한국 사회가 우울증에 걸려 있다는 사실은 가시적이다. 급격한 사회변화로 인해 물질만능주의가 팽배하고 그 안에서 인간은 추락하고 마는 현실을 시인은 간과하지 않는다. 그러므로 이 시에서는 지배체제의 부정과 같은 인식을 — 알음다움(可知)을 — 얻어낼 것이다. 그러나 그런 인식은 우울증 같은 일차적 경험 없이는 불가능하다. 문학 치료에서든, 즐거운 독서행위에서든, 문학적 인식은 심리적 해방, 유희에서 비롯된다는 사실을 간과해서는 곤란하다. 이 점은 문학이라는 수단이 종교로서의 역할, 치료로서의 역할 할 수 있다는 중요한 단서가 되기도 한다. 심리학자 아들러는 이미 오래 전에 문학치료/독서치료를 그의 심리치료 요법으로 도입하였는데, 그는 내담자/환자로 하여금 글을 쓰게 하고 (가능하면 기승전결로), 그 내담자의 글에서 심리상태, 즉 내담자가 무엇에 분노하는지 환자/독자의 사회적 상황은 어떤지 등을 판단하였다고 한다. 그리고 난 뒤, 이 내용을 거의 비슷한 상황으로 바꾸어 가며 내담자가 쉽게 적응할 수 있도록, 그래서 내적인 병인을 드러내도록 하였다. 이를테면 이 시에서 보는 멜랑콜리는 독자로 하여금 열등하다는 허위의식을 갖고 있는 자신을 노출시키고 분열시키면서 자기만족을 느끼게 한다.

문학치료와 시

기왕에 이야기 나온 김에 변죽만 울릴 것이 아니라 응용학문으로서의 문학치료에 대해 언급을 해두는 것이 좋을 것 같다. 문학치료는 현재 구미 지역에 널리 소개되어 있고 많은 관심과 호응을 불러일으키고 있다. 그 중요한 요인의 하나로 사상적 배경이 시대의 흐름과 맞물려 있기 때문이다. 심리학과 의학에 큰 비중을 두고 의존해 왔던 기존의 상담치료 틀을 벗어나려는 성향이 점점 더 뚜렷해지고 있는 것은 탈근대사상이 과학의 한계와 오류를 지적한 것과 맥을 같이 하고 있다. 더군다나 인문과학의 현 주소는 매우 빠르게 기존의 틀을 벗어나고 있으며 다양한 학문의 접근법과 영역들의 교류를 조장하고 있다. 그런 의미에서 주의 깊게 관찰해야 할 것은 시대의 변화로 인해 인간에 대한 이해가 달라지고 그 인간이 생산한 문학의 패러다임 또한 변한다는 점이다(표참조).

인간은 이야기를 통해서 자신을 발견하며 이야기를 만들어 가는 과정에서 자신과 세계 그리고 다른 사람을 이해하게 된다. 그렇기 때문에 자아는 유동적이고 변화를 추구한다. 이에 비한다면 결정론적인 은유로 된 인간이해는 단선적이어서 복합적인 환유적 인간이해를 따라갈 수 없다. 우리의 문학주소 또한 마찬가지다. 한 때의 현상이었던 멜랑콜리 위주의 은유시학은 우리들에게 어떤 카타르시스도 마련해 줄 수 없다. 그 이유는 인간은 자신의 삶과 세계에 대한 직접적인 지식을 가질 수 없으며 단지 비유를 사용하여 삶의 현상들을 이해할 수밖에 없기 때문이다. 물리학자 하이젠베르크도 밝히고 있듯이, 합리적 사고로 정확성을 요구하는 자연과학까지도 이미 비유를 통해서 사물에 접근하고 있다. 인간의 모든 경험은 문학적 비유 속에 담겨져 있고 인간의 삶 자체가 문학의 형태를 지니고 있다. 인간은 자신들의 경험을 받아들이고 해석하는데 말을 사용하고 이 말을 만드는 과정을 통해서 세계와 삶을 알게 된다. 사람들이 삶의 의미를 이해하고 그것을 표현하기 위해서 만든 이야기는 그들의 경험 자체를 형성하고 그것에 어떤 의미를 부여한다. 니체는 〈物自體(Ding an sich)는 언어로 포착할 수 없다〉고 말한다. 언어로 포착할 수 있는 것은 단지 비유로 표현된 어떤 관계일 뿐이다. 따라서 〈모든 언어의 기원은 메타포이다〉라는 그의 명제는 전율을 느끼게 한다.

모든 텍스트는 상대적 불확정성을 지니고 있다. 이것은 읽는 독자의 관점과 그가 처해있는 상황 등에 따라서 글에 대한 해석이 달라질 수 있다는 것을 의미한다. 일어난 사건들이 모두 다 말해지지 않는다는 사실을 상기해 본다면 우리의 삶은 우리가 알고 있는 것보다 더 많은 양의 시간과 경우들을 묻어두고 있다고 보아도 과언이 아니다. 다만 말로 선택 되어지지 않은 경험들은 실제로 이해되지 못한 채 방치 되어 있다. 그렇기 때문에 사람들에게 의미 있게 살도록 해주며 자신의 인격과 바램에 일치하는 문학의 소재를 확인하고 그 문학에 의해 살아갈 수 있는 가능성을 제시하는 것이 바로 문학의 치료적 기능이라

II

전통	근대/현대	포스트모던/후현대
구비문화	문자문화	멀티미디어 문화
집체적 글쓰기 방식	개인적 과학적 글쓰기 방식	하이퍼미디어적 글쓰기 방식
담론의 설화적(종교적) 구조	담론의 일상적 현실 구조	범세계적 일상적 현실구조
신화/종교적 글쓰기 소재	광범위한 글쓰기 소재	무제한적 글쓰기 소재
영웅적 주제	영웅으로서의 시민이 주제	영웅에 대한 거부
순환, 반복구조 –음악적, 시적 특성	선형적, 논리적 구조	해체적, 실험적 구조
문화 속에 이야기가 보존	문화적 차이 탐구, 낯선 문화를 위험하고 원시적인 것으로규정	타문화의 이야기를 주제로 삼거나 타문화에 동화됨
개인이나 가족사의 공론장	스토리의 공론화문제의	대중적 폭로와 폭넓은 개방: 유언, 생존자 증언 등
도덕적 종교적 영역에서 이해	과학적 영역에서 사고	다각적(다층적) 사고
집체적 이야기(담론)의 통일성	개인적 이야기(담론)의 통일성	이야기(담론)의 통일성이 없음

할 수 있다. 이렇게 본다면 아래 도표에서 보다시피 문학의 패러다임과 그 기능은 치료에 막강한 힘을 부여하고 있다. 이문열의 소설이 또는 정호승의 시가 단순히 좋다/나쁘다고만 말하지 말고 어느 패러다임에 속해 있는지를 가늠해 볼 일이다. 왜냐하면 아직 예술의 원리도 모르는 사람들에게 『거짓말』이란 영화는 너무 잔혹한 일이기 때문이다.

치료는 부조화에서 비롯된 내면의 그림자를 재인식하는 과정이라 볼 수 있다. 이런 의미에서 문학은 진단적 용도와 치료적 용도로 사용될 수 있다. 이를테면, 문학을 통해 치료자는 환자가 어떤 심리적 문제를 가지고 있으며 어떤 갈등을 가지고 있는지를 탐색할 수 있다. 독서의 내용을 얼마만큼 인식하고 있으며, 어느 부분을 망각하고, 어떻게 변화시키고, 얼마만큼 추가하는지를 관찰하면서 환자의 심적 상태를 진단할 수 있다. 또한 글을 쓸 때도 어떤 부분을 강조하고 어떤 부분은 사소하게 다루며, 어떤 주제를 부각시키는지를 통해서 고착된 심리, 퇴행된 심리를 관찰할 수 있다. 그것은 글쓰기나 독서를 통해서 투사한 이미지와 심리적 역동이 잘 드러나기 때문이다. 독서의 내용이 갖고 있는 어려움과 상처가 환자의 문제와 비슷할 경우 그는 심리적 안정감을 찾을 수 있다. 나아가 주인공이 문제를 해결하는 방법과 같은 방법을 사용해 보려는 생각을 가지게 되며, 이것이 치료적 힘으로 작용할 수 있다. 그것은 문학의 해석이 리쾨어의 말을 빌면, "그 해석자 자신에 대한 해석"이기 때문이다.

이러한 실제를 바탕으로 하여 우리는 또 하나의 문학 이론적 가설을 만날 수 있다. 그것은 텍스트가 호소구조이며, 미정성과 부정성에 근거한 표현인 반면, 독자/환자는 독서와 글쓰기를 하면서 끊임없이 자신의 지식과 경험을 총동원하여 그 표현을 자신의 의식 속에 표상으로 떠올리는 것이다. 또한 문학은 합목적적으로 이루어진 평범한 일상으로부터 구분되고, 또 그렇기 때문에 시민적 일상을 비판할 수 있다. 그리고 인간은 사회생활에서 소외되고 고통을 얻기 때문에 필연적으로 그에 대한 보상을 원한다. 문학은 그것을 보상할 수 있는 기능을 가지고 있다. 그러나 문학치료의 효과에 대한 임상결과에서 보듯이 (비록 국부적이고 특수한 경우라고 치부하더라도) 문학의 효과가 어느 일정한 면으로 기울어져 있다는 것을 볼 수 있는데, 그것은 결국 문학의 치료 기능이 제한되어 있다는 것을 말해 준다. 이것은 문학의 존재이유를 말해주기도 하는 바, 문학의 실체를 연구하는 데 중요한 단서가 된다. 즉, 문학은 공동의 문제를 해결하기엔 적합하지 않고 (아마 음악과 같은 다른 예술수단에서는 가능하겠지만) 개인적인 문제(고독, 중독, 자기확신 등)와 더욱 밀접하게 관련되어 있다는 것을 알 수 있다. 문학이론이 – 그 성격상 그럴 수밖에 없기도 하지만 – 체계를 너무 의식한 나머지 문학의 언향적 행위 perlokutionäer Akt를 무시하고 그저 사회적 준거라는 담론적 diskursiv 형식(아도르노, 뷔르거, 루만, 골드만 등)에 머물거나, 내재적 준거라는 현시적 präsentativ 형식(프라이, 야우스, 슈타이거, 카이저 등)에 머물러서는 안 된다. 문학은 이제 19세기 정신과학의 유산인 은유로 다 설명할 수 없는 존재로 변했다.